위험한 신혼부부

vol 2

the

위험한 신혼부부

vol 2

가하

위험한 신혼부부 2

지은이 박수정
펴낸이 이형기
펴낸곳 도서출판 가하

초판인쇄 2016년 10월 27일
초판발행 2016년 11월 3일
출판등록 2008년 10월 15일 제 318-2008-00100호

주소 서울 영등포구 양평로 67, 1209 (당산동5가, 한강포스빌)
전화 02-2631-2846
팩스 02-2631-1846

www.ixbook.co.kr

ISBN 979-11-300-1168-4 04810
ISBN 979-11-300-1166-0 04810(세트)

값 12,000원

contents

01 / 네가 잊어버린 이야기

8년 전, 그의 이름은 김윤하였다. 나이는 스물다섯 살, 직업은 막노동꾼.

최종 학력은 겨우 중학교 중퇴였다. 일찌감치 학교를 그만두고 신문 배달, 중국집 배달 등을 하며 생활해왔다. 워낙 배운 것이 없다 보니 성인이 되어서도 자연히 할 수 있는 거라고는 몸을 쓰는 일뿐이었다.

그날은 마침 일터에 나갔다가 갑자기 비가 많이 내리는 바람에 허탕을 치고 도로 집에 돌아가는 길이었다.

'이달 치 방세는 어쩌지…….'

그렇게 한숨을 쉬며 터덜터덜 길을 걷는데 문득 작은 입간판 하나가 눈에 들어왔다.

[배움의 꿈을 이루는 늘푸른야학]

저도 모르게 걸음이 그쪽으로 향했다. 야학 문 앞에 작은 안내문이 붙어 있었다.

[모집기간: 항시모집
학제: 중학교/고등학교 검정고시 과정
나이, 성별 제한 없음 / 수업료 없음]

윤하는 가슴이 뛰기 시작하는 것을 느꼈다. 비록 불우한 가정에서 자란 탓에 일찌감치 스스로 생계를 해결해야 해서 중학교도 제대로 졸업하지 못했지만, 공부는 좋아하는 편이었다. 특히 과학 시간이 재미있었던 기억이 난다.

다른 아이들 같으면 고등학교에 다닐 나이에 윤하는 중국집에서 배달원으로 일했었다. 가끔씩 근처 학교의 교무실에 배달을 가게 되면 교복을 입고 지나다니는 학생들이 얼마나 부러운지 몰랐다. 여학생들이 힐끔거리며 쳐다보는 바람에 너무 부끄러운 나머지 일부러 헬멧을 푹 뒤집어쓴 채로 배달을 하곤 했다.

일을 하면서도 언젠가 학교로 다시 돌아가고 싶은 마음은 늘 가지고 있었다. 형편상 결국 그렇게는 할 수 없었지만, 스물다섯이 된 지금도 공부를 하고 싶은 마음만은 마찬가지였다.

배움이 짧으면 어디서나 서럽다. 심지어 막노동판에서도 마찬가지였다. 방학 때 대학생들이 용돈을 벌러 와서 일할 때가 있는데, 같이 일하는 아저씨들은 물론 작업반장도 그들에게는 훨씬 친절하게 대하곤 했다. 윤하에게는 툭하면 가방끈 짧은 녀석이라고 무시하면서.

'나 같은 사람도 가르쳐줄까.'

윤하는 한참 동안이나 안내문을 들여다보고 또 들여다보았다.

수업료도, 나이 제한도 없다니까 괜찮지 않을까.

하지만 쉬이 용기가 나지 않았다. 극도로 숫기가 없는 윤하였다. 게다가 말더듬이까지 있었다. 그에게는 세상에서 사람을 대하는 일이 제일 어려웠다. 대화는커녕 상대의 얼굴을 똑바로 쳐다보는 것조차 쉽지 않다.

'혹시 거절당하면 어떻게 하지?'

그렇게 한참을 망설이고 있는데, 갑자기 등 뒤에서 누군가가 불쑥 말했다.

"공부하러 오셨어요?"

윤하는 그야말로 심장이 멈출 정도로 놀랐다. 뒤를 돌아보자 긴 머리의 예쁘장한 여자가 가슴에 책을 한 아름 끌어안고 그를 올려다보고 있었다.

갓 스물이나 되었을까. 대학생 같긴 하지만 아직 소녀티도 다 가시지 않은 어린 아가씨였다. 반짝이는 눈동자에서 소녀다운 장난기와 발랄함이 엿보였다.

윤하는 당황해서 손을 내저었다.

"아, 아, 아, 아닙니다."

"에이, 아니긴 뭐가 아니에요."

갑자기 아가씨가 얼굴을 이쪽으로 확 가까이하더니 윤하의 눈을 똑바로 보고 말했다.

"공부하고 싶어 죽겠다고 얼굴에 쓰여 있는데요?"

윤하는 화들짝 놀라서 몇 걸음이나 뒤로 물러섰다.

"저, 정말 아, 아, 아닙니다. 그, 그냥 이, 있길래 좀 보, 보, 본 건데……."

당황하니까 말더듬이가 평소보다 한층 더 심해졌다. 윤하는 입술을 깨물었다.

"그러지 말고 우리 일단 올라가서 얘기해요. 제가 여기 선생님이거든요."

아가씨가 웃으며 손짓을 했다.

"책임지고 가르쳐드릴게요."

이 아가씨한테 공부를 배운다고? 내가?

문득 윤하는 제 차림을 내려다보았다. 여기저기 해지고 찢어진 데까지 있는 작업복에, 낡은 진흙투성이 작업화. 누가 봐도 나 막노동꾼이요, 하고 외치는 것 같은 차림이었다.

순간 윤하는 자기 자신이 너무 창피하고 초라해서 견딜 수가 없어졌다. 도저히 무리다. 이런 지저분한 꼴을 하고 대체 어떻게 공부를 한단 말인가. 그것도 이렇게 예쁘고 귀여운 아가씨와.

"괘, 괘, 괜찮습니다."

윤하는 뒷걸음질 쳤다. 그리고 뒤돌아서 도망치듯 뛰기 시작했다.

"저기요! 잠깐만요!"

뒤에서 아가씨가 외쳐 불렀지만 윤하는 돌아보지 않고 그대로 계속 뛰었다.

다행히 다음 날부터는 날이 개었다. 다시 근처 공사장에 일도 나갈 수 있게 되었다.

「저기요! 잠깐만요!」

벽돌을 나르면서도, 시멘트를 섞으면서도, 그 아가씨가 자신을 부르던 목소리가 문득문득 귓가에 메아리쳤다. 참 바보 같은 사람도 다 있다고 생각했겠지. 윤하는 입술을 깨물었다.

그리고 그 목소리가 실제로 들려온 것은, 그 일이 있고부터 꼭 사흘째의 일이었다.

"저기요."

처음에는 잘못 들었나 했다. 하지만 계속 일을 하고 있으니 다시 한 번 들렸다. 이번에는 좀 더 크게.

"저기요!"

무심코 쳐다보았다가 윤하는 하마터면 들고 있던 삽을 놓칠 뻔했다. 바로 사흘 전 그 아가씨가, 허리에 두 손을 얹고 이쪽을 쳐다보고 있었던 것이다.

"잠깐 기다리라니까 그렇게 뒤도 안 돌아버리고 가버리면 어떡해요?"

주위 인부들이 일제히 쳐다보는 것도 아랑곳하지 않고, 그녀는 윤하를 흘겨보며 씩씩거렸다.

"근처 공사장이란 공사장은 다 뒤지느라 죽을 뻔했잖아요!"

아가씨의 이름은 윤미사였다. 나이는 스무 살이고, 근처에 있는 한국대학교에 재학 중인 대학교 1학년생이라고 했다. 야학에서는 봉사활동으로 가르치는 중.

그녀의 손에 이끌려 윤하는 강제로 야학에 등록을 했다. 아니, 당했다.

"주, 주, 중학교 2, 2, 2학년까지바, 밖에……."

자신의 학력을 고백하는 데는 커다란 용기가 필요했다. 기어들어가는 소리로 겨우 말하고 나서도 얼굴이 홧홧 달아올랐다. 중학교요? 하고 웃으면 어떡하지. 왜 학교를 그만뒀느냐고 물으면 뭐라고 대답하지.

하지만 걱정했던 것과는 달리 미사는 한마디도 묻지 않았다.

"마침 잘됐네요!"

하고 눈을 반짝였을 뿐.

"중학교 과정은 원래 없었는데 올해부터 개설하게 됐거든요. 그래서 아직 선생님이 모자라서 저 혼자 다 담당하고 있어요. 국어, 수학, 사회, 영어, 과학까지 다요."

그러더니 고백하듯 속삭였다.

"사실은요, 김윤하 씨가 제가 맡은 첫 학생이에요!"

"아, 예……."

윤하는 그저 얼떨떨하기만 했다.

그날부터 윤하는 매일 저녁 일이 끝나면 야학에 가서 미사에게 공부를 배웠다.

"올해는 이미 늦었으니까 내년 4월에 중학교 검정고시 패스하고, 바로 고등학교 올라가요!"

첫 학생이어서일까. 미사는 그야말로 헌신적으로 윤하를 가르쳤다. 자기 시험 기간에도 윤하의 수업은 절대 빼먹지 않을 정도였다.

윤하 역시 열심히 배웠다. 일거리가 없거나 비가 와서 일하러 가지 못하는 날이면 하루 종일 집에 틀어박혀 공부만 했다. 돈 한 푼 안 받으면서 그렇게 열심히 가르쳐주는 미사를 실망시키고 싶지 않았다.

그렇게 열심히 공부한 덕분일까, 아니면 원래 타고난 머리가 나쁘지는 않았던 것일까.

"윤하 씨, 천재 아니에요?"

가끔씩 미사는 눈을 동그랗게 뜨면서 그렇게 말하곤 했다. 그럴 때마다 윤하는 하늘에라도 오를 듯한 기분이 되곤 했다.

평생 누군가에게 따뜻한 칭찬이나 관심 따위를 받아본 적이 없는 윤하였다. 엄마는 버리고 도망갔고, 아버지는 늘 때렸고, 친구들은 괴롭혔고, 사장들은 실컷 부려먹고 월급만 떼먹기 일쑤였고, 억울하게 큰 누명을 쓴 적도 있었고……. 살면서 만난 거의 모든 사람들이 다 그런 식이었다. 친동생처럼 여기는 민호를 제외하면, 윤하의 인생에서 이렇게 누군가에게 사람대접을 받아본 것은 미사에게서가 처음이었다.

그러니 윤하가 미사를 사랑하게 된 것은 너무나 당연한 일이었다. 아니, 어쩌면 처음 만났던 그 순간부터 이미 사랑하고 있었는지도 몰랐다.

하지만 윤하는 조금도 제 마음을 고백할 생각이 없었다. 감히 꿈도 꾸지 못할 일이었다. 윤하의 눈에 미사는 빛 그 자체처럼 보였다. 예쁘고, 밝고, 상냥하고, 게다가 명문 대학생이고. 그야말로 눈부셔서 똑바로 쳐다볼 수조차 없는 존재였다. 반면에 자신은 가진 것 없고, 배운 것도 없고, 말까지 더듬는 초라한 남자일 뿐. 그래서 윤하는 미사에게 배울 수 있는 것만으로도 행운이라고 생각하고 있었다.

게다가 미사에게는 이미 사귀는 사람이 있었다. 정확히는 말해주지 않았지만 대학교 선배라고 했다. 그러니 윤하로서는 더더욱 욕심을 품을 수가 없었다.

미사에게 배우기 시작한 다음 해 4월, 윤하는 중학교 검정고시에 합격했다.

"너무 잘했어요, 윤하 씨!"

윤하의 합격 소식을 듣고, 미사는 너무 기뻐서 울음을 터뜨리기까지 했다. 물론 윤하도 기뻤지만, 한편으로는 서운하기도 했다. 이제 고등학교 검정고시 과정은 다른 선생님들에게 배워야 하기 때문이었다.

'차라리 잘된 거야.'

그렇게 생각하며 윤하는 스스로를 달랬다. 아무리 욕심내지 않으려 해도, 좋아하는 마음이 깊어질수록 조금씩 미사를 대하기가 힘들어지는 것도 사실이었으니까.

하지만 생각과는 달리 미사는 중학교 검정고시 합격 후에도 윤하를 놓지 않았다.

"앞으로 일주일에 두 번씩 특별수업을 하겠어요."

14

그렇게 선언한 첫날, 미사가 소리 내어 읽어보라고 내민 것은 국
어책이었다. 윤하의 말더듬이를 고치자는 것이었다.

하지만 어릴 때부터의 버릇이 하루아침에 고쳐질 리 없었다. 미
사가 일부러 시간을 내서 봐주는데도 좀처럼 나아지지 않았다. 공
부는 노력하면 되는 거였지만, 이건 노력한다고 되는 일의 범위가
아닌 것 같았다.

"괜찮아요, 서두를 거 없어요."

미사는 그렇게 위로해주었지만 윤하는 애가 탔다. 어떻게든 미
사의 정성에 보답하고 싶은데. 하지만 마음이 조급해질수록 말더
듬이는 더 심해지기만 했다.

그러다 뜻밖의 사실을 발견하게 된 것은, 윤하가 미사와 처음으
로 같이 식사하던 날이었다.

일해주고 나서 1년쯤 받지 못해서 포기하고 있던 돈이 갑자기 들
어왔다. 갑자기 공돈이 생기자 제일 먼저 떠오른 것은 미사였다.
그토록 열심히 가르쳐주는데, 검정고시에 합격하고도 감사의 선물
은커녕 여태 식사 대접 한번 못 하지 않았는가.

미사에게 좋은 곳에서 멋진 식사를 대접해야겠다고 결심한 것까
지는 좋았다. 하지만 말을 꺼내기가 쉽지 않았다. 원체 숫기가 없
기도 했지만, 좋아하는 마음이 더욱더 말하기 힘들게 만들었다. 혹
시 말했다가 괜히 내 마음을 들키진 않을까. 나 같은 게 좋아한다는

걸 알면, 선생님이 기분 나빠하진 않으실까.

거의 일주일을 고민한 끝에야 윤하는 겨우 용기를 냈다. 그래, 제자가 고마운 선생님께 밥 한 끼 대접하는 게 어때서. 이건 이성으로서의 감정을 떠나서 인간으로서의 도리 아닌가.

"서, 서, 선생님. 괘, 괘, 괘, 괜찮으시면 저, 저, 저하고 식사라도……."

말을 꺼낼 때는 어찌나 떨리는지, 평소의 두 배는 더 말을 더듬고 말았다.

"윤하 씨가 저 밥 사주시는 거예요? 우와, 완전 땡큐죠!"

그런데 그토록 긴장하고 고민했던 게 허무하게도, 미사는 뛸 듯이 기뻐하며 냉큼 승낙했다.

"근데 저 뭐 사주실 거예요?"

"뭐, 뭐든지 서, 선생님 조, 조, 좋아하시는 걸로……."

"진짜죠? 그럼 저 정말 제가 먹고 싶은 거 먹으러 가요?"

슬그머니 겁이 났다. 하지만 설령 한 달 치 생활비를 모두 쏟아붓더라도 이번만은 어디든 미사가 가고 싶어 하는 식당으로 데려가자고 윤하는 결심했다. 방세를 못 내서 집주인한테 호통을 듣는 한이 있더라도.

하지만 미사가 윤하를 이끌고 간 곳은 근처에 있는 중국집이었다.

"저 짜장면 말고 삼선 간짜장 먹어도 되죠? 탕수육 시켜도 돼요?"

미사는 설레 죽겠다는 듯이 말했지만 윤하는 실망했다. 모처럼

16

좋은 곳에서 맛있는 걸 사주고 싶었는데, 겨우 중국집이라니.

"서, 선생님. 여, 여, 여기 말고 레, 레스토랑 같은 데 가, 가, 가셔도 되, 됩니다."

그렇게 말했지만 미사는 고개를 저었다.

"저 완전 짜장면 킬러예요. 한 달 동안 삼시 세끼 짜장면만 먹으래도 먹을 수 있다고요. 그런데 왜 비싼 돈 주고 괜히 엉뚱한 걸 먹어요?"

결국 허름한 동네 중국집에 마주 앉아 윤하는 미사와 첫 식사를 하게 되었다.

물론 제 주머니 사정을 배려해주는 마음도 있었겠지만, 짜장면을 제일 좋아한다는 말도 빈말은 아니었나 보다. 미사는 삼선 간짜장 한 그릇을 금세 뚝딱 먹어치우고 아쉬워했다.

"곱빼기 시킬걸 그랬어요!"

"서, 선생님. 그, 그럼 하, 한 그릇 더 시, 시켜드릴까요?"

"아니에요. 아쉽지만 이쯤 해두고 이제 탕수육 먹어야죠!"

잠시 후 나온 탕수육도 미사는 너무나 맛있게 먹었다. 대체 저 가느다란 몸 어디로 저게 다 들어가는 걸까. 윤하는 제가 시킨 짬뽕은 먹는 것도 잊어버리고 미사를 쳐다보느라 정신이 없었다. 그녀가 먹는 것만 봐도 배가 부를 지경이었다.

"잘 먹었습니다!"

결국 탕수육 소스의 버섯 한 조각까지 알뜰하게 다 먹어치우고 나서야 미사는 행복한 얼굴로 길게 한숨을 내쉬었다. 그러고 나서 그제야 좀 민망하다는 듯이 윤하를 보고 배시시 웃었다.

"저 너무 정신 줄 놓고 먹었죠?"

차마 그렇다고 대답을 못 하고 있는데, 미사가 툭 하고 중얼거렸다.

"사실은 태어나서 처음 먹어봤거든요, 간짜장이라는 거. 탕수육도 거의 못 먹어봤구요."

"그, 그, 그렇게 조, 좋아하시면서 왜……?"

윤하는 정말로 궁금해서 물었다. 설마 돈이 없어서 못 먹었으리라고는 상상조차 하지 못했기 때문이었다.

"이거 윤하 씨한테 처음 말하는 건데요."

미사가 비밀스럽게 말했다.

"저, 고아예요."

"예……?"

"고아라고요. 부모님도 가족도 친척도 없어요. 그래서 태어나서 대학 올 때까지 쭉 보육원에서 자랐어요."

윤하는 진심으로 놀랐다. 미사는 늘 티 없이 해맑고 밝아서, 분명 부모님에게 사랑을 많이 받고 자랐을 거라고 생각했었던 것이다. 그런데 사실은 자신과 다름없는 처지였다니.

"대학은 후원자 덕분에 오게 됐어요. 말했죠? 제 남자친구. 그 선배가 제 후원자예요. 제가 고등학교 때부터 좋아했었고, 대학에 와서부터 사귀게 됐어요."

미사는 쑥스러운 듯이 웃으며 말했다.

"고2 때 수학여행 갔다가 그 선배가 운전하는 차에 치였어요. 별로 많이 다치지도 않았는데, 고아인 제 사정을 듣고 대학에 보내주겠다고 약속한 거예요.”

대학생 신분에 차도 몰고 다니고, 고아 소녀를 후원해주겠다고 약속까지 했다는 걸 보면 꽤나 좋은 집안에 성격도 좋은 남자가 틀림없다. 윤하는 새삼 자신의 초라함을 느꼈다.

“원래 사람들이 색안경 끼고 볼까 봐 잘 말 안 하는데, 윤하 씨한테는 말하고 싶었어요.”

그래도 한편으로는 기뻤다. 미사가 그만큼 자신을 믿어주고 있다는 거니까.

“아, 앞으로 더, 더 여, 열심히 하겠습니다.”

그는 결심했다. 어떻게든 말더듬이를 고쳐서 미사를 기쁘게 해야겠다고.

식사가 끝나고 계산을 하는데, 주인이 돈을 받는 중에도 TV 드라마에서 눈을 떼지 못했다.

“이야, 연기 진짜 죽인다.”

주인이 감탄하는 바람에 윤하도 배우의 연기에 잠시 귀를 기울였다. 저게 그렇게 대단한 건가, 싶어서.

이윽고 계산을 마치고 밖으로 나와서 미사와 나란히 걸었다.

“아까 그 배우 말이에요. 진짜 대단하지 않아요? 그 긴 대사를 한 번도 안 틀리고 줄줄 말하잖아요.”

“예.”

“윤하 씨도 언젠가 그렇게 말할 수 있으면 좋을 텐데.”

미사가 혼잣말처럼 중얼거렸다.

윤하는 방금 들었던 대사를 머릿속으로 떠올려보았다. 왠지 그 정도는 자신도 할 수 있을 것 같은 기분이 들었다.

"아줌마 같은 사람들을 세상에서 뭐라 그러는 줄 알아요?"

아까 들은 대로 말투를 흉내 내자 거짓말처럼 매끄럽게 말이 흘러나왔다. 스스로 놀라면서도 윤하는 계속해서 말했다.

"구제불능, 민폐, 걸림돌, 많은 이름들이 있는데, 그중에서도 이렇게 불러주고 싶어요."

미사의 걸음이 뚝 멈췄다.

"똥. 덩. 어. 리."

미사의 눈이 놀라움에 한껏 커졌다.

"윤하 씨……?"

한참이나 윤하를 빤히 쳐다보다가, 미사는 물었다.

"그 대사는 또 언제 외운 거예요?"

"아, 아까 계, 계, 계산할 때 들었습니다."

"딱 한 번 듣고 다 외웠다고요? 그 긴 걸?"

미사는 어이없다는 듯이 묻더니 금세 고개를 저었다.

"아니, 그게 문제가 아니지. 방금 윤하 씨, 대체 어떻게 한 번도 안 더듬고 말한 거예요?"

윤하는 생각해보았다. 스스로도 신기하긴 한데 이유를 모르겠다.

"그, 그냥 제, 제가 저 사람이라고 새, 새, 생각하고 흉내를 냈더니……."

자신 없이 대답하자 미사는 뭔가 골똘히 생각하는 듯한 얼굴을 했다. 그러더니 갑자기 윤하의 손을 덥석 잡았다.

"윤하 씨, 저 믿죠?"

그 순간, 윤하의 머릿속에서 다른 것들은 모두 깨끗이 날아가버리고 말았다. 심지어 방금 자신이 말을 하나도 더듬지 않았던 일조차도.

손을 잡았다. 천사 같은 선생님이, 내 손을.

"……네."

미칠 듯이 두근거리는 윤하의 심장 따위는 아랑곳 않고, 미사는 그대로 윤하의 손을 잡아끌고 걷기 시작했다.

"좋은 방법이 생각났어요!"

미사는 인터넷에서 다운받은 각종 드라마나 영화 대본을 프린트해서 윤하에게 내밀었다.

수많은 테스트 끝에 얻어낸 결론은 매우 놀라웠다.

일단 윤하는 대사를 외우는 데에 엄청난 능력을 가지고 있었다. 아무리 긴 대사도 한두 번만 읽어보면 바로바로 입에서 흘러나왔다.

"아니, 교과서도 이런 식으로 외우면 서울대도 문제없을 텐데요!"

그래서 시험 삼아 교과서도 외워보았지만 실패였다. 대사가 아닌 문장은 단 한 줄조차도 쉽게 외워지지 않았다.

더욱더 놀라운 사실은, 대사를 말할 때는 전혀 말을 더듬지 않는다는 것이었다.

물론 그냥 책 읽듯이 대본을 읽게 되면 백 퍼센트 더듬는다. 하지만 일단 머릿속에 캐릭터를 떠올리고, 그 캐릭터가 말하는 거라고 상상하면서 대사를 말하면 절대 더듬지 않았다. 왜냐하면 그 말을 하는 것은 김윤하가 아니라 그 이야기 속의 인물이니까!

지금껏 살아오면서 전혀 몰랐던 능력이었다. 윤하보다도 미사가 한층 더 기뻐했다.

"좋아요, 앞으로 이렇게 연습하면 되겠어요!"

효과가 있었다. 대본을 가지고 연습하자 날이 갈수록 윤하는 눈에 띄게 나아졌다. 말더듬이가 나아갈수록 미사와 대화하는 일도 늘었다. 덕분에 미사와는 전보다도 한층 더 가까워지게 됐다. 사적인 대화를 나눌 때도 많아졌다.

자기가 고아라는 것을 고백해주었던 미사에게, 윤하는 힘들게 자신의 성장과정도 털어놓았다. 평생 아무도 자신을 사랑해주지 않았다고. 인생에 희망이라고는 없었다고.

"왜 그런 슬픈 생각을 했어요."

정작 말하는 윤하는 담담했는데, 이야기를 듣는 내내 미사는 울고 있었다.

나 같은 놈을 위해 울어주는 사람이 있다. 그것도 좋아하는 여자가. 그것만으로도 윤하는 행복하다고 생각했다.

그때부터 미사는 윤하에게 더욱더 속마음을 터놓게 되었다. 그러다 알게 된 것은, 미사가 연인인 서현우 때문에 무척이나 마음고생을 하고 있다는 것이었다. 늘 밝아 보여서 전에는 미처 눈치채지 못했는데.

"아뇨, 현우 선배는 무척 다정해요."

싸운 거냐고 물으면 미사는 고개를 저으며 씁쓸하게 웃었다.

"늘 저를 굉장히 좋아한다고 말해요. 저밖에 없다고요. 그런데도 이상하게 그게 진심처럼 안 느껴지고…….."

곁에서 지켜보니 그럴 만도 했다. 서현우라는 남자는 입으로 하는 말과 실제 행동이 전혀 달랐던 것이다. 속상하게 만드는 이유도 참으로 다양했다. 툭하면 하루 종일 연락이 끊기기도 하고, 여자 친구가 없는 것처럼 행세하고 다니기도 하고, 기념일을 잊어버리기도 했다. 심지어 생일까지.

어쩌다가 알게 된 미사의 생일을, 윤하는 자취방 달력에 동그라미까지 쳐놓고 기억했다. 그리고 고민 고민해서 선물을 샀다. 바로 예쁜 운동화였다.

미사는 생활이 어려운 편이었다. 학비는 서현우의 집안에서 후원해주고 있었지만, 생활비는 스스로 과외를 해서 해결한다고 했다. 그 와중에 야학에서 봉사까지 하고 있으니 여유가 있을 리 없었다.

비가 오던 어느 날, 낡은 운동화를 신은 미사가 지나가는 말처럼 투덜거렸었다.

「어휴, 새로 사야지 안 되겠다. 비가 다 새네.」

하지만 그 후로도 계속 같은 신발을 신고 있었던 게 계속 마음에 걸렸던 것이다.

생일날은 당연히 연인과 함께 보낼 거라고 생각했는데, 미사는 그날 저녁에도 윤하의 수업을 빼먹지 않았다.

"선생님, 생일 축하합니다."

수업이 끝난 후, 윤하가 내민 선물을 보고 미사는 한동안 입을 다물지 못했다.

"윤하 씨 신발도 다 해져서 엉망이잖아요."

고맙다는 말 대신, 그녀는 툭 하고 말했다. 마치 왜 이런 짓을 했냐고 책망하듯이.

"자기 신발이나 사지 왜 쓸데없이 이런 걸 사와요?"

화난 듯한 목소리에 윤하는 놀랐다. 그래도 조금은 기뻐해줄 줄 알았는데.

"죄, 죄송합니다. 그, 그냥, 전에 선생님 신발이 비, 비가 샌다고 해서……."

민망한 나머지 거의 나아가던 말더듬이가 도졌다.

"그걸 여태 기억하고 있었단 말이에요?"

"……네."

다음 순간, 미사는 갑자기 얼굴을 감싸고 울음을 터뜨렸다. 윤하는 크게 당황했다.

"서, 선생님?"

사랑하는 여자가 운다. 마음이 찢어질 것 같았다. 제가 뭘 잘못했는지도 모르면서 윤하는 무조건 사과했다.

"제가 그만 실수했습니다. 마음 상하게 해서 죄송합니다, 선생님."

그제야 미사는 울면서 고개를 저었다.

"아녜요, 윤하 씨는 잘못한 거 하나도 없어요. 그냥, 너무 고마워서 그래요."

하지만 고마워서 운다기에는 너무 서럽게 들리는데. 어쩔 수 없이 윤하는 그냥 곁에서 미사를 달래주었다. 달랜대 봤자 말주변이 없으니 그저 같은 말만 반복하는 게 전부였지만.

"울지 마세요, 선생님. 울지 마세요……."

한참 동안 울고 나서야 겨우 미사의 눈물은 멎었다. 그리고 그제야 진짜 이유가 나왔다.

"선배가 제 생일을 잊어버렸어요. 벌써 한 달 전부터 몇 번이나 말했는데."

미사는 훌쩍이며 말했다.

"고등학교 친구들끼리 술자리 약속이 있대요. 거기다 대고 차마 오늘 내 생일이라고 말을 할 수가 없었어요."

윤하의 마음속에서 조용한 분노가 치밀어 올랐다.

그까짓 술 약속이 뭐라고 연인을 울린단 말인가. 선생님이 내 연인이었다면 절대 이렇게 대하지 않을 텐데. 세상 무엇보다도 귀하게 여길 텐데. 제게는 세상에서 제일 소중한 여자를 툭하면 이렇게 슬프게 만드는 그 남자를, 윤하는 도저히 이해할 수도, 용서할 수도 없었다.

"윤하 씨 아니었으면 아무한테도 축하도 못 받고 그냥 지나갈 뻔했어요."

윤하가 준 선물상자를 소중하게 꼭 껴안고, 미사는 눈물을 닦으며 웃어 보였다.

"선물, 평생 잊지 않을게요!"

그 이후로 윤하를 대하는 미사의 태도는 미묘하게 변했다. 그전에는 늘 친절하기만 했는데, 이제는 별것 아닌 일에 서운해하기도 하고, 가끔은 화를 낼 때도 있었다. 미사가 그럴 때마다 윤하는 어쩔 줄을 몰랐다. 별일도 아닌데 왜 그러는지 이유를 몰랐으니까.

어쨌든 미사와 함께 노력한 보람이 있어서, 그로부터 반년쯤 지나자 윤하는 더 이상 말을 더듬지 않게 되었다. 대본을 읽을 때는 물론이고 평소에 말할 때도 마찬가지였다. 너무 긴장할 때는 가끔씩 말더듬이가 튀어나올 때도 있었지만, 그런 상황에는 또 나름대로 대처하는 방법이 생겼다.

바로 가면을 쓰는 것이었다.

말더듬이를 고치는 연습을 하기 위해 수많은 대본을 읽을 때마다, 윤하는 자신이 진짜로 그 인물이 되었다고 생각하곤 했다. 그러다 언젠가부터 그 인물들이 하나둘씩 머릿속에 남기 시작했다. 성격, 말투, 버릇까지. 처음에는 대본에 쓰여 있는 대사만 말했지만, 나중에는 그 인물이 되었다고 생각하기만 하면 어떤 상황에서든 그 캐릭터의 성격에 맞게 말하고 행동할 수 있게 되었다.

그래서 윤하는 긴장할 만한 상황이 되면 머릿속에 있는 여러 인물들 중 그 상황에 맞는 캐릭터를 골라서 가면을 썼다. 그러면서도 그게 바로 '연기'라는 것을 아직 스스로는 깨닫지 못하고 있었다.

“윤하 씨, 혹시 배우 해보면 어때요?”

처음으로 윤하에게 그 말을 해준 것도 미사였다.

“배우요?”

윤하는 읽던 대본을 내려놓고 미사를 바라보았다.

“연기에 재능 있는 거 같아서 그래요. 대사도 엄청 잘 외우고.”

미사는 들뜬 얼굴로 손뼉을 쳤다.

“게다가 얼굴도 잘생겼잖아요?”

윤하는 얼굴이 확 달아올라서 고개를 돌리고 말았다.

늘 남루한 차림새를 하고 있었던 것 치고는, 어릴 때부터 잘생겼다는 말은 꽤 자주 들어온 편이기는 했다. 청소년 시절에 중국집에서 배달을 할 때는 근처 학교 여학생들에게서 편지나 초콜릿 같은 걸 받은 일도 꽤 여러 번이었다. 비록 상대의 얼굴도 똑바로 못 쳐다본 채 ‘고, 고, 고, 고맙습니다.’ 하고 인사하면 십중팔구는 실망해서 돌아가버리곤 했지만.

요즘도 잘생겼다는 말은 가끔 듣고 있었다. 같이 일하는 아저씨들에게서. 하지만 스스로는 전혀 자신이 잘생겼다고 생각해본 적도 없고, 외모에 신경을 쓸 여유도 없었다. 무엇보다 젊은 여자들은 일단 윤하의 외모는 둘째 치고 허름한 작업복 차림만 봐도 눈살을 찌푸리며 피하곤 했다.

그런데 좋아하는 여자가 자신을 잘생겼다고 칭찬해준 것이다. 무척 쑥스러우면서도 한편으로는 기뻤다.

“배우는 뭐 아무나 합니까.”

기쁜 마음과는 달리 정작 말은 퉁명스럽게 흘러나왔다. 말더듬이는 고쳤지만 서투르기 짝이 없는 말주변은 그대로였다.

하지만 윤하가 퉁명스럽게 말해도 미사는 조금도 아랑곳하지 않았다.

"정말이에요, 윤하 씨 진짜 타고난 배우 감인데! 왜 미처 그 생각을 못 했지?"

마치 대단한 생각이라도 해낸 것처럼 혼자 신이 나 하는 것이었다.

그때는 단순히 농담으로 한 말이라고만 생각했다. 배우라면 연예인인데, 일개 막노동꾼인 자신이 그런 화려한 직업을 가질 수 있을 리가 없지 않은가.

그리고 얼마 후에야 알게 되었다. 미사가 말도 안 되는 일을 꾸미고 있었다는 것을.

그다음 주말에 미사는 갑자기 윤하를 밖으로 불러내더니 윤하를 다짜고짜 백화점으로 데려갔다. 그러더니 세련된 옷과 구두를 사서 머리끝부터 발끝까지 싹 갈아입게 만들었다.

"선생님. 이걸 왜 저한테……?"

"선물이에요. 제가 과외하는 중학생이 이번에 전교 1등 해서 보너스 받았거든요."

그렇게 대꾸하고 미사는 이번에는 윤하를 미용실로 이끌었다. 그것도 굉장히 비싸 보이는 미용실로.

세련된 옷을 입고 머리까지 멋지게 자르고 나자 윤하는 몰라보게 말끔해졌다. 그런 윤하를 바라보면서 미사는 감탄 섞인 한숨을 쉬었다.

"원래도 잘생겼다고 생각은 했는데, 이 정도인 줄은 몰랐어요!"

이미 미용실 스태프들도 한바탕 난리가 난 후였다.

그렇게 변신을 마치고 나자 미사는 그제야 진짜 용건을 말했다.

"윤하 씨, 오디션 보러 가요."

미사의 설명을 듣고 윤하는 경악했다. 올해 제작되는 영화의 여주인공과 조, 단역을 선발하는 공개 오디션이라고 했다. 이미 접수는 자신 몰래 해두었다는 것이었다.

"가서 시키는 연기만 잘하면 될 거예요. 윤하 씨, 연기 잘하잖아요?"

윤하는 딱 잘라 거절했다.

"싫습니다."

화가 나서가 아니었다. 세상에 어디 사람이 없어서 자신 따위가 배우가 된단 말인가. 그러니 되지도 않을 일에 많은 사람들 앞에서 창피를 당하고 싶지도 않았다.

"그런 게 될 리가 없잖습니까?"

하지만 미사도 좀처럼 포기하지 않았다.

"제발요, 윤하 씨. 제 얼굴을 봐서라도 이번 한 번만요. 네? 네?"

결국 윤하가 지고 말았다. 좋아하는 여자가 울상을 하고 조르는데 배길 재간이 없었다.

"안 돼도 실망하시면 안 됩니다."

"당연하죠. 전 그냥 윤하 씨가 오디션만 봐주면 그걸로 족해요!"

미사에게 다짐을 받아내고 나서야 윤하는 오디션 장소로 향했다.

어차피 될 일이 아니라고 생각했기 때문에 욕심도 전혀 없었다. 마음을 완전히 비운 상태에서 윤하는 감독이 시키는 대로 몇 가지 연기를 했다. 물론 무척 긴장했지만, 자신이 진짜 그 인물이라고 생각하고 몰입하자 긴장감도 금세 잊을 수 있었다.

그리고, 기적이 벌어졌다. 감독이 윤하에게 홀딱 반해버린 것이었다. 정작 모집한 것은 조연 역할이었는데, 감독은 미리 캐스팅이 결정되어 있던 인기 스타도 집어치우고 주연으로 윤하를 고집했다. 투자자가 반 이상 떨어져나가도 아랑곳하지 않을 정도였다.

이 영화, '미로'는 김윤하 아니면 절대 안 된다면서.

"보라고, 나중에 다들 땅 치고 후회들 할걸?"

감독은 그렇게 큰소리까지 치며 결국 윤하를 주연으로 캐스팅하고 말았다.

그다음 해, 본격적으로 영화 촬영을 시작하기 직전에 마침 고등학교 검정고시가 있었다.

"꼭 합격할 거예요. 공부한 만큼만 하면 돼요!"

시험 날 아침, 미사는 시험장 앞까지 윤하를 격려하러 와주었다.

"참, 근데 촬영은 언제부터라고 했죠?"

"모레부텁니다."

"그렇구나. 영화, 꼭 잘됐으면 좋겠어요."

갑자기 미사가 농담처럼 웃으며 말했다.

"근데 윤하 씨, 너무 스타가 돼버려서 앞으로 만나지도 못하게 되면 어쩌죠?"

웃는 얼굴이 어딘가 쓸쓸하게 느껴졌지만 윤하는 설마, 하고 생각했다. 자신이 스타가 될 리도 없지만, 설령 된다 하더라도 미사를 만나지 않을 리가 있나.

어쨌든 검정고시 결과는 합격이었고, 윤하는 고등학교 졸업 자격을 얻었다. 즉, 야학에는 더 이상 나갈 필요가 없어졌다.

영화 촬영은 대부분 지방에서 이루어졌고, 매니저나 소속사는커녕 따로 이동 수단도 없는 윤하로서는 미사를 만나러 갈 수도 없었다. 바쁘기도 했고, 만날 핑계도 없었고. 미사와는 어디까지나 선생과 제자 사이였다. 친구도, 연인도, 친한 오빠동생 사이조차도 아니다. 그러니 검정고시 패스라는 목적을 달성하고 나자 더 이상 만날 구실이 없어진 거였다.

게다가 윤하는 미사의 전화번호조차 몰랐다. 자신이 휴대폰을 가지고 있지 않았기 때문에 물을 필요도 없었던 것이었다. 영화 촬영을 시작하면서 휴대폰도 사게 됐지만, 미사에게 번호를 알릴 방법도 없었다.

촬영을 시작한 지 얼마 안 돼서 윤하는 정말로 배우가 천직이었다는 걸 깨달았다. 제작비가 확 줄어드는 바람에 이래저래 열악한 환경에서 찍었고, 사람들과 어울리기 힘들어서 남몰래 마음고생도 많이 했지만 카메라 앞에만 서면 모든 근심과 고뇌가 거짓말처럼 싹 다 날아갔다.

'미로'에서 윤하가 맡은 남주인공 역할은 부모에게 사랑과 관심을 전혀 받지 못하고 자란 남자였다. 그 기분을 너무나 잘 알기 때문에, 윤하는 정신없이 역에 몰입했다.

감독의 안목은 정확했다. 우여곡절 끝에 촬영을 마치고 그 다음해 초에 개봉한 '미로'가 그 해 최고의 흥행을 기록했던 것이다. 신인이라고는 믿어지지 않을 정도의 뛰어난 연기력과 완벽한 외모. 본명인 김윤하가 아닌 정윤하라는 이름으로 데뷔한 이 신인 배우에게, 평단과 관객이 동시에 아낌없는 찬사를 보냈다. 사랑하는 여자를 놓치고 절실하게 후회하는 연기에, 특히 여성 팬들이 대량생산되었다.

그렇게 윤하는 영화 한 편으로 일약 톱스타가 되었다.

「근데 윤하 씨, 너무 스타가 돼버려서 앞으로 만나지도 못하게 되면 어쩌죠?」

그리고 나중이 되어서야 윤하는 비로소 깨달았다.

미사의 그 농담이 옳았다는 것을.

미사를 마지막으로 본 지도 어느덧 2년이 흘렀다. 그 2년 사이에 윤하는 많은 것이 변했다.

소속사가 생기고, 곁에서 늘 돌봐주는 매니저도 생겼다. 바로 친

동생처럼 생각하는 민호였다. 민호를 매니저로 고용해달라는 게 계약 시에 윤하가 제시한 조건이었고, 물론 소속사는 기꺼이 들어 주었다.

영화가 흥행한 덕분에 수많은 시나리오가 쏟아져 들어왔다. 소 속사는 당분간 계속 영화 쪽으로 가자고 했지만 윤하는 차기작으 로 로맨틱 코미디 드라마를 선택했다. 실제 자신의 성격과는 전혀 다른, 쾌활한 캐릭터가 마음에 들어서였다. 물론 가볍고 경쾌한 작 품의 분위기도.

해놓고 보니 현명한 선택이었다. 드라마는 데뷔작인 영화 못지 않게 대 히트를 쳤고, 윤하의 주가는 더욱더 치솟았다. 여태까지 힘들게 살아온 인생이 거짓말처럼 느껴질 정도로 모든 일이 순조 롭게만 흘러갔다.

그렇게 눈코 뜰 새 없이 지내는 와중에서도 윤하는 계속 미사를 마음속에 품고 있었다. 일하면서 예쁜 여배우도 많이 만났고, 그중 에는 윤하에게 호감을 보이는 상대도 있었지만 누구도 눈에 들어 오지 않았다. 시간이 지나도 잊히지 않았다. 오히려 날이 갈수록 더욱더 보고 싶어지기만 했다.

"아니, 고백하면 되지 대체 뭐가 걱정이에요?"

참다못해 그런 제 마음을 털어놓자 민호는 펄쩍 뛰었다.

"겸손도 지나치면 거지병이라더니 참, 상거지가 여기 있었네. 대 한민국에 정윤하가 좋다는데 마다할 여자가 어딨어요?"

윤하도 알고는 있었다. 지금의 자신의 위치가 예전과는 전혀 다 르다는 것을. 하지만 좋아하는 사람 앞에서는 한없이 작아지는 법이었다. 미사만 떠올리면 윤하는 여전히 자신이 부족하고 초라하게만 느껴졌다. 처음, 낡은 작업복을 입고 마주쳤던 그때와 조금도 다를 게 없었다.

"사귀는 남자가 있다니까."

"골키퍼 있다고 골 안 들어가요? 그리고 그때도 그렇게 속을 썩였다는데 지금쯤 헤어졌을지도 모르잖아요."

민호는 윤하의 등을 떠밀었다.

"당장 만나러 가요. 그 누나도 엄청 좋아할걸요?"

그러면서도 매니저다운 말을 잊지 않는 민호였다.

"사귀는 건 몰래 해요! 기사라도 떴다간 저 사장님한테 죽어요. 알죠, 형?"

그 말에 윤하는 가까스로 용기를 내서 미사를 만나러 갔다.

마지막으로 만난 지 2년, 그리고 처음 만났던 때로부터 따지면 약 4년 만의 일이었다.

미사는 대학을 졸업한 후에도 야학 봉사를 계속하고 있었다.

"윤하 씨?"

수업이 모두 끝날 시간, 야학으로 찾아온 윤하를 보고 그녀는 한동안 입을 다물지 못했다.

"괜히 카페 같은 데 갔다가 사람들이 알아보면 윤하 씨 곤란할 테니까."

미사는 그렇게 말하며 근처에 있는 놀이터로 윤하를 이끌었다.

"자, 여기요."

미사가 자판기에서 뽑아 온 캔 커피를 보고 윤하는 물었다.

"선생님, 커피 안 드시지 않습니까."

"어머, 여태 그런 걸 다 기억하고 있었어요?"

미사는 웃었지만 윤하는 조금 서운해졌다. 어떻게 내가 그런 걸 잊었을 거라고 생각하는 걸까. 당신에 대한 거라면 아주 작은 거라도, 하나도 잊지 않았는데.

"이 커피, 윤하 씨가 광고하잖아요. 그래서 안 마셔도 가끔 사요."

잠시 서운했던 마음이 금세 스르르 녹아내렸다.

"지금은 영어 학원에서 강사로 일하고 있어요. 임용고시 준비하면서요."

스물네 살이 된 미사는 그새 훌쩍 어른스러워져 있었다. 이제는 소녀티도 모두 가시고, 어엿한 예쁜 아가씨였다. 얼굴을 보는 순간부터 너무 가슴이 뛰어서, 윤하는 가뜩이나 적은 말수가 더 적어지고 말았다.

"영화 진짜 재밌게 봤어요. 드라마도요. 본방사수 하느라 과외 미루고 난리도 아니었어요."

광고 모델인 윤하의 얼굴이 인쇄되어 있는 커피 캔을 들여다보며, 미사가 즐거운 듯이 말했다.

"내가 정윤하 선생님이라고 친구들한테 엄청 자랑하고 싶었는데 참았어요. 잘했죠?"

"해도 상관없었습니다만."

윤하는 진심으로 말했다. 가르친 정도가 아니라, 지금의 자신은 미사가 만들어준 거나 마찬가지가 아닌가.

"괜히 이미지에 손상 가면 안 되잖아요. 이젠 톱스타인데."

다행히 미사의 말투에서 비꼬는 기색은 전혀 느껴지지 않았다. 그동안 왜 한 번도 연락하지 않았느냐, 스타가 됐다고 변한 거냐고 원망을 들을 것도 각오했는데.

"드라마에서 여주랑 케미 장난 아니던데. 혹시 진짜로 사귀는 거 아녜요?"

"아니, 전혀 관심 없습니다."

미사의 말에 윤하는 정색을 하고 대답했다.

"어, 왜요? 그렇게 예쁜데."

미친 듯이 뛰기 시작하는 심장을 억누르며, 윤하는 대답했다.

"제가 좋아하는 사람은 따로 있으니까요."

자연스럽게, 그게 바로 당신이라고 고백하려고 했다.

'어머! 그게 누군데요?'

미사가 그렇게 물어봐주기만 하면.

하지만 미사는 묻지 않았다.

"그랬구나."

고개를 숙이고 혼잣말처럼 가만히 중얼거렸을 뿐이었다.

"……윤하 씨도 좋아하는 사람이 있었구나."

그 바람에 윤하는 고백할 타이밍을 놓쳐버리고 말았다. 그리고 그 사이에, 미사는 다시 고개를 들더니 활기차게 말했다.

"사실은 저도 깜짝 놀랄 소식이 있어요."

"예?"

"프러포즈 받았어요. 졸업식 날, 현우 선배한테요."

윤하는 멍해졌다.

"임용고시에는 붙고 나서 결혼하자고 부탁했어요. 정식으로 교사라도 되고 나서 결혼해야 시댁에도 조금은 면목이 설 것 같아서요."

충격이 가시자 절망감과 함께 분노가 밀려오기 시작했다. 이렇게 성공했는데, 그래도 왜 나는 안 되는가. 아니, 내가 아닌 것까지는 좋다 치자. 왜 꼭 그 남자여야 하는가.

"요즘은…… 속상하게 하지 않습니까."

윤하는 이를 악물고 물었다. 그토록 속상하게 만드는 남자와 왜 결혼까지 하려는 거냐고 말하고 싶은 것을 꾹 참느라.

미사는 조용히 미소를 지었다.

"가끔 속상할 때도 있지만, 저한테는 은인 같은 사람인걸요."

더 할 말도 없었다. 결국 윤하는 고백하기도 전에 실연을 당하고 만 셈이 되었다.

"멀리서 늘 응원하고 있을게요. 윤하 씨도 제가 1호 팬인 거 잊으면 안 돼요."

헤어질 때, 미사는 그렇게 말하며 웃었다.

미사를 만나고 돌아와서, 윤하는 한동안 침울하게 지냈다. 정해진 스케줄은 겨우 소화했지만 그 외의 시간에는 집에 틀어박혀 꼼짝도 하지 않았다.

그런 윤하를 보고 민호는 안타까워서 어쩔 줄을 몰랐다.

"아니, 형도 참 답답하네. 이왕 만난 거, 그렇게 좋으면 말이라도 해보지 그랬어요? 어차피 지금 당장 결혼한다는 것도 아닌데, 얼마든지 엎을 수 있는 거잖아요?"

모르는 소리라고 윤하는 생각했다.

미사는 헤어질 때 인사치레로라도 또 보자는 말을 하지 않았다. 윤하의 연락처도 묻지 않았고, 자기 연락처를 주지도 않았다. 다시 만날 생각이 없다는 뜻이었다. 즉, 가능성이 전혀 없다.

그러니까 잊어버리자고 생각했지만 쉽지 않았다. 윤하에게 있어 미사는 현재진행형의 첫사랑이었다.

그렇게 침울한 나날을 보낸 지 한 달쯤 되었을까. 하루는 민호가 이런 말을 꺼냈다.

"형. 오늘부터 영어 과외 선생님이 집으로 올 거예요."

"무슨 영어 과외?"

"잊어버렸어요? 이번 드라마에서 형이 맡은 배역이 재미 교포잖아요. 진짜 교포처럼은 못 하더라도, 어느 정도는 해야 된다면서 회사에서 선생님 붙여준 거예요."

상의도 없이, 하고 윤하는 이맛살을 찌푸렸다. 연기를 위해서 배우는 거야 당연한 일이라지만 생판 남을 집에 들이기는 싫었던 것이다. 회사에서 만나서 수업해도 될 것을 굳이 왜. 하지만 수업은 당장 그날부터라고 했다. 어쩔 수 없이 윤하는 집에서 선생이 오기를 기다릴 수밖에 없었다.

그리고 몇 시간 후 나타난 과외 선생을 보고, 윤하는 제 눈을 의심했다.

"윤하 씨."

현관문 앞에 미소 짓고 서 있는 것은 바로 미사였던 것이다.

"선생님? 여긴 어떻게……."

"매니저 되시는 분이 제가 일하는 학원으로 찾아왔었어요. 윤하 씨가 극중 역할 때문에 영어를 배워야 하는데, 다른 선생님은 불편해서 수업을 할 수가 없으니 좀 부탁한다고요."

윤하는 그제야 민호가 꾸민 일이라는 것을 알아차렸다. 동시에 화가 치밀었다. 쓸데없는 짓을!

이건 아니다. 자신이 괴로운 것도 괴로운 거지만, 결혼할 남자가 있는 미사에게도 실례라는 생각이 들었다. 심지어 그녀는 자신의 감정을 전혀 모르고 있는데.

거절하려고 마음먹은 순간, 미사가 말했다.

"수업료 많이 주셔서 고마워요. 사실은 돈이 정말 필요했거든요."

"예?"

"보육원에서 함께 자랐던 동생들이 둘이나 한꺼번에 고등학교를 졸업하게 됐어요. 어떻게든 대학에 보내주고 싶은데 제 월급 가지고는 모자라서 고민하던 중이었어요."

도저히 거절할 수가 없어졌다. 감정이 어쩌고저쩌고, 사치스러운 소리를 할 때가 아니다. 윤하는 어느새 배가 부른 자신을 속으로 탓했다. 매달 월세 걱정하면서 살았던 게 얼마나 됐다고.

윤하가 대답이 없자 미사는 불안해진 모양이었다. 그녀는 눈치를 보며 말했다.

"그래도 너무 비싼 것 같으면, 좀 깎아도 괜찮아요."

가슴이 뭉클해졌다.

CF 모델로도 한창 주가를 올리고 있는 윤하였다. 돈이라면 얼마든지 있다. 원한다면 전 재산을 몽땅 다 주어도 아깝지 않다.

하지만 입에서 나온 말은 언제나처럼 무뚝뚝한 것이었다.

"수업료는 회사에서 지급하는 거니까 그냥 주는 대로 받으시면 됩니다."

그렇게 말하고 윤하는 등을 돌렸다.

"그럼 수업하러 가시죠."

그때부터 윤하는 일주일에 두세 번씩 미사에게 영어 과외를 받았다.

교포 역할을 맡았던 드라마 촬영이 모두 끝나고 나자, 이번에는 민호에게 대신 과외를 받게 했다. 중학교 검정고시 과외였다.

민호 역시 윤하 못지않게 출신이 불우했다. 즉 학력이 짧기는 마찬가지였지만, 윤하와 다른 게 있다면 공부에 대한 욕심이 전혀 없었다. 그래서 수업을 아무리 받아도 거의 실력이 늘지 않았지만,

전혀 상관없었다. 어차피 수업은 핑계에 불과했으니까.

윤하는 미사를 계속 보고 싶었다. 그리고 그녀가 돈 때문에 힘들어하는 게 싫었다. 미사가 얼마 안 되는 월급의 대부분을 동생들 교육에 쓰고 있다는 걸 윤하는 알고 있었다. 미사도 윤하의 그런 배려를 눈치챈 것 같았다. 너무 많이 받는다고 늘 미안해하면서도, 한편으로는 고마워했다.

자신이 미사에게 도움이 될 수 있다는 것이 무척이나 행복했다. 윤하는 어느덧 생각을 고쳐먹게 되었다. 그래, 꼭 연인사이가 아니라도 상관없다. 그냥 이렇게 가끔씩 만나면서 계속 가깝게 지낼 수만 있다면 그것도 괜찮지 않을까, 하고.

그러기 위해서는 제 감정을 들켜서는 안 됐다. 윤하는 철저히 자신의 마음을 감추고 미사를 대했다. 다행히 타고난 성격이 무뚝뚝한 데다, 전부터 계속 해왔던 일이라 새삼 어려울 것도 없었다.

그렇게 계속 미사는 윤하의 집에 수업을 하러 다녔다. 그사이에 세 사람이 무척 가까워진 것은 더 말할 것도 없었다.

그 사이에 윤하는 미사에게 말도 놓게 되었다. 미사가 그러기를 원했기 때문이었다.

"이젠 가르치지도 않는데 언제까지 선생님, 선생님, 할 거예요?"

선생님이라고 부르던 버릇이 하루아침에 고쳐지지는 않지만, 그것도 시간이 지나자 점점 적응되어갔다. 편해진 말투만큼이나 사이도 점점 가까워졌다.

미사는 음식 솜씨가 좋아서 과외를 하러 온 김에 이것저것 만들어주곤 했다. 그러면 민호까지 셋이서 먹으면서 집에서 같이 영화

를 보기도 하고, 수다를 떨면서 놀기도 했다. 물론 미사와 민호 둘
이 떠들고 말수적은 윤하는 주로 곁에서 듣는 편이었지만 속으로
는 무척 즐거웠다.

그렇게 2년쯤 지난 어느 날, 윤하는 늦게까지 민호의 수업을 해
준 미사를 집까지 차로 데려다 주었다가 집 앞에서 미사의 약혼자
인 서현우를 맞닥뜨리게 되었다.

"남의 약혼녀와 필요 이상으로 가까이 지내는 거, 좀 켕기지 않습
니까?"

서현우는 윤하를 보자마자 적개심을 드러냈다. 전부터 신경 쓰
고 있었던 기색이 역력했다.

"전혀. 제 매니저의 과외를 해주시는 선생님일 뿐이니까요."

침착하게 대꾸하자 서현우도 그 이상 더 시비를 걸어오지는 않았
다. 그저 말없이 윤하를 노려보았을 뿐.

그다음 날, 미사는 민호의 수업을 그만두었다. 슬슬 임용고시 준
비에만 전념해야겠다면서. 물론 이유는 그렇게 말했지만 진짜 이
유가 뭔지 모를 윤하가 아니었다.

민호의 과외를 그만두던 날, 미사는 그렇게 말했다.

"여동생처럼 생각해주세요. 저도 친오빠처럼 생각할 테니까요."

수업을 그만두고 난 후에도 미사와는 가끔씩 만났다. 말 그대로
정말 친한 오빠동생 사이처럼.

서현우는 여전히 미사를 속상하게 만드는 것 같았다. 그렇다고
미사가 입 밖에 내서 하소연을 하는 것도 아니었다. 대학생 때는 그
와의 사이에 안 좋은 일이 있으면 윤하에게 속상하다고 털어놓기

도 했었지만, 지금은 철이 들어서인지 좀처럼 그런 법이 없었다.

하지만 굳이 얘기를 듣지 않아도, 점점 어두워져가는 미사의 얼굴만 봐도 윤하는 느낄 수 있었다. 그녀가 전혀 행복하지 않다는 것을.

"저, 내년 5월에 결혼해요."

미사가 그렇게 말했을 때, 윤하는 생각했다. 올 것이 왔구나. 마음의 각오는 하고 있었지만 역시나 괴로워서, 그날 밤에는 민호를 붙들고 진탕 술을 마셨다.

그때부터는 미사와 연락이 완전히 끊겼다. 미사도 연락해 오지 않았고, 윤하 쪽에서도 굳이 연락하지 않았다.

"미사 누나도 하여튼. 이런 거 누구 보라고 프로필 사진으로 해놓은 거야?"

웨딩드레스를 고르는 중에 찍었나 보다. 순백의 드레스 차림의 사진을 보란 듯이 휴대폰 메신저 프로필에 올려둔 미사를 보고 민호는 형 마음도 모르고 너무한다고 투덜거렸지만, 윤하는 미사의 마음을 알 것 같았다. 아무리 속상하게 하는 남자라도, 결혼해서는 잘 살아보자고 결심한 거겠지.

윤하는 민호 몰래 그 사진을 인화해다가 지갑 속에 넣어두었다. 미사가 못 견디게 보고 싶을 때마다 가끔씩 열어볼 수 있게. 그리고 그때마다 이제는 남의 여자라는 것을 되새길 수 있게.

그렇게 윤하가 제 마음과 치열하게 싸우던 어느 날, 미사는 밤중에 불쑥 찾아왔다.

"선배가 다른 여자하고 호텔에 들어가는 걸 봤어요."

그녀는 현관에 선 채로 마치 남의 일처럼 말했다. 술 냄새는 났지만 말투는 멀쩡한 걸로 봐서, 괴로움을 잊으려고 일부러 마셨다는 걸 알 수 있었다.

윤하는 화가 나서 말했다.

"그걸 보고도 가만히 내버려뒀다고? 제정신이야?"

"처음 있는 일도 아닌데요, 뭐."

갑자기 그녀가 피식 웃었다. 자조적인 웃음이었다.

"하긴 어차피 나도 별다를 것 없는 인간인데 누가 누구를 탓하겠어요."

그 말이 무슨 뜻인지 윤하는 몰랐다. 그저 화만 났다.

처음 만났을 때, 스무 살이었던 미사는 저런 식으로 웃지 않았다. 온 세상이 다 환해지는 느낌이 들 정도로, 그렇게 밝게 웃었었는데. 그토록 눈부시게 반짝거리던 여자를 이렇게 만들어버리다니. 윤하는 도저히 참을 수가 없어졌다.

"나한테 와."

그토록 오랫동안 참고 또 참았던 말은, 그렇게 허무할 정도로 쉽게 튀어나왔다.

"그 자식하고는 파혼해. 나하고 결혼하자."

내가 훨씬 더 잘해줄 수 있어. 절대로 널 울리지 않을 거야. 다른 여자도 만나지 않아. 평생 너 하나만 사랑할 거야⋯⋯. 수많은 말들이 머릿속에서 맴돌았다. 하지만 빌어먹을 놈의 말재주가 이런 순간에도 발목을 잡았다.

연기를 하려고 들면 얼마든지 달콤한 말을 줄줄이 쏟아낼 수도 있었지만, 윤하는 미사의 앞에서만은 한 번도 가면을 쓴 적이 없었다. 그러고 싶지 않다.

겨우 그 말만 하고 말문이 막혀버린 윤하를, 미사는 믿을 수 없다는 듯이 쳐다보았다.

"그게…… 무슨 소리예요?"

"계속 널 사랑했어."

결국 윤하는 그렇게밖에 대답할 수가 없었다.

"처음 봤을 때부터, 지금까지."

미사의 눈이 커다래졌다.

무슨 생각을 하고 있는 것일까. 미사는 한참 동안 아무 말도 하지 않았다. 실제로는 몇 분도 지나지 않았을 그 시간이, 윤하에게는 마치 몇 년처럼 느껴졌다.

한참 후에야 미사는 입을 열었다.

"조금만…… 시간을 주세요."

윤하는 놀랐다. 당연히 거절당할 줄 알았는데, 시간을 달라니!

"오래 기다리게는 하지 않아요. 내일 아침에, 바로 대답할게요."

뭔가 결심한 듯한 표정이었다.

그날 밤, 윤하는 한숨도 자지 못했다.

왜 시간을 달라고 했던 거지. 생각할 시간이 필요했던 거라면, 왜 겨우 하룻밤이면 된다고 했을까. 인생이 걸린 문제인데.

미사는 약속대로 다음 날 아침, 새벽같이 전화를 걸어왔다.

– 밤새 생각해봤어요.

그녀의 목소리는 심하게 떨리고 있었다. 윤하는 숨을 멈췄다.

– 아무래도 제가 그 사람을 많이 사랑하는 것 같아요.

눈앞이 서서히 절망의 빛으로 검게 물들어갔다.

– ……정말 미안해요, 윤하 씨.

"그리고 한동안은 연락이 없었어."

한숨과 함께 윤하는 긴 이야기를 끝냈다.

"그리고 몇 달 후에 너한테서 갑자기 전화가 온 거야. 파혼하겠다면서."

그 뒤의 일은 이미 아는 터다. 미사는 한참 동안 말을 잃고 있다가 겨우 말했다.

"저, 아저씨를 진짜 오랫동안 힘들게 만들었네요."

"네 잘못이 아니야."

마치 대신 변명하듯, 윤하는 말했다.

"너는 내가 고백할 때까지, 전혀 내 감정을 눈치조차 채지 못하고 있었으니까."

그거야 그럴 만도 하다고 미사는 생각했다. 정윤하는 원래 무뚝뚝한 데다 자기 속마음을 잘 드러내지 않는 사람이니까.

하지만 그래도 자기 자신이 완전히 이해되지는 않았다. 대체 나는 왜 끝내 윤하를 사랑하지 않았던 걸까. 게다가 약혼자인 서현우가 그 정도로 힘들게 했다는데.

"……."

시무룩해 있자 윤하가 달래듯 가만히 미사를 안았다.

"네 잘못이 아니라니까."

다시 한 번 되풀이하고, 그는 말했다.

"너무 늦었어. 피곤할 텐데 이만 올라가서 자도록 해."

"싫어요."

윤하의 품에 깊이 파고들며, 미사는 말했다.

"아저씨랑 같이 자고 싶어요."

02 / 제발 문은 꼭 잠그고 자

다음 날 아침, 먼저 눈을 뜬 것은 미사였다. 먼저 눈을 떴다는 얘기는 누군가와 함께 잤다는 뜻이고, 그 누군가라는 것은 말할 필요도 없이 윤하였다.

어젯밤, 윤하는 집에 돌아온 미사를 안고 하염없이 울었다. 그러고 나서 처음으로 이야기를 해주었다. 자신이 잊어버린, 소중한 이야기들을. 그 이야기를 다 듣고 나자 미사는 윤하가 한층 더 좋아졌다. 듣기 전보다 한층 더 사랑스럽고, 애틋한 마음이 들었다. 한시도 곁에서 떨어지기 싫을 정도로.

「아저씨랑 같이 자고 싶어요.」

그렇게 말한 것은 정말이지 말 그대로의 뜻이었다. 미사는 윤하와 헤어지기 싫었다. 단 1분조차도.

윤하는 조금 당황한 것처럼 보였지만 억지로 떼어놓으려고 하지는 않았다. 그래서 누가 먼저랄 것도 없이 손을 잡고 함께 미사의 방으로 올라갔다. 결론적으로 한 침대에서 같이 잤다. 문자 그대로, 잠만 잤다.

윤하는 밤새 미사를 꼭 껴안고 있어주었다. 윤하 쪽은 어땠는지는 별개로 치고, 열여덟 살인 미사로서는 그걸로 충분했다. 그 이상은 아직 상상하기도 힘들었으니까.

어쨌든 윤하의 품 안에서, 미사는 행복하게 단잠을 잤다. 실컷 울고 난 끝에 좋아하는 사람의 품 안에서 푹 자고 일어나자 자연히 기분은 날아갈 듯이 가벼워져 있었다. 이제 더 이상 누군가의 약혼녀가 아니라는 사실도 크게 한몫했다.

어제 하도 울어서인지, 곁에서 잠들어 있는 윤하의 눈은 조금 부어 있었다.

그 얼굴을 들여다보며 미사는 새삼 감탄했다.

'맙소사, 눈이 부어도 잘생겼어!'

이 얼굴을 스무 살 때부터 계속 보면서도 어떻게 사랑에 빠지지 않을 수가 있었을까. 새삼 기억을 잃기 전의 자신이 불가사의하게 느껴졌다. 좋아하는 마음은 별개로 치고, 솔직히 말해 얼굴만 봐도 좋아 죽을 지경이었다. 이젠 연인 사이니까 앞으로 싸울 일도 있을 텐데, 이 얼굴을 상대로는 도저히 이길 자신이 없다. 백년 묵은 원한도 얼굴 보면 스르르 풀려버릴 것 같다.

'빨리 익숙해져야겠어!'

그렇게 생각하고 미사는 괜히 미간에 힘을 주고 잠든 윤하의 얼굴을 뚫어져라 쳐다보았다. 자꾸만 헤벌어지려는 입을 억지로 다물어가면서.

혼자 그렇게 쇼를 하고 있는데, 문득 어디선가 휴대폰 진동 소리가 들렸다. 푹 자게 놔두고 싶은데, 자칫 윤하를 깨울까 봐 미사는 황급히 소리의 진원지를 찾았다. 바로 가방 안이었다.

미사는 얼른 휴대폰을 꺼내 밖으로 나가서 전화를 받았다.

– 여보세요, 거기 배신의 아이콘 있어요?

다짜고짜 들려온 목소리의 주인은 예지였다.

"미안해, 예지야. 정말 잘못했어."

미사는 그저 미안하다는 말만 되풀이했다. 그 외에는 입이 열 개라도 할 말이 없었다.

– 나한테까지 숨기고! 배신자 인정?

"인정. 근데 네가 좋아하는 거 알면서 차마 말할 수가 없었어."

– 웃기고 계시네!

예지가 기가 막힌다는 듯이 코웃음을 쳤다.

– 그럼 처음에 내가 정윤하 진짜 싫다고 했을 때는 왜 솔직히 말 안 했는데?

"그것도 이유가 있었어."

– 그러니까 대체 그 이유가 뭔데?

이제는 다 털어놓아야 할 것 같다. 미사는 처음부터 이야기를 시작했다.

"기억을 잃어버리던 날, 어떤 사람이 갑자기 나타나서는 자기가 내 남편이라고 하는 거야."

– 그게 윤하 오빠였다고?

"그래. 그래서 그 집에 들어가서 살게 됐는데, 알고 보니까 그건 거짓말이었고……."

워낙 긴 이야기였다. 최대한 요약해서 말했는데도 30분이 넘게 걸렸다. 그러나 듣는 쪽은 드라마 보듯 완전히 몰입한 모양이었다.

– 그래서? 약혼자 만나서 어떻게 됐는데?

어느새 숨넘어가게 재촉까지 하는 것이었다.

"성공했어, 파혼."

― 헐, 대박! 기억상실인 거 안 들켰어?

"당연하지. 완전 제대로 속였다니까."

미사는 지금까지의 이야기를 모두 해주었다. 윤하에게 들은 과거 이야기까지. 그리고 이야기가 끝나자 이윽고 예지가 길게 한숨을 쉬었다.

― 알고 보니까 언니, 사연 있는 여자였네.

"그랬나 봐."

미사는 다시 한 번 조심스럽게 사과했다.

"정말 미안해, 예지야. 나도 말하고 싶었는데 너 속상할까 봐…….."

잠시 후 예지가 불쑥 말했다.

― 그럼 사과의 의미로, 나 언니 집에 초대해줘.

미사는 귀가 번쩍 뜨였다. 혹시 절교당할까 봐 걱정하고 있었는데!

"정말? 진짜 놀러 와줄 거야?"

― 대신 꼭 윤하 오빠 집에 있을 때여야 돼. 없음 무효.

말투는 여전히 조금 토라진 것처럼 들렸지만 미사는 눈물이 핑 돌았다. 우리 예지 마음도 넓지!

입장을 바꾸어놓고 생각해서, 만약에 예지가 준서 오빠와 몰래 사귀는 사이였다면 자신은 이렇게 받아들일 수 있었을까. 지금이야 윤하가 있으니까 다르지만, 그전이었다면 무척 상처받았을 거

51

였다.

– 초대해줄 거야, 말 거야?

미사는 얼른 대답했다.

"내가 아저씨한테 부탁해볼게. 꼭 들어줄 거야!"

– 진작 그럴 것이지.

예지가 조금 웃었다. 그제야 미사는 마음이 놓였다.

– 근데 윤하 오빠 뭐 해?

"아직 자고 있어. 어제 늦게까지 얘기하다 잤거든. 깨우기 싫어
서 몰래 일어나서 나왔어."

별생각 없이 말했는데 예지가 갑자기 목소리를 높였다.

– 뭐? 같이 잤다고?

미사는 예지가 뭔가를 착각하고 있다는 것을 깨달았다. 하지만
채 해명을 하기도 전에 예지는 흥분해서 버럭버럭 소리를 지르기
시작했다.

– 우와! 미친! 대박! 유후!

"예지야, 그런 게 아니라……."

– 진도 개 빨라! 사귀자마자 19금이야!

"글쎄 좀 들어보라니까!"

결국 미사는 마주 소리를 질러서 예지의 입을 다물게 만들 수밖
에 없었다.

"자긴 잤는데, 그냥 잠만 잔 거야. 오해하지 마."

– 뭐라고?

예지가 어이없다는 듯이 물었다.

- 설마 우리 손만 잡고 잤어요, 뭐 그런 건 아니겠지?

"에이, 그건 아니지. 어린애도 아니고."

미사는 당당하게 말했다.

"꼭 껴안고 잤어."

예지는 딱 이 한마디로 자신의 심정을 표현했다.

- 헐!

뒤이어 전화 저편에서 긴 한숨이 들려왔다. 예지는 두렵다는 듯이 물었다.

- 언니야. 그래도 설마, 키스는 했겠지?

"안 했는데, 그런 거."

- 그렇게 부둥켜안고 사랑한다는 둥 어쨌다는 둥 울고불고해놓고 키스도 안 했다고?

"안 했다니까."

자꾸 물으니까 미사도 뒤늦게 의문이 들었다. 했어야 하는 거였나?

"저기, 예지야. 그런 상황이면······"

하는 게 맞는 거니? 하고 물으려고 한 순간, 갑자기 뒤에서 확 끌어안겼다.

"꺅!"

미사는 깜짝 놀라서 그만 휴대폰을 떨어뜨리고 말았다.

"말도 안 하고 없어져버리면 어떡해."

조금 화난 듯한 목소리가 귓가에 들려왔다.

"아저씨······?"

53

"눈 떠보니까 옆에 없어서 깜짝 놀랐잖아."

그렇게 속삭이며 윤하는 미사를 더욱더 세게 끌어안았다.

"죄송해요. 깨우기 싫어서 그랬던 건데……."

미사가 사과하자 잠시 후 윤하가 한숨을 쉬며 팔을 풀어주었다.

"또 어디로 가버린 줄 알고 심장이 멈추는 줄 알았어."

미사는 가슴이 뭉클해졌다. 내가 집을 나가 있는 동안, 아저씨는 엄청 걱정하고 있었겠구나.

"내일부터는 먼저 눈 떠도 꼭 옆에 있을게요."

감동을 먹을 줄 알았는데 왠지 윤하는 미사를 빤히 쳐다보더니 불쑥 물었다.

"설마하니 오늘 밤에도 같이 자자는 얘기는 아니겠지?"

"맞는데요."

미사는 태연하게 대답했다. 그도 그럴 것이, 윤하의 품에 안겨 잔 어젯밤이 미사에게는 태어나서 제일 편안하고 행복한 밤이었으니까. 물론 윤하도 마찬가지였을 거라고 미사는 믿어 의심치 않았다. 그러니까 누이 좋고, 매부 좋고. 누가 뭐랄 사람도 없는데 같이 자지 않을 이유가 없지 않은가?

"앞으로 우리 같이 자요. 외롭지 않게 말이에요."

미사는 수줍게 말했다. 하지만 돌아온 대답이 산통을 깼다.

"마음은 고맙지만 사양하겠어."

손톱만치도 고맙지 않은 얼굴로, 윤하는 팔짱을 끼고 말했다.

"잠은 각자 자는 걸로."

빵과 우유, 달걀 따위로 간단히 아침을 먹는 동안 미사의 입술은 조금 뾰족해져 있었다. 아까 윤하에게 딱 잘라 거절을 당했던 게 나름 상처였던 것이다.

　'그래. 우리 오늘부터 꼭 안고 같이 자자.'

　이렇게 달콤하게 속삭여주지는 못할망정, 잠은 각자 자자니!

　이제 겨우 진짜 연인이 됐는데 이렇게 로맨틱하지 못할 수가 있나. 맞은편에 앉아 묵묵히 달걀 프라이를 먹고 있는 윤하를, 미사는 조금 흘겨보았다.

　식사를 끝내고 나서 둘은 소파에 나란히 앉아 커피를 마셨다.

　"아저씨 드라마 촬영 다 끝났잖아요. 이젠 뭐 하세요?"

　"아무것도 없는데."

　윤하가 대꾸했다.

　"아니, 차기작 같은 거는 안 하세요?"

　"다 취소해달라고 했어. 당분간은 아무것도 안 하고 푹 쉴 거야."

　이번에는 윤하가 되물었다.

　"너는 앞으로 뭘 하고 지낼 생각이지?"

　"글쎄요, 아직 생각 중이에요."

　"뭐든지 네가 하고 싶은 대로 해. 전에 말했던 것처럼 수능 준비해서 다시 대학에 가도 괜찮고."

　"그것도 좋지만……."

　아무래도 수능 공부는 둘째 치고 먼저 황금성 일부터 처리하고 싶다. 황금성 주인이 폭삭 망하는 꼴을 보지 않고서는 공부고 뭐고 되지 않을 것 같았다.

하지만 윤하에게는 말하고 싶지 않았다. 좋지 않은 기억일 텐데 괜히 떠올리게 하고 싶지 않았기 때문이었다. 그래서 미사는 이렇게만 말했다.

"저, 당분간 원빈에 다니면서 일 좀 도울게요."

"왜?"

"사부님한테 신세를 워낙 많이 졌잖아요."

윤하는 조금 못마땅한 표정을 했다.

"내가 모처럼 집에 있는데, 나가서 일을 하겠다고?"

"혼자서 가게일 다 보느라 힘들어하세요. 돕고 싶어서 그래요."

"그러지 말고, 차라리 내가 비용을 댈 테니까 다른 사람을 쓰라고 해."

윤하는 딱 잘라 말했다. 하지만 미사로서는 그럴 수가 없었다. 윤하의 원수는 꼭 제 손으로 직접 갚고 싶었다.

"하루에 몇 시간만 일하고 올게요, 네?"

"싫어."

안 돼, 가 아니라 싫어, 다. 미사는 웃음이 나오는 걸 꾹 참았다.

'아저씨는 나하고 같이 있고 싶은 거구나.'

아까 일로 섭섭했던 마음이 그제야 스르르 풀렸다. 그래, 아저씨는 원래 대놓고 다정한 타입은 아니잖아. 그냥 단순히 내 잠버릇이 별로 안 좋아서 따로 자자고 했을 수도 있는데 그게 뭐 그렇게 서운하다고.

여자란 참 신기하다. 상대가 자신을 좋아하고 있다는 걸 알게 되면 저절로 애교가 흘러나온다. 누가 가르쳐주지 않아도, 자연스럽게.

"들어주세요오, 아저씨."

미사는 윤하에게 바싹 다가앉으며 그의 어깨에 기대 응석을 부리듯 말했다.

"싫다니까."

고개를 돌린 윤하의 얼굴에 억지로 제 얼굴을 가까이하며, 미사는 그와 눈을 맞추고 졸랐다.

"에이, 딱 한 달만요. 네? 네?"

그런 미사를 잠깐 노려보다, 결국 윤하는 한숨을 길게 내쉬고 말았다.

"······한 달 이상은 하루도 안 돼."

말투는 퉁명스러웠지만 미사는 귀가 번쩍 뜨였다.

"고맙습니다!"

기뻐서 활짝 웃는 미사를, 윤하가 잠시 어쩔 수 없다는 듯한 눈으로 쳐다보다가 불쑥 말했다.

"대신 오늘은 안 되고, 가더라도 내일부터 가."

그쯤이야. 어차피 오늘은 하루 종일 윤하와 함께 보내려고 생각하고 있었다. 어제까지는 남의 약혼녀였으니까, 따지고 보면 오늘부터 1일인데.

"네, 오늘은 아저씨 곁에 꼭 붙어 있을게요."

하지만 윤하는 의외의 말을 했다.

"아니, 난 좀 나가볼 데가 있어."

"네? 그럼 저는요?"

당황해서 묻자 윤하가 대답했다.

"집에서 기다리고 있어. 저녁식사 전까지는 돌아올 테니까."

"아니, 어딜 가시는 건데요?"

하지만 윤하는 그 질문에는 대답해주지 않았다. 대신에 이렇게
만 말했을 뿐이었다.

"저녁은 나가서 먹을 거니까, 예쁘게 하고 있어."

방과 후. 종례를 마친 예지가 교문을 향해 걸어가는데, 뒤에서 욕
하는 소리가 들렸다.

"저년 요즘 되게 거슬리지 않냐?"

"그러게. 연습생이라고 나대는 거 재수 털려, 진짜."

며칠 전 윤하가 학교에 왔던 일 이후로 예지는 상당히 곤혹스러
운 입장에 처해 있었다.

수십, 수백 명이 둘러싸고 대체 어떻게 된 거냐고 물어대는데, 곧
이곧대로 말하자니 정윤하 열애설 터질 판이고. 결국 당시에 민호
가 했던 변명대로 티저 영상 촬영이었다고 거짓말을 할 수밖에 없
었다. 자신이 정윤하의 소속사에 연습생으로 들어가게 됐고, 곧 데
뷔를 앞두고 있다고.

다행히 윤하 오빠는 지켰지만 문제는 그때부터 예지를 시기 질투

하는 아이들이 부쩍 늘어나고 말았다. 요즘 아이들이 제일 선망하는 직업인 연예인이 되는 것도 모자라서 정윤하와 연기(?)를 하는 것까지 보이고 말았으니.

성격대로라면 덤벼들어 싸우고도 남았지만 하나하나 싸우기엔 숫자가 너무 많았다. 그래서 예지는 웬만하면 듣고도 못 들은 체 참고 있었다. 그리고 오늘도 참으려고 했다.

그런데 듣자듣자 하니까, 뒤를 따라오면서까지 계속 욕을 하는 게 아닌가.

"정윤하랑 잠깐 티저 찍었다고 자기가 뭐라도 되는 줄 아나 봐. 어이 털려."

"회사에서 시키니까 찍은 거지, 정윤하는 사실 쟤 이름도 모를걸?"

윤하까지 들먹이며 낄낄대는 소리에 그만 예지는 폭발해서 뒤를 돌아보고 도끼눈을 떴다.

"야. 너네 지금 뭐라고 씨부렸냐?"

하지만 곧 역시나 참을 걸 그랬다고 후회하게 되었다. 대여섯 명이나 되는 아이들이 한꺼번에 둘러싸고 공격해 오기 시작한 것이었다.

"너 연습생이라며 왜 학교 맨날 나와? 연습하러 가는 거 한 번도 못 봤는데."

"근데 무슨 데뷔를 연습생 되자마자 해?"

예지는 그만 말문이 막히고 말았다. 뭐라고 변명할 방법이 없었기 때문이다.

"……."

예지가 머뭇거리자 아이들은 한층 더 기세등등해졌다.

"진짜 티저 찍은 거 맞아? 그냥 정윤하가 너한테 뭐 물어보러 왔던 거 아니고?"

"너 연습생이라는 거 뻥이지?"

예지가 완전히 궁지에 몰리고 만 그때. 갑자기 웬 쾌활한 남자 목소리가 예지를 불렀다.

"어, 예지야! 여깄었네?"

여고에서 남자 목소리, 그것도 젊은 남자 목소리란 대단히 희귀한 법이다. 모두가 깜짝 놀라 목소리가 난 방향을 바라보았다.

"왜 전화 안 받았어, 한참 찾았잖아."

건장한 체격에 시원스러운 미소의 훈남. 도 매니저? 하고 예지가 놀라기도 전에 다른 아이들이 먼저 외쳤다.

"정윤하 매니저 오빠다!"

그랬다. 그날 이후, 한국여고에서는 정윤하뿐 아니라 그의 매니저까지 화제였다. 역시 정윤하 클래스, 하다못해 매니저마저 연예인 급으로 잘생겼다며.

여기저기서 여고생들의 꺅꺅대는 소리가 터져 나오는 가운데, 민호는 싱긋 웃으며 말했다.

"가자, 윤하 형이 오늘 저녁 같이 먹자고 너 데려오랬어."

예지는 깜짝 놀라 물었다.

"네? 윤하 오빠가 저를요? 왜요?"

"그래, 너 요즘 많이 힘들 텐데 맛있는 거 먹고 힘내라고."

민호는 아무렇지도 않게 대답하더니 예지의 어깨에 손을 얹고 토닥였다.

"회사 들어오자마자 연습도 거의 못하고 바로 데뷔하게 돼서 많이 부담스러운 거 아는데, 네가 워낙 예쁘고 잘해서 그런 거니까 힘내."

그제야 예지는 민호의 뜻을 깨달았다. 방금 오갔던 말을 들은 것이다.

이윽고 민호가 고개를 돌렸다. 그리고 방금까지 예지를 다그치던 아이들을 향해 빙긋 웃더니 명함을 꺼내서 그중 한 아이에게 건넸다.

"친구들도 언제 한번 사무실에 놀러 와. 우리 회사 밥 진짜 맛있거든."

"진짜요? 저희 진짜 놀러 가도 돼요?"

명함을 받은 아이가 놀라서 물었다.

"그럼, 우리 예지 친구들인데. 내가 실장님한테 말해서 미리 허락받아놓을게."

모두들 흥분해서 어쩔 줄을 몰랐다. 정윤하의 소속사라면 배우들 뿐 아니라 유명 가수들도 여럿 소속되어 있는 대형 기획사인데!

"날짜 상의해서 나한테 전화해. 친구들끼리 사이좋게 지내고. 알았지?"

여고생들에게 다시 한 번 웃어 보이고, 민호는 예지를 향해 손짓했다.

"자, 가자. 윤하 형이 기다려."

예지는 일단 민호를 따라 교문을 나섰다. 그리고 아이들이 보이지 않는 곳까지 와서야 말을 꺼냈다.

"저기, 도 매니저. 도와준 건 고마운데요, 어차피 데뷔할 일 없으니까 결국 들통 날 텐데……."

"연예인이 되는 게 꿈이라고 했지?"

민호가 말을 가로막고 물었다. 그리고 예지가 고개를 끄덕이자 말했다.

"내가 실장님한테 한번 너 만나보시라고 말씀드려볼게."

"정말요?"

예지는 귀가 번쩍 뜨였다.

"그래."

민호는 조금 어색한 얼굴로, 하지만 힘주어 말했다.

"어떻게든 친구들한테 너 거짓말쟁이라고 손가락질 안 받게 할 거니까, 걱정하지 마."

「저녁은 나가서 먹을 거니까, 예쁘게 하고 있어.」

윤하는 그렇게 말하고 민호를 불러서 나가버렸다. 집에 혼자 남아버린 미사는 종일 궁금해서 죽을 지경이었다. 대체 무슨 일인 거야?

영문을 모르면서도 미사는 오후가 되자 윤하가 말한 대로 외출 준비를 시작했다. 예전에 윤하에게 어른스럽게 보일 목적으로 샀던 원피스를 입고, 화장도 했다. 물론 예지가 해줬을 때만은 못했지만, 그때를 떠올리면서 최대한 흉내를 내자 비슷하게는 되었다.

"가자."

말했던 대로 저녁때쯤 돌아온 윤하는, 그렇게만 말하고 미사를 차에 태웠다.

"근데 어디 가는 거예요?"

궁금해서 몇 번이나 물었지만 윤하는 아예 입을 딱 다물고 아무 말도 하지 않았다.

한참 후 차가 도착한 곳은 교외의 작은 레스토랑이었다. 분명히 바깥에는 불이 켜져 있는데, 안으로 들어서자 내부에는 온통 불이 꺼져 있었다.

"뭐예요, 이거? 장사하는 거 맞아요?"

조금 무서워진 미사는 곁에 있는 윤하의 팔을 꼭 붙잡으며 물었다.

그 순간, 갑자기 저만치서 희미한 빛이 다가오는 것이 보였다. 자세히 보니 촛불이 켜진 케이크였다. 물론 케이크가 제 발로 걸어올 리는 없으니 사람이 들고 오는 것일 텐데, 누군지 보이지가 않았다.

동시에 와자지껄한 노랫소리도 들려왔다.

"생일 축하합니다! 생일 축하합니다!"

여러 사람의 목소리라서 처음에는 누군지 잘 알아들을 수가 없었다. 그런데 그 속에 유독 특이하게 부르는 사람이 있었다.

"생일 축하한다 해! 생일 축하한다 해!"

미사는 놀랐다. 사부님?

"사랑하는 우리 제자, 생일 축하한다 해!"

"사랑하는 미사 언니, 생일 축하합니다!"

"사랑하는 우리 미사, 생일 축하합니다!"

가사가 제각기 다른 노래가 끝나는 것과 동시에 조명이 확 켜졌다. 순간적으로 눈이 부셔서 미사가 눈을 확 찡그리자, 이번에는 여기저기서 폭죽이 마구 터졌다.

"와아아아!"

잠시 후 눈부심이 가시자 서서히 자신을 둘러싼 사람들의 얼굴이 보였다. 민호. 예지. 예지 엄마. 그리고 아니나 다를까, 왕 서방. 모두가 미사를 둘러싸고 활짝 웃으며 입을 모아 외쳤다.

"생일 축하해!"

미사는 그저 어안이 벙벙하기만 했다.

"대체 이게…… 뭐예요?"

곁에 있던 윤하가 그제야 입을 열었다.

"네 생일파티."

하지만 듣고도 얼떨떨하기는 마찬가지였다.

"저어, 오늘은 제 생일이 아닌데요……?"

축하를 받아놓고 아니라고 하자니 왠지 굉장히 미안한 마음이 든다. 미사가 조심스럽게 말하자 윤하가 고개를 저었다.

"아니, 오늘이 네 생일 맞아. 내일도, 그리고 모레도."

무슨 소린지 몰라 잠시 멍해져 있는데, 예지가 끼어들었다.

"어차피 우린 진짜 생일이 언젠지 모르잖아? 그러니까 매일매일 생일이지 뭐. 개이득.”

“아……!”

그제야 미사는 상황을 깨달았다. 서서히 눈시울이 뜨거워졌다.

호적상 생일이야 있었지만 어차피 진짜 생일도 아니고, 누구도 축하해주지 않았다. 보육원에서도 챙겨준 적이 없고, 용돈이 풍족한 것도 아니니 친구들하고 따로 파티를 할 수도 없었다. 하다못해 떡볶이 한턱낼 돈도 없는데 어떻게.

그래서 미사는 다른 친구들이 생일파티를 하는 걸 볼 때마다 그게 그렇게 부러웠었다. 언젠가 나도 한 번만, 저렇게 생일축하를 받아봤으면.

윤하가 조용히 말했다.

“예전부터 꼭 해주고 싶었어, 네 생일파티.”

어젯밤에 윤하는 지난 이야기를 해주며 말했었다. 연인인 서현우조차 생일을 잊어버려서 슬퍼하는 자신을 보고 무척 마음이 아팠다고. 그때 윤하가 어떤 심정이었을지 상상이 갔다. 자신이라도 대신 생일을 챙겨주고 싶었겠지. 하지만 애인이 있는 여자에게, 차마 그럴 수가 없었던 거다.

그랬구나. 그래서 우리가 연인 사이가 되자마자 아저씨는 제일 먼저 이것부터 준비한 거구나.

미사는 기어이 눈물을 왈칵 쏟고 말았다.

“정말 고맙습니다, 다들……!”

갑자기 울음을 터뜨린 미사를, 모두들 둘러싸고 따뜻하게 달래주었다.

오늘 하루 가게를 아예 통째로 빌린 덕분에 다른 손님은 하나도 없었다. 모두들 마음 푹 놓고 즐거운 분위기에서 미사의 생일을 축하했다.

선물도 많이 받았다. 요리 블로거 출신으로 식당을 운영하고 있는 예지 어머니는 자신이 낸 요리책을, 민호는 가방을, 왕 서방은 예쁜 치파오를, 그리고 예지는 제가 무척 아낀다는 립스틱을 선물로 주었다.

"근데 윤하 오빠 왜 아무것도 없어요?"

예지가 궁금하다는 듯이 물었다.

"나중에 알아서 줄 거야."

"뭔데요? 완전 궁금하다!"

"네가 알아서 뭐하게, 꼬맹이."

윤하가 귀찮다는 듯이 눈썹을 조금 찡그렸다. 꼬맹이라는 말에 예지는 곧바로 발끈했다.

"헐! 뭐냐고 물어보지도 못해요?"

"뭐든지 쓰던 립스틱보단 낫겠지."

"아 그럼 어쩌라고요! 학교에서 곧바로 오는 바람에 살 시간이 없었는데!"

"그러니까 남의 선물에 신경 끄도록."

"근데 오빠 왜 저만 자꾸 구박하시는데요?"

예지가 억울한 얼굴을 했지만 윤하는 들은 체도 않았다. 왜 저러지? 하고 미사는 고개를 갸웃거렸다.

나온 음식은 하나하나가 다 맛있었다. 와인도 나와서 모두 함께 건배를 했다. 한 모금 마셔보니 술 같지 않게 달콤해서, 미사는 음료수처럼 홀짝홀짝 마셨다.

"너무 많이 마시지 마."

윤하가 그렇게 말하는 순간, 테이블 위에 놓아두었던 휴대폰이 울렸다. 윤하의 것이었다.

"받아봐."

윤하가 휴대폰을 흘깃 쳐다보더니 받는 대신에 미사에게 휴대폰을 건넸다.

"네? 제가요? 누군데요?"

"받아보면 알아."

당황스러웠다. 아니, 받아도 알 리가 없지 않은가. 정다솜이나 서현우를 제외하면, 자신이 아는 사람들은 모두 지금 이 자리에 다 모여 있는데.

하지만 윤하는 다시 한 번 재촉했다.

"어서 받아보라니까."

어쩔 수 없이 미사는 머뭇거리며 전화를 받았다.

"여, 여보세요……?"

– 여보세요.

약간 쉰 듯, 허스키한 하이 톤의 목소리. 듣자마자 미사는 그대로 굳어졌다.

－여보세요, 윤미사 씨?

미사가 아무 말도 못하고 있자 이윽고 상대가 다시 말했다. 하지만 미사는 여전히 아무 대답도 할 수가 없었다. 이런 일이 있을 리가 없어. 말도 안 돼. 이게 현실일 리가 없다구.

전화 저편에서, 이윽고 상대가 웃으며 말했다.

－생일 축하드려요. 김준서입니다.

그 순간, 미사의 정신은 안드로메다로 날아가버렸다.

분명히 꽤 길게 통화를 했는데, 도대체 자신이 무슨 얘기를 했는지 잘 기억이 나지 않았다.

준서 오빠가 했던 말은 드문드문 기억이 난다. 생일 축하한다면서, 윤하가 부탁해서 전화했다고 했던 것 같다. 지난번에 콘서트에 초대했는데 오지 못했다는 얘기 전해 듣고 서운했다고도, 그리고 오랫동안 자신을 좋아해줘서 정말 고맙다고도.

상대가 뭐라고 말하든 이쪽은 네, 네, 네만 계속했던 것 같다. 정확한 건 나중에 녹음한 걸 다시 들어봐야 알겠지만.

미사는 예지를 평생 은인으로 모시기로 했다. 김준서입니다, 하는 말을 듣자마자 혼백이 빠져나가버린 자신의 손에서, 휴대폰을 휙 빼앗아다가 잽싸게 통화 녹음 버튼을 누르고 돌려준 게 바로 예지였으니까. 아무리 생각해도 예지는 천재다!

－다시 한 번 정말 생일 축하드리고요. 나중에 꼭 제 공연에 와주셨으면 좋겠네요.

전화를 끊고 한참 지나서야 뒤늦게 벅찬 감동이 밀려왔다. 미사는 예지를 껴안고 팔짝팔짝 뛰었다.

"어떡해, 준서 오빠가 나한테 좋아해줘서 고맙대! 꺅!"

"대박! 언니 완전 성공한 덕후!"

그때부터 미사는 완전히 신이 나고 말았다. 파티의 주인공인 미사의 텐션이 올라가자 다른 사람들도 덩달아 들떴다.

그때부터가 진짜 파티였다. 왁자지껄 떠들고, 게임도 하고. 그 와중에 왕 서방과 예지 엄마는 벌칙으로 러브 샷까지 했다.

"그럼 잠깐 실례하겠습니다, 예지 어머님."

"어머나, 왕 선생님도 참."

사십 대 중반의 남녀가 서로 수줍음을 타는 게 재밌어서, 모두들 깔깔대며 즐거워했다. 예지마저도 제 엄마를 놀려댔다.

"와, 우리 엄마 얼굴 빨개진 거 봐!"

"얘는! 엄마 술 못 먹는 거 알면서."

즐거운 나머지 신이 나서 와인을 마시는 미사를, 윤하는 못내 걱정스러운 눈으로 쳐다보았다.

이보다 더 완벽한 생일이 있을까.

좋아하는 사람들에 둘러싸여, 미사는 진심으로 생각했다. 태어나서 오늘이 가장 행복한 날이라고.

"아, 세상에서 제일 행복한 생일파티였어요!"

안전벨트를 매주는 윤하에게, 미사가 약간 혀 꼬인 소리로 말했다.

"앞으로 매년 해줄게."

미사가 행복해하는 것을 보니 자신도 기쁘다. 윤하는 그렇게 대답하고 차를 출발시켰다. 매니저까지 취해버렸으니, 직접 운전해야 해서 아까 혼자만 술을 먹지 않은 것이었다.

윤하는 집을 향해 차를 출발시켰다.

"속은 불편하지 않아?"

문득 아까 너무 많이 마시던 게 떠올라서 물었지만 대답이 없었다. 쳐다보니 어느새 미사의 고개가 푹 꺾여 있었다. 잠든 것이다.

"……."

윤하는 조용히 쓴웃음을 지었다. 걱정은 됐지만, 그렇게나 즐거워하는데 분위기를 깨고 싶지 않아서 말리지 않은 거였다.

집에 도착했는데도 미사는 깨지 않았다.

"미사?"

살짝 흔들며 불러봤지만 눈을 뜨지 않는다. 아무래도 취해서 꽤나 깊이 잠든 것 같았다.

어쩔 수 없이 윤하는 미사를 차에서 안에 내려 집안으로 옮겼다. 공주님처럼 안은 채로 2층 미사의 방으로 올라가서 깨지 않게 조심스레 침대 위에 내려놓고, 윤하는 잠시 침대 모서리에 앉아 미사의 잠든 얼굴을 가만히 들여다보았다.

문득 어젯밤 일이 떠올랐다. 이제 올라가서 자라는 말에, 미사는 품에 파고들며 말했다.

「싫어요, 아저씨랑 같이 자고 싶어요.」

누가 들어도 노골적으로 유혹하는 말이었지만 윤하는 잘 알고 있었다. 말 그대로 순수하게 옆에서 같이 자고 싶다는 뜻이라는 사실을.

그래서 잠자코 하자는 대로 따랐다. 그리고 도저히 잠이 오지 않아서 새벽녘까지 고생했다. 당연하지 않은가. 사랑하는 여자와 처음으로 한 침대에 누워서 자게 되었는데 딴생각이 들지 않는다면 그건 뭔가 문제가 있는 남자라는 뜻이다. 의사 선생!

물론 윤하는 전혀 문제가 없는 남자였다. 밤새 머릿속에 수많은 고뇌가 맴돌았다. 하다못해 키스만이라도, 하는 생각이 간절했다.

그런데도 초인적인 인내심으로 참은 것은, 키스만으로 끝낼 자신이 없었기 때문이었다. 남자란 그렇게 생긴 존재였다. 안으면 키스하고 싶어지고, 키스하면 손이 자연스럽게 가슴으로 올라가고, 그 후에는…….

「오늘부터는 방문 꼭 잠그고 자.」

가출했던 미사를 도로 집에 데려왔던 날 밤, 그렇게 말했던 것도 사실은 스스로를 믿을 수가 없어서였다.

나는 미사의 보호자다, 미사는 곧 남의 아내가 될 사람이다. 그렇게 하루에도 수십 번씩 자신을 다그치던 때조차도, 가끔씩 2층에 미사가 있다고 생각하면 가슴이 뜨거워져 잠 못 이루는 밤이 있었는데. 하물며 이제는 연인 사이가 됐으니 밤중에 참지 못하고 올라가서 껴안지 않으리라는 보장이 없지 않은가.

뭐, 사실 그렇게 하면 안 될 것도 없는 일이었다. 사랑하는 사이니까. 하지만 문제는 상대가 정신연령 열여덟 살이라는 거였다.

미사는 그런 일은 꿈에도 고려하지 않고 있는 게 뻔했다. 그러니까 함께 침대에 눕자마자 꼭 안겨서 잠이 들었겠지. 심지어 편안하기 그지없는 얼굴로!

게다가 아침에 일어나서는 또 뭐라고 했더라.

「앞으로 우리 같이 자요. 외롭지 않게 말이에요.」

기가 막혀 죽을 뻔했다. 그래, 외롭지는 않겠지. 괴로워서 문제지.

그렇다고 미사를 이기적이라고 탓할 수도 없었다. 열여덟 살 소녀와 서른세 살 남자의 차이에서 벌어지는 일일 뿐이니까. 문제가 있다면 끝없이 순수할 수만은 없는 자신에게 있었다.

'앞으로 도 좀 닦게 되겠군.'

윤하는 혼자 쓴웃음을 지었다.

문득 미사에게 주려던 생일선물이 아직도 주머니에 들어 있는 것이 떠올랐다. 어떻게 할까, 생각하다가 윤하는 선물을 꺼내서 침대 머리맡에 있는 협탁 위에 가만히 올려놓았다. 내일 아침에 일어나면 보고 기뻐하라고.

사랑하는 여자의 자는 얼굴은 아무리 보고 있어도 질리지 않는다. 하지만 이대로 밤을 새워버릴 수도 없는 노릇이라, 윤하는 이윽고 아쉬운 마음을 접고 한숨을 쉬었다.

"잘 자."

속삭이며, 윤하는 허리를 굽혀 가만히 미사의 이마에 입술을 갖다 댔다.

그리고 입술을 떼고 허리를 펴려는 순간. 갑자기, 자고 있는 줄 알았던 미사가 두 팔을 뻗어 윤하의 목을 끌어안았다.

"미사?"

소스라치게 놀라는 윤하의 눈을 올려다보며, 미사가 가만히 속삭였다.

"가지 마요, 아저씨."

다음 순간, 미사가 윤하의 목을 끌어당겨 입을 맞췄다.

"……!"

입술이 맞닿는 순간, 윤하의 눈동자가 한껏 커다래졌다.

처음으로 닿은 미사의 입술은 모든 번뇌를 한 방에 날려버리기에 충분했다. 부드럽고, 달콤하고, 거기다 은은하게 와인 향기까지 났다.

심장이 미친 듯이 날뛴다. 눈앞이 아찔해지는 것과 동시에 머릿속에서 뭔가가 뚝 끊어지는 것 같은 느낌이 들었다. 바로 이성의 끈이었다.

'한계야.'

윤하는 절망적으로 생각했다. 어젯밤에 참아준 것만도 노벨 인내 상을 받을 판이다. 돌을 던질 테면 던지라지. 도저히 남자인 이상, 아니 사람인 이상 더는 무리다.

윤하는 일단 미사에게서 입술을 뗐다. 각도를 바꿔 더 깊게 입 맞추기 위해서였다.

그런데 웬걸. 갑자기 제 목을 껴안고 있던 미사의 팔이 밑으로 힘없이 툭 떨어졌다.

"……?"

놀라서 쳐다보니 미사는 어느새 도로 눈을 감고 있었다. 뒤이어

규칙적인 숨소리가 들려왔다.

'맙소사, 도로 잠들었잖아!'

그렇다. 방금 미사의 행동은 단순한 술주정이었던 것이다. 뒤늦게 제정신으로 돌아온 윤하는 깊은 충격에 빠졌다. 방금 자신은 하마터면 그대로 미사를 덮쳐버릴 뻔했다!

패닉에 빠진 서른세 살의 연인을 두고, 정신연령 열여덟 살의 아가씨는 기분 좋게 새근새근 잠들어 있었다.

다음 날 아침에 눈을 뜨자 머리가 아팠다. 속도 조금 안 좋은 것 같다. 미사가 기억하는 한, 생애 첫 숙취였다. 얼굴을 찡그리다 미사는 침대 머리맡에 포장된 작은 상자가 놓여 있는 것을 발견했다.

"이게 뭐지?"

하다가 곧 깨달았다. 아, 아저씨가 주는 생일선물이겠구나!

어제 모두가 생일선물을 주는데 윤하 혼자만 주지 않았었다. 나중에 둘이 있을 때 주겠다면서.

'대체 뭘까?'

미사는 두근거리며 포장을 풀었다. 안에서 나온 작은 케이스를 열자 반지가 들어 있었다.

"어?"

금빛으로 반짝이는 반지를 보고 미사는 고개를 갸웃거렸다. 이거, 내가 아저씨한테 선물했던 그 반지잖아? 얼마 전 윤하의 생일에, 미사는 처음으로 일해서 번 돈으로 반지를 선물했었다. 제 손으로 직접 골랐으니 물론 모양도 똑똑히 기억하고 있다.

'분명히 이 반지가 맞는데…… 왜 도로 돌려준 거지?'

의아해하며 미사는 반지를 꺼내서 요모조모 살펴보았다. 그러다 금세 눈치챘다. 자신이 선물했던 그 반지와 똑같이 생겼지만, 사이즈는 그보다 훨씬 작다는 것을.

아니나 다를까, 손가락에 껴보니 역시 꼭 맞았다.

'아, 커플링이구나!'

미사는 너무 기뻐서 활짝 웃었다. 그리고 세수고 뭐고 다 집어치우고 벌떡 일어나서 방문을 박차고 나와 1층으로 향하는 계단을 뛰어 내려갔다. 거실로 내려가자 주방에서 맛있는 냄새가 퍼져나오고 있었다. 앞치마를 두르고 등을 돌린 채 뭔가를 하고 있는 윤하를, 미사는 다짜고짜 뒤에서 꼭 끌어안았다.

"아저씨!"

윤하가 흠칫 놀라며 몸을 굳히는 것이 느껴졌다.

"……!"

미사는 그런 그를 더욱더 세게 껴안으며 넓은 등에 뺨을 비볐다.

"선물 고마워요. 정말 너무너무 마음에 들어요!"

잠시 후, 윤하가 한숨을 내쉬며 제 허리에 감긴 미사의 팔을 풀었다.

"하마터면 손가락 벨 뻔했잖아."

슬쩍 넘겨다보니 마침 감자를 써는 중이었던 모양이다. 그제야 미사도 놀랐다. 자칫하면 크게 다치게 만들 뻔했구나.

"죄송해요. 아저씨."

윤하가 잠시 미사를 내려다보았다. 방금 놀라게 만든 일 때문인지, 왠지 조금 화난 듯한 얼굴이었다.

"어젯밤 일은, 기억하고?"

"그럼요!"

주정뱅이 취급을 받을까 봐 미사는 얼른 대답했다.

"파티 끝나고 차에 탔잖아요. 차에서 잠들어버린 것까지 하나도 안 빼고 다 기억나요."

윤하는 기가 막힌다는 듯이 물었다.

"그래서, 그 뒤의 일은?"

그제야 미사는 그 후의 기억이 없다는 것을 깨달았다. 제 발로 집에 들어온 기억이 없으니 방에는 아마도 윤하가 안든지 업든지 해서 데려다 줬겠지.

"저 많이 무거우셨죠?"

윤하는 조금 심술궂은 얼굴로 말했다.

"당분간 음주 금지."

흘깃 내려다보니 윤하가 반지를 끼고 있는 것이 눈에 들어왔다. 전에 끼고 있던 가짜 결혼반지가 아닌, 자신이 선물한 반지를.

기쁜 나머지 미사는 윤하를 향해 발돋움을 했다. 볼에 뽀뽀할 셈이었다.

'너무너무 좋아해요, 아저씨!'

그런데 웬걸, 윤하가 흠칫 놀라며 뒤로 한 걸음 물러나는 바람에 미사의 입술은 그만 허공을 스치고 말았다.

당황한 미사에게, 윤하는 더욱더 엄한 얼굴로 이렇게 말했다.

"그리고, 이런 짓도 일절 금지."

아침밥을 먹고 나서 외출 준비를 끝낸 미사는 원빈에 가겠다고 집을 나섰다.

"태워다 줄게."

윤하가 나섰지만, 중간에 들러서 살 게 있다는 핑계까지 대면서 한사코 혼자서 나왔다. 왜냐하면, 아침에 있던 일로 조금 토라져 있었기 때문에.

아니, 키스도 아니고 뽀뽀만 하려고 한 건데 그렇게까지 기겁을 하고 피할 건 뭐란 말인가. 게다가 '이런 짓 일체 금지'는 또 뭐고.

예지가 했던 말이 새삼 마음에 걸렸다.

「그렇게 부둥켜안고 사랑한다는 둥 어쨌다는 둥 울고불고 해놓고 키스도 안 했다고?」

키스 정도는 했어야 했는데 안 했다는 뜻 아닌가.

'대체 왜 저러는 거야?'

속이 상했지만 그래도 미사는 애써 좋은 쪽으로 생각하려 노력했다. 윤하가 자신을 좋아한다는 건 잘 알고 있었으니까. 아까만 해도 데려다 주겠다는 걸 한사코 거절하자 서운한 얼굴을 하고 대문까지 따라 나와주지 않았던가.

'아저씬 워낙 무뚝뚝한 사람이잖아. 아까는 순간적으로 민망해서

그랬던 거겠지.'

그렇게 결론을 내리자 한결 마음이 가벼워졌다.

"사부님, 저 왔어요!"

"오오, 제자 어서 와라 해!"

활기차게 가게로 들어서는 미사를, 오픈 준비를 하던 왕 서방이 반갑게 맞이했다.

"그래, 어제 집에는 잘 들어갔냐 해?"

"네. 너무 마셨나 봐요, 아깐 속 안 좋아서 한바탕 혼났어요."

다행히 윤하가 콩나물국을 끓여주어서 그걸 먹고 진정이 되기는 했다. 윤하에게 한소리 들은 것도 있고, 다시는 술을 먹지 말아야 겠다고 미사는 결심했다.

"사부님, 저 시간이 앞으로 딱 한 달밖에 없어요."

윤하가 말했었다. 한 달 이상은 하루도 안 된다고.

"그러니까 한 달 안에 무조건 매상 확 끌어올리고, 황금성 손님 빼앗아 와야 해요!"

미사는 비장하게 말했다.

"오늘부터 한번 해보자 해!"

왕 서방은 미사에게 반짝거리는 새 메뉴판을 내밀었다. 예전부터 같이 짜던 메뉴가 어느새 완성되어 있었다.

드디어 가게 오픈. 미사와 왕 서방은 두근거리는 마음으로 손님을 기다렸다. 미사는 내친김에 어제 왕 서방에게서 선물받은 치파오로 갈아입기까지 했다.

결과는 성공적이었다. 들어오는 손님들마다 새 메뉴를 보고 호기심을 표했다. 먹어본 사람들의 평가도 좋았다. 늘 짜장면에 탕수육만 먹자니 지겨웠는데, 이렇게 정통 중국요리를 저렴한 가격에 내놓으니 신선해서 좋다는 것이었다.

오늘따라 손님도 많아서, 하루 종일 미사와 왕 서방은 계속 바빴다. 그리고 저녁때 온 손님들 중에, 커플로 보이는 남녀가 있었다.

"어서 오세요!"

그들 역시 새 메뉴를 보고 깊은 호기심을 보였다.

"위샹러우쓰? 이게 뭐예요?"

"매콤한 중국식 제육볶음 같은 건데요, 돼지고기랑 버섯, 죽순도 들어가요."

"가지튀김은요?"

"그건 가지에 돼지고기를 넣어서 튀긴 거고요."

"라즈지딩은 뭔가요?"

"주재료는 닭고기인데요, 매운 맛이 나고……."

유난히 질문이 많은 손님들이었지만 미사는 귀찮아하지 않고 정성껏 설명했다. 그 덕분인지 손님들은 음식을 한꺼번에 다섯 가지나 주문했다. 기뻤지만 미사는 일단 말리고 보았다.

"두 분이 다섯 개면 다 못 드실 거예요. 일단 두 가지만 드셔보시고 모자라시면 더 시키시는 게 어떨까요? 최대한 빨리 준비하도록 할게요."

하지만 손님들은 다 먹을 수 있다고 끝내 우겼다. 도저히 다 못 먹을 것 같은데, 하고 생각하면서도 미사는 어쩔 수 없이 그대로 주방에 주문을 넣었다.

잠시 후 음식이 하나둘씩 나오기 시작했다. 그리고 미사는 곧 자신이 옳았다는 것을 깨달았다. 다 먹을 수 있다고 큰소리를 치더니, 음식마다 반의반도 채 못 먹고 거의 그대로 남기는 것이었다.

보육원에서는 밥을 남기면 안 되는 게 규칙이었다. 그래서 미사는 지금도 나온 음식은 뭐든지 깨끗이 다 먹는 게 습관이 되어 있었다.

'그러게 조금만 시키랬더니!'

음식 아까운 줄 모르는 사람들을 보니 내심 화가 치밀었다. 아무리 돈 주고 먹는 음식이라 해도, 정성껏 만든 음식을 저렇게 다 남겨서 버리게 만들다니. 어쨌든 손님이 제 돈 주고 산 음식이니 남기든 말든 뭐라고 할 수도 없는 노릇이라, 화가 났지만 미사는 꾹 참았다.

식사가 끝났는지 한참 후 손님들이 다시 미사를 불렀다.

"맛있게 잘 먹었어요. 중국집 여기저기 많이 다녀봤지만, 여긴 메뉴가 참 특이하네요."

"고맙습니다."

"입소문 퍼지면 진짜 대박날 것 같아요."

"네, 고맙습니다."

칭찬을 들어도 별로 웃음이 나오지 않는다. 미사는 그냥 고맙다는 말만 영혼 없이 되풀이하고는 탁자 위에 계산서를 올려놓았다.

계산서를 흘깃 보더니 남자가 지갑을 꺼냈다. 돈이나 카드인 줄 알았더니, 내민 것은 엉뚱하게도 명함이었다. 명함에는 방송국 로고와 함께 '찾아라, 대박 맛집!'이라는 프로그램명 같은 것이 박혀 있었다.

"저희 방송 보신 적 있으시죠?"

"아뇨. 없는데요."

"에이, 요즘 먹방이 얼마나 유행인데. 최고 인기 프로그램인데 정말 몰라요?"

'그런데요?' 하고 톡 쏘아붙이고 싶은 것을 미사는 꾹 눌러 참았다.

"사실 저희가 그 프로그램 작가들이거든요. 그래서 방송에 소개할 맛집을 찾으러 다니던 중에 여기까지 오게 된 거예요."

"여기 음식이 굉장히 특색 있어서 방송에 소개해도 괜찮을 것 같아요. 가서 PD님한테 한번 적극적으로 밀어볼게요."

하는 꼴로 보아 별로 믿음은 안 가지만, 그래도 방송에 내보내준다는데 마다할 건 없다.

"네, 그럼 잘 부탁드려요."

미사가 그렇게 대꾸하자 갑자기 남녀가 자리에서 일어났다. 계산서는 거들떠보지도 않은 채.

"그럼 잘 먹고 갑니다."

당황해서 잠시 머뭇거리던 미사는, 금세 정신을 차리고 잽싸게 뒤를 쫓아갔다.

"잠깐만요!"

미사는 가게에서 나가려는 남녀의 앞을 딱 막아섰다.

"드셨으면 계산은 하고 가셔야죠."

남녀가 쌍으로 황당한 표정을 했다.

"아니, PD님한테 잘 말씀드려본다니까요."

"저희 방송이 광고효과가 얼마나 큰지 아세요?"

물론 광고효과는 아쉽다. 하지만 이런 돼먹지 못한 작자들이 만드는 방송이라면 안 봐도 비디오라고 미사는 생각했다.

"방송하든 말든 그건 마음대로 하시고, 음식 값은 주세요. 안 주시면 경찰에 신고할 거예요."

경찰을 들먹이자 남자가 갑자기 벌컥 화를 냈다.

"뭐, 경찰? 보자 보자 하니까, 손님한테 못 하는 말이 없네!"

"손님도 돈을 내야 손님이죠. 빨리 돈 내시라고요. 저 바빠요."

"뭐가 어쩌고 어째?"

목소리가 커졌다. 분위기가 험악해지자 놀란 왕 서방이 주방에서 뛰쳐나왔다.

"음식도 더럽게 맛없어서 얼마 못 먹고 다 남겼는데 사과는 못 할망정, 뭐 돈을 내라고?"

"당신들, 두고 봐. 양심불량 가게라고 방송에 꼭 내보내서 고발할 테니까!"

방송 운운하며 협박하는 바람에 왕 서방은 새하얗게 질리고 말았다.

"미안하게 됐다 해. 우리 사람, 돈은 안 받을 테니까 한 번만 눈감아줘라 해."

왕 서방이 허리까지 굽히며 사과하는 걸 보고 미사는 울화통이 터지고 말았다.

"사부님이 왜 사과를 해요? 저 사람들이 먹지도 못할 음식 잔뜩

시켜놓고 돈도 안 내고 튀려고 하는 건데요!"

"제자, 좀 참아라 해. 방송에 한번 잘못 나갔다간……."

"사부님!"

미사가 울상이 되어 있는데, 갑자기 누군가가 어깨에 손을 얹었다.

"무슨 일이야?"

뒤를 돌아본 미사는 깜짝 놀라 외쳤다.

"아저씨?"

미사보다 훨씬 더 놀란 것은 진상남녀였다.

"헉, 정윤하?"

눈알이 튀어나올 듯한 표정으로 자신을 쳐다보고 있는 그들에게는 눈길도 주지 않고, 윤하는 다시 미사를 향해 물었다.

"무슨 일이냐니까."

미사는 그제야 정신을 차렸다. 그리고 간단하게 자초지종을 설명하고 나서 아까 받았던 명함을 윤하에게 건넸다.

"방송 작가래요. 이 프로그램이요."

윤하는 명함을 들여다보더니 휴대폰을 꺼내서 곧장 어딘가로 전화를 걸었다.

"접니다, 실장님. 부탁이 있어서 전화 드렸습니다."

누구인지 모를 상대를 향해 윤하는 침착하게 말했다.

"KBC '찾아라, 대박 맛집!' 제작진에 연락해서, 저한테 지금 바로 전화 좀 달라고 말씀해주십시오."

진상남녀의 얼굴이 굳어졌다.

"자세한 사정은 나중에. 매니저 말고 제 번호로 직접 부탁드립니다."

윤하가 전화를 끊는 순간, 남녀의 얼굴이 동시에 새하얗게 질렸다.

결과는 후자였다.

채 3분도 안 되어 해당 프로그램의 PD에게서 전화가 와서, 사칭이라는 것을 확인해주었다.

방송 작가를 사칭해서 상습적으로 무전취식을 하는 부류였던 것이다.

왕 서방의 신고로 출동한 경찰에 의해 남녀는 곧 끌려가고 말았다.

ㅡ 아니, 그런데 어떻게 정윤하 씨가 직접 저희한테 연락을 다 주신 겁니까?

"식당에 손님으로 왔다가 우연히 행패를 부리는 걸 보게 돼서요. 혹시 사칭이라면 그쪽에도 피해가 가는 일이니까 알려드려야겠다 싶었습니다."

ㅡ 아이고, 이거 감사해서 어떻게 하죠?

담당 PD는 고마워서 어쩔 줄 몰랐다.

ㅡ 저희가 도움이 될 일이 있으면 언제든 꼭 연락 주십시오. 혹시 저희 프로그램에 출연하고 싶으시다면 특급으로 모시겠습니다.

"말씀만 들어도 영광입니다."

윤하도 예의상 한 대꾸였지만 어차피 상대 역시 농담으로 말한 것에 불과했다. 정윤하가 맛집 탐방 프로그램에 출연할 리 없다는 거야 서로 잘 알고 있는 일이었으니까.

어쨌든 통화는 훈훈하게 끝났고, 왕 서방의 신고로 출동한 경찰에 의해 남녀는 곧 끌려가고 말았다.

"아저씨 아니었으면 진짜 화병 걸릴 뻔했는데, 다행이에요!"

미사는 무척이나 기뻐했다. 왕 서방도 고마워서 어쩔 줄을 몰랐다.

"정윤하 씨, 내가 그동안 오해했다 해. 이제 보니까 아주 좋은 사람이다 해!"

마침 영업도 끝낼 시간이라, 왕 서방까지 셋이서 함께 늦은 저녁을 먹었다.

"근데 정윤하 씨, 왜 예지한테는 그렇게 쌀쌀맞은 거냐 해?"

식사 도중에 왕 서방이 불쑥 물었다.

"예지는 정윤하 씨를 무척 따르는 거 같던데 좀 잘해주지 그러냐 해."

왕 서방의 말에 미사도 어제 생일파티 때 일을 떠올렸다. 윤하가 예지에게 눈에 띄게 퉁명스럽게 굴고, 예지가 그 때문에 속상해하던 것을.

"맞아요, 예지가 아저씨 팬인 거 아시잖아요."

묵묵히 볶음밥을 먹던 윤하가 대답했다.

"아니까 그러는 거야."

"네?"

"이제 내 팬 하지 말라고."

잠시 고개를 갸웃거리던 미사는, 한 박자 늦게 말뜻을 깨달았다.

"아……!"

윤하는 예지에게 일부러 차갑게 굴고 있었던 것이다.

「그렇게 동생한테 미안해 죽겠으면 그냥 여기서 그만둘까, 하고 묻는 거야.」

「겨우 동생 일 정도에 흔들려서는 같이 있을 수 없어.」

예지에게 미안해하는 미사에게 그는 딱 잘라 그렇게 말했었다. 하지만 사실은 그 역시 신경 쓰고 있었던 것이다. 예지가 상처받는 것을. 무뚝뚝한 표정 안에 숨은 다정한 마음이 참 그답다고 미사는 생각했다.

저녁을 먹고 나서 미사는 윤하의 차를 타고 집으로 향했다.

"근데 아저씨, 갑자기 원빈에는 왜 오셨던 거예요?"

"저녁이나 같이 먹을까 해서."

윤하는 앞만 보고 운전하며 대꾸했다.

말은 그렇게 하지만 물론 아침의 일이 마음에 걸려서 데리러 온 거겠지. 미사는 웃음이 나왔다. 이렇게 미안해할 거면서 왜 그랬던 거야?

말없이 운전하고 있는 윤하의 옆모습을, 미사는 새삼 홀린 듯이 쳐다보았다. 이렇게 잘생기고, 은근히 다정하고, 귀엽기까지 한 내 남자친구. 확 볼에 뽀뽀해버리고 싶어졌지만 참기로 했다. 혹시 아침에 그랬던 것처럼 또 놀라서 사고라도 내면 안 되니까.

대신에 미사는 가만히 손을 내밀었다.

"손잡아주세요."

윤하는 묵묵히 한 손을 뻗어 미사의 손을 잡아주었다. 그러면서도 이쪽으로는 곁눈질조차 하지 않고 계속 뚫어져라 앞만 쳐다보고 있다.

"한 번만 쳐다봐주면 안 돼요?"

애교 섞어 말했지만 요지부동이었다.

"운전할 때 한눈파는 거 아냐."

윤하가 이상할 정도로 자신을 똑바로 보려 하지 않는 것을 그제야 미사는 눈치챘다. 어, 그리고 보니 아까 밥 먹을 때부터 쭉 그랬던 것 같은데?

"아저씨, 화나셨어요?"

윤하는 대답하지 않았다. 그리고 잠시 후 대답 대신에 엉뚱한 질문이 날아왔다.

"그 옷은 뭐야?"

미사는 제 옷을 내려다보았다. 그러고 보니 여태 가게에서 입던 치파오 차림이었다.

"기억 안 나세요? 어제 사부님이 선물해주신 옷이잖아요."

"그런데 그걸 왜 입고 있냐고."

"중국집이니까 어울릴 것 같아서 한번 입어봤는데 반응 되게 좋더라고요."

윤하는 왠지 못마땅한 얼굴을 했다.

"설마 그걸 앞으로도 계속 입을 셈은 아니겠지?"

"에이, 당연히 아니죠."

미사는 생글거리며 대답했다.

"어떻게 같은 옷을 매일 입어요? 그래서 사부님이 다른 색깔로 하나 더 사주신댔어요."

"……."

윤하는 그 이상 더 말하지 않았다. 이상하게 기분이 언짢아 보여서 미사는 고개를 갸웃거렸다. 왜 그러지?

집에 도착하자 어느덧 밤 10시가 가까워져 있었다. 벌써 자기는 아깝기도 하고, 좀 더 함께 시간을 보내고 싶은 마음에 미사는 선수를 쳤다. 윤하가 먼저 올라가서 자, 하고 말하기 전에.

"아저씨, 우리 같이 TV 봐요!"

"옷이라도 좀 갈아입고 오지."

"어차피 금세 잘 텐데, 씻을 때 갈아입음 되죠 뭐."

미사는 머뭇거리는 윤하의 손목을 막무가내로 끌고 가서 소파에 나란히 앉았다. 뭘 볼까, 고민할 필요도 없었다. TV를 켜자마자 바로 윤하가 주연을 맡은 드라마가 방송되고 있었던 것이다.

"맞다, 위험한 신입사원!"

그제야 미사는 당황해서 외쳤다. 그동안 목숨 걸고 본방사수 해왔는데, 가출소동에 이것저것 겹쳐서 정신이 없는 바람에 까맣게 잊고 있었다.

"오늘이 마지막 회 방송이야. 내일은 종방연이 있고."

옆에 앉아 있던 윤하가 대꾸했다.

이런, 그럼 두 편이나 놓쳤구나! 아까워하며 얼른 채널을 고정시키려다가 미사는 문득 혹시 그가 자기 작품을 같이 보는 게 민망할 수도 있다는 생각을 했다.

"이거 봐도 괜찮아요? 싫으시면 다른 거 보고요."

"아니, 그렇지 않아도 보려고 했어."

의외로 윤하는 순순히 대답했다.

주연을 맡은 배우 본인과 함께 드라마를 본다는 것은 굉장히 색다른 기분이었다. 그러고 보니 지금껏 같이 지내면서 한 번도 윤하의 작품을 나란히 앉아서 본 적이 없었으니까.

지난번에 마지막으로 봤을 때만 해도 꽤 긴박한 상황이었는데, 마지막 회라서 그런지 오늘은 계속해서 달콤하고 다정한 장면의 향연이었다. 연기들도 어찌나 잘하는지 모른다. 특히 스킨십을 할 때마다 여배우가 얼굴까지 빨개지며 수줍어하는 것이, 드라마라는 걸 뻔히 알고 보는데도 이게 연기인지 진심인지 헷갈릴 지경이었다.

참지 못하고 미사는 물었다.

"아저씨, 이혜연 씨랑 친하세요?"

이혜연은 극중 윤하의 상대역을 맡은 여배우의 이름이었다.

"그다지. 저쪽은 원래 내 팬이었다고는 하던데."

"정말요?"

미처 몰랐던 사실에 미사는 깜짝 놀랐다. 그럼 저쪽은 진짜 사심이 있었다는 뜻이잖아?

어쩐지, 얼굴 빨개지는 게 꼭 진짜 같더라니 그런 거였구나. 물론 윤하 쪽은 별생각 없을 거라는 걸 뻔히 알면서도 미사는 괜히 신경이 쓰였다. 새삼스럽게 그가 조금 멀게 느껴지기도 했다. 연예인들의 연예인이라더니, 아저씨는 저렇게 예쁜 여배우한테도 인기가 있구나.

조금은 심란해진 기분으로 계속해서 TV를 보는데, 이번에는 더 곤란한 장면이 튀어나왔다.

키스 신!

미사는 얼굴이 빨개졌다 파래졌다, 어쩔 줄을 몰랐다.

지금까지 본 윤하의 작품에서도 키스 신이 없었던 건 아니었다. 아니, 작품마다 늘 있었다. 그야 별명이 로코의 제왕인데.

하지만 지금은 장본인이 바로 곁에 있지 않은가. 게다가 하필이면 이 키스 신은 이전에 본 어느 것보다도 훨씬 더 길고도 진했다. TV 자체가 무지막지하게 크다 보니 바로 눈앞에서 키스하는 커플을 목격하는 것 같은 기분이었다.

보고 있자니 슬슬 부아가 치밀기까지 했다. 아니, 어차피 연기로 하는 키스를 꼭 저렇게 진하게 해야 할 필요가 있는 거야? 한 손으로 여배우 머리까지 저렇게 다정하게 감싸가면서?

한참을 안절부절못하다 흘깃 곁눈질로 쳐다보니 정작 본인은 놀랍게도 다큐멘터리라도 시청하듯 무덤덤한 표정으로 화면을 쳐다보고 있었다.

뭐지, 이 아저씨는? 미사는 그만 어이가 없어졌다.

"아저씨는 아무렇지도 않아요?"

돌아온 대답은 매우 쿨했다.

"연긴데 뭐."

"연기라도 키스잖아요?"

"그러니까 연기로 하는 거잖아."

윤하는 매우 당연하다는 듯이 말했지만 미사는 조금도 이해할 수가 없었다. 연기든 뭐든 입술이 맞닿기는 마찬가지 아닌가. 그것도 그냥 대강 입술만 부비는 시늉만 하다 떼는 것도 아니고, 저렇게 진짜로 딥 키스를 하는데!

아니, 이혜연이랑은 저렇게 잘만 하면서 왜 정작 진짜 연인 사이인 나한테는 안 하는 거야? 속상한 나머지 미사의 입에서는 저도 모르게 엉뚱한 말이 튀어나왔다.

"대체 뭐가 다른 건데요?"

윤하가 의아한 눈으로 쳐다보았다.

"무슨 소리야?"

"연기하고, 진짜로 키스하는 거하고 말이에요."

물론 유혹할 생각이 아니라 질투가 나서 한 말이었지만, 일단 뱉어놓고 나니까 이젠 뒤로 물러날 수 없어졌다. 에잇, 이왕 이렇게 된 거, 오늘 여기서 역사를 쓰고 만다!

미사는 가슴이 두근거리는 것을 억누르며 윤하의 눈을 똑바로 쳐다보았다.

"좀 가르쳐주실래요? 저 되게 궁금한데."

윤하는 놀란 듯이 미사를 쳐다보았다. 꿀꺽, 그의 목이 움직이는 것이 눈에 들어왔다.

"……"

그 순간, 왠지 느낌이 왔다. 아, 이제 키스하는 거구나. 설레는 마음으로, 미사는 자연스럽게 눈을 감았다.

하지만 아무리 기다려도 입술은 닿아 오지 않고, 대신 언제나처럼 무뚝뚝한 목소리가 들려왔다.

"연기를 배워보고 싶은 거면 선생님을 소개시켜줄 수 있어. 취미로 해보는 것도 나쁘진 않으니까."

응? 흠칫 놀라 눈을 뜨자 윤하는 어느샌가 리모컨을 집어 들고 있었다.

"이제 늦었으니 이만 올라가서 자."

TV를 확 꺼버리고, 윤하는 미사를 쳐다보지도 않은 채 말했다.

"문은 꼭 잠그고."

그날 밤, 윤하는 한 시간 넘게 사워를 했다. 찬물로.

물을 아무리 맞아도 치파오를 입은 미사의 모습이 머릿속에서 지워지지 않았다. 사실 무릎 위까지 오는 스타일에다 옆트임이 그렇게 많이 들어간 디자인도 아니었는데, 옷의 특성상 몸매의 라인이 그대로 드러났던 것이다. 지금껏 미사가 그런 옷을 입은 적이 없어서 여태 잘 몰랐는데, 의외로 볼륨 있는 몸매에 눈을 어디다 둬야 할지 모를 지경이었다.

심지어 그런 차림을 하고는 한다는 말이, 뭐? 뭘 가르쳐달라고?

「대체 뭐가 다른 건데요?」

아까 그렇게 속삭이며 미사가 얼굴을 가까이해 왔을 때, 하마터면 그는 숨이 멎을 뻔했다.

「연기하고, 진짜로 키스하는 거하고 말이에요.」

유혹하듯 약간 벌어진 예쁜 입술. 그런 주제에 순진하게 궁금해하는 듯한 눈동자.

「좀 가르쳐주실래요? 저 되게 궁금한데.」

하마터면 그 자리에서 가르쳐줄 뻔했다. 궁금해하지도 않은 것까지!

그래, 문제는 바로 그 부분이었다. 궁금해하는 것만 딱 가르쳐주고 끝낼 자신이 없다는 거. 그래서 허벅지 찔러가며 필사적으로 참고 있는 건데, 미사는 그런 제 속도 모르고 자꾸만 시험에 들게 만들고 있었다.

물론 마음은 무척 기쁘다. 이쪽도 키스하고 싶다, 죽을 만큼. 하지만 네가 원하는 것처럼 키스만으로는 안 끝난다고!

어린애든지, 어른이든지, 제발 둘 중 하나만 했으면 좋겠다고 윤하는 절실하게 생각했다. 차라리 진짜 어린애면 애초에 꿈도 안 꿀 텐데. 아예 어른이면 그냥 거리낄 것 없이 끌리는 대로 확 몸을 내던져 불사르고 말 텐데.

어른의 몸을 하고, 어린애처럼 순진한 표정으로 키스를 조른다. 정작 그 뒤에 벌어질 일은 책임도 못 질 거면서. 겨우 드라마에서 나오는 키스 신 정도로도 얼굴이 새빨개지는 여자가, 그 뒷일을 상상이나 하겠는가.

'아저씨, 왜 이러세요?'

당혹스러워할 미사의 표정이 눈앞에 선하게 떠올랐다.

그러니까 참자, 미사가 정신적으로도 어른이 될 때까지는.

머리끝부터 찬물을 뒤집어쓰며, 윤하는 몸 안에서 제멋대로 날뛰는 뜨거운 피를 억지로 가라앉히려고 노력했다. 그리고 지금쯤 2층 제 방에서 세상모르고 잠들어 있을 미사를 생각하며 간절하게 기도했다.

제발 부탁이니까, 자기 전에 문은 좀 꼭 잠갔기를!

03 / 첫 키스

드라마 '위험한 신입사원'의 히트로 요즘 최고의 주가를 올리고 있는 이혜연은 원래 데뷔 전부터 정윤하의 열렬한 팬이었다.

정윤하가 주연을 맡은 드라마에 상대역으로 캐스팅되었을 때는 하늘에라도 오를 듯이 기뻤다. 그리고 촬영 들어가기 전에 속으로 단단히 결심한 바 있었다.

'이번 작품 하면서 꼭 사귀고 말겠어!'

그에게 이미 여자친구가 있는지 없는지 따위는 애초에 고려조차 하지 않았다. 없으면 땡큐고 있으면 뺏으면 그만이지. 그만큼 혜연은 제 미모에 자신이 있었다.

하지만 정작 촬영이 시작되자 정윤하가 그리 호락호락한 남자가 아니라는 것을 금세 알게 되었다. 촬영 내내 눈웃음 쳐가며 선배님, 선배님 하면서 온갖 애교를 다 떨었는데 정윤하의 반응은 늘 일관적이었던 것이다. 거들떠보지도 않음.

그뿐인가, 한번은 지각 좀 했다고 무서운 표정으로 야단까지 쳤었다.

「앞으로 작품 끝날 때까지 두 번 다시 늦지 마. 한 번만 더 지각하면 다시는 내가 하는 작품엔 캐스팅 못 하게 할 테니까.」

그때는 어찌나 서러운지, 그냥 엉엉 울어버리는 바람에 촬영이 한참 지연되기도 했다.

철벽인 척하더니 의외로 눈물에 약한 남자였던 걸까. 그날 이후로 정윤하의 태도는 크게 변했다. 먼저 말을 걸거나 하지는 않았지만, 전과는 달리 인사를 하면 미소를 지으며 받아주었다. 말투도 훨씬 부드러워졌다.

「잘했어. 혜연 씨도 지쳤을 텐데 우리 힘내서 빨리 끝내보자.」

「많이 피곤해 보이는데. 얼른 촬영 끝내고 집에 가서 쉬는 게 좋겠어.」

가끔씩은 이런 식으로 격려의 말을 건네기도 했다.

그까짓 한 번 운 걸로 이렇게 확 변할 거면 처음부터 좀 잘해주지! 살짝 얄밉게 생각하면서도 혜연은 어쩔 수 없이 마음이 설렜다. 그때부터는 거의 썸 타는 기분으로 연기했다. 덕분에 작품마다 늘 발연기 논란을 빚었던 연기력도, 한결 좋아졌다는 평을 들었다.

'이제 거의 다 넘어온 거 같은데?'

혜연은 그렇게 생각했다. 왜냐하면 그럴 만한 근거가 있었으니까.

작품 하면서 키스 신이 몇 번 나왔었다. 물론 이쪽은 은근히 설렜지만 정윤하 쪽은 그냥 연기, 그 이상도 이하도 아니라는 게 느껴져서 서운했었다.

그런데 마지막에 촬영한 키스 신은 그전에 했던 것들과는 전혀 달랐다. 큐 사인이 떨어지고 정윤하가 제게 입술을 포개온 순간, 혜연은 하마터면 숨이 멎을 뻔했다. 현장에 있던 다른 배우들도,

스태프들도 눈치채지 못했을 테지만 당사자인 혜연만은 확실히 알 수 있었다. 그건 연기가 아닌 진짜 키스였다. 남자가 정말 반한 여자에게 하는, 그런 키스.

카메라가 멈추고 나서도 혜연은 한참 동안이나 새빨개진 얼굴로 넋이 나가 있었다. 그리고 확실하게 깨달았다. 상대도 자신에게 분명 마음이 있다는 것을!

그런데 정윤하라는 남자가 매력 있는 게 또 바로 이런 부분이다. 그렇게 제 진심을 다 드러내듯 뜨겁게 키스해놓고도, 마지막 촬영 때까지 끝내 연락처조차 묻지 않았던 거.

여자로서 조금 자존심이 상하긴 했지만 혜연은 이쯤에서 자신이 먼저 다가서기로 했다. 어쨌든 상대는 천하의 정윤하 아닌가. 충분히 그럴 만한 가치가 있다.

촬영은 끝났지만 만날 기회는 아직 남아 있었다. 바로 '위험한 신입사원'의 종방연.

여러모로 절호의 기회였다. 남녀 주연이니까 일부러 신경 쓰지 않아도 자연스럽게 옆에 앉을 수 있고, 종파티라는 핑계로 진탕 먹여서 취하게 만들 수도 있고.

'그러다 보면 기회도 오겠지?'

단단히 마음먹는 혜연이었다.

"에이, 설마."

얘기를 다 들은 예지가 믿을 수 없다는 듯이 말했다.

"글쎄 정말이라니까!"

미사가 쾅, 하고 주먹으로 테이블을 내려치는 바람에 찻잔이 부르르 떨렸다.

어젯밤 일로 충격을 먹은 미사는, 마침 일찍부터 원빈에 놀러 온 예지를 붙들고 하소연을 하는 중이었다.

"혹시 언니가 진짜 연기에 재능 있어 보여서 선생 붙여 데뷔시키려는 건 아니고?"

"말이 되는 소리를 좀 해. 내가 아무리 눈치가 없어도 그 정도를 모를까 봐."

억울하고 자존심이 상한 나머지 미사는 눈물까지 핑 돌았다.

"분명히 키스하기 싫어서 핑계 댄 거라니깐?"

윤하가 자신을 좋아하는 마음은 잘 알고 있다. 오랜 세월 동안 한마음으로 오로지 자신 하나만 바라보아왔다는 것도.

그런데 왜 그렇게 좋아하면서 정작 키스는 안 해주냐고! 이혜연이랑은 잘만 하면서!

어젯밤에 윤하에게 쫓겨나다시피 해서 제 방에 올라간 미사는, 인터넷에 들어갔다가 2차 충격을 먹었다. 아니나 다를까 '위험한 신입사원' 마지막 회 방송이 끝나자마자, 문제의 키스 신 때문에 생난리가 벌어지고 있었다. 실제상황이 아니면 저럴 수가 없다는 둥, 둘이 사귀는 게 틀림없다는 둥. 인터넷에 공개된 키스 신 촬영현장 영상에는 벌써 수천 개의 리플들이 달려 있었다.

[NG 핑계로 계속 키스하는 거 보소. 저러다 보면 없던 감정도 생기겠네.]

[우리 사촌오빠네 선생님의 동생네 아는 누나의 남친이 '위험한 신입사원' 촬영 스태프인데, 정윤하가 현장에서 이혜연을 그렇게 챙긴다 카더라. 이혜연도 선배님, 선배님 하면서 엄청 따르고.]

[여자가 봐도 러블리한데 남자가 볼 때는 오죽할까!]

아저씨가 저 성격에 그랬을 리 없다고 생각하면서도 어찌나 속이 상한지 간밤엔 잠도 설쳤다. 그리고 일어나자마자 윤하와는 아침 인사만 하고 일찌감치 집을 나와서 도망치듯 원빈으로 왔던 것이다.

미사는 울상을 짓고 말했다.

"날 좋아하면서 왜 키스는 안 하려고 하는 걸까?"

"글쎄, 혹시 그런 거 아닐까?"

문득 예지가 말하는 바람에 미사는 귀를 쫑긋 세웠다. 뭐?

"좋아하긴 하는데, 섹시하진 않은 거."

"응?"

"그러니까 한마디로, 성적 매력이 없는 거 말이야. 뽀뽀는 해도 키스하긴 좀 그렇다든가."

쾅. 미사는 뒤통수가 얼얼해져 오는 것을 느꼈다.

예지가 어깨를 으쓱했다.

"뭐, 무리도 아니긴 하지. 정신세계가 열여덟 살인데."

"그럼 어떡하지?"

미사는 울상을 지었다. 이렇게 좋아하는데, 키스도 못 한 채로 계속 사귀어야 한다고?

"음. 여자로 어필을 좀 해보면 어때? 막 들이대면 티 나니까 조심스럽게."

"어떻게?"

"살짝살짝 스킨십을 하는 거지. 같이 있을 때 은근슬쩍 기대기도 하고, 괜히 손도 잡고, 살짝 뺨도 만지고. 이런 식으로, 가볍게."

직접 시늉을 해 보이는 예지를 보고 미사는 감탄했다. 오오, 대단한 내 동생!

"예지 넌 나랑 동갑이면서 대체 그런 걸 다 어떻게 알아?"

"요즘 세상엔 언니 같은 열여덟 살 없거든? 중딩, 아니 초딩도 언니보단 낫겠다."

예지가 갑자기 입술을 비쭉거렸다.

"진짜 꼬맹이는 따로 있는데 자꾸만 나더러 꼬맹이래."

윤하에게 구박당한 억울함이 떠오른 모양이었다.

"대체 윤하 오빠 나한테만 왜 그래? 언니 혹시 알아?"

물론 알지만 미사는 모른 척했다. 너 탈덕시키려고 일부러 그러는 거야, 라고 말해줄 수는 없었으니까.

"너한테만 그러긴, 원래 성격이 그런 거지."

대신에 미사는 은근슬쩍 말을 돌렸다.

"근데 참, 넌 아침부터 웬일로 놀러 온 거야? 무슨 일 있어?"

"참 빨리도 묻는다."

예지가 눈을 흘기고는 이윽고 국가기밀이라도 말하듯 목소리를 낮췄다.

"나 있잖아, 데뷔할 것 같아!"

"뭐?"

"어제 도 매니저랑 같이 윤하 오빠 회사 가서 실장님이라는 분 만 났거든? 내가 엄청 마음에 들었나 봐. 바로 계약하고 연습생으로 들어오래."

깜짝 놀라는 미사에게, 예지는 어제 있었던 일들을 차근차근 이 야기해주었다.

"곧바로 데뷔시키는 건 어렵다고 했는데, 도 매니저가 막 난리쳤 어. 윤하 오빠가 우리 학교 찾아왔던 거, 나 데뷔시키려고 티저 영 상 찍은 거라고 애들한테 뻥쳐놨는데 빨리 데뷔 안 시키면 윤하 오 빠 스캔들 터진다고."

"스캔들? 너랑 아저씨랑 말이야?"

"어. 어이없지?"

예지가 재미있다는 듯이 까르르 웃었다.

"그래서 최대한 빨리 어디 단역이라도 하나 출연시켜주기로 했 어, 실장님이. 그리고 나서 본격적으로 트레이닝 받자고. 그러면 어쨌든 데뷔는 하는 거니까 애들도 뭐라고 못 하겠지."

"다행이다!"

미사는 안도의 한숨을 쉬었다. 그렇지 않아도 친구들이 뒤에서 욕한다는 얘기를 듣고 걱정하고 있었던 것이다. 혹시나 자신이 겪 었던 일을 예지도 겪게 될까 봐.

"언니야, 나 잘할 수 있을까? 응?"

예지는 불안해하면서도 한편으로는 무척이나 들떠 있었다. 그야 오래전부터 연예인이 꿈이었으니까. 얼마나 나한테 얘기가 하고 싶었으면 아침부터 달려왔을까. 진작 들어주지 못하고, 한참 제 얘기만 떠들고 있었던 자신이 민망했다.

"그럼. 잘할 수 있을 거야!"

예지의 손을 꼭 잡고, 미사는 힘주어 말해주었다.

일을 마치고 저녁 늦게 집에 돌아오니 윤하는 집에 없었다. 오늘 저녁에 '위험한 신입사원'의 종방연이 있다더니 거기 가 있는 모양이었다.

'잠깐, 종방연이면 이혜연도 있을 거 아냐?'

문득 가슴이 철렁했다. 이상하게 자꾸만 이혜연이 마음에 걸렸던 것이다.

어젯밤에 본 키스 신 촬영 비하인드 영상에서, 이혜연은 반복되는 NG에도 불구하고 시종일관 생글거리고 있었다. 내가 남자라도 반하겠다, 싶을 정도로.

'지금쯤 술자리에 같이 있겠지?'

갑자기 이혜연이 윤하를 향해 눈웃음을 치는 모습이 머릿속에 떠올랐다.

'선배님, 한 잔 더 받으세요!'

하지만 미사는 금세 도리질을 치며 잡생각을 날려버렸다. 에이,

102

나도 참!

따지고 보면 이혜연은 아무 잘못이 없다. 전부터 윤하의 팬이었던 게 죄도 아니고, 그냥 일이니까 열심히 연기한 것뿐일 텐데. 아무 잘못도 없는 여배우를 어느새 무슨 불여우처럼 생각하고 있었던 자신이 한심해졌다.

'이게 다 아저씨 때문이야.'

미사는 속으로 윤하를 원망했다. 그가 어젯밤에 그렇게 노골적으로 키스를 피하지만 않았더라도 이러지는 않았을 거 아닌가.

자지 않고 기다리는데, 윤하는 밤이 늦어도 좀처럼 돌아오지 않았다.

늦는 건 술자리니까 그렇다 치지만 연락 한번 없어서 미사는 슬슬 걱정이 되었다. 한창 촬영 때문에 바빠서 집에 못 들어올 때조차도 꼬박꼬박 전화는 해주던 사람인데. 물론 하는 말이라곤 '밥은 먹었어?' '기다리지 말고 먼저 자.' 정도가 전부긴 했지만.

밤 12시가 넘도록 연락이 없자 아무래도 걱정이 돼서 견딜 수가 없어졌다. 민호에게 전화했지만 받지 않아서, 어쩔 수 없이 미사는 윤하에게 전화를 했다.

- 여보세요.

생각 외로 윤하는 금세 전화를 받았다.

"많이 늦으시길래 걱정돼서 전화해봤어요. 아직 술 마시는 중이에요?"

- 응. 늦을 테니까 기다리지 말고 먼저 자.

말더듬이 교정의 효과일까, 윤하는 원래 배우 치고도 발음이 무척 정확한 편이었다. 그런데 지금은 평소와 달리 발음이 흐릿해져 있는 것을 깨닫고 미사는 놀랐다.

"취하셨어요?"

– 조금.

그때였다. 갑자기 누군가의 목소리가 어렴풋이 들려왔다.

– 선배님, 여기 나와 계셨네요?

목소리의 주인공을 금세 알아차리고 미사는 가슴이 철렁했다. 바로 이혜연이었다.

윤하가 전화에 대고 목소리를 낮춰 말했다.

– 미안, 누가 와서. 끊을게.

잠시 부스럭대는 소리가 들렸다. 전화가 끊긴 줄 알았는데, 곧 다시 목소리가 들려왔다.

– 잠깐 옆 테이블 다녀온 사이에 선배님이 없어지셔서 한참 찾았잖아요.

– 전화 좀 받느라.

미사는 곧 상황을 깨달았다. 윤하가 실수로 전화를 끊지 않은 채 그냥 휴대폰을 주머니에 넣어버린 모양이었다. 즉, 끊지 않고 있으면 대화 내용을 계속 들을 수 있다.

어떻게 하지? 미사는 잠시 갈등했다. 이대로 끊지 않고 있으면 남의 대화를 훔쳐듣는 것밖에 되지 않는데, 한편으로 둘이 무슨 얘기를 하는지가 마음에 걸려서 견딜 수가 없었다.

'아니, 대체 왜 그게 마음에 걸리는 건데?'

문득 미사는 스스로 깜짝 놀랐다. 선후배 간에 무슨 대화를 하든지 그게 왜 신경이 쓰일까.

'결국 아저씨를 의심한다는 거밖에 안 되잖아.'

자기 자신이 끝없이 한심해졌다. 아저씨는 나를 그렇게 오랫동안 좋아해줬는데, 나는 대체 무슨 생각을 하고 있는 거야. 미사는 속으로 자신을 탓하며 휴대폰을 귀에서 뗐다.

- 선배님. 저 꼭 여쭤보고 싶은 게 있었는데요.

하지만 통화 끊기 버튼을 누르기 직전에, 긴장한 듯한 혜연의 목소리가 흘러나왔다.

- 그날, 왜 저한테 키스하셨어요?

미사의 손가락이 뚝 멈췄다.

- 무슨 소린지 모르겠는데.

- 저도 연기자예요. 연기하고 진짜 정도는 구분할 줄 알아요. 마지막 촬영 때, 선배님이 저한테 하신 건 연기가 아니라 진짜 키스였어요.

혜연은 확신에 차 있었다.

- 왜 그러셨던 거예요?

내 눈에도 너무 진짜 같아 보였지만 설마 했는데. 시청자들도 다 진짜 같다고 했지만 그럴 리 없다고 생각했는데. 그런데 당사자인 이혜연조차도 그렇게 느꼈다니!

미사는 숨을 죽이고 귀를 기울였다. 심장이 가슴을 뚫고 튀어나올 기세로 쿵쾅거렸다. 윤하의 대답을 기다리는 몇 초가, 마치 몇 년같이 느껴졌다.

- 들어가서 술이나 더 먹지.

잠시 후, 윤하는 그렇게 대꾸했다.

－ 선배님? 선배님!

당황한 듯한 혜연의 목소리와 함께 또다시 한참 부스럭대는 소리가 났다. 그리고 주위가 확 시끄러워졌다. 다시 술자리로 돌아간 것 같았다.

－ 선배님 벌써 많이 드셨어요. 시간도 늦었는데 이만 댁에 들어가셔야죠.

걱정하는 혜연의 목소리가 들려왔다.

－ 아니, 더 먹을 거야.

윤하가 고집스럽게 대꾸하는 바람에 미사는 또 한 번 마음이 복잡해졌다. 윤하는 평소에 그렇게 술을 즐기는 편은 아닌 걸로 알고 있다. 그런데 오늘따라 왜 저러는 걸까. 집에 들어오기가 싫어서? 아니면 이혜연하고 같이 술 마시는 게 좋아서?

미사로서는 어느 쪽이라도 속상하기는 마찬가지였다.

－ 그럼 제가 따라드릴게요. 이리 주세요, 선배님.

애교 어린 목소리를 더 이상 듣고 있을 수가 없어서, 미사는 도망치듯 전화를 끊어버렸다.

다음 날 아침, 윤하는 머리가 깨질 것 같은 지독한 두통을 느끼며 눈을 떴다. 정말이지 이렇게 심한 숙취는 오랜만이었다. 집에 어떻게 돌아왔는지조차도 기억에 없다. 윤하는 비틀거리며 거실로 나왔다.

"이제 일어나셨어요?"

인기척을 들었는지, 미사가 쪼르르 달려와서 인사를 건넸다. 앞치마 차림에 한 손에 국자를 들고 있는 걸 봐서는 아침식사를 준비하고 있었던 모양이다.

"나 어제 어떻게 들어왔어?"

"민호 오빠한테 업혀서요."

역시나.

"속 안 좋으시죠? 얼른 와서 아침 드세요!"

미사는 고맙게도 콩나물국을 끓여놓았다. 그것도 제법 맛있게.

"잘 먹었어."

덕분에 두통이 좀 가셨다. 숟가락을 내려놓고 길게 한숨을 내쉬는 윤하에게, 미사는 조심스럽게 말했다.

"근데 어제는 왜 그렇게 술을 많이 드신 거예요?"

윤하는 말문이 막혔다.

사실 처음에는 아예 안 마실 생각이었다. 왜냐하면 사람이란 술에 취하면 이성이 약해지기 마련인데, 집에는 그렇지 않아도 자신의 이성의 한계를 끊임없이 시험에 들게 만드는 존재가 있기 때문에. 그래서 적당히 분위기 맞춰서 건배나 하고 말 생각이었다. 멀쩡한 정신으로 집에 들어가려고.

문제는 드라마의 성적이 너무 좋았다는 거였다. 하필이면 술자리 도중에 방송사 측 높으신 분이 오셔서 전원 포상휴가를 보내주겠다고 깜짝 선언을 했고, 그 탓에 분위기가 너무 과열되어버렸다.

도저히 주연배우인 자신이 술잔을 피할 방법이 없었다.

일단 취기가 돌고 나자 그때부터는 일부러 자청해서 마셨다. 차라리 아예 정신을 잃을 때까지 마셔서 쓰러져버리는 게 낫지, 애매하게 취한 채로 집에 들어갔다가는 진짜로 큰일 날 것 같아서.

하지만 내가 자칫 너를 덮칠까 봐 무서워서 취하도록 마셨다고 대답할 수는 없는 거였다.

"그냥, 마지막이다 보니 다들 섭섭해하는 분위기여서."

윤하는 그렇게 얼버무렸다.

"아저씨도 섭섭하시겠어요. 이혜연 씨랑도 많이 친해지신 것 같던데."

거기서 갑자기 이혜연이 왜 나와? 윤하는 어리둥절해서 미사의 얼굴을 쳐다보았다. 왠지 조바심이 난 듯한 표정에 아, 하고 짚이는 것이 있었다. 신경이 쓰이는 거구나.

그러고 보니 그저께도 미사는 드라마를 보다가 갑자기 물었었다.

「아저씨, 이혜연 씨랑 친하세요?」

분명히 그때도 아니라고 딱 잘라 대답했는데, 그래도 또 이런 소리를 하는 걸 보면 신경을 쓰고 있는 게 틀림없었다.

아마도 어제 본 키스 신이 계속 떠올랐던 모양이지, 하고 윤하는 생각했다. 하기야 그 키스 신이 좀 많이 진하기는 했지, 이혜연 본인도 착각할 정도로. 어젯밤에 이혜연이 따라 나와서는 '왜 저한테 키스하셨어요?' 하고 묻던 게 떠오르자 어이가 없어 피식 웃음이 났다.

"섭섭할 거 전혀 없어."

어제보다 한층 더 단호한 어조로, 윤하는 말했다.

"이제 촬영 끝났으니까 그 친구하고는 다시 볼 일도 없고, 그러고 싶지도 않아."

한 치의 거짓도 섞이지 않은 진심이었다.

한번 현장에서 두 번 다시 지각하지 말라고 따끔하게 말했다가 혜연이 울고불고 하는 바람에 촬영이 훨씬 더 지연되는 낭패를 본 후, 윤하는 전략을 바꿨다. 적당히 친절하게 대해서 빨리빨리 끝내 버리고 미사가 기다리는 집으로 돌아가자.

전략은 주효해서, 그 후부터는 촬영이 빨리 끝났지만 한번 질려 버린 감정은 작품이 다 끝날 때까지도 변하지 않았다. 그래서 윤하 는 앞으로 평생 이혜연과는 함께 연기하지 않겠다고 굳게 마음먹 고 있는 참이었다.

하지만 미사는 왠지 못 미더운 듯했다.

"그래도 나중에 다른 작품 같이하게 되면 다시 보게 될 거 아니에 요?"

"아니, 절대로."

윤하는 장담했다.

"같이할 일 없어, 두 번 다시는."

이쯤 얘기하자 미사도 알아들었는지, 더는 얘기를 꺼내지 않았 다.

"오늘은 원빈 안 가?"

아침을 먹고 나서도 나갈 채비를 하지 않아서 묻자, 미사가 대답했다.

"네, 가게 며칠 쉰대요. 메뉴 싹 바꾼 김에 가게 내부도 좀 손보신 다고요."

그렇다면 모처럼 둘 다 쉬는 날이다. 그리고 보니까 여기저기 벚 꽃도 많이 피었던데, 같이 외출이라도 해야겠다는 생각이 들었다.

어제 마신 술 때문에 아직 몸 상태가 별로 좋지 않았지만, 윤하는 내색하지 않고 물었다.

"민호 불러서 어디 좀 나갈까? 사람 많은 데는 못 가겠지만."

자신이야 원래 성격상, 또 직업상 어차피 집 귀신이라지만 미사 를 집에만 있게 하기는 미안했던 것이다. 날도 이렇게 화창한 봄날 인데.

하지만 미사는 고개를 젓고는 활기차게 말했다.

"아녜요. 밖에 나가기 귀찮은데 오늘은 집에서 같이 TV나 보고 놀아요."

TV를 보는 거야 좋지만 지난번과 같은 상황이 또 벌어지는 건 곤 란하다. 그래서 윤하는 이번엔 자신이 리모컨을 잡았다. 그리고 절 대로 키스 신이나 베드 신 따위가 나올 리 만무한 채널을 골랐다. 개그 프로그램.

하지만 이번에는 다른 의미로 곤란한 상황이 벌어졌다.

낙엽이 굴러가는 것만 봐도 우스울 나이라고 했던가. 윤하가 봤 을 때는 저게 뭐 그렇게 재미있나, 싶은 개그에도 미사는 배꼽을 잡 고 깔깔 웃었다. 물론 웃는 것까지는 좋은데, 문제는 그때마다 자 꾸만 스킨십이 발생하는 것이었다.

"아, 너무 웃겨!"

우스워 죽겠다는 듯이 미사는 윤하의 어깨나 팔을 주먹으로 살짝 두들겼다. 아프지는 않았지만 그때마다 괜히 가슴이 떨렸다. 웃다 못해 제 쪽으로 폭 안기듯 기대 오기도 했다.

이것도 충분히 견디기 힘든데, 결정타는 따로 있었다.

"아하하하!"

물론 정신없이 깔깔대느라 저도 모르게 그랬겠지만, 미사는 옆에 앉은 윤하의 허벅지에 가끔씩 살짝 손을 얹었다 뗐다. 손길이 닿을 때마다 온몸에 짜릿하게 전류가 흐르는 것 같은 느낌이 들었다.

"……!"

윤하는 급속도로 몸이 뜨거워지는 것을 느꼈다. 더는 못 참겠다.

"슬슬 점심 먹어야지."

그는 소파에서 벌떡 일어났다. 물론 식사 준비는 핑계고 주방으로 도망칠 셈이었다.

"아침은 네가 했으니까, 점심은 내가 준비할게."

하지만 미사는 그를 가만히 내버려두지 않았다. 얼른 따라 일어나더니,

"에이, 같이해야죠. 저도 도울게요."

애교스럽게 말하며 살며시 팔짱을 껴 오는 게 아닌가!

부드러운 가슴이 뭉클하게 팔에 닿아 오는 순간, 윤하는 사춘기 소년처럼 달콤한 현기증에 휩싸였다.

파격적인 정사 장면으로 유명한 19금 영화도 촬영해본 윤하였다. 하필 상대역이 타고난 글래머로 유명한 여배우라, 당시 온 대

한민국 남자들이 다 그를 부러워했었다. 세상에나 돈까지 받고 저런 걸 만진다면서.

하지만 정작 본인인 윤하는 전혀 감흥을 느끼지 못했다.

연기와 실제가 뭐가 다른 거냐고? 바로 이거지. 연기할 때는 상대의 벗은 몸을 직접 만져도 전혀 아무렇지 않았다. 하지만 실제는, 이렇게 옷을 몇 겹이나 사이에 두고 가슴이 조금 닿아 오기만 한 건데도 첫사랑에 빠진 소년처럼 심장이 미친 듯이 뛰기 시작한다. 주체하기 힘들 정도로 온몸이 달아오른다.

그럴 수밖에 없었다. 상대는 자신이 그토록 오랫동안 원하고 꿈꾸어온 여자가 아닌가. 그런 제 마음도 모르고, 아무렇지도 않게 스킨십을 해 오는 미사가 윤하는 조금 원망스러워졌다.

나는 네 손길만 닿아도 이렇게 떨려 죽겠는데, 너는 전혀 그렇지 않은 모양이지.

"괜찮으니까 앉아서 TV 보고 있어."

윤하는 미사가 민망해하지 않게, 최대한 자연스럽게 보이려 애쓰며 팔을 뺐다. 그리고 못내 아쉬워하는 미사를 반 강제로 소파에 앉히고 자신은 주방으로 향했다.

무작정 주방으로 도망치긴 했지만 뭘 만들어야 할지도 모르겠다. 윤하는 제가 뭘 하는지도 모른 채 정신없이 냉장고에서 오이를 꺼내 썰기 시작했다.

어깨, 팔, 허벅지. 미사의 손길이 닿은 모든 곳이 불에 덴 것처럼 화끈거렸다.

너는 꿈에도 모르겠지. 내가 네게 이런 마음을 품고 있다는 걸.

그러니까 내 품에서 그렇게 편안한 얼굴로 깊이 잠들 수 있었겠지.

하지만 나는 자꾸만…… 너를 안고 싶어져. 윤하는 입술을 깨물었다.

얼마나 그렇게 고뇌에 빠져 있었을까. 어느 순간 퍼뜩 정신을 차려보니 오이는 이미 다 썰려 있고, 딱 손가락을 썰기 직전이었다. 등골에 식은땀이 흘렀다.

'정신 차리자.'

윤하가 필사적으로 정신을 가다듬으려 노력하고 있을 때였다.

"아저씨."

언제 왔을까. 갑자기 뒤에서, 미사가 가만히 윤하를 끌어안으며 속삭여 왔다.

"……!"

윤하는 소리 없이 굳어지고 말았다.

"TV 보고 있으라니까 왜 왔어."

당황한 나머지 목소리가 절로 퉁명스러워졌다. 왜 자꾸 기름을 부어!

"죄송해요, 제가 아저씨를 너무 좋아하나 봐요."

윤하의 허리를 끌어안고, 등에 뺨을 기댄 채 미사가 속삭이듯 말했다.

"저 혼자만 그런 거예요?"

조금 서운한 듯한 말투에, 윤하는 눈앞이 확 도는 것 같은 느낌을 받았다. 지금 당장 몸을 돌려서 확 껴안고 싶다. 저 작은 몸을 품 안에 가두고, 내 욕심껏 입 맞추고 싶다. 그런 다음에는 그대로 안아

113

올려서 침대로…….

어느새 미사의 단추를 푸는 상상까지 하고 있는 자신을 깨닫고, 윤하는 소스라쳤다.

'맙소사.'

미사의 속은 순진한 소녀나 다름없다. 키스 이상의 액션을 취하면 당황하고 무서워할 게 틀림없었다. 놀라게 하고 싶지 않다. 소중하니까. 이러는 건 싫어요, 하고 거부당하고 싶지도 않다. 미사가 자신을 밀어내면 진심으로 상처받을 것 같았다.

윤하는 제 안의 욕망을 미사에게 들키고 싶지 않았다.

"잠깐 여기 있어."

자신의 허리를 안은 미사의 팔을 살짝 풀어내고, 윤하는 애써 침착하게 말했다.

"급한 일이 있어서, 잠시만 통화 좀 하고 올게."

통화 핑계로 윤하는 겨우 미사에게서 빠져나왔다. 그리고 제 방으로 들어오자마자 민호에게 전화를 걸었다.

– 형! 이제 일어났어요? 속은 좀 괜찮…….

"스케줄 좀 잡아."

다짜고짜 말을 가로막고 용건을 말하자 민호는 당황한 듯이 되물었다.

– 무슨 스케줄이요?

"뭐든지, 영화나 드라마같이 오래 끄는 것만 말고. 예능이나, 라디오나, 정 안 되면 개그 프로그램이라도."

– 예? 형이요?

민호의 목소리가 높아졌다. 그야 데뷔 후 여태껏 그런 데 나가본 적이 없었으니까.

– 갑자기 왜 그래요? 무슨 일 있었어요?

"어쨌든 무조건 내일 당장 스케줄 잡아."

민호가 어이없다는 듯이 말했다.

– 아니 형, 매니저가 무슨 도깨비 방망이도 아니고, 없는 스케줄을 당장 만들어내라 뚝딱, 한다고 그게 짠, 하고 나오는 게…….

"제발 좀."

윤하는 사정하듯 말했다.

"이러다 내가 사고 칠 것 같다고!"

지금 자신의 머릿속에 들어 있는 거라고는 온통 한 가지뿐이었다. 미사와 사랑을 나누는 것. 이런 상태로는 당장 오늘 밤에라도 달려 올라가지 않을 자신이 없다. 단 하루만이라도 미사와 떨어져서 머리를 좀 식히고, 이성을 되찾고 싶었다.

결국 민호는 영문을 몰라 하면서도 대답했다.

– 알았어요. 어떻게든 해볼게요.

다음 날, 민호는 고맙게도 새벽같이 윤하를 데리러 왔다.

"아무리 그래도 예능은 아닌 거 같아서 CF로 잡았어요."

차에 타는 윤하에게, 민호가 콘티를 건넸다.

"죽어도 오늘 아니면 안 된다고 박박 우겨가지고 겨우 조정한 거예요."

"고맙다."

"근데 대체 무슨 일이에요? 사고 칠 것 같다니."

차를 출발시키며 민호가 물었다. 민망하긴 하지만 민호를 상대로 새삼 숨길 것도 없다. 윤하는 깊게 한숨을 내쉬고 나서 간단히 사정을 설명해주었다.

'아니, 어쨌거나 몸은 어른인데 좀 어때서 그래요?'

하고 펄쩍 뛸 줄 알았는데, 의외로 민호는 얘기를 듣더니 고개를 끄덕였다.

"형 마음 이해할 것 같아요."

어? 윤하는 당황해서 민호를 쳐다보았다.

"예지 말이에요. 고백할까 하다가도 고등학생이란 생각을 하면 차마……."

민호가 우물거렸다. 예지나 미사는 까맣게 모르는 일이었지만, 예지가 고등학생이었다는 걸 알게 된 후 민호는 한동안 충격에 빠져 있었던 것이다.

네 신세나 내 신세나 마찬가지구나. 윤하는 진심으로 말했다.

"힘내라."

민호가 땅이 꺼져라 한숨을 쉬고는 부탁했다.

"이따 예지 앞에서는 괜히 그런 내색 하면 안 돼요, 형."

"음? 무슨 소리야?"

"아, 그러고 보니까 형한테 아직 얘기 안 했구나. 오늘 촬영, 예지도 같이하는 거예요."

윤하는 놀랐다. 지난번 자신이 학교에 찾아갔던 일 때문에 예지가 입장이 곤란하게 돼서, 조만간 어딘가 출연시킬 예정이라는 얘기는 들었다. 하지만 그게 자신과 함께 광고를 찍는 것인 줄은 미처 몰랐던 것이다.

"설마 예지가 메인이라고?"

"에이, 그건 아니죠. 광고 콘셉트가 소녀에서 여자가 되는 건데, 예지는 교복 입고 딱 한 장면만 나오는 거예요."

"아, 그래."

"예지 긴장할지 모르니까 형이 좀 말도 걸어주고 그래요."

그건 안 되겠는데, 하고 윤하는 생각했다. 차갑게 굴어서 정을 떼려고 하고 있는 와중이었으니까.

윤하에게 있어 예지는 말하자면 막내 여동생 같은 느낌이었다. 미사에게도 그토록 진심으로 대하는 아이가 왜 귀엽지 않을까. 성격이 이 모양이니 살갑게는 해주기 힘들겠지만, 생각 같아서는 용돈도 주고 미사랑 같이 자주 만나고도 싶었다. 둘이서 귀엽게 종알거리는 걸 보고 있는 것도 즐겁고.

하지만 곤란한 것은 예지가 자신의 팬이라는 것이었다. 여태 만나면 이쪽을 쳐다보는 눈이 하트가 되어 있는 게 뻔히 보였다. 앞으로도 계속 봐야 하는 사이인데, 윤하는 예지의 마음에 상처를 주고 싶지 않았다. 미사가 동방불패 두 명 된 것에 충격 받아 밤새 엉엉 우는 걸 보고 난 후라서 더욱더 그랬다. 아, 저 나이 때는 저러는구나.

그래서 윤하는 예지를 귀여워하는 건 나중으로 미루기로 했다.

일단 저 눈에 박힌 하트부터 좀 없애놓고 나서.

그런 윤하의 속을 모르는 민호는 한술 더 떴다.

"참. 형이 이혜연 씨한테도 좀 말해주면 안 돼요? 예지가 처음이
니까 좀 잘해주라고요."

"뭐?"

윤하는 제 귀를 의심했다.

"너 방금 뭐라고 했어?"

"이혜연 씨한테 한마디만 좀 해달라니까요."

민호는 얼굴색도 변하지 않고 똑같은 말을 되풀이했다.

"어제 연기 선생님 모시고 따로 지도 받았다고는 하는데, 아무래
도 예지가 현장은 처음이잖아요. 그러니까……."

"도민호!"

윤하가 버럭 소리를 지르는 바람에 놀란 민호가 브레이크를 밟았
다. 끼이이익!

"아, 왜 갑자기 소리를 지르고 그래요?"

"그러니까 지금, 이혜연이랑 오늘 광고 같이한다는 거야?"

윤하가 이를 악물고 묻자 민호가 황당한 얼굴을 했다.

"설마 몰랐다고요?"

"말을 안 해주는데 어떻게 알아?"

"아니, 전에 화장품 광고 들어왔다고 말했잖아요, '위험한 신입
사원' 드라마 콘셉트로요!"

"이게 그건 줄 몰랐다고!"

윤하는 미칠 지경이 되었다. 그렇지 않아도 미사가 혜연을 신경

쓰는 눈치였는데!

"내가 언제 그거 한다고 했어?"

"아, 형이 무조건 스케줄 잡아 오라면서요! 예능이든 라디오든 뭐든 잡아 오라며요?"

민호는 대단히 억울한 얼굴을 했다.

"그래놓고 이제 와서 딴소리하면 어떡해요?"

"그래도 이혜연은 걸렀어야지, 내가 싫어하는 거 뻔히 알면서!"

두 번째로 목소리를 높이자 이번에는 민호도 지지 않았다.

"아니 진짜 형도 작작 그 낯가리는 것 좀 고쳐요! 이혜연이 뭐 죽을죄 지은 것도 아니고, 딱 하루 같이 찍는 CF도 같이 못 찍겠다고 하면 어떡해요?"

아예 차를 길가에 세우고 본격적으로 마주 울화통을 터뜨리는 것이었다.

"며칠 전까지도 같이 드라마 찍던 상대겠다, 회사에서도 다 오케이 난 건데 이제 와서 이거 하루를 못 찍을 이유가 뭐가 있냐고요!"

민호의 말에도 일리가 있다. 단순히 싫은 것뿐이라면 말마따나 하루쯤 그냥 참으면 그만이다. 하지만 이건 그런 문제가 아니었다.

「그래도 나중에 다른 작품 같이하게 되면 다시 보게 될 거 아니에요?」

미사가 못내 걱정스러운 표정으로 물었던 게 바로 어제 아닌가!

「아니, 절대. 두 번 다시 같이할 일 없어.」

그렇게 장담한 지 딱 하루 만에 약속을 깨게 되어버리다니!

이 일을 어떻게 해야 하나. 윤하는 머리가 다 지끈거렸다.

"아, 어떻게 할 거예요? 이제 와서 설마 촬영 못 하겠다고 할 건 아니죠?"

위약금이야 얼마가 되든 물어주면 그만이다. 미사를 속상하게 만드는 것보다는 돈이 나가는 게 나으니까. 하지만 자기 한 사람 때문에 지금쯤 대기하고 있을 모든 스태프를 죄다 허탕 치게 만들 수는 없는 거였다. 하물며 그게 별로 마음에 안 드는 후배 여배우라 해도.

윤하는 결심했다.

"출발해. 할 테니까."

어차피 그럴 거면서, 하는 표정으로 윤하를 한번 흘겨보고 나서 민호는 다시 차를 출발시켰다.

윤하는 깊게 한숨을 내쉬고 미사에게 전화를 걸었다. 뭐든 솔직한 게 제일이다. 사실대로 사정을 이야기하고 사과할 생각이었다.

'미안해. 갑자기 광고 스케줄이 잡혔는데 상대가 이혜연이야. 나도 방금 알았어.'

네가 왜 이혜연을 신경 쓰는지는 알 것 같다고, 하지만 그런 게 아니라고 말하려 했다. 집에 가서 자세히 설명할 테니까, 이번 한 번만 좀 이해해달라고.

하지만 미사는 통화 중이었다. 애가 달아 몇 번이나 전화했지만 10분이 넘도록 계속 연결되지 않았다.

'하필이면 이럴 때!'

그러는 사이에 차는 어느새 오늘 촬영 예정인 스튜디오에 도착했다. 마지막으로 전화해봤지만 역시나 통화 중. 어쩔 수 없이 윤하

는 일단 차에서 내렸다. 촬영 도중에 눈치를 봐서 다시 전화해야겠
다고 생각하면서.

그 시각, 미사는 예지와 통화 중이었다.

– 언니, 이쪽으로 좀 와주면 안 돼? 나 이제 좀 있으면 도착한단
말이야.

예지가 애원하듯 말했다. 오늘 생애 첫 촬영이라 긴장돼 죽을 것
같다는 것이었다.

– 어차피 가게 며칠 쉬니까 언니 오늘 할 일도 없잖아, 응? 제발.

"일반인이 그런 데 막 들어가면 안 되는 거 아냐?"

– 언니도 우리 회사 스태프라고 하면 되잖아. 제발 좀 와주라.
윤하 오빠도 볼 겸, 응?

마지막 말에 미사는 깜짝 놀라 되물었다.

"윤하 오빠라고? 아저씨 말이야?"

– 어, 내가 얘기 안 했었어?

예지가 당황한 듯이 말했다.

– 오늘 광고, 윤하 오빠랑 같이 찍는 거야.

"아……!"

윤하는 분명 당분간 아무 일도 하지 않겠다고 했었는데, 오늘은
갑자기 스케줄이 생겼다면서 아침 일찍 집을 나갔다.

'그게 예지랑 함께 찍는 광고였구나.'

미사는 잠시 생각에 잠겼다.

그동안 설마설마했는데 어제 일로 확실히 알았다. 윤하는 분명 자신을 피하고 있었다. 눈을 제대로 마주치려 하지 않는 것은 물론, 손길만 닿아도 흠칫거리며 몸을 뺐다. 미사가 내심 상처받을 정도로.

「죄송해요. 제가 아저씨를 너무 좋아하나 봐요.」

등 뒤에서 윤하를 껴안으며 했던 고백은, 사실 모든 용기를 다 쥐어짜낸 것이었다.

「저 혼자만 그런 거예요?」

확실히 대답을 듣고 싶었다.

'무슨 소리야. 내가 널 얼마나 좋아하는지 너도 알잖아.'

그가 이 불안감을 없애주기를 바랐다. 부디 자신이 느낀 것이 다 착각이기를. 하지만 윤하는 대답하는 대신에 핑계를 대며 미사에게서 빠져나갔다.

「급한 일이 있어서, 잠시만 통화 좀 하고 올게.」

마치 도망치는 것처럼.

미사는 큰 충격을 받았다. 윤하가 자신을 피하는 건 확실한데, 도저히 이유를 모르겠다. 싸운 것도 아니고, 전혀 그럴 만한 일이 없었으니까.

마음에 걸리는 거라면 오로지 하나뿐이었다. ……이혜연.

그날, 채 끊기지 않은 전화를 통해서 이혜연이 묻는 걸 들었었다. 왜 진짜로 키스했던 거냐고. 그때 윤하는 아무 대답도 하지 않았었지만, 미사가 전화를 끊어버린 다음에 또 묻지 않았을 거라는 보장이 없었다.

그랬다면 대답은 뭐였을까. 그 후에는 어떤 말이 오갔을까.

'미안. 사실은 그 순간 네가 여자로 보였어.'

'저도 전부터 선배님을 좋아했어요.'

그러면 안 된다고 생각하면서도 자꾸만 별의별 상상을 다 하게 된다. 그럴 수밖에 없었다. 왜 내가 만지기만 해도 그렇게 기겁을 하고 피하면서, 이혜연에게는 진짜로 키스했을까. 그런 의문이 계속 미사를 괴롭히고 있었다.

바로 조금 전에 현관에서 윤하를 배웅할 때도 속으로는 계속 다른 말을 하고 있었다.

저 많이 불안해요. 오늘은 옆에 있어주시면 안 돼요? 당분간 아무 일도 안 할 거라고 말해놓고 왜 갑자기 스케줄이 생긴 거예요? 설마 이것도 절 피하고 있는 건 아니죠, 그렇죠?

하지만 이 중에 결국 입 밖에 낼 수 있는 말은 한마디도 없었다.

「촬영 힘내시고, 조심해서 다녀오세요!」

복잡한 속마음을 숨기고, 그렇게만 말했을 뿐.

문득 미사는 윤하가 미치도록 보고 싶어졌다. 곁에 없으니까 말도 안 되는 생각만 더 많아진다. 가까이에서 얼굴을 보면 그나마 안심이 될 것 같았다.

─ 언니, 진짜 안 올 거야?

예지가 또다시 우는 소리를 했다. 미사는 마음을 결정했다.

"조금만 기다려, 나 금방 갈게."

서두른다고 서둘렀지만 씻고 준비도 해야 했고, 이래저래 택시를 타고 도착한 것은 전화를 끊고 한 시간이나 지난 후였다. 안 들여보내주면 어떡하지, 하고 걱정했는데 촬영장소인 스튜디오 앞에서 내리자 다행히도 사람이 마중 나와 있었다. 오늘 예지를 데려온 매니저라고 했다.

"촬영 시작했어요?"

"네. 예지 분량은 아직이고요."

미사는 그 매니저를 따라 스튜디오 안으로 들어갔다. 어둑어둑한 복도를 지나 촬영이 이루어지는 장소에 다다르자 이윽고 눈이 아플 정도로 밝은 빛이 시야를 덮쳤다.

수많은 스태프들 가운데, 두 남녀가 눈부신 조명을 받으며 포즈를 취하고 있었다.

남자는 바로 윤하. 그리고 곁에 있는 여자는……

'이혜연 씨……?'

놀란 미사의 눈이 커다래졌다. 설마. 그럴 리가 없다고 생각하고 다시 쳐다봐도 여자는 틀림없는 이혜연이었다.

순간 미사는 하마터면 비명을 지를 뻔하고 깜짝 놀라서 제 입을 가렸다. 그리고 윤하가 보기 전에 얼른 등을 돌려 정신없이 촬영장소를 벗어났다.

머릿속이 어지러웠다. 갑자기 생겼다던 스케줄이 하필이면 이혜연과의 CF 촬영이었을 줄이야.

물론 그럴 수도 있는 거지만, 그렇다면 왜 미리 말해주지 않았을까.

「아니, 절대. 두 번 다시 같이할 일 없어.」

그렇게 말했던 게 바로 어제 일인데!

일단 촬영장소에서는 벗어났지만 어디로 가야 할지 모르겠다. 미사가 망설이고 있는데 뒤에서 누군가가 불쑥 말을 걸었다.

"미사 언니?"

화들짝 놀라 돌아보니 예지였다.

"예지야!"

예지는 처음 보는 교복을 입고 있었다. 게다가 화장까지 진하게 하고 있어서 무척이나 낯설어 보였다.

"언제 왔어?"

"바, 방금."

절로 목소리가 떨렸다.

"왜 그래, 언니? 무슨 일 있어?"

동요하는 낌새를 금세 알아챘는지, 예지가 미사의 안색을 살폈다.

"아, 아무것도 아니야. 나 이런 데 처음 와봐서 그래."

미사는 얼른 얼버무렸다. 가뜩이나 지금 예지도 긴장돼서 제정신이 아닐 텐데, 제 일로 더 보태고 싶지 않았다.

다행히 예지는 그대로 믿는 눈치였다.

"그치, 여기 완전 기 빨리지? 원래는 나도 저기서 대기해야 되는데, 너무 긴장하니까 매니저 오빠가 들어가서 좀 앉아 있으라고 했어."

울상을 하며 평소에 안 하던 응석까지 부리는 것이었다.

"나 아까 제일 먼저 와 있다가 이혜연 왔길래 인사했거든? 근데 힐끗 곁눈질로 쳐다보더니 대꾸도 않고 딱 쌩 까는 거 있지? 윤하 오빠도 찬바람 쌩쌩 불더니, 연예인은 다 저런가 봐."

"아저씨는 그런 거 아냐."

미사는 어떻게든 예지의 긴장을 풀어주려 애썼지만 위로도 별 소용이 없었다.

"윤하 오빠가 나 바보 같다고 생각하면 어떡하지? 응?"

"그렇게 생각 안 할 거니까 걱정 마."

"실수했다고 막 혼내고 그러면? 그렇지 않아도 윤하 오빠가 나 엄청 구박하는데!"

"넌 내 동생인데 아저씨가 설마 그러겠어."

그렇게 말은 했지만, 사실 미사도 자신이 없었다. 도대체 윤하가 무슨 생각을 하고 있는 건지 모르겠다. 왜 나한테 숨기면서, 그것 도 없는 스케줄을 만들어가면서까지 하필 이혜연과.

대기실에서 한 시간 정도 예지의 손을 잡고 진정시켜주고 있는 데, 이윽고 매니저가 부르러 왔다.

"예지야, 이제 가자."

순간 예지의 얼굴이 하얗게 질렸다.

"난 여기서 기다리고 있을 테니까 다녀와."

웬만하면 윤하의 눈에 띄고 싶지도 않고, 그가 혜연과 함께 촬영 하는 모습도 보고 싶지 않다. 그래서 미사는 그냥 대기실에 있으려고 했지만 예지가 소매를 붙잡고 놓아주지 않았다.

"옆에 있어줘, 언니."

떨리는 목소리로 예지가 호소했다.

"제발."

예지가 그렇게까지 부탁하는데 외면할 수도 없었다. 미사는 한숨을 쉬고 예지를 따라나섰다.

촬영은 잠시 쉬는 도중인 것 같았다. 스태프들이 분주히 움직이는 한편에, 각 방송국의 연예정보 프로그램에서 나온 사람들이 여럿 보였다. 윤하는 촬영현장 한쪽에 혜연과 나란히 의자를 놓고 앉아 그중 한 프로그램과 인터뷰 중이었다.

"드라마가 끝난 후에도 두 분의 케미가 계속해서 화제인데요. 혹시 또 다른 작품에서 함께 연기하고 싶은 생각은 없으신가요?"

리포터의 질문에 혜연이 먼저 대답했다.

"선배님이랑 함께할 수만 있으면 저야 언제든 너무 감사하죠."

선배님은요? 하듯 혜연이 살짝 윤하를 곁눈질로 쳐다보자 윤하가 웃으며 대답했다.

"저도 언제든 환영입니다."

카메라 앞이다. 저 말이 꼭 진심이라는 법은 없다는 거야 물론 알고 있다.

「아니, 절대. 두 번 다시 같이할 일 없어.」

하지만 혜연을 향해 미소 지어 보이는 윤하가, 지금 이 순간 미사에게는 너무나 멀어 보였다.

드라마가 워낙 인기리에 종영한 직후라 그런지, CF 촬영현장 스케치란 명목으로 취재를 나온 매체가 한둘이 아니었다. 하나하나 응하는 것도 고역이었지만 이것도 다 광고주와의 계약사항에 들어가는 부분이니 싫어도 할 수밖에 없다.

촬영 중간에 쉬는 시간을 이용해서 잡지 하나, 방송 프로그램 두 개와 짧게 인터뷰를 하고 나니 정작 본 촬영보다 더 지친다. 그런 윤하의 기색을 알아차렸는지, 민호가 눈치 빠르게 정리에 나섰다.

"자, 금세 다시 촬영 들어가야 하니까 잠깐만 쉬게 해주시죠. 좀 이따가 순서대로 다시 가겠습니다."

그제야 윤하는 길게 한숨을 내쉬며 계속 미소 짓고 있느라 뻣뻣해진 얼굴의 근육을 풀었다. 그렇게 한숨 돌리고 있는데, 문득 머리 위에서 어색한 인사가 들려왔다.

"안녕하세요, 정윤하 선배님."

뭔가 하고 고개를 들어 쳐다보니 교복을 입은 예지가 자신을 향해 꾸벅 인사를 했다.

"김예지라고 합니다. 오늘 제가 첫 촬영인데요, 잘 부탁드릴게요."

미사조차 아저씨라고 부르는 자신을 처음부터 잘도 윤하 오빠, 윤하 오빠 하더니만 이젠 남들 앞이라고 새삼 정윤하 선배님이란다. 잔뜩 얼어 있는 표정이 귀여워서, 윤하는 그만 풋 하고 웃어버릴 뻔했다. 하지만 그 순간, 예지 옆에 어색하게 서 있는 미사가 눈에 들어왔다.

"……!"

윤하의 가슴이 덜컥 내려앉았다.

'미사가 왜 여기에?'

대답은 금세 나왔다. 아, 예지를 따라왔겠구나.

눈이 마주치자 미사는 반가운 얼굴을 하는 대신에 당황한 듯이 얼른 시선을 다른 곳으로 돌렸다. 불편해하는 기색이 역력한 표정에 윤하는 속으로 아뿔싸, 하고 생각했다. 틈이 나면 다시 전화해서 오늘 이혜연과 함께 촬영하게 됐다고 얘기하려 했는데. 정작 쉬는 시간에도 계속 인터뷰를 하느라 미사에게 전화할 수가 없었던 것이다.

바로 어제, 혜연과는 두 번 다시 일하지 않겠다고 했는데 결국 거짓말을 한 꼴이 돼버리고 말았다. 자신과 눈조차 맞추지 않으려는 걸 보니 미사는 분명 화가 난 게 틀림없었다. 그렇다고 이 자리에서 사과나 설명은커녕 섣불리 알은체를 할 수도 없는 일이었다. 주위에 촬영 스태프는 물론이고 각종 매체에서 몰려온 취재진들이 눈을 시퍼렇게 뜨고 보고 있는데!

'이걸 어쩌지?'

윤하가 속으로 안절부절못하고 있는데, 옆에 앉은 혜연이 예지에게 웃으며 말을 걸었다.

"아, 네가 내 아역이구나? 이름이 예지라고?"

무척 상냥한 말투였지만 예지는 왠지 당황한 얼굴을 했다.

"네? 네, 그런데요……."

"오늘 잘 부탁해. 우리 잘해서 빨리 끝내보자. 여기 정윤하 선배님이 촬영 지연되는 거 딱 질색하시거든. 빨리빨리 끝내고 집에 가는 거 엄청 좋아하셔서."

혜연이 웃으며 말했다.

그거야 그때는 집에서 미사가 혼자 기다리고 있으니까 마음이 급해서 그랬던 거고. 하지만 물론 그런 속사정까지 혜연이 알 리 없었다.

'그래, 어쨌든 빨리 끝내자.'

윤하는 그렇게 생각했다. 어쨌든지 간에 미사에게 지금 당장 사정을 설명할 수는 없는 일이니까, 빨리 끝내고 집에 가서 무릎을 꿇고 빌든지 껴안고 달래든지 해야겠다.

"나도 잘 부탁해."

윤하는 예지를 향해 그렇게 대꾸했다.

이윽고 촬영이 다시 시작되었다. 이번에는 윤하와 혜연, 예지까지 모두 함께였다. 하지만 생각처럼 촬영은 빨리빨리 진행되지 않았다. 문제는 예지였다.

시작 전부터 잔뜩 얼어붙어 있던 예지는 좀처럼 감독이 요구하는 동작과 표정을 이끌어내지 못했다. 웃는 표정은 뻣뻣하고, 몸은 막대기처럼 굳어 있었다. 그러니 진행이 될 리가 있나. 윤하도 지금껏 신인들과 수없이 일해봤지만 아무리 초보라도 이 정도까지 긴장하는 경우는 드물었다. 보고 있자니 안타까울 정도였다.

'이쪽 일이랑은 안 맞을지도 모르겠는데.'

윤하는 그렇게 생각했다. 평소 성격이 발랄하고 당돌해서 연기도 대담하게 잘할 줄 알았는데, 이제 보니 정반대가 아닌가. 하기야 이건 평소 성격과는 또 다른 문제였다. 자신으로 말할 것 같으면, 사람과 제대로 대화조차 나누기 힘들 정도로 소심했는데도 카메라 앞에만 서면 돌변하는 타입이었으니까.

"다시 갑시다."

"아, 거참. 예지 씨, 그거 아니지!"

지적이 계속되자 예지는 점점 더 움츠러들었다. 그나마 다행인 것은 촬영 시작 전에 예지가 윤하와 같은 회사니까 잘 좀 봐달라고 민호가 미리 감독에게 귀띔해놓았다는 거였다. 그래서 감독이 윤하의 체면을 봐서 여태 참을성을 유지하고 있는 거지, 그렇지 않았더라면 울화통을 터뜨려도 벌써 열 번은 터뜨렸을 거였다.

"괜찮으니까 긴장 풀고 편하게 해."

보다 못해 윤하가 그렇게 격려해주었지만 예지의 귀에는 들리지도 않는 것 같았다.

"죄송합니다, 정말 죄송합니다!"

울음을 터뜨리기 직전의 표정으로 여기저기 계속 사과만 반복하는 것이었다.

미안해서 어쩔 줄 모르는 기색이 역력했다. 열심히 하려는 것도 눈에 보였다. 하지만 연기라는 건 그럴수록 더 역효과가 나는 법이었다.

윤하는 속으로 한숨을 쉬었다. 데리고 나가서 따로 좀 가르쳐야 하나, 하고 생각하고 있는데,

"잠깐만요, 감독님."

131

뜻밖에도 혜연이 먼저 나섰다.

"이 친구가 오늘 처음이라 많이 긴장했나 봐요."

혜연은 뻣뻣하게 굳은 예지의 어깨에 손을 얹고 말했다.

"이대로는 오늘 밤 새워도 안 될 것 같은데 제가 잠깐 데리고 들어가서 진정 좀 시키고, 제대로 가르쳐가지고 나올게요."

"어이쿠! 혜연 씨가 그래 주면 너무 고맙지."

감독이 살았다는 듯이 기뻐했다.

"자, 그럼 우린 잠깐 쉽시다!"

혜연이 예지를 데리고 뒤로 사라지자 미사도 그 뒤를 따랐다.

물론 혜연은 예지를 진정시킬 생각도, 연기를 가르칠 생각도 전혀 없었다. 짜증나 죽겠는데 차마 윤하가 보고 있는 앞에서 욕을 할수는 없으니까 일단 데리고 나간 것뿐이었다.

가느다란 팔을 으스러져라 잡아끌며 걷자 예지가 신음을 흘렸다.

"아야, 선배님, 팔이……!"

"입 닥치고 따라와."

혜연은 이를 악물고 협박하듯 말했다. 그리고 아파하는 예지를 대기실에 밀어넣고, 문을 힘껏 쾅 닫자마자 쏘아붙였다.

"너 누구 빽으로 여기 왔어?"

예지의 스타일리스트인지 뭔지 모를 여자가 하나 따라 들어왔지만 그쯤은 개의치도 않았다.

"네? 빽이라뇨……?"

"지금 나랑 장난하니? 이게 어디서 시치미를 떼!"

혜연은 눈을 한껏 부라렸다.

그도 그럴 것이, 광고주인 대서양화장품은 국내 5대 재벌 안에 들어가는 대기업의 계열사이자 동종업계에서도 1위를 달리는 큰 회사다. 게다가 오늘 촬영하는 제품인 '더 퀸'은 그 대서양화장품에서도 가장 비싸기로 유명한 최고급 라인이었다.

화장품 광고 자체가 여배우로서는 가장 선망하는 광고인데, 심지어 '더 퀸'이라니. 요즘 대세라는 자신조차도 객관적으로 봤을 때 아직 급이 되지 않았다. 드라마에서 정윤하의 상대역을 하지 않았더라면 언감생심 꿈도 못 꾸었을 광고다.

그런데 아무리 단역이라지만 처음 데뷔하는 생 신인이 '더 퀸' 광고라니? 이건 분명 빽이 있어도 백번 있는 게 틀림없다고 혜연은 단정했다. 아니, 반드시 빽이 있어야만 한다. 내가 신인 때는 꿈도 못 꿔본 일인데, 너 따위가 뭐라고 감히!

"대체 누구냐고, 그 대단한 빽이. 어?"

혜연이 삿대질을 하며 목소리를 높이자 예지는 더욱더 주눅이 들어 뒷걸음질을 쳤다.

"누구한테 몸 팔아서 여기 굴러왔냐니까!"

그때, 옆에서 화난 듯한 목소리가 끼어들었다.

"저기요. 말씀이 너무 심하신 거 아닌가요?"

이건 또 뭐야. 혜연은 그제야 시선을 돌려 방 안에 있던 또 하나의 인물을 쳐다보았다.

"예지 아직 미성년자예요. 애가 처음이라 긴장해서 폐 끼친 건 진짜 죄송한데요, 그래도 그렇게 아무 말씀이나 막 하시는 건 너무하잖아요. 몸을 팔았다니요?"

나이는 자신과 비슷한 또래처럼 보이는데, 그에 비해 말투는 이상하게 어리게 느껴지는 여자였다.

"빨리 취소하세요!"

화가 잔뜩 나서 얼굴까지 빨개져 있는 여자를, 혜연은 아래위로 훑어보았다. 기가 차서였다.

보아하니 이 어린 계집애의 코디네이터쯤 되는 모양인데, 신인도 아니고 신인한테 붙은 스태프한테 한소리를 들을 줄이야. 평소 매니저나 코디 따위는 하인이나 시녀 정도로밖에 여기지 않았던 혜연으로서는 나름 충격이었다.

'어?'

문득 혜연의 시선이, 예지의 어깨에 얹혀 있는 여자의 손에 멎었다.

'잠깐, 저 반지……?'

왠지 눈에 익었다. 어디서 봤지, 하고 생각하다 혜연은 눈을 크게 떴다.

'그 반지잖아?'

자신과 같은 연예인들은 반지 하나도 마음대로 끼지 못하는 법이었다. 자칫하면 애인이 있네, 열애중이네, 하고 소문이 나기 십상이니까. 그래서 자신이 광고하는 주얼리 회사의 제품이나 공개적으로 협찬을 받은 물건이 아니면 좀처럼 착용하지 않았다.

물론 그건 정윤하 역시 마찬가지였다. 드라마 촬영 내내 그랬고, 오늘도 그는 손가락에 아무것도 끼고 있지 않았다. 그걸 어떻게 알고 있느냐고? 일부러 확인했으니까.

딱 한 번 윤하가 반지를, 그것도 약지에 낀 것을 본 적이 있었다. 바로 지난 종방연에서였다. 일반인이라면 별생각 없이 낄 수도 있겠지만, 정윤하 같은 톱스타라면 문제가 다르다. 그래서 대체 무슨 반지인지 계속 신경이 쓰였었다. 오늘 정윤하를 보자마자 손가락부터 확인한 것도 그래서였다. 물론 비공식 행사였던 그때와 달리 오늘은 촬영이라서 그런지 아무것도 끼고 있지 않았다.

그런데 지금 이 여자가 끼고 있는 반지가, 그날 정윤하가 끼고 있던 그 반지와 똑같이 생기지 않았는가!

우연이라고 생각하기에는 제법 특이한 모양의 반지였다. 게다가 마음에 걸리는 부분도 있었다. 아까 두 사람이 서로를 본 순간, 왠지 무척 동요하는 눈치였던 것이다. 그때는 그냥 왜 저러지, 하고 말았는데 지금 생각하니까 역시 수상하다. 이 여자 쪽이야 톱스타인 정윤하를 실제로 봐서 긴장했다 쳐도, 정윤하 쪽은 전혀 동요할 이유가 없지 않은가. 가뜩이나 평소에 웬만한 일로는 끄떡도 안 하는 스타일인데.

'그럼 설마 둘이 사귀는 사이라는 거야?'

혜연은 새삼스럽게 여자를 빤히 쳐다보았다. 확실히 예쁘게 생기긴 했지만, 어디까지나 일반인 기준에서지 여배우인 자신의 기준에서는 한참 모자랐다. 하물며 상대가 정윤하라면, 이건 애초에 고려 대상도 안 될 정도다.

어이가 없는 것과 동시에 화가 치밀었다.

'머리가 좀 어떻게 된 거 아냐?'

종방연 날, 혜연은 중간에 전화를 받으러 나간 윤하의 뒤를 따라나가서 물었다.

「그날, 왜 저한테 키스하셨어요?」

물론 작정하고 물은 거였다. 대답 여하에 따라 그 자리에서 제 마음을 고백할 셈이었다. 하지만 윤하는 대답은커녕 마치 질문은 듣지도 못했다는 듯이 무시해버렸다.

「들어가서 술이나 더 먹지.」

그렇게 말하더니 더 이상 혜연을 거들떠도 보지 않고 등을 돌려 술자리로 돌아갔던 것이다.

혜연의 자존심이 땅에 떨어진 것은 말할 것도 없었다.

'대체 나한테 왜 이래? 저 반지를 끼게 만든 여자 때문에? 대체 그게 누군데?'

상대는 천하의 정윤하다. 누군지 몰라도 대단한 여자일 거라고 생각했다. 자신보다 더 급이 높은 여배우거나, 아니면 대기업의 영애쯤 되거나.

그런데 그게 새까만 신인한테 붙어 다니는 코디였다고?

혜연은 자존심이 상해 어쩔 줄을 몰랐다.

"저기요! 빨리 취소 안 하실 거예요?"

여자는 화가 나서 씩씩거렸다. 마치 여고생이나 다름없는 앳된 말투와 표정에 혜연은 한층 더 어이가 없어졌다.

136

"취소 못 하겠는데?"

"뭐라고요?"

"선배가 후배한테 얘기하는 건데 이 정도도 말 못 해?"

일부러 상대를 자극해서 바닥을 볼 셈이었다. 혜연은 도로 예지를 향해 시선을 돌렸다.

"어떡하니? 나 도저히 너랑 촬영 못 하겠는데."

"네?"

혜연이 예지에게 얼굴을 바싹 들이댄 채로 한 걸음, 한 걸음 다가가자 예지가 소스라치며 뒷걸음질을 쳤다. 결국 예지를 벽까지 바싹 몰아붙여놓고, 혜연은 협박하듯 말했다.

"네가 나갈래, 아님 내가 그만둘까?"

그 순간이었다.

"그쯤 해두지."

싸늘한 목소리에 혜연은 깜짝 놀라 뒤를 돌아보았다.

"선배님?"

언제 왔는지, 윤하가 대기실 안으로 들어서고 있었다. 그는 성큼성큼 걸어와서 얼어붙어 있는 예지 앞을 막아서듯 혜연과의 사이에 끼어들었다.

"이제 내 심정을 좀 알겠나?"

"네?"

"지지리도 연기 못하는 후배 때문에 촬영 지연돼서 짜증나는 거."

지지리도 연기 못하는 후배……. 잠시 멍하니 누구 얘긴가 생각하다 혜연은 눈을 크게 떴다. 나?

윤하가 입가에 노골적인 비웃음을 떠올렸다.

"나는 드라마 촬영하는 내내 참았는데, 오늘 하루를 못 참아서 이러면 곤란하지."

혜연은 민망하고 화가 나서 어쩔 줄 몰랐다. 정윤하 자신도 촬영 지연되는 거 딱 질색하면서, 대체 왜 갑자기 끼어들어 이 어린 계집애 편을 드는 건지 알 수가 없었다.

'같은 회사 후배라고 봐줄 성격은 아닌 거 같은데. 그럼 설마 저 여자 때문에?'

짚이는 건 그것뿐이었다.

'좋아. 한번 이 자리에서 결판을 내보자고.'

혜연은 승부수를 던지기로 결심했다.

진짜로 저 여자가 정윤하와 사귀는 사이라면 너무나 어이없는 상대였다. 방금 윤하에게 면전에서 독설을 들은 이 마당에도, 혜연은 아직도 그렇게 생각하고 있었다. 제 미모, 제 수완이면 저 여자에게 질 리가 없다고.

무엇보다 그 키스가 증거였다. 여태 잊히지 않는, 그 뜨겁고도 애틋한 입맞춤.

"선배님, 정말 너무하세요!"

혜연은 즉시 눈물부터 글썽였다. 정윤하가 눈물에 약하다는 건 이미 알고 있었으니까.

"아무리 그래도 제가 이 정도까지 못하지는 않았잖아요. 어떻게 저랑 비교를 하실 수가 있어요?"

138

하지만 예상과는 달리 정윤하는 눈썹 하나 까딱하지 않았다.

"최소한 이 친구는 자기가 못하는 거 알고 미안해나 하고 있지. 그쪽은 본인이 못하는 것도, 미안한 줄도 모르지 않나?"

독설에 그만 눈물이 쏙 들어갔다. 하지만 거기서 끝이 아니었다.

"아까 누구 빽으로 왔냐고 묻던데."

거기서부터 듣고 있었던 거야? 혜연은 숨을 멈췄다.

"나하고 같은 회사야. 내 빽으로 온 거나 마찬가지니까, 정 이 친구가 마음에 안 들면 나도 같이 빠지도록 하지."

내뱉듯이 말하고, 윤하는 얘기 끝났다는 듯이 돌아섰다.

"가자."

예지의 팔을 끌고 대기실을 나가려는 윤하의 등 뒤에서, 혜연이 소리를 빽 질렀다.

"선배님!"

혜연은 부들부들 떨었다. 만약에 정윤하가 빠진다면 자신 역시 이 광고는 할 수가 없게 된다. 그건 물론 정윤하도 잘 알고 있을 터였다.

"대체 저한테 왜 이러시는 거예요?"

분노와 치욕감, 그리고 배신감에 떨며 혜연은 물었다.

윤하가 걸음을 멈추고 천천히 뒤를 돌아보았다.

"이러실 거면 그날 저한테 왜 진짜로 키스하셨던 거냐고요!"

그 와중에도 대기실 한편에 서 있던 코디의 표정이 굳어지는 게 눈에 들어왔다. 역시나 자신의 짐작은 틀리지 않았던 것이다. 차라리 잘됐다고 생각하며 혜연은 계속해서 말했다.

"제 눈을 똑바로 보고 말씀해보세요. 그게 연기였나요?"

정윤하의 연인이라고 짐작되는 여자 앞에서 그렇게 말하면서도 혜연은 조금도 주저하지 않았다. 지금 이 남자가 왜 자신에게 이렇게 차갑게 구는지는 모르겠지만, 최소한 그 순간에 대한 확신은 있었기 때문에.

잠시 후, 정윤하는 대답했다.

"아니, 진짜였어."

혜연의 얼굴에 승리의 미소가 떠오른 순간, 갑자기 여자가 등을 돌렸다. 그리고 도망치듯 황급히 대기실을 나가려 했다. 더 이상 듣고 있을 수가 없다는 듯이.

하지만 그녀는 결국 방을 나가지 못했다. 문을 열고 나가기 직전에 윤하에게 팔을 붙들렸던 것이다.

"여기 있어, 나가지 말고."

당황하는 여자의 팔을 꽉 붙잡고, 윤하가 말했다.

04 / 저, 빨리 어른이 될게요

혜연이 계속 예지의 코디라고 착각하고 있던 여자는 물론 미사였다.

"아니, 진짜였어."

윤하의 입에서 그 말이 떨어지는 순간 미사는 생각했다. 아, 여기서 나가야겠다.

제 눈으로 봐도 진짜 같았지만, 남들도 다 진짜 같다고 했지만, 그래도 아닐 거라고 굳게 믿었다. 윤하가 연기라고 말했으니까.

이제 그가 자기 입으로 진짜였다고 고백한 이상 사과든 변명이든 더는 필요 없었다. 그 어떤 말도 듣고 싶지 않았다. 중요한 것은 그 순간, 그가 다른 여자에게 진심으로 입 맞추었다는 사실뿐이었다.

미사는 거의 본능적으로 도망치려 했다. 더 초라해지기 전에, 더 상처받기 전에. 하지만 직전에 윤하에게 팔을 붙들려 제지당하고 말았다.

"여기 있어, 나가지 말고."

미사는 필사적으로 윤하를 뿌리치려 했다.

"놔주세요."

그렇다고 헤어지려는 게 아니다. 아마도 그렇게는 못 할 것 같았다. 그러기엔 이미 너무 많이 좋아해버렸으니까. 그러니까 윤하가 잘못했다고, 혜연의 미모에 순간적으로 마음이 흔들린 것뿐이라고 솔직하게 사과하면 이해할 수 있을지도 모른다.

"나중에 다 들을게요. 그냥 지금은 집에 가게 해주세요."

그렇지만 지금 당장은 아니었다. 최소한 지금은 그의 얼굴을 보고 싶지 않았다.

"아니, 너도 같이 들어야 돼."

하지만 윤하는 고집스럽게 팔을 붙들고 놓아주지 않았다.

방금 자기 입으로 진짜였다고 고백까지 해놓고 대체 뭘 더 끝까지 들으라는 건가. 꼭 그렇게 사람을 비참하게 만들어야 직성이 풀린다는 걸까. 이건 너무 잔인하지 않은가. 다른 여자와 진심으로 키스했다는 사실보다도, 이 순간만은 그게 더 미웠다.

"너무하잖아요."

지금껏 참고 또 참고 있었는데, 기어이 미사의 눈시울이 뜨끈해지고 말았다.

"제가 화낸 것도 아니잖아요. 헤어지자고도 안 했잖아요."

목소리가 크게 떨렸다. 눈앞이 흐려져서 아무것도 보이지 않았다. 그래서 미사는 윤하가 제게로 성큼 다가서는 것조차도 미처 보지 못했다.

"그냥, 제발 좀 나중에만 해달라는 건데 왜 이렇게까지……!"

별안간 무언가가 입술을 막아 오는 바람에 미사의 말은 중간에서 멈췄다. 놀라서 눈을 깜빡이자 한 가득 고여 있던 눈물이 방울져 뺨을 타고 또르르 흘러내렸다. 그제야 깨끗해진 시야에는, 온 세상이 정윤하로 가득 차 있었다.

윤하가, 제게 입 맞추고 있었다. 지그시 눈을 감은 채로.

순간 미사는 숨을 멈췄다. 눈을 깜빡이는 것도 잊었다. 아무 소리도 들리지 않았다. 사고도 멈췄다. 대기실 안에 다른 사람들이 있다는 사실조차도 깨끗하게 머릿속에서 날아갔다.

온 세상을 통틀어 느껴지는 것이라고는 오로지 윤하의 입술뿐이었다. 뜨겁고, 촉촉하고, 그리고 생각했던 것보다도 훨씬 부드러운.

여태껏 몇 번이나 상상해본 적이 있었다. 아저씨와 키스하면, 어떤 느낌일까. 짜릿하고 황홀하고 달콤할 거라고 막연히 생각했었다.

그런데 실제로는 너무 놀란 나머지 아무 생각도 들지 않았다. 이러다 심장이 터져나가는 게 아닐까, 걱정될 정도로 심장 소리가 고막까지 크게 울렸다.

별안간 입술이 떨어지고, 속삭이듯 목소리가 들려왔다.

"숨 쉬어."

그제야 미사는 제가 여태 숨을 멈추고 있었다는 것을 깨달았다. 크게 숨을 들이마시자 몽롱해진 뇌에 한꺼번에 산소가 공급되었다.

동시에 퍼뜩 깨달은 사실이 있었다. 잠깐, 여기 우리 둘만 있는 게 아니었잖아? 화들짝 놀라 고개를 돌리자 역시나 튀어나올 듯이 커다래진 네 개의 눈과 시선이 마주쳤다.

예지, 그리고 혜연.

어쩌면 좋아! 얼굴에 핏기가 싹 가시는 것과 동시에, 이번에는 윤하에게 허리를 끌어안겼다.

"어딜 보고 있는 거야?"

미사의 이마에 제 이마를 가져다 대고, 윤하가 꾸짖듯이 말했다.

"날 봐야지."

눈동자는 오로지 미사의 눈만을 바라보고 있었다. 미사 외에 다른 것은 아무것도 보이지 않는다는 듯이. 그러니까 너도 나만 보고 있으라는 듯이.

이래도 되는 걸까. 예지는 그렇다 쳐도, 혜연이 보고 있는데. 정말로 괜찮은 걸까.

주저하는 미사를 눈치챘는지, 윤하가 양손으로 미사의 뺨을 감쌌다. 그리고 강제로 시선을 제게로 돌려놓자마자 또다시 입술을 겹쳐 왔다. 이번에는 방금 전과는 비교도 안 되게 격렬한 입맞춤이었다.

이상한 일이었다. 그저 입 맞추고 있는 것뿐인데, 윤하가 무슨 생각을 하는지 그대로 전해져 왔다.

'네가 다른 데 신경 쓰는 게 싫어.'

마치 텔레파시가 통하는 것처럼.

'그러니까 나 외에 다른 건 생각조차 못 하게 할 거야.'

입술로는 모자랐는지, 곧이어 윤하는 미사의 입안으로 뜨겁게 파고들었다. 놀라서 아, 하고 소리를 냈지만 그것조차도 그대로 윤하의 입술에 삼켜져버렸다.

그동안 혼자 몰래 상상했던, 부드럽고 상냥한 키스가 아니었다.

144

입술뿐만 아니라 온몸을, 심지어 머릿속까지도 온통 다 윤하에게 지배당하는 것 같은 기분이었다. 눈조차 뜨고 있기 힘들 정도로 어지러워서, 미사는 윤하의 목에 팔을 감고 매달리다시피 해서 겨우 몸을 지탱했다.

"이제 알겠어?"

잠시 후, 윤하는 입술을 떼고 물었다. 주어도 목적어도 없었지만 미사는 질문의 뜻을 곧바로 알아들었다.

"모르겠어요."

미사는 울먹였다.

"도저히 모르겠단 말이에요. 아저씨가 도대체 무슨 생각을 하는 건지, 하나도……!"

다시 입술이 다가왔다. 짧게 입 맞추고 윤하는 다시 미사의 눈을 들여다보았다. 이래도? 하고 묻는 것처럼.

"왜 저한테는……!"

또다시 키스.

"껴안기만 해도 피했으면서……!"

결국 윤하는 제 품에 미사를 가두고 말았다.

'그럼, 알게 해줄게.'

단단히 껴안은 팔과는 달리 이번에는 어디까지나 부드러운 입맞춤이었다. 위로하는 것 같기도, 어쩌면 고백하는 것 같기도 했다.

입술을 통해 서서히 마음이 흘러들었다.

미사는 깨달았다. 말이 서툰 이 남자에게는, 이게 최선을 다한 설명이라는 것을.

여전히 모르겠다. 왜 자신은 그토록 피해놓고 저 여자에게는 진짜로 키스한 건지.

하지만 그것 하나만은 확실히 알 수 있었다. 이 사람이 사랑하는 것은 오로지 자신뿐이라는 것. 지금 굳어진 얼굴로 이쪽을 쳐다보고 있는 저 여자는, 그에게 있어 아무것도 아니라는 것.

서운함, 조바심, 질투, 오해. 마음에 자잘한 가시처럼 박혀 있던 얼음조각 하나하나가 윤하의 품 안에서 서서히 녹아들었다.

이윽고 윤하가 입술을 떼고 미사의 눈동자를 들여다보았다.

'알겠어? 내 마음.'

말이 아닌 눈빛으로, 미사도 대답했다.

'네.'

마지막으로 아쉬운 듯이 소리 내어 가볍게 입 맞추고, 윤하는 미사를 끌어당겨 제 가슴에 기대게 했다. 두근, 두근, 두근. 거칠게 날뛰고 있는 윤하의 심장 소리가 그대로 들려왔다.

미사를 품에 안은 채 윤하는 고개를 돌려 혜연을 쳐다보았다.

"그렇게 듣고 싶어 하니 대답해주지."

혜연이 질린 듯한 눈으로 윤하를 쳐다보았다.

"제멋대로인 거 참아주는 것도 하루 이틀이지, 나중에는 정말로 진절머리가 나더군."

윤하가 싸늘하게 말했다.

"마지막에는 널 상대로 연기를 하자니까 도저히 몰입이 안 됐어. 하도 NG가 나서, 몇 번이나 계속하자니까 그것도 너무 고역이었고. 그래서 한 번에 끝낼 생각에 눈 딱 감고 다른 여자 생각하면서 연기했어."

"⋯⋯!"

"그 여자가 누군지, 그것까지 굳이 얘기해줘야 되나?"

서서히 핏기가 가시는 혜연의 얼굴에서, 윤하는 미련 없이 시선을 돌렸다. 그리고 품 안의 미사를 향해 속삭였다.

"나가자."

대기실 문밖에는 민호가 철통같이 지키고 서 있었다. 그래서 다행히도 다른 사람들은 얼씬도 못 한 모양이었다. 심지어 혜연의 매니저마저도.

"택시 좀 불러줘."

윤하는 민호에게 그렇게 부탁하고 미사를 스튜디오 밖으로 데리고 나갔다.

'데리고 나갔다'고 짧게 표현했지만 실상 과정은 결코 짧지 않았다. 엘리베이터에 타서 버튼도 누르지 않은 채 한참 동안 껴안고 키스했고, 1층에 도착해서도 또 복도를 지나다 말고 비상계단으로 손목을 끌고 들어가서 또 키스했으니까.

아무리 길게 입 맞추어도, 입술을 떼는 순간 곧바로 다시 키스하고 싶어진다. 도대체 이걸 지금까지 어떻게 참고 살았을까. 윤하는 스스로가 불가사의하게 생각되었다. 생각 같아서는 지금 당장 미사를 데리고 집에 돌아가서 하루 종일 방에 틀어박혀 키스만 하고 싶었지만, 안타깝게도 지금은 아직 촬영 도중이었다.

"먼저 집에 가 있어."

자신을 미치게 만드는 마약 같은 입술에 마지막으로 입 맞추고, 아쉽게 입술을 떼면서 윤하는 말했다.

"난 남은 일 마저 끝내고 돌아갈 테니까."

곁에 꼭 붙들어두고 싶지만 이런 상태로는 촬영이고 뭐고 할 수가 없다. 죽도록 보내기 싫지만, 일단은 어쩔 수 없었다.

"……죄송해요."

미사가 불쑥 중얼거렸다. 혜연과의 사이를 오해했던 일을 사과하는 건가, 싶어서 윤하는 고개를 저었다.

"아니, 내 잘못이야. 충분히 그럴 만했어."

미사가 신경 쓰고 있는 걸 뻔히 눈치챘으면서도 진작 제대로 설명해주지 않은 자신의 잘못이다. 워낙 말수 적은 자신이지만, 앞으로 미사에게는 좀 더 많이 말하도록 노력하자고 윤하는 결심했다.

하지만 미사의 입에서는 엉뚱한 말이 흘러나왔다.

"아저씨는 제가 처음이죠?"

"음?"

"저어…… 키, 키스 말이에요."

윤하는 고개를 끄덕였다.

"그래."

연기로야 수없이 했지만 진짜 키스는 오늘이 처음이었다. 미사는 그의 첫사랑이었고, 그 첫사랑이 여태 진행 중이니까. 그런데 그건 왜 묻지? 하고 윤하가 의아하게 생각하는데 미사가 시무룩하게 말했다.

"아마 저는 이게 처음이 아닐 거예요."

미사는 살짝 윤하의 눈치를 살폈다.

"그래도 기억하는 한은 이게 처음이니까, 그냥 첫 키스라고 생각해주시면 안 돼요?"

아, 그건가. 그제야 윤하는 미사의 말뜻을 알아들었다.

"그런 거 신경 쓰지 않아."

"정말로요? 서운하지 않아요?"

올려다보는 눈동자가 제법 심각해 보여서, 윤하는 저도 모르게 조금 웃었다.

너는 아직도 잘 모르는 모양이지.

내가 너를 얼마나 오랫동안 사랑해왔는지.

이렇게 너를 가까이서 바라볼 수 있는 것만 해도, 내게는 얼마나 큰 기적인지.

윤하는 지그시 미사의 눈을 바라보았다.

"……."

곧 이어질 일을 예감했는지, 미사가 뺨을 붉히며 눈을 내리깔았다.

사랑하는 여자의 얼굴을 가까이서 들여다보며 윤하는 진심으로 생각했다. 자신이 그녀의 첫 키스 상대가 아니라도 좋다고.

오히려 바라는 것은 따로 있었다.

'부디, 내가 너의 마지막이기를.'

간절한 소원을 담아, 윤하는 다시 한 번 미사에게 키스했다.

1층 비상계단에 숨어 그렇게 얼마나 서로의 입술에 취해 있었을까. 문득 등 뒤에서 끼익, 하고 문이 열리는 듯한 쇳소리가 났다.

"어머!"

미사가 먼저 불에 덴 것처럼 화들짝 놀라며 윤하에게서 떨어졌다. 물론 윤하도 놀랐지만 내색하지 않고 침착하게 비상구 문을 열고 복도를 내다보았다. 하지만 사람의 기척은 전혀 느껴지지 않았다. 그저 문이 녹슬어 소리가 난 모양이었다.

"괜찮아. 문이 제대로 안 닫혀 있었던 모양이야."

윤하는 미사를 안심시켰다.

이렇게라도 일단 미사와 떨어지고 나자 그나마 이성이 좀 돌아왔다. 지금쯤 스태프들이 한참 동안이나 돌아오지 않는 자신을 기다리고 있을 거라는 생각이 들었다. 차라리 문이 말썽을 부려서 다행이었다. 소리라도 나지 않았으면 언제까지나 계속 그러고 있을 뻔했는데.

미사와 함께 밖으로 나가자 민호가 부른 택시가 이미 도착해서 대기 중이었다.

"최대한 빨리 끝내도록 노력할 거지만, 혹시 늦을지도 몰라."

예지의 상태를 봤을 때, 일찍 끝내기는 글렀다. 혜연이 제대로 촬영에 협조하는지도 의문이고.

미사가 택시에 올라타기 직전에, 윤하는 미사의 팔을 붙잡고 귓가에 속삭였다.

"오늘은 문, 잠그고 자지 마."

"……!"

미사의 눈동자가 깜짝 놀라 동그래졌지만, 윤하는 아랑곳하지 않았다.

"잠그면 부수고라도 들어갈 거니까."

택시를 타고 집에 돌아온 미사는 정신없이 달려서 계단을 올라가 제 방에 뛰어들었다. 그리고 문을 쾅 닫고 등을 기댄 채 가쁜 숨을 몰아쉬었다.

"하아, 하아……."

떨리는 손을 뻗어, 아직도 은은하게 열기가 남아 있는 입술을 가만히 만져보았다. 윤하의 입술의 감촉이 생생하게 떠오르는 것과 동시에 얼굴이 화악 달아올랐다.

아무도 없는데 꽁꽁 숨고 싶어졌다. 미사는 침대로 뛰어들어 이불을 머리끝까지 뒤집어썼다.

'어떡해, 어떡해, 어떡해!'

키스했다. 키스해버렸어. 너무너무 좋아하는, 나의 아저씨와.

강하게 안아 오던 팔. 굶주린 듯이 원해오던 입술. 정신을 아득해지게 만드는 어른의 향기.

「날 봐야지.」

시선을 강제로 자신에게로 돌려놓으며, 살짝 꾸짖듯 속삭이던 목소리를 떠올리자 심장이 미친 듯이 팔딱거렸다.

이런 기분은 태어나서 처음이다. 너무 부끄러운데 너무 좋고, 너무 좋은데 또 너무 부끄러워서 얼굴이 불타 없어질 것만 같다.

'이따 아저씨가 돌아오면 얼굴을 어떻게 보지?'

벌써부터 그게 걱정되었다. 아까 택시에 타기 직전에 윤하가 속삭였던 것도 떠올랐다.

「오늘은 문, 잠그고 자지 마.」

이거, 돌아오면 또 키스하자는 뜻이지? 미사는 이불을 뒤집어쓴 채 마구 몸부림을 쳤다.

"꺄아아아!"

아까는 마음의 준비가 안 된 상태여서 뭐가 뭔지도 모르고 했다지만, 지금 생각하니 너무 창피해서 얼굴도 못 쳐다볼 것 같았다. 그런데 어떻게 또 키스를!

'이러다 심장마비 걸리겠어!'

미사는 이불 속에서 심호흡을 하며 미친 듯이 날뛰는 심장을 가라앉히려 애썼다. 윤하가 돌아오기 전에 미리 마음의 준비를 해둘 셈이었다.

'진정하자. 어린애처럼 굴지 말고, 좀.'

얼굴이 새빨개져서는 바보같이 눈도 못 쳐다보고 그러면 안 돼. 어른스럽게, 영화에서 나오는 것처럼 눈도 마주 보고, 이쪽에서도 마주 키스에 응하기도 하면서 좀 멋있게…….

거기까지 생각했을 때였다. 갑자기 노크 소리와 동시에 윤하의 목소리가 들려왔다.

"안에 있어?"

미사는 그대로 굳어지고 말았다. 아까 헤어진 지 채 한 시간도 안 됐는데?

"아, 아저씨? 일은 어쩌고 오신 거예요?"

이불에서 고개만 쏙 내놓고 묻자 윤하가 문밖에서 대답했다.

"촬영이 취소돼버렸어. 이혜연이 멋대로 돌아가버리는 바람에."

어쩜 좋아! 미사는 어쩔 줄을 몰랐다. 아직 마음의 준비가 안 됐는데!

"들어갈게."

안 돼요, 하고 소리치기도 전에 문이 열렸다. 꺅! 미사는 어쩔 수 없이 급히 다시 이불을 뒤집어썼다. 이윽고 침대 한쪽에 무게가 실리는 것이 느껴지는 것과 동시에 목소리가 아주 가까이서 들려왔다.

"어디 아파?"

미사는 이불을 단단히 뒤집어쓰고 무릎을 끌어안은 채 대꾸했다.

"아니요."

사실 아프다고 거짓말을 하고 싶었지만 그러면 윤하가 걱정할 테니까.

"그럼 왜 그래?"

너무 부끄러워서 얼굴을 못 보겠단 말이에요. 차마 그 말이 나오지 않아서, 미사는 울 것 같은 것을 꾹 참고 말했다.

"저기, 제가요. 아직 마음의 준비가 안 돼서 그러는데요. 내려가서 조금만 기다려주시면 안 돼요?"

문득 이불 위로 손길이 닿았다. 말없이 이불 너머로 머리를 가만가만 쓰다듬는 부드러운 손길에, 미사는 그제야 마음이 포근하게 가라앉았다.

아, 괜히 긴장했다. 아저씨는 아저씨인데. 내가 기다려달라면 얼마든지 기다려줄 사람인데…….

하지만 다음 순간, 갑자기 이불이 확 벗겨졌다.

"엄마야!"

깜짝 놀라 커다래진 미사의 눈을 바로 코앞에서 바라보며, 윤하는 선언했다.

"아니, 이제 더는 못 기다려."

그렇게 말하자마자 윤하는 눈을 감고 미사에게 키스했다.

"……!"

불시에 기습공격을 당한 미사의 눈이 커다래졌다.

못 기다린다고 딱 잘라 말하고 막무가내로 키스해 온 주제에, 정작 입술이 닿는 방법은 무척이나 조심스러웠다.

놀라서 굳어진 미사의 입술에, 윤하는 부드럽게 키스했다.

'괜찮아, 긴장하지 않아도 돼.'

마치 그렇게 속삭이듯.

미사가 조금 더 편안한 자세로 입술을 받아들일 수 있도록, 살며시 몸을 안아 오는 손길마저도 다정하게 느껴졌다. 덕분에 미사도 시간이 지나면서 조금씩 안정을 되찾을 수 있었다.

숨막히는 긴장이 가시자 그 뒤에 찾아온 것은 온몸이 녹아내릴 듯한 황홀함이었다. 처음엔 달래듯, 안심시키듯 부드럽기만 했던 입맞춤이 갈수록 깊어져갔다. 그저 서로의 입술을 맞대고 있는 것만으로는 점점 모자라게 느껴졌다.

키스에는 마취 같은 작용이 있는 모양이다. 아까까지만 해도 차마 얼굴도 못 볼 지경으로 부끄러웠는데, 이렇게 입을 맞추고 있자 어느새 창피함도 사라지고 그저 순수하게 상대를 원하는 마음만이 가슴을 꽉 채웠다.

좀 더, 좀 더. 미사는 저도 모르게 제 쪽에서 윤하의 목에 팔을 감고 그의 입술에 매달렸다. 그리고 제 쪽에서 먼저 그의 입술 안쪽으로 파고들었다. 윤하는 조금 놀란 듯 흠칫했지만, 곧이어 훨씬 더 짙은 입맞춤으로 대답해 왔다. 밀어붙이듯, 입안까지 탐하는 격렬한 키스에 미사는 결국 버티지 못하고 뒤로 무너졌다.

그대로 윤하가 위에 올라타듯 몸을 포개 왔다.

침대에 누워 빈틈없이 서로를 꽉 껴안은 채 나누는 키스. 그런데 입맞춤이 깊어질수록 이상하게도 점점 더 목마름은 커져만 갔다. 아무리 깊게 입 맞추고 껴안아도 충족이 되기는커녕 조금 더, 조금만 더, 하고 계속 원하게 된다.

이 목마름의 정체를 모르는 미사는 그저 윤하에게 정신없이 더 매달리기만 했다. 그가 어떻게든 해줄 거라고 믿었다. 왜냐하면, 아저씨는 어른이니까.

그렇게 정신없이 키스하다 보니 점점 산소결핍에 머릿속이 몽롱해져 왔다. 미사가 잠시 숨을 쉬려고 고개를 돌려 입술에서 도망치자 윤하는 그 잠깐 사이조차 참을 수 없다는 듯이 미사의 목덜미에 입 맞추어 왔다.

저도 모르게 입에서 짧은 신음이 새어나왔다.

"아!"

그 순간, 윤하는 흠칫 놀란 듯이 미사에게서 입술을 뗐다. 그리고 아직도 그의 목에 감겨 있는 미사의 팔을 강제로 풀어내듯 떼어내고 몸을 일으켰다.

"조금만, 쉴까."

왠지 목소리가 조금 떨리는 것처럼 느껴졌다.

싫은데, 더 많이 키스하고 싶은데. 방금은 그냥 잠깐 숨만 쉬려던 거였는데. 미사는 마치 사탕을 빼앗긴 어린애 같은 기분이 들었지만 그렇다고 더 조르기도 부끄러웠다.

"있잖아요. 그동안 왜 저 피하셨던 거예요?"

몸을 일으켜 윤하의 옆에 따라 앉으며, 미사는 물었다.

"이혜연 씨한테 키스했던 이유는 아까 들어서 알았어요. 그런데 왜 저한텐 키스 안 하고 오히려 피했는지, 그건 모르겠어서요."

윤하는 대답 대신에 미사를 물끄러미 쳐다보았다.

"……."

복잡한 눈빛이었다. 왠지 망설이는 것도 같고, 안타까워하는 것도 같고.

"얘기 안 해주실 거예요?"

미사는 은근히 재촉했다.

"안 해주시면 제가 싫어서 피했던 거라고 오해할 건데."

물론 그게 아니라는 걸 뻔히 알고 하는 말이었다. 하지만 오해할 거라는 말에 역시나 윤하의 표정은 흔들렸다. 이걸 말해야 하나, 말아야 하나. 치열하게 고뇌하고 있는 것이 엿보였다.

"……자신이 없었어."

결국 그는 중얼거리듯 말했다.

"네? 무슨 자신이요?

"키스만 하고 곱게 놓아줄 자신."

무슨 소리지, 하고 생각하다 미사는 그만 숨을 멈췄다. 설마, 그런 뜻……? 놀란 눈으로 윤하를 바라보자 그는 고운 입술을 깨물고 있었다.

"방금도 그래. 놀라게 하지 말자고, 그냥 키스만 하자고. 분명히 집에 들어오기 전부터 다짐했는데 하다 보니까 어느새 까맣게 잊어버리고 있었어. 그래서……!"

그제야 미사는 윤하가 갑자기 키스를 중단한 이유를 깨달았다. 어린애로 생각하는 줄 알았는데, 사실은 그 반대였구나. 아저씨가 나를 여자로 보고 있었던 거구나.

미사도 어른의 세계에 대해 아주 모르는 것은 아니었다. 알아야 할 것은 웬만큼 알고 있었다. 그야 여덟 살이 아니라 열여덟 살이니까. 하지만 아직은 그게 자신의 일이라고 생각해본 적은 없었다. 뭐랄까, 먼 나라의 이야기같이 생각되었다고 할까.

좋아하니까 윤하와 키스하고 싶기는 했지만 역시 그 뒤의 일까지는 생각해보지 않았다. 혹시 키스보다 좀 더 야한 쪽으로 생각이 이어지면 꺅, 하고 새빨개져서 얼른 고개를 저어 떨쳐버리곤 했으니까.

그렇지만 윤하는 그게 아니었던 거다. 자신이 미처 모르고 있었을 뿐.

'아저씨가 나를 어린애로 보고 있었던 게 아니구나.'

은근히 기쁘면서도 얼굴이 확 달아올라서, 미사는 고개를 푹 숙여버렸다.

잠시 어색한 침묵이 흘렀다.

"나한테, 실망했지?"

불쑥, 윤하가 물었다. 늘 그렇듯 조용한 목소리였지만 어딘가 조바심이 느껴졌다. 그가 초조해하고 있다는 것을 미사는 알았다.

"아니요."

미사는 고개를 저었다. 얼굴에서 불이 날 것 같았지만 할 말은 해야겠다고 생각했다. 윤하를 속상하게 만드는 건 싫으니까.

"어, 저는, 그러니까…… 아저씨가 저를 어린애로만 봐서 키스도 하기 싫어하고, 그런 건 줄 알고 되게 속상했거든요. 그런데 그 반대라니까, 되게 다행이고 또…….'

마지막 말은 거의 기어들어가다시피, 입속으로만 중얼거렸다.

"기뻐요."

하지만 윤하는 용케 알아듣고는 놀란 눈으로 미사를 쳐다보았다.

"싫지 않아?"

"싫지 않아요."

미사는 용기를 내서 조심스럽게 윤하의 어깨에 손을 얹었다. 그리고 부끄러운 것을 꾹 참고 그에게 입술을 가져가려고 했다. 말로 하는 것보다, 지금은 이게 더 제 마음을 잘 전할 수 있는 수단 같아서.

하지만 윤하는 미사의 입술이 닿기 직전에 움찔하며 몸을 뒤로 뺐다.

"말했잖아."

윤하의 검은 눈동자에는 당혹스러운 빛이 가득했다.

"이러면…… 정말 못 참을지도 몰라."

"안 참아도 되는데."

"내가 지금 장난하는 것 같아?"

자신을 놀린다고 생각한 걸까. 윤하는 조금 화난 듯한 얼굴을 했다.

"나도 더는 자신 없어. 정말 지금 여기서 너를 내 걸로 만들어버릴지도 모른다고."

심각한 표정에 오히려 미사는 한층 더 기뻐졌다. 아저씨는 이렇게 진지한 마음으로 나를 대해주는구나. 그만큼, 아저씨한테는 내가 소중한 거구나.

미사는 웃었다.

"저는 원래 아저씨 건데요?"

윤하의 눈이 커졌다.

"……!"

깊게 숨을 들이쉬나 했더니, 다음 순간 굶주린 것처럼 키스해 왔다.

159

너를 내 것으로 만들고 싶어.

지금 이 순간, 윤하의 머릿속에는 오로지 그 생각뿐이었다. 제 품에 안겨 눈을 감고 있는 미사가 더 이상 소녀로 보이지 않았다. 그야, 원래 미사는 스물여덟 살의 어엿한 숙녀니까.

달콤한 숨결. 부드러운 입술. 아련하게 붉어진 보드라운 뺨. 미사에게서 풍겨 오는 달콤한 향기가 윤하를 미칠 듯한 정열에 휩싸이게 했다.

그뿐인가. 미사는 단순히 윤하가 하는 대로 가만히 몸을 맡기고 있는 것이 아니라 자기 쪽에서도 서투르게나마 열심히 입맞춤에 응하려고 애쓰고 있었다. 그렇게라도 제 마음을 전하려고 노력하는 게 느껴져서, 가슴이 한층 더 뜨거워졌다.

이윽고 미사가 머뭇거리며 제 입속으로 살짝 유혹하듯 파고들어 오는 순간, 윤하는 정말로 눈앞이 아찔해졌다.

"……!"

입맞춤으로는 더 이상 참기 힘들어졌다. 윤하는 키스하던 입술을 자연스럽게 귀 쪽으로 미끄러뜨렸다.

"아!"

귀 뒤쪽에 살짝 입을 맞추자 짧은 비명과 함께 품 안의 사랑스러운 몸이 놀란 듯이 움찔 하고 튀었다. 윤하의 입술을 피하듯 어깨를 잔뜩 움츠리며.

방금 유혹해놓고 이 정도로 도망치면 안 되지.

윤하는 미사의 몸을 움직이지 못하게 단단히 껴안았다. 그리고 반강제로 목덜미에 파고들어 얼굴을 묻고 입 맞추기 시작했다. 귓가에, 작은 귓불에, 그리고 새하얀 목에.

시험 삼아 살짝 입술 사이에 살갗을 빨아들이자 하얀 피부에 금세 붉은 자국이 피어났다.

"아저씨!"

목소리에 다급함이 섞였다. 품에서 빠져나가려는 걸 역시 힘으로 껴안아서 막아버렸다. 싫어서 도망가려는 게 아니라는 걸 알고 있으니까.

아저씨, 아저씨. 절박하게 부르는 목소리를 못 들은 체하고, 파닥거리는 몸을 옴짝달싹도 못하게 껴안아 보드라운 살갗에 입 맞추고 있자니 마음속에서 서서히 묘한 기쁨이 피어올랐다. 사랑하는 여자를 지배하는, 남자로서의 기쁨. 미녀의 목덜미에 이를 박고 달콤한 피를 탐하는 뱀파이어의 기분을 왠지 알 것 같았다.

"얌전히 있어, 착하지."

속삭이며 윤하는 가만히 손을 뻗어 미사가 입고 있는 블라우스의 단추를 풀었다.

하나, 그리고 두 개. 옷을 벗기기 시작하는데도 미사는 놀라지도 않았다. 귓가와 목덜미에 주어지는 강렬한 키스의 감각에 취한 나머지 미처 깨닫지 못하고 있는 것 같았다.

벌어진 옷자락 사이로 둥그스름한 한쪽 어깨가 드러났다.

'어?'

윤하는 조금 놀랐다. 어깨에 동전보다 조금 큰 정도의 불그스름한 흔적이 있었던 것이다. 얼핏 보고 화상 흉터인가 했는데, 자세히 보니 원래 타고난 반점 같았다.

새하얀 피부 때문에 분홍빛으로 보이는 반점은 나비를 닮아 있었다. 마치 하얀 어깨에 분홍빛 나비가 내려앉아 쉬고 있는 것 같았다.

'몸에 이런 게 있었구나.'

10년이나 짝사랑했는데도 여태 모르고 있던 사실에 윤하는 감동했다. 그토록 오랫동안 사랑해왔던 여자가, 지금 제 품 안에 있다는 게 새삼스레 실감이 났다.

견딜 수 없는 행복감을 담아, 윤하는 가만히 미사의 어깨 위 나비에 입술을 가져갔다.

"내 나비."

속삭이며 입을 맞추자 미사가 흠칫 몸을 떨었다. 그것 역시 결코 거부의 표현이 아니라는 것에 윤하는 용기를 얻었다.

갖고 싶어, 너를.

윤하는 슬슬 참을성의 한계를 느꼈다. 나비에 입 맞추며 살며시 손을 내려 블라우스의 단추를 하나 더 풀었다. 그리고 목덜미에 키스하고 있던 입술을, 그대로 조금씩 아래로 미끄러뜨렸다.

두근거리는 심장을 느끼며 입술은 점점 아래로 내려갔다. 드디어 언덕처럼 살짝 도톰하게 융기가 시작되는 부분에 윤하의 입술이 닿는 순간, 미사의 몸이 긴장한 듯이 굳어졌다.

"아저씨……!"

떨리는 목소리에 살짝 눈을 들어 얼굴을 살펴보니 미사는 잔뜩 긴장한 듯이 눈을 꽉 감고 있었다. 마치 주사를 맞기 직전의 어린아이처럼.

이건 아까와는 다르다는 것을 윤하는 직감적으로 깨달았다. 잔뜩 얼어붙어서 침대 시트를 꽉 움켜쥐는 바람에 하얗게 된 손마디를 보니 그제야 제정신이 들었다.

그래, 내가 잠시 잊었구나. 너의 마음은 아직 열여덟 살인데.

'어쩐지 그렇게 호기롭게 얘기하더라니.'

참지 않아도 된다고 큰소리를 치더니, 정작 진짜로 어른이 될 생각을 하니까 무서워진 모양이었다.

그토록 꿈꿔왔던 일을, 그것도 일단 시작한 일을 중간에 그만두는 것은 초인적인 인내력을 필요로 했다. 어차피 서로 동의한 일인데, 눈 딱 감고 모른 체 그냥 안아버리고도 싶었다. 그렇게 해도 미사가 거부하지 않을 거라는 것도 짐작할 수 있었다.

하지만, 그러기에는.

'내가 너를 너무 좋아하는 모양이야.'

눈을 꽉 감고 있는 미사를 내려다보며, 윤하는 소리 없이 미소 지었다.

못내 아쉽기는 했지만 그래도 상처받지는 않았다. 미사가 자신이 싫어서 이러는 게 아니라는 걸, 그저 소녀다운 긴장과, 미지의 세계에 대한 두려움일 뿐이라는 걸 알고 있기 때문에.

「저는 원래 아저씨 건데요?」

아까 미사가 해준 그 한마디. 그 말 한마디만으로도 윤하는 언제

163

까지든 기쁘게 참고 기다릴 수 있을 것 같았다. 그녀가 진짜 여자가 되어 자신을 원해 올 때까지.

마지막 남은 한 조각 미련마저 떨쳐버리고 윤하는 몸을 일으켰다.

"······?"

이윽고 미사가 실눈을 뜨고 당혹스러운 듯이 그를 바라보았다.

"장난이야."

윤하는 일부러 쿡쿡 웃으며 말했다. 미사가 미안해하지 않도록.

윤하가 목덜미에 뜨겁게 입맞춤을 퍼붓고 있을 때, 미사는 생전 처음 겪어보는 황홀한 기분에 눈조차 제대로 뜨지 못하고 있었다.

등줄기에 짜릿한 감각이 달린다. 윤하의 입술이 닿는 모든 곳이 녹아내릴 것만 같았다. 제 입에서 간간이 달콤한 신음 소리가 흘러나오고 있다는 것조차도 미처 깨닫지 못하고 있었다.

그러다가 퍼뜩 정신이 든 것은 그가 자신의 블라우스 단추를 풀면서 점점 더 아래쪽에 키스하기 시작했을 때였다.

'이제 시작인 거야?'

긴장감에 저절로 몸이 굳어졌다.

방금까지는 주어지는 감각에만 흠뻑 취한 나머지 아무 생각도 없었는데, 갑자기 머릿속이 바빠졌다. 아플 수도 있다던데. 아기가 생길 수도 있는데. 잠깐, 나 요즘 짜장면 너무 많이 먹어서 살쪘는데. 가슴이 작다고 생각하면 어떡하지? 불 꺼달라고 부탁하면 들어줄까?

생각 같아서는 잠깐만요! 하고 타임을 외치고 싶었다. 역시 아직은 아닌 것 같다고, 그러니까 하루 이틀 정도만 좀 마음의 준비를 할 시간을 달라고.

하지만 이미 윤하는 완전히 할 기세였다. 방금 전에 안 참아도 된다는 둥 하고 큰소리를 쳐놓고 이제 와서 잠깐만 기다려달라는 말이 차마 나오지 않았다. 무엇보다 가장 싫은 것은 윤하가 계속 자신 때문에 마음고생을 하는 거였다. 그러느니 조금 무서워도 꾹 참는 게 낫다.

'괜찮을 거야. 뭐든지 처음에는 다 긴장되는 법이잖아?'

그렇게 생각해도 긴장이 풀리는 건 아니었다. 결국 미사는 눈을 꽉 감아버리고 말았다.

마치 롤러코스터를 타고 위로 천천히 올라가는 것 같은 기분을 애써 견디고 있을 때, 문득 윤하의 입술이 멀어지는 느낌이 들었다. 이제 본격적으로 뭔가 시작하려는 건가, 싶어서 미사는 저도 모르게 침대 시트를 꽉 쥐며 몸을 굳혔다.

하지만 한참을 기다려도 아무 일도 일어나지 않았다.

살며시 실눈을 뜨자 웃음기 품은 검은 눈동자와 시선이 마주쳤다.

"……?"

윤하는 웃고 있었다.

"장난이야."

뭐가 장난이라는 거지? 미사가 눈을 깜빡이자, 그는 쿡쿡 웃으며 다시 말했다.

"너 아직 열여덟 살이야. 아직 19금은 이르지."

순간 마음이 확 놓였다. 미사는 눈물 어린 눈으로 윤하를 향해 살짝 눈을 흘겼다.

난 또, 정말로 하려는 줄 알았잖아요!

"빨리 어른이 되어줘."

미사의 이마에 살짝 입 맞추며, 윤하는 속삭이듯 말했다.

"그래서 언젠가 네가 나를, 진심으로 원했으면 좋겠어."

간절한 울림에 미사는 그제야 깨달았다. 장난이었던 게 아니구나. 미안한 마음과 함께 아직 미숙한 자신이 원망스러워졌다. 동시에 그런 자신을 그대로 받아들이고 포용해주는 윤하가, 훨씬 더 좋아졌다. 키스하기 전보다 열 배는 더.

살며시 뺨을 붉히며 미사는 고개를 끄덕였다.

"네."

왠지 부끄러워서, 진짜 하고 싶었던 말은 마음속으로만 중얼거렸다.

……저, 최대한 빨리 어른이 될게요.

"누구한테 몸 팔아서 여기 굴러왔냐니까!"

대기실 문밖에서 혜연이 예지에게 막말을 퍼붓는 것을 들었을 때, 민호는 하마터면 대기실을 박차고 들어가서 그대로 혜연의 멱살을 잡을 뻔했다.

그때, 민호의 팔을 붙잡은 것은 윤하였다.

'내가 알아서 할게.'

윤하의 눈빛을 보고 민호는 그가 자신만큼이나 화가 나 있다는 것을 알았다. 그래서 순순히 양보하고 뒤로 빠졌다. 윤하가 알아서 저 여자를 응징해줄 거라고 믿었기 때문에.

그래서 민호는 뒷일은 윤하에게 맡기고 자신의 할일을 했다. 윤하가 대기실 안으로 들어가 있는 동안, 다른 사람들이 얼씬도 못 하게 문에 등을 기대고 딱 버티고 서 있었던 것이다.

그 후 안에서 어떤 소동이 벌어졌는지는 대충 알았다. 왜냐하면 소리가 다 들려왔으니까.

잠시 후, 윤하는 미사와 함께 나오더니 택시를 불러달라고 부탁했다. 그러고는 미사를 데리고 스튜디오 밖으로 나가버렸다.

그 뒤를 이어 얼굴이 온통 시뻘게진 혜연이 대기실에서 나왔다. 표정만 봐도 윤하에게 얼마나 굴욕적인 꼴을 당했는지 알 수 있었다. 콧대 높기로 유명한 여자가 분에 못 이겨 부들부들 떨고 있는 꼴을 보니 이만하면 됐다 싶긴 했지만, 그래도 매니저로서의 본분은 다해야 했다.

민호는 그녀의 팔을 붙잡고 재빨리 귀에 대고 속삭였다.

"혹시 이 일에 대한 소문이 퍼지면, 수단방법 가리지 않고 그쪽도 완전히 매장시켜버릴 겁니다. 누구 입에서 나간 얘긴지 뻔하니까."

혜연의 얼굴이 창백해졌다.

"그냥, 업계 동료끼린데 서로 지킬 건 지켜주자고요."

윙크를 날리며 산뜻하게 협박한 것까지는 좋았는데, 문제는 그 후였다.

"저 도저히 이 촬영 못 하겠어요!"

혜연이 울화통을 터뜨리고는 촬영장을 떠나버린 거였다. 자신의 매니저는 물론이고 광고회사 쪽 사람들에, 스태프와 감독까지 모두 나서서 말렸지만 막무가내였다.

주인공이 빠졌으니 오늘 촬영은 물 건너갔다. 감독은 그 화살을 예지에게로 돌렸다.

"보자 보자 하니까, 대체 너 뭐야?"

가뜩이나 주눅이 들어 있는 예지를 향해 벼락같이 고함을 치는 것이었다.

"네가 뭔데 메인까지 쫓아내서 촬영을 다 망쳐놓느냐고!"

감독의 입장은 알겠다. 예지를 가르치겠다고 데리고 들어갔던 혜연이 갑자기 화를 내며 가버렸으니 예지 때문이라고 생각할 수밖에 없겠지.

나서서 한마디 하고 싶었지만 민호는 일단 꾹 참았다. 예지의 매니저는 따로 있으니까.

하지만 하필 오늘 예지를 따라온 매니저는 아직 경력이 얼마 안 되는 신입이었다. 게다가 아까 안에서 윤하와 혜연, 예지 사이에 무슨 일이 있었는지도 전혀 모르고 있었다. 결국 자기 배우가 감독에게 갖은 욕을 다 먹고 있는데도 어쩔 줄 몰라만 할 뿐, 전혀 막아주지를 못했다.

"너, 책임져. 당장 가서 이혜연 씨 도로 데려오라고!"

들고 있던 콘티를 바닥에 내동댕이치며 감독이 울화통을 터뜨렸다. 민호는 더 이상 가만히 보고 있을 수가 없었다.

"거 듣자듣자 하니까 감독님도 너무하시네."

고개도 못 들고 벌벌 떨고 있는 예지 앞을 막아서며, 민호가 대꾸했다.

"하기 싫다고 제 발로 나간 사람을 무슨 수로 데려오라고 자꾸 그러시는데요?"

키가 크고 체격도 좋은 민호가 정색을 하고 나서자 감독도 움찔하는 눈치였다. 게다가 민호는 정윤하라는 대스타의 매니저였으니까.

"일이 이렇게 됐으니까 쫓아낸 사람이 끝까지 책임을 져라, 그런 얘기 아닙니까."

약간 주눅이 든 감독에게, 민호는 또박또박 따져들었다.

"쫓아내다니요? 우리 예지 아직 순진한 고등학생입니다. 게다가 오늘 첫 촬영하는 신인이 무슨 수로 선배를 쫓아냅니까. 상식적으로 이게 말이나 되는 얘기예요?"

"아니, 그럼 대체 이혜연 씨는 왜 가버린 겁니까?"

"아까 대충 듣자니까 애한테 막말 퍼붓다가 제 성질에 못 이겨 뛰쳐나간 것 같던데요?"

그렇게 대꾸하고 민호는 광고회사 쪽 관계자를 향해 못을 박았다.

"보셨죠? 제멋대로 현장 떠난 건 저희가 아니라 저쪽입니다. 저희 신인이 폐를 끼친 부분도 있으니까 재촬영을 하겠다면 한 번은 응하겠지만, 책임 소재는 분명히 했으면 좋겠네요."

"이혜연 씨가 끝까지 못 하겠다고 하면 어쩌죠?"

광고회사 사람이 안절부절못했다.

"그럼 모델 교체하든지 하셔야죠. 자기가 안 한다고 박차고 나간 건데."

"아니, 그건 광고주 쪽이랑 얘기를 해봐야……!"

그때, 문득 등 뒤에서 누군가의 목소리가 끼어들었다.

"저희 쪽은 상관없어요."

민호가 돌아보자 검고 긴 생머리를 한 젊은 여자가 서 있었다. 단정한 정장 차림을 하고 있는데도 왠지 회사원이라기보다는 귀한 집 아가씨 같은 느낌이 드는 여자였다. 예쁜 얼굴이었지만 표정에서 어딘가 알 수 없는 도도함이 느껴졌다.

민호는 여자를 보고 고개를 갸웃거렸다. 어, 어디서 본 사람 같은데?

"아, 정 대리님 오셨습니까?"

광고 회사 사람이 여자에게 인사를 건네고는 민호에게 귀띔해주었다.

"광고주인 대서양화장품 홍보팀 직원이십니다."

여자의 얼굴을 본 예지가 갑자기 화들짝 놀라며 민호의 등 뒤로 숨듯이 바짝 붙어 섰다.

"……!"

하지만 민호는 생각에 빠져 있느라 예지의 낌새가 이상한 것도 눈치채지 못했다. 분명히 낯익은 얼굴인데. 누구지? 어디서 봤었지?

여자는 제 소개도 하지 않고 계속해서 말했다.

"저희 쪽에서는 정윤하 씨 때문에 이혜연 씨를 쓴 거나 다름없습니다. 그러니까 만약에 이혜연 씨가 못 하겠다면 여자 모델 쪽은 교체 가능해요. 정윤하 씨만 그대로 가면 됩니다."

생각지도 않게 광고주 측에서 나타나서 편을 들어주니 민호는 기분이 좋아졌다. 에라, 모르겠다. 여자를 어디서 봤던가 하는 생각은 일단 집어치우고, 민호는 활짝 웃으며 인사를 건넸다.

"제가 정윤하 매니저입니다. 저희 배우를 그렇게 아껴주시니 정말 감사합니다, 하하."

"그만큼 정윤하 씨가 저희 회사 이미지에 적합한 모델이라는 뜻이죠."

여자는 미소를 지었다.

"사실은 저도 개인적으로 팬이거든요."

"아, 그러세요! 지금 저희 배우가 잠깐 바람 쐬러 나갔는데, 금세 돌아올 테니까 인사라도 나누시죠."

민호가 살갑게 말했지만 여자는 고개를 저었다.

"아니에요. 그럴 분위기도 아닌 거 같은데 인사는 나중에 하죠."

광고회사 사람과 짧게 몇 마디 더 나누고 난 후, 여자는 곧 돌아갔다.

"이상하다. 진짜 어디서 본 거 같은데……."

저만치 멀어지는 여자의 뒷모습을 쳐다보면서 민호가 고개를 갸웃거리고 있는데, 갑자기 광고회사 사람이 갑자기 놀라서 외쳤다.

"어이쿠, 저런!"

깜짝 놀라 돌아보자 예지가 비틀거리며 쓰러지는 중이었다.

"예지야!"

얼른 달려들어 부축하고 들여다보자 얼굴이 인형처럼 새하얗게 질려 있었다. 신인이라고 제일 먼저 와서 대기했으니 벌써 꽤 오래 촬영장에 있었던 셈인데, 내내 여기저기 눈치보고 긴장하느라 기진맥진한 모양이었다.

"업혀."

안 되겠다고 생각한 민호는 예지에게 등을 들이댔다.

"집에 가자. 내가 데려다 줄게."

"아닙니다, 팀장님! 제가 할 일인데요!"

예지의 매니저가 펄쩍 뛰었지만 민호는 들은 체도 하지 않았다. 아까 감독이 난리 칠 때도 나서서 한마디도 못 한 녀석한테 뭘 믿고 맡겨, 우리 예지를.

"됐고. 대신 윤하 형 돌아오면 네가 집에 모셔다 드려."

비틀거리는 예지를 들쳐업고 민호는 몸을 일으켰다. 오한이라도 든 것처럼 여태 덜덜 떨리고 있는 몸. 새털처럼 가벼운 무게가 안쓰러워서 가슴이 뭉클해졌다.

"어차피 이혜연 씨가 없이는 촬영도 더 진행 안 될 테니, 저희는 오늘 이만 철수하겠습니다."

이 숨막히는 곳에 예지를 1분이라도 더 두고 싶지 않다. 민호는 감독과 광고회사 사람에게 통보하다시피 말하고 나서 그대로 예지

172

를 업고 스튜디오를 빠져나왔다.

엘리베이터를 기다리는데 예지가 등 뒤에서 모기만 한 소리로 말했다.

"죄송해요. 제가 너무 못해서……."

평소의 당돌하고 씩씩한 모습은 다 어디로 갔는지, 그냥 마음 여린 소녀만 남아 있는 것에 민호는 더욱더 마음이 아팠다. 아직 어린 애인데, 못 들을 소리 많이 듣게 만들었구나.

"바보야, 처음부터 잘하는 사람이 어디 있어?"

민호는 일부러 씩씩하게 말했다.

"내가 신인들 엄청 많이 보는데, 너 정도면 잘한 거야. 담에 재촬영할 때 더 잘하면 돼."

"재촬영 못 할 거 같단 말이에요."

예지가 울먹였다.

"아까 그 여자가 회사에 돌아가서 분명히 저 자르자고 말할 거라고요."

하지만 그 여자가 누군지 기억해내지 못한 민호는, 예지가 괜한 걱정을 하는 거라고만 생각했다.

"걱정 마. 오늘 일이 네 책임도 아닌데 왜 그러겠어?"

"그게 문제가 아니잖아요. 가뜩이나 저한테 원한 품고 있을 텐데."

"음? 광고주가 왜 너한테 원한을 품어?"

그제야 예지는 민호가 그 여자를 알아보지 못했다는 걸 깨달은 모양이었다.

"오빠, 그 여자 기억 안 나요?"

민호의 등에 업힌 채, 예지는 당황스러운 듯이 말했다.

"정다솜이잖아요!"

"정다솜……?"

잠시 그게 누구였지, 하고 생각하던 민호는 다음 순간 저도 모르게 깜짝 놀라 외쳤다.

"설마, 그때 그 경찰서?"

"네! 미사 언니 왕따 시켰던 그 여자요. 저 고소한다고 날뛰어서 윤하 오빠가 막아줬잖아요."

"아!"

경찰 관련된 거라면 워낙 질색인 민호였다. 그날도 윤하 곁에 붙어 있지 않고 계속 멀찍이 떨어져 있느라 정작 다솜은 스치다시피 본 게 전부였던 것이다.

어쩐지 어디서 본 얼굴 같다 싶더라니.

"진작 좀 말해주지!"

민호는 뒤늦게 아쉬워했다. 미사는 물론이고 예지까지 괴롭힌 여잔데, 진작 알아봤더라면 눈이라도 한번 부라려줄 것을.

하지만 오히려 예지가 더 어른스러웠다.

"말하면 어쩌게요? 그쪽은 광고주인데."

아차, 잠시 본분을 망각했다. 민호는 머쓱하게 대꾸했다.

"그건 또 그렇네."

예지가 한숨을 쉬었다.

"저 아까 그 여자랑 눈 마주쳤거든요. 분명히 무슨 핑계를 대서든 회사에다 저 빼자고 말할 거예요."

그렇게 놔둘 순 없지. 민호는 장담했다.

"걱정 마. 절대 그렇게 못 하게 할 테니까."

"어떻게요?"

"아까 얘기하는 거 못 들었어? 그쪽은 이 광고 윤하 형 아니면 안 된다잖아. 너 빼면 형도 빠질 거라고 하지 뭐."

"그러면 윤하 오빠한테 폐 끼치는 거잖아요."

"무슨 소리야? 형이 너한테 끼친 폐가 얼만데!"

예지 경우는 좀 심하긴 했지만 신인이 현장에서 어리바리한 거야 드문 일도 아니다. 정작 오늘 촬영이 파투난 이유는 윤하와 혜연, 미사 사이에 벌어진 일 때문 아닌가. 그런데 죄 없는 예지가 뒤집어써서 감독한테 혼자 욕은 다 먹고.

아무리 윤하의 매니저라지만, 민호는 그 부분에서 사실 화가 났다. 왜 우리 예지가 중간에서 고래 싸움에 새우등 터져야 되는데? 그러고 보니 윤하가 평소에 예지에게 쌀쌀맞게 굴던 것도 떠올라서 새삼스레 또 속이 상했다. 예지가 자기 팬인 거 알면서, 좀 잘해주면 큰일 나나?

"아무 걱정 마. 다음 촬영 땐 형이 책임지고 너 연기 지도 다 해줄 거니깐."

예지한테 잘해주게 만들겠다. 그렇지 않았다간 윤하와 맞장이라도 뜨겠다는 각오로 민호는 장담했다.

"그러니까 넌 집에 가서 아무 생각도 하지 말고 푹 쉬어."

예지가 불편하지 않게 조심스럽게 추슬러 업으며, 민호는 위로

하듯 말했다.

"오늘 고생 많았다, 예지야."

다음 순간, 등 윗부분에 따스하고 부드러운 감촉이 느껴졌다. 예지가 민호의 등에 가만히 뺨을 기대 온 것이었다.

"고마워요, 민호 오빠."

민호는 그제야 퍼뜩 깨달았다.

그저 걱정스러운 마음에, 위로할 생각에 몰두해서 잠시 까맣게 잊고 있었다. 지금 제 등에 업힌 소녀는, 자신이 몰래 연심을 품고 있는 상대라는 걸.

따스한 숨결이 목덜미에, 등에 닿아 올 때마다 간질간질한 무언가가 온몸을 휘감았다.

얼굴이 확 달아오른다. 두근, 두근, 두근. 날뛰는 제 심장 소리가 들킬까 봐 겁이 났다.

"그, 그래."

긴장한 나머지, 미처 민호는 깨닫지 못하고 있었다. 처음으로 예지가 자신을 도 매니저, 가 아니라 오빠라고 불렀다는 것을.

05 / 복수는 나의 것

촬영장 소동 후 며칠이 흘렀다. 그날 이후 민호는 계속 예지가 마음에 걸렸다. 많이 상처 받은 것 같았는데, 혹시 여태 속상해하고 있지는 않을까. 걱정이 되었지만 먼저 전화를 할 용기가 나지 않았다.

지금까지도 그랬다. 가끔씩 예지와 통화하기는 하지만, 거의 늘 예지 쪽에서 걸어오는 거였지 이쪽에서는 명확한 용건이 있지 않는 이상 먼저 전화를 걸기가 힘들었다. 왜냐하면, 좋아하니까.

차라리 그냥 아는 오빠동생 사이라면 '뭐 하고 지내?' 하고 자연스럽게 연락할 수 있겠지만, 민호는 예지에게 첫눈에 반한 처지였다. 게다가 상대가 아직 여고생이기 때문에, 자칫 제 마음을 들킬까 봐 전전긍긍하고 있기도 했다. 그러니 그렇게 쉽게 전화할 수 있을 리가.

어쩌고 있는지 궁금은 한데 차마 전화는 못 하겠고. 민호가 이러지도 저러지도 못하고 있는데 예지 쪽에서 먼저 연락이 왔다.

- 오빠, 오늘 저녁에 시간 되세요?

마침 윤하가 스케줄이 없어서 민호도 놀고 있는 차였다. 물론 일이 있어도 팽개치고 달려갈 판이긴 했지만.

– 시간 괜찮으시면 저 오늘 밥 사주시면 안 돼요?

"어, 그래! 뭐가 먹고 싶은데?"

– 전 아무거나 괜찮아요.

왠지 예지답지 않게 말투가 한결 얌전해져 있었다. 여태 풀이 죽어 있는 건가 싶어 민호는 영 마음이 좋지 않았다.

"그래, 그럼 이따 보자."

약속을 정하고 전화를 끊고 나서야 민호는 뒤늦게 고개를 갸웃거렸다.

잠깐. 그러고 보니 예지가 날 언제부터 오빠라고 불렀더라?

민호는 차를 가지고 학교 앞까지 데리러 와주었다. 늘 보던 밴이 아니라 날렵하게 생긴 검정색 승용차. 수업을 마치고 교문을 나서던 아이들이 저마다 휴대폰을 꺼내 찍을 정도로 멋진 차였다.

차에서 내린 민호가 예지를 향해 반갑게 손을 흔들었다.

"공부하느라 고생했지? 어서 타, 맛있는 거 먹으러 가자."

연예계에서 일하는 사람이라 그런가, 민호는 패션 센스마저 범상치 않았다. 깔끔한 캐주얼로 차려입은 민호가 차 문까지 열어주자 예지에게 온통 부러움의 시선이 쏠렸다.

마치 공주님이 된 것 같은 기분이 들면서도, 예지는 동시에 조금 씁쓸하기도 했다.

"이거 윤하 오빠 차예요?"

"아니, 내 차. 형은 차에 전혀 관심 없어."

민호가 차를 출발시키며 웃었다.

예지는 조금 시무룩해졌다. 윤하 오빠 차였으면 좋았을걸.

예지에게 있어 민호는 그저 쾌활하고 편안한, 아는 오빠였다. 촬영장 사건 전까지는.

「쫓아내다니요? 우리 예지 아직 순진한 고등학생입니다. 게다가 오늘 첫 촬영하는 신인이 무슨 수로 선배를 쫓아냅니까. 상식적으로 이게 말이나 되는 얘기예요?」

매니저도 막아주지 못하고 있을 때, 나서서 변호해준 것은 민호였다. 게다가 원래 자기가 챙겨야 할 윤하까지 내버리고 집에 데려다 주기까지 했다.

집에 데려다 주는 동안에도 민호는 열심히 예지를 위로해주었다.

「기운 내. 네 잘못은 하나도 없어.」

그때는 그냥 고맙다는 인사밖에 못 하고 집 앞에서 헤어졌다. 하지만 그날부터, 예지는 계속 민호가 생각났다.

「업혀.」

목소리만 떠올려도 가슴이 쿵쿵 뛰었다.

비록 정신적으로 같은 열여덟 살이었지만 예지는 미사만큼 둔하지 않았다. 이게 어떤 감정인지도 금세 깨달았다. 아, 내가 민호 오빠를 좋아하나 봐. 문제는 자신은 여고생이고 상대는 어엿한 어른이라는 거였다.

연예인이 꿈일 정도로 나름 외모에는 자신이 있었다. 교복을 벗고 조금만 꾸며도 어른처럼 보인다는 것도 잘 알고 있었다. 하지만 좋아하는 마음이 생기자 역시나 소심해졌다.

'나 같은 어린애는 여자로도 안 봐주면 어쩌지?'

이렇게 멋진 차까지 갖고 있다는 사실에 한층 더 민호가 멀게 느껴져서 속상한 예지였다.

"뭐 먹고 싶은 거 있어?"

민호가 물었다. 대충 근처에 있는 패밀리 레스토랑 이름을 이야기하고 나서, 예지는 어렵게 말을 꺼냈다.

"있잖아요, 오빠."

원래는 이 말을 하려고 만나자고 했던 거였다.

"저 많이 생각했는데, 그냥 연예인 안 하려고요."

"어, 갑자기 왜? 옛날부터 꿈이었다고 하지 않았어?"

민호가 놀란 듯이 예지를 쳐다보았다.

"그건 맞는데요. 해보니까 생각했던 거랑은 많이 다른 것 같아서요."

그저 화려한 직업일 거라고만 생각했다. 하지만 잠깐 겪어본 촬영장의 분위기는 막연히 꿈꿨던 것과는 전혀 달랐다. 선배 여배우는 인사를 해도 받아주지도 않고, 심지어 앞에서는 웃고 뒤에 불러서는 쥐 잡듯이 잡고. 스태프들은 윤하나 혜연 같은 스타들에게는 그렇게 상냥하면서 자신같은 신인은 말을 걸어도 거들떠도 안 보고. 감독은 조금만 실수해도 있는 대로 짜증을 내고. 그렇게 살벌하고 삭막한 세계일 줄은 미처 몰랐다.

"처음엔 다 그렇다니까. 다음에는 훨씬 나을 거야."

민호가 달래듯 말했지만 예지는 고개를 저었다.

"아니에요. 아무래도 저하고는 안 맞는 일 같아요."

자신도 그렇게 생각하려고 노력했었다. 처음이라 그렇지, 두 번째는 괜찮지 않을까. 하지만 재촬영을 하러 갈 생각만 해도 식은땀이 났다. 다시 카메라 앞에 설 생각만 하면 밥도 넘어가지 않고, 잠도 오지 않을 지경이었다. 하물며 평생 그 일을 계속하고 살 엄두는 더더욱 나지 않았다.

딱 한 번의 경험으로 예지는 뼈저리게 알았다. 자신에게는 연예인의 자질이 없다는 것을.

"오빠한텐 정말 죄송해요. 회사에도 소개시켜주시고, 이래저래 애써주셨는데."

예지는 고개를 숙였다. 계약서까지 다 써놓고 이제 와서 이러면 내 입장은 뭐가 되냐고, 민호가 화를 내도 어쩔 수 없다고 생각하면서.

"난 아무렇지도 않아, 네 결정이 중요하지. 하지만 데뷔한다고 다 말해놨는데, 친구들이 또 거짓말이라고 뭐라고 하지 않겠어?"

하지만 민호는 화를 내기는커녕 예지부터 걱정해주었다.

"그냥 솔직하게 말하려고요. 막상 해보니까 적성에 안 맞아서 안 하기로 했다고요."

"그래, 잘 생각했어."

민호는 고개를 끄덕였다.

"사실은 나도, 예지 네가 꼭 연예인 해야 되나, 하고 생각했었거든. 나도 이 바닥에 있으니까 알지만, 너같이 어리고 마음씨 착한 아이가 견디기에는 너무 험한 곳이야. 다들 기도 세고, 경쟁도 너무 심하고……."

마음씨 착한 아이. 진심 어린 민호의 말에 예지는 가슴이 뭉클해졌다.

사실 예지는 자라면서 여태 거의 그런 말을 들어본 적이 없었다. 같은 고아라도 모범생이었던 미사와는 달리 공부에 관심이 없어서 선생님들에게 구박도 많이 받았고, 그럴수록 반항심이 치밀어 학교도 많이 빠졌다.

사실 말투가 살짝 거칠고 성적이 안 좋을 뿐이지 예지는 소위 노는 부류는 아니었다. 나쁜 친구와 어울리는 것도, 못된 짓을 하는 것도 아니니까. 하지만 겉으로 보이는 모습만으로, 담임조차도 대놓고 예지를 문제아 취급하기 일쑤였다.

민호가, 처음이었다. 자신을 착하다고 말해준 것은.

문득 예지는 진짜로 착해지고 싶다는 생각이 들었다.

"저, 지금이라도 공부해서 대학 갈래요."

저도 모르게 엉뚱한 말이 입 밖으로 튀어나오는 바람에 예지 스스로도 놀랐다. 왜냐하면 평생 해본 적도 없는 생각이었으니까.

'너무 안 어울렸나?'

말하자마자 후회가 들었다. 만약에 민호 오빠가 '공부를? 네가?' 하고 웃어버리면 어떡하지.

"우와, 좋은 생각인데?"

하지만 민호는 눈을 휘둥그레 뜨면서 찬성했다.

"예지 너 맘먹고 공부하면 엄청 잘할 거야."

"제가요?"

"그래, 넌 열심히 하잖아. 그날 촬영할 때도, 좀 서툴러서 그렇지 열심히 하는 모습은 정말 멋있었어."

칭찬을 들으니 예지는 괜히 부끄러워서 몸이 꼬였다. 난 사실 그렇게 성실한 아이도, 착한 아이도 아닌데. 하지만 민호가 그렇게 믿어준다면, 앞으로라도 그렇게 되자는 생각이 들었다.

……좋아하는 오빠를 실망시키고 싶지 않으니까.

달아오른 뺨을 민호에게 들키지 않게, 예지는 차창을 열어 얼굴을 식혔다. 따스한 바람에 연분홍빛 벚꽃 이파리 하나가 날아와 예지의 코끝에 사뿐히 내려앉았다.

세상은 온통 벚꽃으로 물들어 있었다. 거리 여기저기서 봄마다 으레 들리는 노래들이 흘러나오고, 창문만 열어도 따스한 봄바람이 뺨을 간질였다.

윤하와 미사, 두 사람에게도 봄은 연분홍빛으로 물들어가고 있었다.

본능을 억누르면서까지 미사를 지켜주고 싶어 했던 윤하의 마음.

자신은 윤하의 것이라고 수줍게 고백했던 미사의 마음.

그렇게 서로의 마음을 알게 되고부터 둘의 사이는 한층 더 애틋해져갔다. 눈만 마주쳐도 절로 웃음이 나왔다. 가짜 신혼일 때보다도, 오히려 지금이 훨씬 더 신혼 같았다.

"날씨도 좋은데 어디 나가고 싶은 데 없어?"

윤하는 그렇게 말해주었지만 미사는 고개를 저었다.

"아뇨, 집에 있는 게 더 좋아요."

그게 미사 나름의 배려라고 생각한 걸까. 윤하는 미안한 얼굴을 했다.

"미안해, 나 때문에."

하지만 미사는 진심으로 외출할 필요성을 느끼지 못하는 것뿐이었다. 그저 윤하의 곁에 있기만 해도 즐거운데 왜 굳이 밖에 나가야 할까. 나가봤자 괜히 사람들 시선이나 신경 쓰일 텐데, 차라리 아무에게도 방해받지 않고 집에서 둘만의 시간을 즐기는 게 훨씬 좋았다.

집에만 있어도 할 일은 끝없이 많았다. 하다못해 TV를 보면서 얘기만 나눠도 시간 가는 줄을 몰랐다. 집안에만 있는 게 정 답답하면, 정원이 보이는 테라스에 나가 앉아서 따스한 햇살을 받으며 커피만 마셔도 충분히 기분이 상쾌해졌다.

오늘은 윤하에게 들어온 작품 대본들을 산더미같이 쌓아놓고 둘이 함께 검토했다.

"음, 이 작품은 좀 아닌 거 같아요."

소파 밑 러그 위에 앉아 대본을 넘겨보던 미사가 말했다. 소파 위에 비스듬히 누워서 같은 대본을 보고 있던 윤하가 미사를 내려다보았다.

"왜? 대본 재밌는데."

"전작 드라마도 로코였고 영화도 로코였는데, 이것도 또 로코잖아요. 이미지 소모가 너무 심해요. 아무리 로코를 잘해도 한 번씩은 좀 쉬어가야죠."

미사는 자신 있게 말했다. 원래 스타의 갈 길은 소속사보다 덕후가 더 잘 아는 법 아닌가.

"듣기 좋은 꽃노래도 한두 번이지, 비슷한 것만 계속 하면 사람들도 질린다고요."

"그래?"

못내 아쉬운 듯이 대본을 내려놓는 윤하를 보고 미사는 소리죽여 쿡쿡거렸다. 이 아저씨, 안 그렇게 생겨서는 로맨틱 코미디 엄청 좋아한다. 누가 로코 킹 아니랄까 봐.

"그럼 이 영화는 어때? 전혀 다른 스타일인데."

윤하가 다른 시나리오를 건넸다. 별생각 없이 시나리오를 펼쳤다가 미사는 화들짝 놀랐다. 아니, 무슨 대본이 첫 대사가 신음 소리야?

"이, 이거 청소년 관람불가 아니에요?"

"그거야 나중에 심의 받아봐야 알겠지만, 일단 대본상으로는 그렇지."

윤하는 아무렇지도 않게 대꾸했다.

대본을 뒤로 쭉 넘겨보자 갈수록 태산이었다. 러브신이 어찌나 많은지, 나중에는 새하얀 종이가 살색으로 보일 지경이었다. 아무리 그래도 이건 아니라고 미사는 판단했다.

"이것도 안 되겠어요. 했다간 진짜 노출연기 하셔야 될 것 같아요."

은근히 말렸는데 왠지 모르게 굉장히 자신 있는 대답이 돌아왔다.

"괜찮아, '미로' 때 벌써 해봐서."

아니, 정말 벗을 셈? 미사는 펄쩍 뛰었다.

"그거야 데뷔작이니까 했던 거죠! 지금은 위치가 다르잖아요?"

"위치가 무슨 상관이야? 연기잔데 작품이 먼저지."

윤하가 딱 잘라 말하는 바람에 미사는 그만 초조해지고 말았다.

직업정신이 투철한 건 좋다. 존경스럽다고도 생각한다. 팬으로서는 은근히 보고 싶은 마음이 들기도 했다. 어쨌든 자신은 스물여덟 살이니까, 보러 간다고 해서 막을 사람도 없고.

하지만 역시나 미사는 정윤하의 팬이기 이전에 연인이었다. 윤하가 다른 여배우와 키스 신만 찍어도 마음이 싱숭생숭한 판에, 이렇게 진한 러브신으로 칠갑된 영화를 도저히 볼 자신이 없었다.

하물며 벗은 몸을 전국의 여성 팬들과 함께 봐야 한다니.

그런 건 나만 봐야 되는데. 아니, 사실 나도 아직 못 봤는데!

미사가 윤하의 출연작 중에 유일하게 보지 못한 것이 데뷔작인 영화 '미로'였다. 차마 노출연기를 볼 자신이 없었던 것이다. 뭐, 그야 기억을 잃기 전에는 봤는지도 모르겠지만.

어쨌든 이 영화는 안 해줬으면 좋겠다. 그게 미사의 솔직한 심정이었다. 하지만 그걸 입 밖에 내자니 너무 철없어 보일 것 같아서 차마 말할 수가 없었다. 윤하는 어디까지나 프로의 눈으로 작품을 보고 있는데, 자신은 유치하게 사심을 투영해서 보고 있지 않은가.

"네 말대로 요즘 로코 너무 많이 했으니까, 오랜만에 센 것도 괜찮겠네. 그렇지?"

등 뒤에서 윤하가 물었다.

싫어요, 안 했으면 좋겠어요. 하지만 본인이 하고 싶다는데 차마 싫다고도 할 수가 없어서, 미사는 억지로 대답을 쥐어짜냈다.

"……네."

"음, 그럼 이거 한다고 회사에 말해야겠어."

미사는 서운한 나머지 그만 눈시울까지 뜨거워졌다. 눈치도 없지, 이걸 꼭 싫다고 말로 해야지 알아듣는 거야?

다행히 윤하에게서 등을 돌리고 있어서 울상이 된 표정을 들키지는 않았지만, 더 이상 윤하의 곁에 있기 싫어졌다.

미사가 무슨 핑계로 방에 돌아갈까, 하고 생각하고 있는데, 갑자기 등 뒤에서 작게 웃음소리가 들렸다.

쿡쿡.

왜 웃지? 놀라서 뒤를 돌아보자 한껏 가늘어진 윤하의 눈과 마주쳤다.

'아…….'

미사는 윤하를 물끄러미 바라보았다. 그야 정윤하는 기본적으로 뭘 해도 잘생긴 사람이지만, 웃는 얼굴은 정말이지 넋을 잃게 만들 정도로 아름다웠다. 마치 꽃이 활짝 피는 것처럼.

"걱정 마, 안 해."

윤하는 재미있다는 듯이 웃었다.

"어차피 격정 멜로는 별로 내 스타일이 아냐. 그래서 데뷔작 이후로는 안 했던 거고."

"네? 그럼 방금은 왜 한다고……?"

영문을 몰라서 묻자 윤하가 여전히 쿡쿡거리며 말했다.

"너 어떻게 하나 보려고."

그제야 미사는 깨달았다. 윤하가 자신에게 장난을 쳤다는 것을!

순간 얼굴이 확 달아올랐다. 창피한 마음과 함께 화가 치밀었다.

"그럼 지금 저 놀리신 거예요?"

"미안. 반응이 너무 재미있어서."

여전히 웃음기가 가시지 않은 표정이 더 얄밉다. 평소엔 잘 웃지
도 않는 사람이! 미사는 눈물 어린 눈으로 윤하를 한번 홱 흘겨보고
는, 자리를 박차고 일어나려 했다.

"저 방에 들어갈래요!"

하지만 윤하가 어딜, 하듯 잽싸게 미사의 손목을 붙잡아 그대로
자기 쪽으로 끌어당겼다.

"……!"

미사의 머리칼 안에 손을 묻어 동그란 뒷머리를 부드럽게 감싸
안고, 윤하는 다정하게 키스했다.

"싫은 건 솔직하게 싫다고 말해."

짧은 만큼 더욱 달콤한 키스 후에, 윤하가 입술을 떼고 가만히 속
삭였다.

"난 네가 싫다고 하면 그게 뭐든지 안 할 거니까."

방금 그렇게 웃던 것과는 달리 더없이 진지한 말투에 또다시 눈
시울이 뜨거워졌다. 이번에는 방금 전과는 정반대의 이유로.

이윽고 윤하가 소파에서 내려왔다. 그리고 미사를 앉은 채로 등 뒤에서 껴안고 속삭였다.

"어차피 저건 못 해. 노출은 둘째 치고, 해외 로케가 엄청 많거든."

"그랬어요?"

아까는 살색 페이지에 정신이 팔린 나머지 미처 깨닫지 못했었다.

"그래. 너랑 떨어져 있기도 싫고, 비행기 오래 타는 것도 별로 안 좋아하고."

비행기라는 말에 문득 미사는 떠오른 것이 있었다.

"저기, 아저씨. 혹시 저 비행기 타본 적 있어요?"

"음, 아마 있을걸. 그런데 왜?"

"제가 비행기를 한 번도 못 타봐서, 꼭 타보고 싶었거든요."

조금 부끄럽지만, 뒤에서 안겨 있으니 얼굴이 보이지 않으니까 오히려 말하기가 편했다. 미사는 윤하의 가슴에 기대 조그맣게 말했다.

"사실은 저희 학교가 수학여행을 일본이랑 강릉 두 군데로 나눠서 갔었는데요. 전 물론 강릉으로 갔는데, 일본 가는 애들이 되게 부러웠어요."

"그랬구나."

미사의 머리칼에 입술을 묻고, 윤하가 중얼거렸다.

"저희 반에 강릉으로 간 애들은 열다섯 명인가 밖에 안 됐었거든요. 하필 저 괴롭히던 일진 애들이 다 그쪽으로 가는 바람에 더 힘들었어요."

강릉으로 향하는 고속버스 안에서 모두들 짝지어 앉아 즐겁게 재잘거릴 때, 미사만 혼자 우두커니 앉아서 동방불패의 노래를 들었었다. 눈물이 날 것 같아서, 줄곧 자는 척 눈을 감은 채로.

그때의 외롭고도 비참했던 기분이 떠올라서 미사는 목이 메어 왔다. 벌써 눈물 때문에 앞이 안 보일 지경이었지만, 우는 걸 들키면 윤하가 속상해할 것 같았다.

그래서 미사는 애써 활기찬 목소리를 꾸며냈다.

"있잖아요, 나중에 우리 꼭 같이 비행기 타고 놀러 가요. 네?"

당연히 윤하가 흔쾌히 그래, 하고 대답해줄 줄 알았는데 한참을 기다려도 대답은 돌아오지 않았다.

미사가 조금 무안해지려고 한 순간.

"음, 난데."

엉뚱한 소리에 흠칫 놀라 돌아보니 윤하는 어느새 휴대폰을 귀에 갖다 대고 있었다.

"스케줄 보고 일본 여행 좀 잡아봐. 이왕이면 벚꽃이 많이 피어 있는 곳으로."

아저씨? 미사가 놀라고 있는 사이에 윤하는 금세 통화를 끝내고 휴대폰을 내려놓았다. 그러고는 다시 미사를 두 팔로 품에 가만히 끌어안았다.

"이젠 내가 다 해줄게."

윤하가 속삭였다.

"네가 그동안 하고 싶었던 거, 갖고 싶었던 거, 뭐든지 다 말만 해.”

목소리에서는 진한 슬픔과 함께 단호한 결심 같은 것이 묻어났
다.

무척 기뻤지만 미사는 살며시 고개를 저었다.

“아녜요, 저 아무것도 필요 없어요.”

“그러지 말라니까.”

윤하가 안타까운 듯이 말했다.

“정말로 괜찮아요. 전 아저씨만 있으면 돼요.”

비행기도, 꽃놀이도, 아무것도 필요 없다. 그저 윤하만 곁에 있
어주면 미사에게는 그곳이 바로 천국이었다. 바깥에 벚꽃이 백번
흐드러진들 그게 다 무슨 소용일까. 윤하의 옆에 있으면 한겨울에
도 마음속에 꽃이 피는데.

농담 한마디로 속상한 나머지 눈물짓게 만들고, 다정한 말 한마
디에 너무 기뻐서 또 눈물짓게 한다. 미사에게 꽃을 피게 하는 것
도, 지게 하는 것도 모두 이 사람이었다.

‘그러니까 계속 곁에 있게만 해주세요.’

단 하나의 소원을 마음속으로 빌며, 미사는 눈을 감고 고개를 돌
려 윤하에게 입 맞추었다.

처음엔 단순히 고백과도 같이 수줍기만 했던 입맞춤이, 갈수록
점점 더 깊어졌다. 기어이 미사가 목에 팔을 감고 매달리자 윤하는
소파에 등을 기댄 채로 조금 받아주고 있다가, 잠시 후 부드럽게 떼
어놓았다.

“자, 여기까지만.”

귓가에 닿는 속삭임이 살짝 떨렸다. 조금 아쉬웠지만 미사는 순순히 그의 목을 안고 있던 팔을 풀었다. 스킨십이 너무 깊어지면 윤하가 힘들어한다는 걸 알고 있었으니까.

사실은 미사 자신도 조금씩 목마름이 커지고 있었다. 뭐랄까, 윤하가 예전과는 달리 보였다.

전에는 그저 잘생긴 얼굴에만 정신이 팔려 있었다면, 지금은 늘 함께 있으면서도 전에는 별로 의식하지 못했던 것들, 그러니까 넓은 어깨라든지, 두터운 가슴이라든지, 근육질의 팔뚝이라든지, 그런 것들이 자꾸만 눈에 들어왔다.

그리고 그때마다 느끼곤 했다. 만지고 싶고, 닿고 싶고, 안기고 싶다고.

하지만 아직 윤하에게는 차마 내색할 수 없었다. 중간에 그만두게 만들어서 힘들게 한 지 얼마나 됐다고.

"……."

서로 감정을 억누른 채 입술을 떼고 나자 조금은 어색해졌다. 그 어색함을 떨쳐버리듯, 윤하가 먼저 입을 열었다.

"이만 점심 먹을까?"

그러고 보니 대본 검토를 하느라 어느새 점심 먹을 시간을 훌쩍 넘겨 있었다. 미사는 냉큼 찬성했다.

"우리 탕수육 만들어 먹어요!"

"그래, 나도 도울게."

앞치마를 두르고 둘이 사이좋게 주방에 섰다. 탕수육 소스에 넣을 채소를 썰면서 윤하가 물었다.

"그런데 탕수육은 왜 배웠던 거야?"

미사는 돼지고기 등심에 찹쌀가루를 묻히며 대답했다.

"아저씨 생일날 만들려고요. 민호 오빠가, 아저씨가 제일 좋아하는 음식이 탕수육이라고 가르쳐줬거든요."

"괜한 소리를 해서 네 손가락만 데게 만들었군."

윤하는 조금 못마땅한 얼굴을 했다.

"그래도 배워놓으니까 이렇게 만들어먹기도 하고, 좋잖아요?"

"시켜 먹어도 돼."

"제가 직접 만들어주고 싶어서 그래요."

윤하가 탕수육을 좋아하는 이유를 아는 미사다. 그가 원하기만 한다면 매일매일이라도 만들어주고 싶었다.

시켜 먹으면 된다고 하더니, 정작 탕수육이 다 만들어지자 윤하는 정말 맛있게 먹었다. 그야 왕 서방이 직접 전수해준 방금 튀긴 탕수육과, 반쯤 식은 중국집 배달 탕수육이 같을 수가 있나.

그러고 보니 지난번, 그러니까 윤하의 생일날 만들어줬을 때는 한바탕 소동 끝에 가출까지 하는 바람에 정작 먹는 걸 제대로 보지 못했었다. 윤하가 먹는 것만 봐도 배가 불러서, 미사는 턱을 괴고 한참 바라보고 있다가 불쑥 말했다.

"드시고 싶을 땐 언제든 얘기하세요. 옛날에 못 먹었던 것까지, 제가 많이많이 만들어드릴게요."

문득 윤하의 젓가락이 멈췄다. 그는 고개를 들어 의아한 눈으로 미사를 바라보았다.

"옛날이라니?"

그제야 미사는 자신이 말실수를 했다는 것을 깨달았다. 그 얘기, 아는 척 안 하려고 했는데!

"아니, 그냥 별 뜻 없이 한 말인데…….."

얼버무려 넘기려고 했지만 윤하는 이맛살을 살짝 찌푸렸다.

"민호가 또 너한테 쓸데없는 소릴 한 모양이군."

"그게 왜 쓸데없는 소리예요? 아저씨 일인데 저도 알아야죠."

"어차피 다 지난 일인데 알아서 뭐하려고. 들어서 기분 좋은 얘기도 아닌데."

그렇게 말하는 윤하의 마음은 알 것 같았다. 아저씨는 내가 속상해하는 게 싫은 거겠지. 하지만 미사는 그런 윤하의 태도가 오히려 더 서운했다. 사람을 좋아한다는 건 상대의 현재 모습에만 국한된 게 아니었다. 그 사람의 과거와, 미래까지 모두 포함해서 좋아하는 거였다.

그것을 미사에게 깨닫게 해준 것이 바로 윤하였다. 그는 자신이 기억을 잃고 열여덟 살이 되어버렸다고 해서 어리고 유치하다고 마다하지 않았다. 사랑하는 여자의 과거 모습으로 받아들여 똑같이 사랑해주고 있었다.

「이젠 내가 다 해줄게.」

아까 미사가 무심코 했던 수학여행 이야기를 듣고, 그는 무척이나 마음 아파하면서 말해주었다.

「네가 그동안 하고 싶었던 거, 갖고 싶었던 거, 뭐든지 다 말만 해.」

미사 역시 같은 마음이었다. 그의 과거에 대해서 더 많이 알고 싶었다. 이왕이면 나 이만큼 아팠다고, 이만큼 힘들었다고 다 털어놔 줬으면 좋겠다고 생각했다. 그래야 위로하고 감싸줄 수 있으니까.

하지만 정작 그는 전혀 자신에게 기대려 하지 않고 있지 않은가.

왜 혼자만 그렇게 어른인 거야. 미사는 조금 속이 상했다.

서운한 마음 한 자락을 품은 채로 식사를 끝내고, 미사는 윤하와 함께 거실로 나와 TV앞에 나란히 앉았다.

─ 탕수육과 짜장면, 그리고 짬뽕만으로 월 매출 일억을 자랑하는 중국집이 있다는데?

TV를 켜자 마침 성우의 요란스러운 목소리와 함께 중국집 메뉴들이 화면에 비쳤다.

미사는 혹시 원빈 장사하는 데 도움이 될까 싶어서 잠시 채널을 고정시켰다.

─ 캬, 국물 죽이주네! 이 짬뽕 한 그릇 먹으러 부산에서 서울까지 왔다 아입니꺼!

─ 애들이 여기 짜장면을 너무 좋아해서요. 일주일에 한두 번씩은 꼭 오는 것 같네요, 호호.

─ 여기 탕수육 소짜 하나 더요!

진짜 손님인지 의심스러울 정도로 호들갑스럽게 감탄하는 사람들이 하나씩 지나가고, 이윽고 주인이라는 사람이 나왔다.

─ 얼마 안 남더라도 손님들이 맛있게 드시고 즐거워하는 모습을 보는 게 최고의 선물이죠.

사람 좋은 웃음을 짓는 주인의 얼굴을 보고, 미사는 그만 깜짝 놀라 리모컨을 떨어뜨리고 말았다.

"……!"

화면에 비친 사람은 다름 아닌 황금성 주인이었던 것이다.

맙소사! 얼른 곁눈질을 하자 윤하의 표정은 이미 굳어져 있었다. 그는 눈을 크게 뜬 채 TV 화면을 뚫어져라 쳐다보았다. 황금성 주인을 알아본 것이 틀림없었다.

"아, 이거 되게 재미없다. 우리 다른 거 봐요."

미사는 얼른 리모컨을 주워서 아무렇지도 않게 채널을 돌리려 했지만, 윤하가 손을 들어 제지했다.

"잠깐만."

그는 미사를 바라보고 있지도 않았다. 눈도 깜빡이지 않고 이를 악문 채 그저 TV 화면에만 시선을 고정시키고 있을 뿐.

무섭도록 굳어진 표정에서 느껴졌다. 당시에 윤하가 저 몹쓸 사람에게 얼마나 상처를 받았었는지가. 도저히 말을 걸 수 있는 분위기가 아니어서, 미사는 그저 어쩔 줄을 몰라 하며 지켜볼 수밖에 없었다.

결국 윤하는 미동조차 하지 않은 채 그 자세 그대로 끝까지 방송을 다 보았다.

"저어, 아저씨……."

프로그램이 끝나기를 기다려 미사는 조심스럽게 말을 걸었다. 사실은 나도 알고 있었다고 말하고, 위로해줄 셈이었다.

그런데 본론을 꺼내기도 전에 윤하가 소파에서 일어났다.

"점심 먹고 나니까 자꾸 잠이 와서 안 되겠어."

그는 아무렇지도 않게 말했다.

"들어가서 낮잠 조금만 자고 나올게."

자기 방에 들어오자마자 윤하는 침대에 무너지듯 털썩 주저앉았
다.

"……."

방금 TV에서 본 얼굴이 머릿속을 떠나지 않았다.

미사를 만나기 전까지, 정말로 윤하의 인생에서 좋은 것이라고
는 하나도 없었다. 있다면 그나마 민호 정도일까. 하지만 민호조차
도 결국은 자신이 책임져야 할 존재였기 때문에 가끔은 버거울 때
도 있었다. 게다가 그때는 자신도 어렸으니까.

그래서 윤하는 성공한 후, 되도록 옛날 일은 떠올리지 않으려고
애썼다. 돌아봐야 어차피 괴로운 일들뿐이었으니까. 가끔씩 생각
날 때도 애써 떨쳐버리곤 했다. 그건 민호도 마찬가지라서, 친형제
나 다름없는 둘 사이에서도 옛날 얘기만은 서로 꺼내지 않는 것이
불문율처럼 되어 있었다.

그런데 방금 TV에 나온 인간은, 그 괴로운 일들로 가득 차 있는
과거 중에서도 가장 좋지 않은 기억 중 하나였다.

20년 가까이 지난 지금도 목소리가 생생하게 떠올랐다.

「야, 어버버!」

그 가게에서 일하는 동안, 윤하는 한 번도 이름으로 불린 적이 없
었다.

어른의 반도 안 되는 월급을 주면서 하루 종일 혹사를 시켰다. 배달은 기본이고 갖은 잡일에, 심지어 영업 후에는 양파 까기까지 맡아놓고 시키는 바람에 윤하의 눈은 늘 새빨갛게 짓물러 있었다. 그래 놓고 주는 것은 늘 짜장면 한 그릇.

그때 윤하는, 겨우 열여섯 살이었다.

그래도 이를 악물고 버틴 것은 당시 채 열 살도 안 된 민호가 있었기 때문이었다. 자신보다도 더 안 좋은 가정에서 자라난 민호. 세상에 믿을 거라고는 자신 하나뿐인 민호. 친형도 아닌 자신을 형처럼, 아니 아버지처럼 따르는 민호.

나빠도 너무 나쁜 기억이었기 때문에, 떠올리지 않으려고 무척 애를 썼다. 하지만 지금도 가끔씩 꿈속에 화난 목소리가 들려올 때가 있었다.

「어버버 이 새끼 일 안 하고 또 어디 갔어?」

조금도 잊지 않았다. 아니, 잊지 못했다. 채 아물지 않은 상처를 그저 가슴속에 꽁꽁 숨겨놓고 살아왔을 뿐.

기가 막혔다. 지금까지도 자신은 여태 악몽을 꾸는데, 어쩌면 저 인간은 저렇게 잘 살고 있을까. 천벌까지는 바라지 않더라도, 최소한 저렇게 아무 일 없었다는 듯이 잘 먹고 잘 살고 있으면 안 되는 거 아닐까.

화가 나는 동시에 무서웠다. 목소리만 들어도 온몸이 얼어붙는 것 같던, 그 시절의 공포가 생생하게 되살아났다. 몸이 사시나무처럼 덜덜 떨려서 윤하는 이를 악물고 제 몸을 필사적으로 끌어안고 버텼다.

그때, 갑자기 노크와 함께 미사의 목소리가 들렸다.

"들어가도 돼요?"

윤하는 소스라치게 놀랐다.

"아, 아니. 이제 좀 자려고."

애써 태연한 척 대꾸하려 했지만 지금은 연기조차도 제대로 되지 않아서 목소리가 조금 떨리고 말았다.

"미안하지만 이따가……."

말하는 도중에 갑자기 문이 열렸다. 미사가 방으로 들어오는 것을 보고, 윤하는 당황해서 고개를 푹 숙였다. 지금 자신의 얼굴은 분노와 두려움에 형편없이 일그러져 있을 게 뻔한데, 그런 약한 모습을 미사에게 보이고 싶지 않았다.

"들어오지 말라니까."

하지만 미사는 아랑곳없이 윤하를 향해 다가왔다. 그러고는 흠칫 놀라는 윤하의 머리를, 가만히 팔을 뻗어 끌어안았다.

"알고 있어요."

침대에 앉아 있는 윤하의 얼굴을 제 가슴에 기대게 한 채로, 미사가 조용히 말했다.

"아저씨한테 몹쓸 짓 했던 사람이라는 거."

윤하는 깜짝 놀랐다. 그걸 미사가 어떻게……?

"괜찮으니까 화내요. 같이 욕해줄게요. 울어도 돼요, 내가 위로해줄게요."

하지만 윤하는 그럴 수 없다고 생각했다. 자신은 어른인데, 다 지난 일을 가지고 어린 미사에게 기대서 우는 것은 꼴사납지 않은가.

그래서 애써 아무렇지 않은 척하려 했다.

"아, 오해했나 본데 별일 아니야. 그냥 옛날에 좀 알던 사람인데⋯⋯."

"제발 좀 안 그러면 안 돼요?"

미사는 안타까운 듯이 말했다.

"그냥 솔직하게 저한테 털어놓고 기대면 되잖아요."

"그런 게 아니라니까."

결국 미사는 윤하를 안고 있던 팔을 풀었다. 그리고 윤하의 얼굴을 바라보며 물었다.

"저 좋아하신다면서요. 아저씨의 좋아한다는 건 겨우 그런 거예요?"

"미사⋯⋯."

"제가 그렇게 철부지 어린애로만 보이세요? 제가 힘들었던 거, 못 해봤던 거, 아저씨한테는 다 말하라고 해놓고 왜 정작 저한테는 힘들었다는 말조차 못 하시는 거예요?"

목소리는 화난 것처럼 들렸지만 정작 미사의 눈에는 슬픔이 가득했다. 더 이상 감출 수 없다는 것을 윤하는 알았다. 어떻게 알았는지는 모르겠지만, 이미 미사는 다 알고 있는 것이다.

"다 지난 일이야. 너까지 같이 힘들게 하고 싶지 않아."

윤하는 애써 담담하게 말했다.

"저는 같이 힘들고 싶다고요!"

기어이 미사가 한쪽 발을 쾅, 하고 굴렀다.

"좋아하니까 아저씨랑 같이 힘들고 싶고, 같이 아프고 싶어요.

모르시겠어요?"

결국 미사는 소리 내어 울음을 터뜨리고 말았다.

"왜 모르는 거예요……!"

미사는 울면서 다시 윤하를 껴안았다. 이를 악물고 참으려고 했지만 윤하의 눈에도 어느덧 눈물이 차오르기 시작했다.

"나는…… 기대는 법을 잘 몰라."

지금껏 누구도 기대게 해주지 않았다. 기댈 만한 사람도 없었다. 민호는 동생이었고, 미사조차도 결국은 남의 여자였으니까.

"이젠 좀 배워요, 제발."

미사가 윤하의 머리칼에 입술을 묻고 울먹였다.

"힘들면 기대면 되잖아요. 네? 저한테 말이에요."

결국 윤하도 더는 참을 수가 없었다.

"너무…… 힘들었어."

딱 그 한마디를 하자마자 목 안쪽에서 커다란 덩어리 같은 것이 왈칵 치밀어 올랐다.

결국 윤하는 미사의 따뜻한 가슴에 얼굴을 묻고 울음을 터뜨리고 말았다.

"……!"

하다못해 울음소리라도 내지 않으려 했지만 그조차도 쉽지 않았다. 악문 잇새로 자꾸만 흐느낌이 새어나왔다.

'마음껏 울어도 돼요. 내 앞에서는 괜찮아요.'

그렇게 속삭이듯, 미사는 다정하게 윤하의 머리를 쓰다듬어주었다.

어느새 윤하는 목 놓아 통곡하고 있었다. 오랜 세월 동안 가슴속에 묵직하게 쌓여 있던 응어리를 죄다 토해내듯이.

"와, 진짜 이래서 정윤하, 정윤하 하는구나."

티슈로 눈물을 닦고 있는 윤하의 얼굴을 물끄러미 쳐다보더니, 미사가 혼잣말처럼 말했다.

"무슨 소리야?"

"눈은 퉁퉁 부었지, 눈물콧물 다 흘려서 엉망이지, 근데 세상에 그러고도 잘생겼어."

질렸다는 듯한 말투에 윤하는 그만 피식 웃음이 나오고 말았다.

"그래도 역시 웃는 얼굴이 더 보기 좋긴 하네요."

미사가 따라서 헤헤 웃었다.

미사에게 안겨 한참을 울고 나니 기분이 훨씬 개운해져 있었다. 뭐랄까, 오랫동안 가슴속에 걸려 있던 돌덩어리를 이제야 겨우 밖으로 끄집어낸 것처럼 가볍고 후련했다.

"그런데 네가 그 사람을 어떻게 알아본 거야?"

윤하는 아까부터 궁금했던 것을 물었다. 미사는 조금 망설이더니 대답했다.

"아까 TV에 나온 중국집, 그게 사실은 원빈 바로 옆 골목에 있어요. 황금성이라고, 원빈 손님 다 빼앗아간 가게예요."

"아……!"

그러고 보니 라이벌 가게가 있다고 들은 것 같다. 그게 저 인간이 하는 가게였을 줄이야.

"그 사람이 옛날에 내가 일하던 가게 주인이라는 건 어떻게 알았지?"

"하는 짓이 민호 오빠한테 들은 거랑 똑같았거든요."

미사가 분한 표정을 했다.

"한번 거기 음식은 어떤가, 먹어볼 겸 해서 스파이로 갔었는데요……."

미사가 자신이 황금성에서 보고 들은 것을 이야기해주는 동안, 윤하는 점점 화가 치밀었다. 옛날 일은 그렇다 치고, 지금도 똑같은 짓을 하고 있다니.

TV에 나온 자신을 알아보지 못하더라는 부분에서는 어이가 없었다. 얼굴에 손을 댄 것도 아니고, 이름도 그저 성만 바꿔 활동하고 있을 뿐인데.

"아저씨 말 더듬었었다는 거, 그때 처음 알았어요. 그 인간이 흉내를 내는 바람에."

생각만 해도 화가 치민다는 듯이, 미사는 말했다.

"그래서, 그 황금성을 어쩌려고?"

이야기를 다 듣고 나서 윤하는 물었다.

"확 그냥 망하게 만들어버리기로 약속했어요! 사부님하고요."

"그러니까 어떻게?"

"원빈을 흥하게 만들어서 손님을 다 빼앗아 오면……."

역시 자신이 없는 모양이다. 대답하는 미사의 목소리가 뒤로 갈수록 기어들어갔다.

"그렇게 해서 어느 세월에 망하게 하겠어?"

미사는 결국 마음이 상하고 만 모양이었다.

"그럼 계속 그렇게 장사 잘되게 놔두란 말이에요?"

하지만 윤하는 딱 잘라 말했다.

"아니, 나한테 맡기라고."

"네?"

놀라는 미사에게서 시선을 돌려, 윤하는 휴대폰을 꺼내 통화내역을 뒤졌다. 다행히도 금세 찾아낼 수 있었다. 예전에 원빈에서 방송작가를 사칭해서 무전취식을 했던 남녀 때문에 통화했던, '찾아라, 대박 맛집!' 담당 PD의 전화번호를.

– 정윤하 씨?

PD는 놀란 목소리로 전화를 받았다.

– 아니, 웬일로 연락을 또 주셨습니까? 혹시 그 인간들이 또 무슨 짓을 했나요?

겁부터 먹는 PD에게, 윤하는 정중하게 말했다.

"실은 출연을 좀 부탁드리고 싶어서 전화 드렸습니다."

– 아, 그러세요! 정윤하 씨 부탁이라면 그야 당연히 들어드려야죠. 소속사 후배라도 되시는지?

"아뇨, 접니다."

– 예?

영문을 몰라 되묻는 담당PD에게, 윤하는 다시 한 번 또박또박 말했다.

"제가 직접 출연하고 싶다고 말씀드렸습니다."

잠시 침묵이 흘렀다. 그리고 한참만에야 PD가 전화 저편에서 침을 꿀꺽 삼키는 소리가 났다.

– 저기, 정윤하 씨. 뭔가 잘못 아신 것 같은데, 사실 저희 프로가 그렇게 고급진 방송이 아닙니다. 그냥 말 그대로 맛집 탐방 프로그램인데요.

"알고 연락드린 겁니다. 폐가 되지 않는다면, 출연시켜주시면 고맙겠습니다."

윤하는 단호하게 말했다.

"만약에 그쪽에 출연이 여의치 않다면, 다른 맛집 소개 프로그램을 알아보겠…….."

– 잠깐만요!

말이 채 끝나기도 전에 PD가 벼락같이 고함을 쳤다.

– 여의치 않다니요? 됩니다. 아, 되고말고요! 원하신다면 평생 고정출연으로 모시겠습니다!

진작 그럴 것이지. 윤하는 소리 없이 미소 지었다.

"감사합니다."

– 아니, 감사는 저희가 드려야죠. 그런데 정말, 꿈인지 생시인지 원…….

여전히 어안이 벙벙해하는 PD에게, 윤하는 슬그머니 본론을 꺼냈다.

"대신에 한 가지 부탁드릴 게 있습니다."

– 뭐든지 말씀만 하시죠.

"사실은 제가 방송에 꼭 소개하고 싶은 가게가 있는데, 거기서 촬영을 했으면 합니다."

― 아이고, 그야 북극에 있는 가게라도 당연히 가지요!

"북극은 아니고 대방동에 있는 중국집입니다. 가게 이름은……."

옆에서 "원빈이요, 원빈!" 하고 조그맣게 외치는 미사를 힐끗 쳐다보고, 윤하는 모른 체 시선을 돌렸다.

"황금성이라고 합니다."

KBC '찾아라, 대박 맛집!' 제작진은 그야말로 축제 분위기에 휩싸여 있었다.

예능은커녕 인터뷰도 잘 안 하는 정윤하가 우리 프로그램에 출연하겠다고 했다니, 그것도 친히 전화까지 걸어서! 다른 스태프들조차 처음에는 담당 PD의 정신 상태를 의심했을 정도였다. 이것은 말하자면 일찍이 90년대에 서태지와 아이들이 '우정의 무대'에 출연했던 사건 이후 초유의 사태였다.

약간의 문제가 있다면 정윤하가 촬영을 고집한 중국집이 하필이면 최근에 다른 맛집 프로그램에서 소개된 적이 있다는 것이었는데, 그 정도야 얼마든지 감수할 수 있었다. 갓윤하님께서 친히 출연해주신다는데!

혹시나 정윤하의 마음이 바뀔까 봐, 담당 PD는 잽싸게 사흘 후로 촬영 날짜를 잡았다.

그뿐이 아니었다. 정윤하는 통화한 다음 날 매니저를 통해 이런 말까지 전해 왔다.

「이왕 출연하는 거, 최대한 이슈가 되었으면 합니다. 미리 촬영 일시와 장소를 홍보해주시면 좋겠습니다.」

이게 웬 떡이냐. 프로그램 작가들은 감격에 울부짖으며 페이스북, 트위터, 인스타그램 할 것 없이 온갖 SNS를 총동원해서 이 놀라운 소식을 알렸다.

[정윤하, 그가 온다!]

물론 반응은 뜨거웠다. 주부 사이트부터 포털 뉴스 덧글란, 각종 여초, 남초 커뮤니티에 이르기까지 온 인터넷이 다 그 이야기로 떠들썩했다.

[속보! 갓윤하 성님 맛집 프로그램 등판!]
[이눔에 쉐리덜~~~~ 어디서,,,,,,,구라를,,,,,,,, 치느냐~~~!!!!!!!]
[정윤하 넘나 보고 싶은 것♡]
[마침 촬영이 즈희 집 근처라 딸램 얼집 간 사이에 울 랑이 몰래 가보려구용 *^^*]

일은 커질 대로 커졌다. 그리고 담당 PD는 촬영 전날 밤까지 악몽에 시달렸다. 정윤하가 전화를 해서 출연을 취소하는 꿈이었다.

사흘 후, 드디어 결전의 날이 밝았다.

PD의 걱정과는 달리 정윤하는 제 시간에 정확히 촬영장소인 황금성 앞에 도착했다.

"꺄아아악! 정윤하다!"

"어머 어떡해! 진짜 정윤하야!"

촬영을 구경하기 위해 구름떼처럼 몰려든 사람들이 차에서 내리는 윤하를 보고 환호했다. 연예 기자들은 미친 듯이 셔터를 눌러대고, 불의의 사고를 막기 위해 미리 출동해 있던 경찰들은 사람들을 제어하느라 안간힘을 썼다.

정윤하는 사람들을 향해 웃으며 손을 흔들어주었다. 그 와중에 경찰의 제지를 뚫고 몇몇 어린아이들이 달려가 매달리자 하나하나 일일이 안아주고, 사진을 찍어주기도 했다.

"우리 친구는 몇 살?"

"엄만 어디 계셔?"

다정하게 아이들에게 말을 걸어주는 정윤하를 보고 구경꾼들은 일제히 감동의 도가니에 빠져들었다. 신비주의 스타인 줄만 알았더니, 저렇게 소탈한 사람이었구나!

"처음 뵙겠습니다, 정윤하 씨. 저희 프로그램에 출연해주셔서 정말 감사합니다."

감격한 나머지 눈물을 글썽거릴 기세인 PD에게 손을 내밀며, 윤하는 빙긋 웃었다.

"아닙니다. 이런 쪽으로는 제가 방송을 안 해봐서 감이 전혀 없는데, 흔쾌히 출연시켜주셔서 제가 더 감사하지요."

게다가 겸손하기까지! 거듭 감탄하는 사람들이었다.

이윽고 황금빛 중국풍 복장을 차려입은 오십 대 남자가 와서 세상에서 제일 반갑다는 듯이 인사를 건넸다. 바로 황금성 주인이었다.

"아이고, 정윤하 씨! 이렇게 친히 저희 업소를 찾아주셔서 무한히 영광입니다."

주인을 본 순간, 갑자기 정윤하의 표정에서 미소가 가셨다. 그는 마주 인사를 하는 대신 믿을 수 없다는 듯이 눈을 크게 뜨고 황금성 주인을 빤히 쳐다보았다.

"뭐야? 정윤하 왜 저래?"

"무슨 일 있나?"

제작진은 물론, 구경꾼들도 이상한 낌새를 눈치채고 저마다 수군거렸다.

당황해서 어쩔 줄 모르는 황금성 주인을 한참 쳐다보다, 문득 정윤하가 불쑥 입을 열었다.

"혹시 17년 전에 인천 쪽에서 중국집 하고 계시지 않았습니까? 몽고반점이라고."

"아니, 정윤하 씨가 그걸 어떻게 아십니까?"

황금성 주인은 깜짝 놀란 얼굴을 했다.

"그때 제가 거기서 일했었는데, 사장님은 기억 안 나시나 보네요."

정윤하의 말에 황금성 주인이 입을 딱 벌렸다.

"아니, 그럼 설마, 그때 그……?"

"예, 접니다. 배달하던 윤하요. 오랜만입니다, 사장님."

구경하던 사람들이 모두 깜짝 놀라 여기저기서 웅성거렸다.

"정윤하가 중국집에서 배달을 했었다고?"

신이 난 것은 기자들이었다. 이게 웬 떡, 아니 특종이냐! 황금성 주인과 정윤하를 향해 또 한 번 셔터 세례가 쏟아졌다.

"그동안 잘 지내셨어요?"

정윤하가 반갑다는 듯이 미소를 지으며 물었다. 그런데 왠지 황금성 주인은 어쩔 줄을 몰라 하는 눈치가 역력했다.

"아, 예, 그야 뭐 그냥저냥……."

"직원들 월급은 잘 챙겨주시고요?"

농담처럼 묻는 말에 황금성 주인은 과도하게 펄쩍 뛰었다.

"예? 아니 정윤하 씨, 누가 들으면 오해할 말씀을!"

"아, 지금은 잘 주시나 보네요."

그렇게 말한 다음 순간, 방금까지 웃고 있던 정윤하의 표정에서 미소가 싹 걷혔다.

"제 월급 3개월 치는 여태껏 못 받았는데."

주위가 일제히 찬물을 끼얹은 것처럼 조용해졌다. 제작진, 구경꾼, 기자들, 심지어 경찰들까지 모두가 입을 다물고 정윤하에게 완전히 집중하고 있었다.

"아니, 이것 봐! 듣자듣자 하니까, 일자리 주고 먹여주고 했던 은혜는 다 잊어버리고 이게 무슨 더러운 모함이야? 배은망덕도 유분수지!"

황금성 주인은 온통 얼굴이 시뻘게져서 외쳤다.

"남들 받는 월급 반도 안 되게 주면서 아침부터 밤까지 머슴처럼 부려먹고 하루에 두 끼, 그것도 오로지 짜장면만 줬죠."

정윤하가 냉소를 흘렸다.

"요즘은 은혜라는 말을 그런 데 쓰나 봅니다."

주인이 팔을 걷어붙이며 흥분해서 외쳤다.

"이봐 당신! 증거 있어? 엉? 내가 짜장면만 줬다는 증거 있냐고!"

그 순간, 갑자기 윤하는 성큼성큼 가게 쪽으로 걸어갔다. 그러더니 문 안쪽에서 구경하고 있던 소년 하나의 팔을 붙잡고 밖으로 데리고 나왔다. 바로 황금성의 배달원이었다.

"야, 인마! 네가 여길 왜 기어 나와? 빨리 못 들어가?"

주인이 난리를 쳤지만 윤하는 아랑곳하지 않고 물었다.

"여기서 일하면서 저 사장님이 짜장면 말고 다른 거 준 적 있어?"

오오, 꼭 한 편의 연극을 보는 것 같다. 어느새 현장에 있는 모든 사람들이 다 푹 빠져들어 손에 식은땀을 쥔 채 구경하고 있었다. 휴대폰으로 동영상을 찍고 있는 사람들도 여럿이었다.

소년은 무척 당황한 얼굴로 주인과 윤하를 번갈아 보았다.

"볶음밥은 재료비 든다고, 짬뽕은 뜨거워서 먹는 데 시간 걸린다고 못 먹게 했을 거야. 내 말이 틀렸나?"

"아니, 저기, 그게요……!"

"괜찮으니까 있는 그대로 얘기해봐. 너한테 불이익 가게 하진 않을 테니까."

잠시 후, 소년은 결심한 듯이 입술을 깨물었다.

"맞아요. 매일매일 짜장면만 줬어요. 월급도 벌써 석 달 치나 못 받았고요.”

“세상에!”

구경꾼들 사이에서 여기저기 분노의 반응이 터져 나왔다.

“아직 어려 보이는 앤데 짜장면만 먹이면서 부려먹었다고?”

“잠깐, 17년 전이면 정윤하도 아직 미성년자였던 거 아냐?”

정윤하가 한숨을 지었다.

“그럴 줄 알았어. 사람이란 변하는 법이 아니거든.”

고생했어, 하고 위로하듯 그는 손을 뻗어 소년의 머리칼을 살짝 쓰다듬었다. 그러고는 어느새 자아를 상실하고 구경꾼의 한 사람이 되어 있던 PD를 향해 말했다.

“PD님, 아무래도 오늘 촬영은 힘들 것 같습니다.”

그제야 제정신으로 돌아온 PD가 펄쩍 뛰었다.

“예에? 그럼 저희 방송은요?”

“죄송하지만 도저히 이 가게를 방송에 내보내서 소개하고 싶지가 않습니다.”

몰려 있던 구경꾼들이 일제히 동조의 목소리를 보냈다.

“맞아요! 촬영하지 마요!”

“이런 가게는 폭삭 망해봐야지!”

하지만 PD로서는 날벼락이 아닐 수 없었다.

“아니, 정윤하 씨! 심정은 이해합니다만, 이제 와서 이러시면!”

PD가 울음을 터뜨리기 직전이 되었을 때, 구세주가 나타났다.

“저, PD님. 제가 좋은 생각이 있는데요.”

바로 역시 지금까지 팔짱을 끼고 보고 있던 정윤하의 매니저였다.

"마침 딱 이 근처에 숨은 맛집으로 유명한 중국집이 하나 있거든요. 혹시 그쪽에서 촬영하시는 건 어떨까요?"

"아, 거기?"

정윤하도 기억났다는 듯이 말했다.

"네, 형. 저번에 갔던 거기요. 거기가 방송 출연을 극구 마다해서 여태 한 번도 방송 안 탄 맛집이라는데, 제가 얼른 달려가서 주인한테 사정 얘기하고 부탁해볼게요. PD님, 그래도 괜찮죠?"

PD로서는 촬영 취소만 아니면 뭐든지 매달리고 싶은 심정이었다.

"제발 부탁드립니다, 매니저님!"

매니저가 어디론가 달려가고, 5분 후. 정윤하가 휴대폰을 꺼내 전화를 받았다.

"그래, 알았어."

금세 전화를 끊은 정윤하가, 조마조마해하는 PD를 향해 미소를 지었다.

"가시죠, 촬영하러."

그렇게 말하고, 정윤하는 등을 돌려 앞장서서 걷기 시작했다. 마치 이야기 속의 피리 부는 사나이처럼, 제작진, 기자, 경찰까지 포함한 수백 명의 인파가 단 한 사람의 뒤를 따르는 장관이 연출되었다.

그리고 정윤하는 잠시 후 바로 옆 골목에 있는 중국집 앞에서 걸음을 멈췄다. 간판에 '중화요리 원빈'이라고 쓰여 있는 가게였다.

"어서 오세요!"

새하얀 조리복 차림의 주인과, 귀여운 치파오를 입은 여직원이 웃는 얼굴로 인파를 맞이했다.

방송은 그야말로 초대박이었다.

평균 시청률 5퍼센트 대였던 프로그램의 해당 회차는, 무려 세 배에 육박하는 15퍼센트의 시청률을 기록했다.

그리고 방송 후 일주일이 지나도록 인터넷에는 온통 그 얘기뿐이었다. 물론 정윤하가 출연했다는 사실 자체 때문이기도 했지만, 그 정윤하가 몸을 불살라 먹방을 보여준 탓이 컸다.

위샹러우쓰, 탕추파이구, 칭차오샤런, 쿵파오지딩.

보통 사람들은 이름도 잘 모르는 중국 음식들을, 정윤하는 카메라 앞에서 너무나 행복한 얼굴로 먹었다. 방송을 본 사람들은 어느새 홀린 듯이 휴대폰으로 '원빈'을 검색하게 되었고, 덕분에 배우 원빈이 아닌 중국집 원빈이 검색어 1위를 차지하는 진풍경도 벌어졌다.

물론 장사가 대박을 친 것은 더 말할 나위도 없었다. 왕 서방이 급히 황금성에서 일하던 직원들을 몽땅 데려와서 채용했는데, 그래도 턱없이 모자랐다. 오랫동안 닫혀 있던 2층 홀까지 모두 개방하고 손님을 맞이했는데도, 가게 앞으로 길게 늘어선 줄이 골목을 돌아서 문을 닫은 황금성 앞까지 이어졌다.

방송에는 물론 나가지 않았지만, 촬영 직전에 황금성에서 있었던 일 역시 인터넷에서는 방송 내용만큼이나 화제가 되었다. 그야 수백 명의 사람들이 목격했으니까!

이미 방송도 되기 전부터 소문은 물론 현장 동영상까지 SNS를 타고 퍼져나간 지 오래였다. 인터넷 하는 사람 치고 황금성 주인의 얼굴을 모르는 사람이 없을 정도였다.

인터넷 포털 사이트에 있는 황금성에 대한 평가란은 아예 성지화되어, 악플과 함께 소원 수천 개가 줄줄이 달렸다.

[여기가 직원한테 군만두만 먹인다는 그 악덕업체 맞습니까?]
[군만두는 올드 보이고 여기는 짜장면임]
[대학 합격하게 해주세요.]
[여친 생기게 해주세요.]

항간에는 황금성 주인이 마침 사업 확장을 위해 근처에 크게 건물을 짓고 있었는데 하루아침에 폭삭 망하는 바람에 큰 빚을 지고, 얼굴이 팔려서 바깥출입조차 할 수 없게 된 끝에 결국 이민을 준비중이라는 훈훈한 미담이 떠돌았다.

각종 매체들 역시 연일 앞다투어 기사를 쏟아냈다.

[톱스타의 화려한 얼굴 뒤에 감춰진 불우한 과거]
[정윤하, 배달소년에게 후원은 물론 대학 장학금까지 지원하기로]

[화제의 '황금성', 폐업을 알리는 팻말만 쓸쓸히]

윤하가 청소년 시절에 중국집에서 배달부로 일했다는 것이 알려지는 바람에 소속사에서는 한때 이미지 손상을 우려하기도 했다.

그러나 여론은 오히려 폭발적이었다. 신비주의 스타의 인간적인 면에 사람들은 전보다도 한층 더 열광했다.

[정윤하 역시 별로. 내 마음의 별☆로.]
[정윤하 완전 신고감이네, 나랑 혼인신고.]

하정우 이후 새로운 먹방의 아이콘이라는 애칭까지 덤으로 얻으며, 새롭게 팬 층을 넓히게 된 정윤하였다.

– 공부는 잘돼가? –

점심시간, 민호에게서 메시지가 왔다. 예지는 답장 대신에 조금 망설이다 통화 버튼을 눌렀다. 뚜, 뚜, 뚜. 신호음이 떨어질 때마다 가슴도 함께 콩닥콩닥 뛰었다. 괜찮을 거야. 어쨌든 이건 오빠가 먼저 연락한 거니까 안 들킬 거야, 내가 좋아하는 거.

– 어, 예지야!

민호는 금세 반갑게 전화를 받았다.

– 메시지 보고 전화한 거야?

"네. 있잖아요, 오빠. 사실은 저 내일모레가 생일인데."

예지는 떨리는 것을 감추고 말했다.

– 진짜? 와, 그럼 파티 해야 되겠네!

민호가 흔쾌히 그렇게 말해준 덕분에 마음이 놓였다. 사실은 생일이라고 말을 할까 말까, 속으로 엄청나게 망설였던 것이다.

– 가만있자, 미사 누나 생일날 했던 것처럼 모여서 파티 하는 거 어때?

"아뇨, 저 파티는 됐고요. 대신 오빠가 제 부탁 하나만 들어주시면 안 돼요?"

– 뭐? 갖고 싶은 거라도 있어?

예지는 용기를 내서 말했다.

"저요, 오빠랑 같이 영화 보고 싶은데."

– …….

"여럿이 같이 말고, 오빠랑 둘이서요."

갑자기 민호의 말이 끊겼다. 한참을 기다려도 대답이 돌아오지 않아서 예지는 초조해졌다. 최대한 가볍게 말했는데 데이트 신청인 거 들켰나? 너무 당돌해 보였을까?

"뭐, 그날 윤하 오빠 스케줄 있으면 어쩔 수 없구요."

얼른 덧붙여서 말하자 그제야 전화 저편에서 아, 하는 소리가 들려왔다. 이제야 알아들었다는 듯이.

– 글쎄, 스케줄은 없지만 일단 형이랑 좀 얘기는 해봐야 되겠는데.

아무래도 매니저니까 허락 없이 마음대로 움직이기는 힘들겠지.

그렇게 생각하면서도 예지는 그만 시무룩해지고 말았다. 이 말 한 마디를 꺼내느라 나는 며칠을 고민했는데.

하지만 무슨 생각을 했는지, 잠시 후 민호는 다시 결심한 듯이 말했다.

― 알았어. 까짓거, 그렇게 하지 뭐.

예지는 귀가 번쩍 뜨였다.

"정말요?"

― 그래, 내가 책임지고 들어줄게. 우리 예지 부탁인데.

예지는 뛸 듯이 기뻐했다.

"고마워요, 민호 오빠!"

하지만 전화를 끊는 순간까지, 예지는 까맣게 모르고 있었다.

「저요, 오빠랑 같이 영화 보고 싶은데.」

여기서 말한 '오빠'를, 민호가 자기 자신이라고는 꿈에도 생각하지 못하고 있다는 것을!

"뭐? 나하고 영화를 보고 싶다고?"

윤하가 황당하다는 듯이 되물었지만 민호의 표정은 어디까지나 심각했다.

"들어줘요, 형. 심야에 상영관 조그만 거 하나 빌리면 못 해줄 것도 없잖아요. 그까짓 거 얼마나 든다고."

"돈 문제가 아니잖아."

윤하가 눈썹을 찌푸렸다.

"미사한테 동생이면 나한테도 동생이나 마찬가지야. 그런데 무슨 단둘이서 영화를 봐?"

"아니, 뭐 영화는 남녀 사이에만 보라고 어디 법전에 쓰여 있어요? 누가 뭐 영화 보다가 손이라도 잡으랬나? 그냥 옆에서 같이 영화만 봐달라고요, 팝콘 먹으면서!"

"싫어."

윤하가 딱 잘라 거절하자 민호가 목소리를 높였다.

"아, 혀엉! 글쎄 예지 소원이라잖아요!"

"그 소원을 왜 내가 들어줘야 되는데?"

"생일이잖아요!"

"그럼 차라리 선물을 사주고 말지, 그건 안 돼."

한참 윤하와 옥신각신하다가 안 되겠는지, 결국 민호는 옆에서 흥미진진하게 쳐다보고 있던 미사에게 도움을 청했다.

"미사야, 네가 좀 얘기해 봐. 우와, 진짜 아무리 형이라지만 앞뒤 꽉꽉 막혀서 못 해먹겠네!"

"뭐가 어째?"

윤하가 민호를 향해 도끼눈을 떴다.

사실 미사는 누구 편도 들기가 힘들었다. 예지의 소원을 들어주고 싶은 민호의 마음도, 또 그걸 들어줄 수 없는 윤하의 마음도 알고 있기 때문에. 그래서 민호도, 윤하도 아닌, 당사자인 예지 입장에서 말하기로 했다.

"저는 들어주셨으면 좋겠어요."

미사는 조심스럽게 말했다.

"제 생일날 아저씨가 준서 오빠한테 부탁해서 통화하게 해주셨잖아요. 전 그때 정말 세상에 태어나서 제일 기뻤거든요. 준서 오빠가 제 생일을 직접 축하해주다니, 지금 생각해도 꿈만 같아요. 예지한테는 아저씨가 그런 존재니까, 정말 평생 기억에 남는 생일이 될 거예요."

민호가 그것 보라는 듯이 의기양양한 표정을 했다. 반대로 윤하는 매우 못마땅한 표정이 되었다.

"같이 영화는 본다고 쳐. 근데 그러다가 걔가 더 상처받으면 어쩌게?"

예지가 자신의 팬인 게 신경 쓰여서 일부러 거리를 두고 있던 윤하였다.

"음, 제 생각엔 그렇게까지 걱정하지 않으셔도 될 것 같아요."

직업과 외모가 화려할 뿐이지 속은 그냥 아저씨나 다름없는 사람이다.

미사는 윤하가 소녀 감성을 이해할 수 있게, 최대한 쉽게 설명하려고 노력했다.

"그게 아무리 좋아해도 팬심이랑 연애 감정이랑은 또 다른 거거든요. 제가 해보니까 알겠어요. 지금도 준서 오빠 좋아하지만 아저씨 좋아하는 거랑은 달라요. 만약에 준서 오빠한테 여자친구가 생긴다면, 좀 섭섭하긴 하겠지만 진심으로 축하해줄 수 있을 것 같아요."

"그래서?"

220

"예지도 비슷한 마음일 거예요. 그러니까 저랑 아저씨가 사귀는 것도 인정해줬겠죠. 아저씨랑 같이 영화 보고 싶다고 한 것도, 그냥 순수하게 팬으로서의 소원일 거예요."

당연하지 않은가, 예지가 윤하에게 사심을 품었을 리도 없고. 그만큼 미사는 예지를 믿고 있었다.

"그러니까 들어주세요, 네?"

"그것 봐요, 미사도 저렇게 말하잖아요!"

윤하는 못내 내키지 않는 표정을 했다. 하지만 미사와 민호가 합세해서 조르자 더는 버틸 수 없는 모양이었다.

"……영화는 전체관람가, 너무 길지 않은 걸로. 대관은 민호 네가 알아서 해."

결국은 그렇게 내뱉듯이 말하고 소파에서 일어나 주방으로 가버렸다.

"성공!"

윤하가 가버리고 나자 민호와 미사는 신이 나서 하이파이브를 했다. 예지의 소원을 들어줄 수 있게 된 게 더없이 기뻤다.

물론 이 두 사람 역시 까맣게 모르고 있었다. 예지가 말한 오빠가, 그 오빠가 아니라는 사실을!

수업이 끝나고 예지는 교실에 남아 장장 한 시간 동안이나 화장을 했다. 누가 봐도 데이트 의상으로 보일 만한 예쁜 원피스로 갈아

입고, 어울리는 귀걸이도 달았다. 거울 속에 비친 얼굴이 제가 봐도 웬만한 걸 그룹 센터 뺨치게 예뻐서, 가슴이 절로 두근거렸다.

'민호 오빠가 보고 막 반하는 거 아냐?'

약속시간은 무려 밤 10시였다. 당연히 일찍 만나서 저녁이라도 같이 먹고 영화를 볼 줄 알았는데, 민호에게서 밤늦게 보자는 말을 듣고 예지는 처음엔 조금 실망했다. 하지만 상영관 하나를 통째로 빌리느라 시간이 그리 됐다는 말에 금세 기분이 좋아졌다. 그럴 필요까진 없는데, 하고 생각하면서도 특별한 이벤트에 역시나 가슴이 뛰었다. 민호 오빠가 내 생일을 그렇게까지 신경 써주다니!

「그런데 시간이 너무 늦어서 괜찮겠어? 내가 전화해서 어머니한테 대신 허락받아줄까?」

고맙게도 민호는 거기까지 신경을 써주었지만 예지에게는 좋은 핑계가 있었다.

「괜찮아요, 오빠. 저 엄마한테 독서실에서 늦게까지 공부하고 간다고 하면 돼요.」

결심도 행동도 빠른 예지였다. 연예인의 꿈을 접고 공부해서 대학 가겠다고 결심한 다음 날 바로 독서실에 등록했다. 평소부터 괜히 허파에 바람 들었다며 걱정했던 엄마가 뛸 듯이 기뻐한 것은 말할 것도 없었다.

엄마한테 거짓말하는 건 좀 미안하지만, 그만큼 내가 공부 열심히 하면 되지 뭐!

그렇게 생각하며 예지는 독서실에서 민호를 기다렸다. 민호가 올 때까지 공부를 할 셈이었지만, 들뜬 나머지 글자고 뭐고 눈에 들어오지 않았다.

결국 책은 건성으로 펴놓고 거울만 들여다보기를 수백 번.

"와!"

시간 맞춰 독서실 앞으로 데리러 온 민호는 예지를 보고 순간적으로 놀란 얼굴을 했다. 그러면서도 딱히 입 밖에 내서 예쁘다고 칭찬해주지는 않아서 조금 서운했지만, 예지는 오빠가 쑥스러워 그러려니 하고 생각하기로 했다.

"생일 축하해, 예지야."

그렇게 말하며 민호는 예지에게 작은 상자를 건넸다.

"자, 이건 내가 주는 선물."

"선물까지요? 전 영화면 되는데!"

그렇게 말하면서도 예지는 얼른 상자를 열어보았다. 상자 안에는 립스틱이 들어 있었다.

"전에 네가 무척 아끼던 립스틱, 미사 생일에 선물로 줘버렸던게 기억나서. 그래서 너한테 어울릴 만한 걸로 골라봤는데 마음에들지 모르겠네."

민호가 쑥스러운 듯이 머리를 긁적였다.

"미안해, 별거 아니라서."

"별거 아니긴요!"

예지는 세차게 고개를 저었다.

학생 신분으로 쓸 수 있는 화장품이라는 게 기껏해야 몇천 원짜리 로드숍 제품에 불과했다. 미사에게 주었던 립스틱도 마찬가지였다. 그런데 지금 민호가 선물해준 립스틱은 평소에 꿈도 못 꾸었던 명품브랜드의 것이었다. 금빛 케이스부터가 평소에 쓰던 것과는 비교도 안 되게 고급스러웠다. 가격이 문제가 아니라, 그만큼 어른 대접을 받은 것 같아서 예지는 무척 기뻤다.

하늘에라도 오를 듯한 기분으로 예지는 민호의 차를 타고 영화관으로 향했다.

"고마워요, 오빠. 제 부탁 들어주셔서요."

"에이, 내가 뭘. 윤하 형한테 고마워해야지."

민호가 웃었다. 순간 말투가 조금 미심쩍게 느껴졌지만 예지는 그저 매니저라는 게 연예인의 허락 없이는 움직이기 힘든 건가 보다, 하고만 생각했다.

차는 오래 달리지 않아 영화관에 도착했다. 일단 멀티플렉스 이름을 달고 있기는 했지만 서울 변두리에 있는 극장인 데다, 늦은 시간이어서 그런지 사람이 별로 많지 않았다.

"3관이야, 티켓은 필요 없으니까 들어가 있어."

민호가 말했다.

"난 시작하기 전에 팝콘이랑 마실 것 좀 가져올게. 학생인데 와인은 좀 그렇고, 주스? 아니면 콜라?"

"아무거나 괜찮아요."

민호가 어딘가로 가버리고, 예지는 미리 기다리고 있던 직원의 안내를 받아 상영관 안으로 들어섰다. 당연히 상영관 안은 텅 비어 있을 거라고 생각했는데, 웬일인지 한가운데쯤에 누군가가 우두커니 앉아 있는 게 눈에 띄었다.

분명히 민호 오빠가 여기 통째로 빌렸다고 했는데……? 의아해하며 조심스레 가까이 다가가본 예지는 제 눈을 의심했다. 어디서 많이 본 사람이 앉아 있지 않은가!

"어? 윤하 오빠?"

깜짝 놀라서 부르자 그제야 윤하가 고개를 들어 예지를 쳐다보았다.

"왔으면 앉아."

슈트를 멋지게 차려입은 윤하가 자기 옆자리를 가리켰다. 예지는 얼떨떨한 기분으로 자리에 앉았다.

'뭐야. 윤하 오빠도 같이 영화 보는 거였어?'

보통 때 같으면 윤하를 본 것만으로도 들떠서 어쩔 줄 몰랐겠지만 지금은 사정이 좀 달랐다. 오늘은 민호 오빠랑 둘이 영화 보기로 약속한 건데!

'분명히 단둘이서 보고 싶다고 말했는데.'

데이트에 불청객이 끼어들다니, 예지는 그만 속이 상하고 말았다.

"미사 언니는요?"

"집에."

윤하가 무덤덤하게 대꾸했다. 이왕 끼어들 거면 언니랑 같이 오든지, 어색하게 이게 뭐야. 예지는 한층 더 실망했다.

잠시 후, 양손에 음료수를 든 민호가 돌아왔다. 예지는 얼른 제 옆자리를 가리켰다.

"여기 앉으세요, 오빠."

혹시나 윤하 옆에 가서 앉을까 봐 나름대로 선수를 친 거였는데 민호는 웃으며 고개를 저었다.

"아냐, 예지 소원인데 내가 방해할 순 없지."

"네?"

"마음만이라도 고마워."

어안이 벙벙해 있는 예지에게 음료수를 건네고, 민호는 윙크까지 날렸다.

"그럼 영화 재밌게 보고 나와. 형도요!"

"잠깐만요, 오빠……!"

등을 돌려 나가는 민호를 예지가 뒤늦게 불렀지만, 때마침 시작한 영화 소리에 그만 묻혀버리고 말았다.

"……."

예지는 잠시 생각해본 후 금세 깨달았다. 민호가 자신의 말을 처음부터 착각하고 있었다는 것을.

「글쎄, 스케줄은 없지만 일단 형이랑 좀 얘기는 해봐야 되겠는데.」

「에이, 내가 뭘. 윤하 형한테 고마워해야지.」

어딘가 석연치 않았던 민호의 말이 이제야 이해가 갔다.

'민호 오빠는 내가 윤하 오빠랑 영화를 보고 싶어 하는 줄 알았구나.'

상황을 깨닫자 허탈해졌다. 그야 좋아하는 마음을 들키고 싶지 않긴 했지만, 이렇게까지 까맣게 모르고 있다니 그건 그것대로 충격적이었다. 상상조차 못 할 만큼, 오빠한테는 내가 어린애라는 뜻이겠지.

지금쯤 바깥에서 기다리고 있을 민호를 생각하자 괜히 속이 상하고 슬프기도 했다. 예지는 그 화살을 괜히 윤하에게 돌렸다.

"오빠는 무슨 연예인이 이렇게 쉬워요?"

톡 쏘아붙이자 윤하가 놀란 듯이 흘깃 쳐다보았다.

"뭐라고?"

"그렇잖아요, 팬이 같이 영화 보고 싶어 한다고 막 이렇게 대관까지 해주고 그러는 거 쫌 오버 아니에요?"

물론 윤하로서는 마른하늘에 날벼락일 수밖에 없었다. 그는 즉시 눈썹을 찌푸리고 말했다.

"소원이라고 해서 들어줬더니 이제 와서 왜 딴소리야."

"소원이면 다 들어줘요? 그럼 제가 오빠랑 결혼하는 게 소원이면 어쩌려고요?"

말도 안 되는 소리를 하고 있다는 건 스스로도 알고 있었다. 애꿎은 윤하에게 화풀이를 하고 있는 중이라는 것도. 알면서도 예지는 계속 어린애처럼 억지를 부렸다.

"오빠 그럼 저 차 사주실래요? 집도요."

미사에게조차 아직 제 마음을 솔직하게 말하지 못한 예지였다. 그동안 무슨 연애 고수라도 된 것처럼 미사에게 이런 훈수, 저런 훈수 다 두어놓고서 이제 와서 짝사랑을 하고 있다는 말이 차마 나오지 않았던 것이다. 그래 봤자 사실 자신도 고2, 열여덟 살 여자애일 뿐인데.

그렇다고 차마 민호에게 솔직하게 고백할 용기도 나지 않았다. 전 오빠를 좋아해요, 그래서 오빠랑 같이 영화 보고 싶었어요. 그렇게 말하면 민호가 얼마나 깜짝 놀랄까.

'민호 오빠한테 나는, 그저 어린애일 뿐일 텐데.'

결국 아무에게도 말할 수 없는 마음은, 이렇게 비뚤어진 형태로 엉뚱한 사람을 향해 마구 퍼부어지고 있었다.

"왜 못 해요? 그것도 소원인데 다 들어줘야죠!"

입에서 나오는 대로 마구 지껄이던 예지는, 이윽고 윤하가 길게 한숨을 내쉬는 것을 보고 뒤늦게 가슴이 철렁해서 입을 다물었다.

아, 이제 혼날 차례구나. 그렇지 않아도 윤하 오빠 무서운데.

하지만 윤하는 야단을 치는 대신에 조용히 물었다.

"왜 그렇게 속이 상한 건데?"

화난 듯한 시선이 아니었다. 걱정과 관심이 깃든 눈빛. 철부지 여동생을 걱정하는, 오빠의 눈빛.

"말해봐, 들어줄 테니까."

왜일까. 무뚝뚝하기 그지없는 그 말을 듣는 순간, 눈물이 왈칵 쏟아졌다.

"비밀로…… 해주실 수 있어요?"

예지는 울먹이며 물었다. 윤하는 말없이 고개를 끄덕였다. 약속하겠다는 말은 없었지만 왠지 믿음이 갔다. 윤하 오빠라면, 지켜줄 거야.

"사실은요, 제가 민호 오빠를……!"

예지가 윤하와 영화를 보는 동안 민호는 상영관 밖의 의자에 앉아 휴대폰으로 게임을 하면서 기다리고 있었다. 매니저라는 게 워낙 늘 이런 식으로 시간을 때우며 기다리는 일이 많아서 별로 새삼스러울 것도 없었지만, 오늘은 조금 쓸쓸하기도 했다.

'나도 배우로 데뷔나 할걸 그랬나?'

새삼스럽게 그런 생각도 들었다.

사실 늘 윤하 옆에 있는 탓에 손해를 봐서 그렇지, 민호 역시 외모로는 어딜 가도 빠지지 않았다. 키도 크고 몸도 좋아서 여기저기서 그런 말을 귀가 닳도록 들었다. 데뷔해보지 않겠냐고.

그래도 늘 줄기차게 거절해왔던 건 윤하 때문이었다. 자신이 연예인이 돼버리면 더 이상 윤하의 곁에서 그를 도울 수가 없으니까.

사실 회사에서는 이미 팀장급 대우를 받고 있는 민호였다. 그러니 윤하의 스케줄마다 일일이 따라다니지 않고 따로 로드매니저를 붙일 법도 한데, 늘 민호는 자신이 직접 윤하 곁을 지키기를 고집했다. 사람 대하기 힘들어하는 제 형의 진짜 모습을 알고 있기 때문에.

어쨌든 민호는 평생 윤하의 매니저로 뼈를 묻을 생각이었다. 솔직히 말해 연기에는 관심이 있었고, 그래서 데뷔하자는 제의에 솔깃한 적도 있었지만 결국 늘 거절해왔다. 물론 후회한 적은 한 번도 없었다.

하지만, 예지가 윤하와 함께 영화를 보고 있는 지금은 처음으로 조금 딴생각이 들었다.

'나도 배우가 됐으면, 혹시 예지가 내 팬이 돼줬으려나?'

하지만 그런 생각도 금세 지워버렸다. 배우라고 어디 다 같은 배우인가, 저건 정윤하였다. 외모는 물론이고 연기력까지 타고난 천생 배우. 이쯤 되면 익숙해질 만도 한데, 여태도 민호는 가끔씩 윤하가 연기하는 걸 보고 있으면 새삼스레 온몸에 전율이 느껴질 때가 있었다.

그러니 만약에 자신이 배우가 됐더라도 역시 윤하의 발끝에도 못 미칠 게 뻔했다.

'그래도 내 팬은 안 됐겠지.'

괜히 서글퍼져서, 민호가 길게 한숨을 내쉰 그때였다. 갑자기 상영관 문이 열리더니 윤하가 안에서 나왔다.

"어, 형!"

민호는 깜짝 놀라 의자에서 일어났다. 이제 겨우 영화 시작한 지 30분도 안 됐는데!

"왜 벌써 나오세요? 화장실이요?"

윤하가 뚜벅뚜벅 다가왔다. 그러더니 팔짱을 끼고는 민호를 지그시 노려보았다.

"왜 그렇게 쳐다……."

보냐고 물으려는데 갑자기 눈앞에 별이 번쩍했다. 윤하가 이를 악물고 주먹으로 민호의 머리에 핵꿀밤을 먹인 것이었다.

"아, 형!"

민호는 펄쩍 뛰었다. 어찌나 세게 맞았는지 눈물이 찔끔 났다.

"아, 왜 갑자기 사람을 때리고 그래요? 예?"

아픈 머리를 문지르며 대들자 윤하가 괘씸하다는 듯이 대꾸했다.

"하여튼 영화를 골라도 꼭 이런 걸."

"예?"

"재미가 없어서 도저히 볼 수가 없잖아?"

민호는 어안이 벙벙해졌다. 이래저래 배우가 천직인 것이, 윤하
는 평소에 영화라고 이름 붙은 거라면 뭐든 닥치는 대로 보는 영화
광이었던 것이다. 게다가 이건 전미 박스오피스 1위를 기록한 대
흥행작인데, 훨씬 더 지루한 영화도 잘만 보는 사람이 오늘따라 갑
자기 웬 타박인가.

"그렇게 재미가 없어요?"

"그래. 난 더는 못 보겠으니까 너나 들어가서 봐."

윤하가 턱짓으로 상영관을 가리켰다.

"난 먼저 집에 갈 테니까 그렇게 알고."

"그럼 예지는 어쩌고요?"

"걔는 끝까지 봐야겠다니까, 네가 끝나면 알아서 집에 데려다 주
든지 해. 그럼 간다."

"잠깐만요, 형!"

황급히 붙잡으려 했지만 윤하는 끝내 뒤도 돌아보지 않았다.

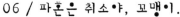

06 / 파혼은 취소야, 꼬맹이.

아무래도 수상하단 말이지. 미사는 그렇게 생각하고 있었다.

어젯밤, 예지와 영화를 보기로 한 윤하는 예상보다 훨씬 빨리 집에 돌아왔다.

「어, 아저씨! 왜 벌써 들어오세요?」

놀라서 물었더니 어이없게도 영화가 재미없어서 중간에 나와버렸다는 대답이 돌아왔다.

「그럼 예지는요? 그렇게 버려두고 오시면 예지 상처받잖아요!」

미사의 말에 갑자기 윤하는 피식거렸다. 왠지 허탈해 보이는 웃음이었다.

「걱정 마, 상처는 내가 받았으니까.」

「네? 그게 무슨 소리예요?」

하지만 그는 그 이상 더 말하지 않았다. 캐물어도 절대 말해주지 않고 조개처럼 입을 꼭 다물었다. 밤도 늦었고 해서, 결국 미사도 지쳐서 포기하고 말았다. 뭔지는 모르겠지만, 윤하 자신에 대한 일은 아닐 거라고 미사는 생각했다. 윤하가 자신에게 비밀 같은 걸 만들 리 없으니까.

그렇다면 이건 분명히 예지와 얽힌 일인데, 대체 뭐길래 둘이서

만 알고 자신에게조차 말해주지 않는 건지, 슬그머니 심술이 났다.

그렇다고 예지에게 어떻게 된 거냐고 물을 수도 없는 것이, 예지는 윤하와 영화를 보고 싶다는 소원을 자신이 아니라 민호에게 말했었다. 아마 자신에게 말하기는 창피하거나 미안했던 모양이라고 미사는 짐작했다. 그래서 아예 모른 척해줄 셈이었던 것이다.

하필이면 윤하도 오늘 점심때 인터뷰가 있다면서 아침 일찍부터 집을 나갔다. 잡지 인터뷰라도 어쨌든 헤어와 메이크업은 해야 하니까. 전에는 작품에 대한 것이 아니면 인터뷰도 거의 하지 않았었지만, 지난번 황금성 건 이후로 대중의 호감도가 올라가자 본인도 생각이 바뀐 바가 있는 모양이었다.

'이따 아저씨가 오면 다시 물어봐야지!'

미사는 그렇게 결심했다.

모처럼 집에 혼자 남자 심심해졌다. 마침 날씨가 좋은 것을 핑계로, 온 집안의 창문에 달린 커튼을 몽땅 다 걷어서 빨다가 정원에 내다 널었다. 고생은 했지만 파란 하늘 아래 바람에 나부끼는 새하얀 천들을 보고 있자니 기분이 상쾌해졌다. 미사가 뻐근한 허리에 손을 얹고 한숨 돌리고 있는데, 문득 초인종이 울렸다.

"누구세요?"

대문 바깥에 대고 묻자 금세 대답이 돌아왔다.

"꽃 배달입니다. 윤미사 씨한테 왔는데요."

문틈으로 확인하자 꽃을 든 배달원이 서 있는 것이 보였다. 하지만 섣불리 문을 열어줄 수는 없었다. 미사는 확인 차 다시 물었다.

"보낸 사람은요?"

"이름은 안 쓰여 있고, 아저씨라고만 돼 있는데요?"

못 살아. 언제 이런 걸 다 보낸 거야? 미사는 기쁜 마음에 얼른 문을 열었다.

"고맙습니다!"

활짝 웃으며 배달원을 향해 손을 내밀던 미사는 순간적으로 흠칫 놀라 동작을 멈췄다. 배달원의 등 뒤에, 웬 여자 하나가 서 있었던 것이다. 그것도 아는 여자가.

"……!"

눈이 커다래진 미사를 향해, 다솜이 미소를 지었다.

"오랜만이야, 윤미사."

미사는 한참만에야 잘 돌아가지 않는 혀로 가까스로 물었다.

"네가…… 여긴 왜 온 거야?"

"왜라니, 친구 집에 좀 놀러 올 수도 있지."

다솜이 아무렇지도 않게 말하고 웃었다.

"집주인 지금 안에 없는 것 같은데, 괜찮으면 나 커피 한 잔 줄래?"

"뭐?"

"아니면 그냥 여기 서서 얘기할까? 난 상관없긴 한데……."

말끝을 흐리며 보란 듯이 힐끗 꽃 배달원을 쳐다보는 다솜의 시선을 보고 미사는 깨달았다. 이 집 주인이 누구인지 다솜이 이미 알고 있다는 사실을.

어쩔 수 없었다.

"들어와."

대문을 열자 다솜이 진작 그럴 것이지, 하듯 피식 웃으며 배달원에게 지시했다.

"이제 됐으니까 가보세요."

이제 보니 애초부터 문을 열게 하기 위해 꽃 배달원을 동원한 거였다.

아저씨라는 애칭까지 알고 있다는 건, 윤하가 자신과 연인 사이라는 것까지 다 알고 있다는 뜻.

앞장서는 미사의 등골에 조용히 소름이 끼쳤다.

아무리 그래도 집안까지는 들이고 싶지 않았다. 그래서 미사는 테라스에 놓인 테이블로 다솜을 데려가 마주 앉았다. 커피 따위는 내오지 않았지만, 다솜도 굳이 달라고는 하지 않았다. 그야 커피를 마시러 온 건 아닐 테니까.

"정윤하 집이 좋긴 좋다. 우리 아빠도 명색이 회사 사장님인데 우리 집보다 더 좋네."

맞은편에 앉은 다솜이 집을 올려다보며 감탄한 듯이 말했다.

"너도 참 난 애는 난 애구나. 현우 오빠도 모자라서 정윤하까지 물다니."

노골적으로 경멸의 의미가 포함된 표현에 화가 치밀었다.

"내가 정윤하랑 사귀는 사이라는 건 어떻게 알았어?"

하지만 미사는 최대한 어른스러운 말투로 침착하게 말하려고 노력했다. 다솜은 자신이 기억을 잃었다는 사실을 모르니까.

"설마 내 뒷조사한 거니, 너?"

다솜이 피식 웃었다.

"뒷조사라니. 둘이 비상계단에 숨어서 키스하고 있는 걸 우연히 봤을 뿐인데 억울하다, 얘."

"……!"

"어머, 설마 아무도 모를 줄 알았어?"

순식간에 핏기가 가시는 미사의 얼굴을 보고, 다솜이 오히려 놀랐다는 듯이 말했다.

"천하의 정윤하가 그렇게 아무 데서나 키스하고 있는데 누구한 테 들켜도 들키는 게 당연하지."

미사는 절망감을 느꼈다. 대체 왜 다솜이 그때 거기 있었던 걸까. 어쨌든 하필이면 다솜의 눈에 띄고 말았으니 이제 윤하는 끝장이었다. 스캔들 기사가 눈앞을 스쳐 지나갔다.

하지만 다음 순간, 다솜은 생각지도 못한 말을 했다.

"차라리 나한테 들킨 걸 다행으로 생각해. 난 어디다 말하고 다닐 생각 없으니까."

미사는 귀를 의심했다.

"뭐……?"

"비밀로 해주겠다고. 그러니까 안심해도 돼."

다솜의 말투는 친절하게 들리기까지 했다. 전혀 협박하는 분위기는 아니었지만, 미사도 그 말을 액면 그대로 믿을 정도로 바보는 아니었다.

"설마 나한테 안심하라고 말해주러 일부러 여기까지 왔다고 할 건 아니겠지?"

표정을 굳히고 묻자 다솜이 어깨를 으쓱하고 대꾸했다.

"얘기가 빨라서 좋네. 맞아, 사실 나도 할 말이 있어서 왔어."

"해봐."

"현우 오빠랑은 어떻게 된 거야?"

다솜의 입에서 파혼한 약혼자의 이름이 흘러나왔다. 역시나 서현우와 아는 사이가 맞았구나.

"파혼했어."

"그건 나도 알고 있어. 내가 궁금한 건 왜 파혼했느냐는 거야."

이미 다솜이 다 알고 있는 상황에서 더 망설일 것도 없었다. 미사는 고개를 똑바로 들고 당당하게 말했다.

"윤하 씨를 사랑하니까. 그래서 현우 선배랑 결혼할 순 없었어."

그런데 다솜은 확인하듯 다시 물었다.

"그 마음, 확실한 거지?"

"무슨 소리야?"

"나중에 가서 도로 파혼 취소하고 현우 오빠랑 결혼하겠다고 하는 거 아니냐고."

미사는 기가 막혔지만 다시 한 번 대답했다.

"그럴 일 없어."

"정말? 맹세할 수 있어?"

"그렇다니까."

"나중에 기억이 돌아오고 나서도?"

대체 왜 이렇게 집요한 거야. 미사는 순간적으로 울화가 치밀었다.

"그래, 기억이 돌아와도 절대로 파혼 취소할 일 없으니까 제발 좀 작작……!"

말하다 말고 미사는 소스라쳐 입을 다물고 말았다. 그런 미사의 표정을 살피듯 들여다보던 다솜이, 이윽고 놀랐다는 듯이 말했다.

"어머, 너 진짜구나?"

"……!"

"세상에, 설마 하고 던졌는데 진짜였을 줄이야."

마치 스스로도 믿기 힘들다는 듯한 말투였다.

"그때 네가 정윤하한테 얘기하는 거 들었거든. 아마 너는 이게 첫 키스가 아닐 거라고, 근데 기억하는 한은 첫 키스라고."

다솜은 그때를 떠올리듯 천천히 말했다.

"말이 너무 이상한 거야. 그래서 대체 그게 무슨 소린가 한참 고민해봤는데, 아무래도 기억상실밖에 없더라고. 정윤하랑 몇 살이나 차이 난다고 아저씨라고 부르는 것도 그렇고."

"……."

"그래도 너무 비현실적인 얘기라 설마설마했는데 그게 진짜였다니."

미사는 온몸의 피가 다 얼어붙는 것 같았다. 윤하와의 관계를 들킨 것도 모자라서, 기억을 잃었다는 것까지 들키고 말다니. 그것도 하필이면 정다솜에게!

"어쩐지 영화관에서 마주쳤을 때, 갑자기 미친 애처럼 굴더라

238

니."

고개를 끄덕이며 혼잣말처럼 중얼거리던 다솜이 문득 호기심에 찬 얼굴을 했다.

"그래서, 어디까지 기억하는 건데?"

"그, 그건 네가 알아서 뭐하게."

"그때 영화관에서 아주 날 죽일 듯이 쳐다보던데. 혹시 고2 때로 돌아간 거니?"

"아니야!"

정곡을 찔려 당황한 미사는 얼른 부정했다.

"그래? 그럼 고3 때 우리 반 교실이 몇 층에 있었는지도 기억하겠네?"

미사는 가슴이 철렁했지만 기억을 더듬어보고 곧 침착하게 대꾸했다.

"당연하지, 2층이잖아."

당시 3학년 교실은 모두 2층에 있었다. 기억은 나지 않지만, 그 사실은 3학년 때도 변하지 않았을 터였다.

하지만 다솜의 얼굴에는 흡족한 미소가 번졌다.

"어머, 우리 3학년 때 같은 반 아니었는데."

미사는 입술을 깨물었다. 바보같이 속고 말았어!

"그렇구나, 너 지금 고2구나. 세상에 이런 일이 진짜 있었네."

다솜은 새삼 신기하다는 듯이 말했다. 놀림당한 꼴이 된 미사는 화가 치밀었다.

"그래서, 내가 기억을 잃은 게 너랑 무슨 상관인데?"

따지듯이 묻자 다솜이 그제야 진지한 얼굴을 했다.

"상관이 있지. 아까도 말했지만, 기억이 돌아온 후에 도로 현우 오빠랑 결혼하겠다고 나오면 곤란하니까."

"그럴 일 없다고 나도 아까 말했는데."

"그럼 그 내용으로 각서 써줄 수 있어?"

"뭐?"

미사는 기가 막혔다. 하지만 다솜은 웃지도 않고 똑같은 말을 되풀이했다.

"각서 써줬으면 해. 현우 오빠랑은 이대로 완전히 끝내겠다고."

"내가 파혼을 하든 결혼을 하든 너한테 왜 각서를 써줘야 하는지 모르겠는데?"

"현우 오빠, 내가 잡을 거거든."

흠칫 놀라는 미사에게, 다솜은 말했다.

"넌 기억을 잃었다니까 모르겠지만, 나랑 현우 오빠 오래된 사이야. 어릴 때부터 집안끼리 알고 지냈고. 너보다는 내가 오빠한테 훨씬 어울리는 짝이라고 생각해."

서현우의 전 약혼녀를 눈앞에 두고도, 다솜의 태도는 더없이 당당했다.

"파혼이라는 거, 보통 사람들한테는 별일 아닐지 몰라도 우리 같은 사람들한테는 크게 흠이 될 수 있는 일이야."

마치 평민과 귀족이라도 된다는 듯한 말투에 기가 찼다. 이런 생각을 가지고 있는 애였구나, 얘가. 그래서 학교시절에 늘 나를 그렇게 투명인간 취급했던 거구나.

"그래서 오빠 지금 많이 의기소침해 있어. 내가 곁에서 위로해주고 있고. 난 이대로 오빠랑 계속 진행할 생각인데, 네가 기억이 돌아온 후에 마음이 바뀌어서 다시 오빠한테 돌아오겠다고 하면 나도 곤란하잖아?"

그래서였구나. 미사는 그제야 다솜이 찾아온 이유를 깨달았다.

"그러니까, 나하고 정윤하에 대해서는 입 다물 테니까 대신에 각서를 써달라는 거야?"

"그런 셈이지."

"그런데 내가 만약에 기억을 찾은 후에 서현우 씨한테 돌아가고 싶어진다면, 더 이상 정윤하를 사랑하지도 않는다는 뜻일 텐데. 그럼 그땐 각서 따위 소용없어지는 거 아니니?"

자신은 기억을 잃기 전에도 파혼을 원하고 있었다. 그러니까 그럴 리 없다는 것을 알면서도, 얄미운 마음에 미사는 일부러 비꼬듯 말했다.

"그때 가서 정윤하가 어찌되든 나랑은 상관없는 거잖아."

하지만 다솜은 말도 안 된다는 듯이 피식 웃었다.

"너도 참. 정윤하 망가지는 건 둘째 치고 네가 문제지. 현우 오빠한테 다시 돌아와서 결혼한다고 해도, 혼전에 유명 배우랑 동거했다는 게 알려지면 네 결혼생활이 무사하겠니?"

아무렇지도 않은 얼굴로 다솜은 협박을 입에 담았다.

"오빠 집안이 어떤 집안인지는 너도 알 텐데."

미사는 저도 모르게 소름이 끼쳤다. 다솜은 벌써 거기까지 다 생각해두고 있었던 것이다.

심지어 다솜은 미리 각서 내용까지 작성해 왔다. 핸드백에서 종이를 꺼내 미사에게 건네며, 다솜은 말했다.

"방금 말한 내용들 넣어서 만들어봤어."

각서의 내용은 다음과 같았다.

앞으로 미사는 평생 다솜의 허락 없이는 서현우와 어떤 형태로든 접촉하지 않는다. 만일 그런 일이 벌어질 시에는 다솜이 가지고 있는 모든 관련 자료를 언론에 공개하는 데 동의하며, 그에 대해 다솜에게 법적 책임을 일체 묻지 않겠다는 것이었다. 사진과 영상자료라고 쓰여 있는 걸 봐서는 자신과 윤하에 대해 뒷조사를 철저히 해둔 게 분명했다.

새삼 미사는 다솜이 무섭게 느껴졌다. 어쩌면 저렇게 예쁜 얼굴로 이런 짓을 꾸밀까.

'괜찮아. 어차피 서현우 씨랑은 평생 다시 볼 일도 없잖아?'

어차피 이미 파혼한 사이다. 다시 한 번 확인해주는 것뿐이다. 서현우와 평생 얽히지 않는 게 조건이라니, 오히려 반가울 지경 아닌가. 자꾸만 손이 떨리는 것을 가까스로 참아내며, 미사는 다솜이 시키는 대로 각서 내용을 다른 종이에 옮겨 썼다.

미사로 하여금 각서에 지장까지 찍게 한 후에야 다솜은 만족한 듯이 훑어보고는 핸드백에 각서를 집어넣었다.

"그럼 난 할 얘기 끝났으니까 이만 가볼게."

자리에서 일어나는 다솜을 따라, 미사도 일어났다.

"각서 써줬으니까 너도 약속은 지켜줘."

"당연하지."

다솜이 웃음을 지었다.

"나도 너랑 정윤하 씨가 오래오래 행복했으면 좋겠어. 이왕이면
결혼까지 했으면 좋겠고. 그래야 네가 현우 선배한테 미련을 안 가
질 거 아니니?"

그렇게 말해놓고 다솜은 어깨를 으쓱하며 혼잣말처럼 덧붙였다.

"하긴 너한테야 정윤하가 좀 아깝긴 하지만."

진심으로 아깝다는 듯한 표정에, 또 한 번 소름이 끼쳤다.

저녁때가 가까워서야 인터뷰를 마치고 집에 돌아온 윤하는 기분
이 굉장히 좋아 보였다.

미사는 낮에 있었던 일은 내색하지 않고 밝은 표정으로 윤하를
맞이했다.

"오늘 어땠어요?"

"즐거웠어. 기자님도 좋은 사람이었고."

윤하는 미사에게 오늘 인터뷰에 대한 이야기를 차근히 들려주었다.

"처음으로 인터뷰에서 '나'에 대한 이야기를 한 것 같아. 그동안
은 거의 작품이랑 연기에 대해서만 이야기했거든."

"왜 그랬던 거예요? 신비주의?"

"뭐, 그런 것도 있었지만. 진짜 나에 대한 이야기를 하면 사람들
이 좋아하지 않을 것 같아서."

윤하가 설명했다.

"사람들이 대부분 나한테 가지고 있는 환상 같은 게 있잖아. 드라마에서 보는 것처럼 유쾌하고 상냥한 사람일 거라든가, 원래부터 유복한 집에서 자랐을 거라든가."

"그렇죠."

미사는 고개를 끄덕였다. 자신만 해도 처음엔 막연히 그렇게 생각했으니까.

"그런 이미지가 깨지면 자칫 사람들이 등을 돌릴까 봐 무서웠어."

"당연하죠, 연예인은 이미지로 먹고사는 직업인데."

"그런데 얼마 전 일로 생각이 좀 달라졌어. 학교도 제대로 못 다니고, 또 중국집에서 배달 일을 했다는 게 사실 기존의 내 이미지에 타격을 받을 수 있는 일이잖아. 그걸 감수하고라도 어떻게든 복수해주고 싶어서 했던 일인데, 이렇게 사람들이 오히려 더 좋아해줄 거라고는 꿈에도 생각을 못 했거든."

그렇게 말하는 윤하는 어딘가 기쁜 듯해 보였다.

"그래서 요즘 많은 생각을 했어. 아, 내가 그동안 좀 잘못 생각하고 있었던 거 아닐까. 조금 더 내 모습을 솔직하게 보여줘도 괜찮았던 게 아닐까, 하고 말이야."

미사는 크게 고개를 끄덕였다.

"맞아요, 진작 그래야 했어요."

"그래서 이제부터라도 조금씩 더 진짜 나를 드러내자고 생각했어. 예능까지는 아니더라도, 이렇게 오늘처럼 인터뷰라도 좀 더 많이 하는 식으로 말이야."

"좋은 생각이에요."

"팬들하고도 조금 더 가까워지고 싶어. 그동안은 고마운 마음은 있어도 따로 팬 미팅 같은 건 못 해봤거든. 얼마 전에 했던 건 영화가 500만 관객 돌파해서 공약 지키느라 이벤트성으로 한 거지, 내 팬클럽이랑 만난 건 아니었으니까. 앞으로는 팬 미팅 같은 것도 좀 하고, 팬들이랑 같이 봉사활동도 다니고 싶어. 회사도 좋은 생각이라고 동의해줬고."

미사는 윤하의 마음을 이해했다. 이 사람이라고 늘 자신을 드러내지 않고 숨기며 사는 것이 좋았던 게 아니구나. 가면을 쓴 모습이 아닌, 진짜 자신의 모습 그대로 사람들에게 사랑받고 싶은 마음이 아저씨에게도 있었구나.

"있잖아. 내가 좀 더 나를 드러내도, 사람들이 날 계속 좋아해줄까?"

윤하는 조금 불안한 듯이 물었다.

"그럼요. 전보다 훨씬 더 좋아할 거예요."

미사는 자신 있게 고개를 끄덕였다.

"사람들한테 알려진 이미지보다, 진짜 정윤하가 훨씬 더 매력 있는 사람이거든요."

윤하는 웃었다.

"그렇게 말해줘서 고마워."

"정말인데!"

윤하가 웃는 것을 보고, 미사는 혹시 이 사람이 내가 마음에도 없는 말을 하는 줄 알고 이러나 싶어 정색을 했다.

"알아, 진심인 거. 그래서 고마워."

윤하가 살며시 미사를 끌어당겨 품에 안는 바람에 미사는 놀란 토끼 눈이 되었다.

"있는 그대로 나를 사랑해준 건 너뿐이야."

윤하가 고백하듯 말했다.

"네가 아니었으면, 나는 이렇게 용기를 내지도 못했을 거야."

"……네."

뺨이 발그레해진 미사가 품 안에서 가만히 대답했다.

"인터뷰 마지막에 기자님이 갑자기 묻더라고. '정윤하 씨, 행복하세요?' 하고."

미사의 머리칼에 입술을 묻고, 윤하가 말했다.

"너무 자연스럽게 '네, 행복합니다.' 하고 대답이 나와서 나도 놀랐어. 그리고 그 순간 깨달았어. 아, 내가 지금 행복하구나."

나, 지금 행복해. 진심 어린 말에 미사는 눈시울이 뜨거워졌다.

"생각해보니까 태어나서 지금처럼 행복했던 적이 없었던 것 같아. 네가 곁에 있고, 좋아하는 연기 하면서 살 수 있고, 더 이상 전처럼 나를 꼭꼭 감추면서 살지 않아도 되고."

"아저씨는 행복할 자격이 있는 사람이니까요."

"아니, 내 행복은 다 네가 가져다준 거야."

윤하가 품 안의 미사를 놓치지 않겠다는 듯이 꼭 끌어안고 속삭였다.

"그러니까 어디 가지 말고 내 곁에 꼭 붙어 있어줘."

문득 낮에 다솜과 있었던 일이 떠올라 한 줄기 불안감이 가슴을 스쳐갔지만 미사는 곧 고개를 저어 떨쳐버렸다. 어차피 다솜이 원하는 것도 자신이 윤하의 곁에 계속 있는 건데, 괜히 신경 쓸 필요가 없지 않은가.

그래서 윤하에게도 말하지 않기로 했다.

서른세 살의 나이에 평생 처음으로 행복하다고 말하고 있는 사람에게, 괜히 몰라도 될 일을 말해서 그 행복에 조금이라도 흠이 가게 만들고 싶지 않았다.

낮의 일을 가슴속에 꼭꼭 묻어버리고, 미사는 맹세하듯 대답했다.

"네, 곁에 있을게요."

그날, 예지는 영화관에서 윤하에게 울먹이며 고백했다.

「사실은요, 제가 민호 오빠를…… 좋아해요.」

솔직히 윤하는 약간 충격을 먹었다. 배우로 데뷔한 이후, 단 한 번도 자신을 마다하는 여자는 보지 못했던 것이다. 심지어 그 여자 생일에 일부러 멋지게 차려입고 영화관까지 빌렸는데, 울면서 다른 남자를 좋아한다는 고백을 듣게 되다니!

상대가 여동생이나 다름없는 예지라도 기분이 영 알쏭달쏭했다. 뭐랄까, 꼭 퇴짜를 맞은 기분이라고 해야 하나. 은근히 민호가 얄밉기까지 했다.

'요 녀석이, 감히 내 팬을 뺏어가?'

어쨌든 다행이기는 했다. 민호는 예지를 전부터 짝사랑하고 있었는데, 예지도 민호를 좋아한다니.

하지만 문제는 예지에게 벌써 약속해버렸다는 것이었다. 절대 비밀로 해주겠다고!

윤하는 고민했다. 이 말을 민호에게 전할 것인가, 전하지 않을 것인가. 전하자니 말 안 하겠다고 약속해놓고 냉큼 일러바친 입 싼 자가 되겠고, 그렇다고 입 다물고 있자니 둘이 서로 좋아하면서 벙어리 냉가슴을 앓을 판이다.

그래서 고민 끝에 내린 결론은 이런 것이었다.

"오늘부터 예지 집에 데려다 주도록 해."

"예? 갑자기 그게 무슨 소리예요, 형?"

민호가 웬 자다가 남의 다리 긁는 소리냐는 듯한 눈으로 윤하를 쳐다보았다.

"요즘 독서실에서 매일 밤늦게까지 공부한다며. 세상이 얼마나 험한데 여고생이 그 야밤에 혼자 집에를 가."

물론 생각하기에 따라 민호가 데려다 주는 게 더 위험하다고 보일 수도 있었지만, 윤하는 민호를 믿었다. 예지를 좋아하지만 허튼 짓은 하지 않을 녀석이라고.

"그러니까 네가 매일 데려다 주라고, 독서실에서 집까지."

"형 스케줄 있을 때는 어쩌고요?"

"요즘 별로 없잖아. 혹시 있는 날은 다른 매니저 붙여달라고 할 테니까."

"정말 그래도 돼요?"

민호는 뛸 듯이 기뻐했다.

"사실은 그렇지 않아도 저번에 예지 데리러 갔을 때도 독서실 주변이 너무 어두워서 걱정스러웠는데. 고마워요, 형!"

"그래. 그리고 예지……."

아직 미성년자다, 하고 한마디 덧붙이려다가 윤하는 그만두었다. 그쯤이야 굳이 말하지 않아도 될 것 같아서. 예지가 어른이 될 때까지 충분히 기다릴 녀석이었다, 민호는. 자신이 그렇듯이.

어른이 된 예지가 민호와 예쁘게 사랑을 이루는 날을 상상하자 절로 미소가 떠올랐다.

그때가 되면 미사도, 지금처럼 소녀이기만 하지는 않겠지. 사실은 지금도 가끔씩 기미가 보였다. 짧은 키스 후에 보이는 아쉬운 표정에서, 제 손끝이 닿을 때마다 흠칫흠칫 놀라는 몸짓에서. 아직은 그저 모른 체하고 있지만, 윤하는 즐겁게 기다리고 있었다. 미사가 이렇게 조금씩, 조금씩 여자가 되어 마침내 활짝 피어나는 날을.

어쨌든 그때까지는 민호 너나 나나 같은 신세구나.

"네? 예지 뭐요, 형?"

민호가 그새 끊긴 윤하의 말을 재촉했다. 윤하는 빙그레 웃고는 대꾸했다.

"잘해주라고. 착한 애니까."

요즘 웃음이 부쩍 늘어난 제 형을, 민호가 영 이상하다는 눈으로 쳐다보다가는 그만 저도 따라 웃고 말았다.

「사실은요, 제가 민호 오빠를…… 좋아해요.」

예지의 고백을 들은 윤하는 잠시 말없이 예지를 바라보고 있었다. 그러더니 갑자기 자리를 박차고 일어나더니 그대로 상영관을 나가버렸다.

'윤하 오빠가 화났나? 어떡하지?'

안절부절못하고 있는데 갑자기 민호가 들어오는 바람에 예지는 하마터면 심장이 멈출 뻔했다. 설마 윤하 오빠가 그새 가서 얘기해 버린 거야?

「미안, 형은 영화가 재미없어서 도저히 더는 못 보겠다고 먼저 집에 간다네.」

하지만 민호는 미안한 듯이 머리를 긁적이며 말했다.

「끝까지 볼 거면 같이 봐줄게, 나라도 괜찮다면.」

괜찮다면, 이 아니잖아요. 난 처음부터 오빠랑 같이 영화 보고 싶었다고요.

말하지 않겠다는 약속을 지켜준 윤하가, 그러면서도 민호와 결국 같이 영화를 보게 해준 윤하가 예지는 더없이 고마웠다.

그날 민호는 예지와 함께 끝까지 영화를 보고 집에도 데려다 주었다.

「잘 자, 예지야. 우리 또 보자.」

좋아하는 오빠에게 선물도 받고, 같이 영화도 보고. 예지에게 있어서는 태어나서 제일 행복한 생일이었다. 그리고 그로부터 며칠후, 민호는 불쑥 예지가 공부하는 독서실 앞에 나타났다.

"어, 오빠?"

밤 10시까지 공부하고 나오던 예지는 민호를 보고 깜짝 놀랐다.

"오빠가 여긴 웬일이에요?"

민호가 쑥스러운 듯이 말했다.

"집에 데려다 주려고."

예지의 가슴이 두근거리기 시작했다. 설마, 민호 오빠도 나를? 하지만 민호는 뒤이어 말했다.

"윤하 형이 너 요즘 밤늦게까지 공부한다는 얘기 듣고 걱정이 많이 됐나 봐. 나더러 매일 데려다 주라고 했어."

예지는 조금 실망하고 말았다. 윤하가 자신을 여동생처럼 걱정해주는 데는 감동했지만, 민호의 자발적 의지가 아니라는 건 서운했다.

예지의 집은 독서실에서 걸어서 10분 정도 되는 거리에 있었다. 주차할 곳이 마땅치 않아서, 민호는 독서실 앞에 차를 세워놓고 걸어서 예지를 집까지 데려다 주었다.

"공부는 잘돼가니?"

예지와 속도를 맞춰 천천히 걸으며, 민호가 물었다.

"안 하던 거 갑자기 하려니까 따라가기 힘들긴 해요. 특히 수학이랑 영어는요."

예지는 솔직하게 말했다.

"그래도 저 꼭 공부해서 대학 갈 거예요. 미사 언니만큼 좋은 대학엔 못 가더라도요."

"여대생 돼서 막 이렇게 어려운 책 껴안고 다니면 너 되게 멋있겠다."

민호는 무슨 생각을 했는지, 조금 쓸쓸한 얼굴로 덧붙였다.

"그때 되면 나 같은 건 너한테 감히 말도 못 걸겠지?"

"그게 무슨 소리예요?"

"사실은 나, 초등학교밖에 못 나왔거든."

생각지도 못했던 말에 예지는 깜짝 놀라서 걸음을 멈췄다.

"미사 누나가 붙들고 오랫동안 과외 해줘서 중학교 검정고시는 붙었는데, 고등학교 검정고시는 결국 떨어졌어. 원래 공부에 재능이 없나 봐, 하하."

민호는 부끄러운 듯이 머리를 긁적이더니 예지의 눈치를 보았다.

"좀 깨지? 요즘 세상에."

"아니에요!"

예지는 얼른 손을 내저었다.

콩깍지를 빼고 객관적으로 봤을 때도 민호는 매력적인 남자였다. 그런 민호가 굳이 자신 같은 어린애에게 관심을 가져줄 리 없지 않을까, 하는 생각에 우울했던 참이었는데.

'민호 오빠한테도 부족한 점이 있었구나.'

깨기는커녕 오히려 예지는 은근히 기뻤다. 게다가 어떤 사정인지는 잘 모르지만 초등학교밖에 졸업하지 못했다면 결코 정상적인 가정에서 자라나지는 못했다는 뜻이다. 보육원에서 자란 예지 입장에서는 한층 민호가 가깝게 느껴졌다.

"깨긴요, 저도 공부 완전 질색이었는데요 뭐."

"나랑 똑같네? 하하."

소리 내어 웃는 민호에게, 예지는 용기를 내어 말했다.

"제가요, 나중에 공부 가르쳐드릴까요? 오빠 검정고시 다시 볼 수 있게요."

"응?"

민호가 놀란 얼굴로 예지를 쳐다보았다.

"일단 저도 지금은 공부 잘 못하니깐 열심히 공부해서 대학부터 가고요. 그런 다음에 제가 오빠 과외 해드릴게요. 물론 공짜로요."

혹시 거절당할까 봐 가슴이 막 두근거렸는데, 의외로 민호는 반색을 했다.

"우와! 정말 해줄 거야? 농담 아니고?"

"네. 하늘에 맹세코 진짜로요."

예지는 민호와 손가락까지 걸고 약속했다. 그저 새끼손가락만 마주 닿았을 뿐인데, 괜히 얼굴이 달아올라서 민호의 얼굴을 제대로 쳐다볼 수가 없었다.

"진짜 고마워!"

뛸 듯이 기뻐하는 민호를 보고, 예지는 마음속으로 굳게 결심했다.

열심히 공부해서, 꼭 대학에 가야지!

미사와 파혼한 이후 현우는 반쯤 제정신이 아닌 상태로 지내고 있었다. 회사에서도 실수 연발이었다. 회의에 들어가서는 멍하니 정신을 놓고 있기도 하고, 중요한 미팅을 깜빡 잊어서 상대를 화나게도 만들었다.

평소의 현우답지 않은 모습에 사람들은 뒤에서 수군거렸다.

"청첩장까지 돌려놓고 결혼이 깨졌으니 충격이 크기도 하겠지."

"약혼녀를 무척 사랑했나 본데 파혼은 왜 했대?"

현우가 허탈감과 상실감에 시달리고 있는 것은 사실이었다. 하지만 속사정은 사람들이 생각하는 것과는 좀 달랐다. 현우가 충격을 받은 이유는 미사를 잃은 것 자체가 아니라, 파혼과 동시에 장장 10년 동안 세워온 계획이 한순간에 무너져버렸기 때문이었다.

서현우는 누구나 인정하는 엘리트였다. 좋은 집안에 태어나 명석한 두뇌로 젊은 나이에 국내 최고의 대기업인 대서양그룹의 지주회사인 대서양홀딩스에서 팀장 자리까지 오른, 뛰어난 인재.

하지만 일견 완벽해 보이는 그의 가슴속에는 오래된 열등감이 자리하고 있었다. 바로 동생인 서현수에 대한 열등감이었다.

현우도 엘리트였지만 동생은 현우보다 늘 한 수, 아니 두 수 앞섰다. 현우가 반장이 되면 현수는 전교 회장이 되고, 현우가 전교 1등을 하면 현수는 전국 1등을 하는 식이었다.

그의 아버지인 서 의원은 일찌감치 후계자로 장남인 현우가 아닌 현수를 선택했다.

「대학교는 정치외교학과로 진학해서, 장차는 아버지 같은 정치가가 되고 싶습니다.」

고등학교 1학년 때 처음으로 자신이 정한 진로를 입 밖에 내서 말한 큰아들에게, 서 의원은 보고 있던 신문에서 눈조차 떼지 않고 대꾸했었다.

「너까지 힘들게 정치판에 뛰어들 필요 없다, 현우야.」

순간 아버지로서의 애정으로 하는 말인가, 하고 생각했다. 하지만 그 뒤에 이어진 말에 환상은 금세 깨져버리고 말았다.

「내 뒤는 현수가 이을 테니까.」

지역에서의 기반이 워낙 탄탄한 서 의원이었다. 누구든 아버지에게 지역구를 물려받는다면 국회의원 자리는 따놓은 당상이었다.

현우는 그게 장남인 자신이 될 거라고 믿어 의심치 않았었다. 그래서 최연소 국회의원이 되겠다는 포부도 몰래 가슴속에 품고 있었다. 그런데 그 자리가 자신이 아닌, 이제 겨우 중학생인 동생에게 돌아가다니! 현우의 충격과 패배감은 이루 말할 수가 없었다.

그 후 현우는 아버지가 원하는 대로 경영학과에 진학했다. 그리고 대학 졸업 후 평범하게 대기업에 입사해서 회사원이 되었지만, 마음속에는 늘 야심을 품고 있었다.

'언젠가는 반드시 내 가치를 증명해 보이겠어.'

그 방법을 찾은 것은 대학교 3학년 때, 우연히 차로 한 여고생을 치고 말았던 날이었다.

그로부터 어언 10년이 흘렀다. 현우는 그 10년 동안 은밀하게, 그리고 치밀하게 계획을 착착 진행시키고 있었다. 물론 그 계획의 중심은 미사였다. 그런데 그 미사가 제게서 도망가고 말았으니, 현우에게 있어서는 10년, 아니 거의 평생에 걸친 꿈이 한순간에 날아간 셈이었다.

그러니 어떻게 제정신으로 있을 수가 있을까. 현우는 밤이면 술에 기대 나날을 보내고 있었다. ……바로, 오늘처럼.

"그만 마셔요, 오빠."

현우가 단숨에 스트레이트 잔을 비우고 나서 위스키 병에 손을 뻗자 옆에 앉은 다솜이 걱정스러운 얼굴로 병을 저만치 밀어놓았다.

"이리 줘."

현우는 얼굴을 딱딱하게 굳히고 말했다. 하지만 다솜은 들으려 하지 않았다.

"벌써 반병이나 마셨어. 내일 출근은 어떻게 하려고 그래요?"

마치 애인이라도 된 듯한 태도였다.

얼마 전, 현우는 다솜과 잤다. 현우로서는 술기운에 저지른 실수, 그 이상도 이하도 아니었다. 제정신이라면 절대 저지르지 않았을 일이었다. 그야 집안 어른들도 얽혀 있는 사이이니까.

하지만 다솜은 그날부터 마치 현우의 여자친구라도 되는 것처럼 굴고 있었다. 저질러놓은 짓이 있는지라 대놓고 실수였다고는 차마 말하지 못했더니, 갈수록 점점 간섭이 심해져갔다. 오늘도 회사 근처의 단골 바에서 혼자 술을 먹고 있는데 용케 알고 찾아온 것이 아닌가.

제가 뭔데 나더러 술을 마시라 말라 하는 거야.

"늦었다. 이만 집에 들어가봐."

치밀어 오르는 짜증을 꾹 참고 현우는 무뚝뚝하게 말했다.

"나 집에 가면 오빠 또 혼자 밤새 마시려고?"

다솜이 볼을 약간 부풀리며 입술을 뾰족하게 내밀었다. 애교스러운 행동이었지만 현우의 눈에는 조금도 귀엽게 보이지 않았다.

"밤새 안 마실 테니까 걱정 말고 가."

"싫어요."

갑자기 다솜이 현우의 팔짱을 꼈다. 그러고는 어깨에 살며시 머리를 기대며 말했다.

"이젠 내가 오빠 옆에 꼭 붙어 있을 거예요."

물기 어린 목소리였다.

"그러니까 오빠, 이제 그만 아파해요."

현우는 기가 막혔다. 보자 보자 하니까, 아주 혼자 북 치고 장구치고 다 하고 있지 않은가.

다솜과 연인 사이가 될 생각은 눈곱만치도 없었다. 어릴 때부터 본 아이라 애초에 여자로도 보이지 않았지만, 집안도 눈에 차지 않았던 것이다. 다솜의 아버지가 건설회사 오너이기는 했지만 규모가 그리 큰 회사도 아니었고, 그나마도 다솜의 오빠가 물려받을 예정이었다.

즉, 다솜 본인만 놓고 보자면 그저 대서양화장품에서 대리로 일하고 있다는 게 전부인데, 그것도 보아하니 딱히 열심히 일한다거나 능력이 뛰어난 것도 아닌 것 같았다. 애초에 현우가 대서양홀딩스에서 일하고 있기 때문에 따라서 대서양그룹 공채에 지원한 게 뻔했다. 결국 신입사원 연수 뒤에 발령받은 건 홀딩스가 아니라 대서양화장품이었지만.

그야 일반적인 기준에서 보자면 다솜 역시 꽤나 좋은 집안의 아가씨임에 분명했다. 하지만 곧 대통령이 될지도 모르는 아버지를 가진 데다 워낙 야망이 큰 현우에게는 전혀 고려의 대상조차 되지 않는 상대였다. 하물며 하룻밤 실수했다고 해서 사귈 생각은 추호도 없다.

그런 현우의 속마음도 모르고, 다솜은 더욱더 달라붙었다.

"미사 일은 이제 그만 잊어버려요. 네?"

차라리 미사를 방패로 삼는 게 낫겠다는 생각이 들었다. 현우는 일부러 깊게 한숨을 쉬고 말했다.

"나도 그러고 싶은데, 그게 마음처럼 되지가 않네."

"오빠……."

"당분간은 내 마음에 다른 사람을 들이기가 쉽지 않을 것 같아."

그러니까 제발 좀 떨어져나가라는 뜻이었다.

"미사는 정윤하 씨랑 잘만 살고 있는데 오빠는 왜 그렇게 못 해요? 억울하지도 않아요?"

갑자기 튀어나온 윤하의 이름에 현우는 흠칫 놀라 다솜을 쳐다보았다.

"뭐?"

"둘이 한집에 살고 있다구요. 지금쯤 한 침대에 있을 텐데, 그런 여자를 왜 못 잊는 거예요?"

다솜이 분한 듯이 말했다.

"오빠도 보란 듯이 얼른 다음 연애 해야죠!"

같이 살고 있다는 말에는 놀랐지만 예상 못 했던 바도 아니었다. 둘이 사랑하는 사이라는 것은 이미 한참 전부터 알고 있었고, 파혼할 때도 미사는 정윤하를 사랑한다고 말했었으니까. 그러니 당연히 지금쯤 둘이 사귀고 있을 거라고 짐작했다.

그래서 현우는 당황한 기색을 지우고 침착하게 말했다.

"미사가 다른 사람과 사귀고 있다고 해서 나까지 그럴 생각은 없어."

특히 너랑은 절대 아니야, 하는 말이 뒤에 생략되어 있었다.

"미사는 오빠 따윈 벌써 다 잊어버렸다구요."

하지만 다솜은 이번에도 알아듣지 못하고 오히려 한층 더 안타까운 얼굴을 했다.

"오빠랑은 키스를 했는지 안 했는지도 기억 못 해요, 걔는. 아예 오빠란 사람 자체를 완전히 잊어버렸는데 오빤 대체 언제까지 이럴 셈이에요?"

"그게 무슨 소리야?"

다솜이 길게 한숨을 내쉬고는 말했다.

"오빠, 미사랑 대학교에서 만났잖아요?"

사실 현우가 미사와 처음 만난 것은 그녀가 아직 여고생이었을 때다. 그 후 미사가 자신을 좋아하게 돼서 같은 대학교에 입학한 거고. 하지만 사람들은 대부분 대학에서 만난 사이로 알고 있었고, 다솜도 마찬가지였다.

"그런데 그게 뭐?"

"근데 걔, 지금 열여덟 살이에요. 그래서 오빠에 대한 기억이 전혀 없다구요."

"뭐……?"

현우는 다솜이 무슨 말을 하는지 곧바로 이해하지 못했다. 그만큼 상식에서 한참 벗어나 있는 이야기였으니까.

"기억상실 있잖아요, 드라마에 맨날 나오는 거."

다솜이 답답하다는 듯이 말했다.

"미사 걔가 그거예요. 그래서 지금 정신적으로 열여덟 살이라니까요."

그제야 다솜의 말뜻을 깨달은 현우의 얼굴이 천천히 굳어져갔다.

"……!"

「근데 걔, 지금 열여덟 살이에요. 그래서 오빠에 대한 기억이 전혀 없다구요.」

그날 밤, 현우는 술기운에도 불구하고 늦게까지 잠을 이루지 못했다. 세상에 그런 일이 있을 수가. 일부러 꾸며낸 얘기가 아닌가 싶었지만 다솜의 말투로 보아 거짓말은 아닌 것 같았다.

마지막으로 만났을 때만 해도 미사는 멀쩡한 어른이었다. 그러니 자신과 파혼한 후에 기억을 잃었다고밖에 생각할 수 없었다.

그런데 뭔가가 자꾸만 마음에 걸렸다. 아무리 생각해도 그게 뭔지 알 수가 없었는데, 다음 날 아침에 잠에서 깨는 것과 동시에 벼락에 맞은 것처럼 퍼뜩 떠올랐다.

현우는 침대에서 벌떡 몸을 일으켰다.

"아……!"

마지막으로 만났던 날, 미사는 평소에 전혀 마시지 않던 아메리카노를 주문했었다. 단것을 좋아해서 늘 코코아나 주스 같은 걸 마시는 여자가 오늘따라 웬일일까, 하고 생각했지만 그때는 그냥 넘어갔는데. 그런데 만약에, 그때 이미 기억을 잃고 있었던 거라면?

술기운이 가신 현우의 두뇌가 이제야 재빠르게 회전하기 시작했다.

'일부러 아메리카노를 주문한 거야. 자기가 어른이 됐으니까 으레 커피를 마실 거라고 지레짐작했겠지.'

즉 미사는 그때도 기억상실 상태였고, 어른인 척 연기를 하고 있었던 거라는 뜻이다!

그런데, 만약에 그게 사실이라면 이상한 점이 있었다.

「이 결혼, 없던 일로 해줬으면 해요.」

미사가 파혼을 요구했을 때 현우는 가슴이 철렁했다. 그녀가 자신의 어두운 비밀에 대해서 알아버린 것이 틀림없다고 생각했다.

미사는 예전에도 똑같은 이유로 파혼을 요구했다가 자신이 정윤하를 파멸시켜버리겠다고 협박해서 수포로 돌아간 적이 있었다. 그런데 또 똑같은 말을 꺼낼 때는, 이번엔 뭔가 믿는 구석이 있는 거라고 생각했던 것이다.

그런데 미사가 다솜의 말대로 열여덟 살 이후의 기억을 모두 잃어버렸다면? 그럼 물론 자신의 약점이 뭔지도 알 리가 없지 않은가!

하지만 미사는 분명 그때 이런 말을 했었다.

「그럼 어쩔 수 없네요. 제가 알게 된 사실을 언론에 이야기할 수밖에요.」

그 사실이란 건 대체 뭐였을까. 기억을 잃었다면 어떻게 자신을 협박할 수가 있었을까.

'아니면 단순히 미사가 다솜이를 놀린 건 아닐까? 10년씩이나 기억을 잃는 일이 실제로 벌어진다는 것도 믿기 힘들고. 그날은 그냥 갑자기 아메리카노가 마시고 싶었던 걸 수도 있잖아.'

생각하면 생각할수록 머릿속은 혼란스러워지기만 했다. 한 가지 확실한 것은, 미약하게나마 희망의 빛이 보인다는 것이었다. 만에 하나 미사가 진짜로 기억을 잃었다면, 어쩌면…… 상황을 되돌릴 수 있을지도 모른다.

어차피 계속 혼자 생각해봤자 어차피 답이 나오지 않는다.

현우는 결심했다. 미사를 만나기로.

윤하가 약속한 일본 여행이 바로 내일로 다가왔다. 미사는 너무 설렌 나머지 밤에 잠도 잘 오지 않을 지경이었다.

미사의 새 여권과 비행기 티켓을 가져다준 민호가 설명했다.

"안타깝지만 형이랑 같이 나갔다가 같이 들어오기는 힘들어. 넌 혼자서 먼저 가고, 형은 두 시간 후에 나랑 같이 다른 비행기로 갈 거야. 공항에 내리면 차가 기다리고 있을 테니까 그걸 타고 별장으로 먼저 가 있어. 우리도 따라갈 테니까."

윤하의 소속사 사장 소유의 별장이라고 했다.

같이 움직일 수 없는 거야 미사도 백번 이해했다. 윤하는 톱스타 니까. 하지만 혼자서 비행기를 탈 생각을 하니 긴장이 됐다.

"저 혼자 제대로 비행기 탈 수 있을까요?"

미사가 불안하게 묻자 민호가 고개를 끄덕였다.

"그럼, 수속하는 거 그다지 어렵지 않아."

"TV에서 보니까 공항 엄청 넓던데요. 혹시 길 잃어서 비행기 놓 치면 어떡하죠?"

"걱정 마, 그럴 일 없을 테니까."

민호와 미사의 얘기를 곁에서 조용히 듣고 있던 윤하가 갑자기 불쑥 끼어들었다.

"그것보다도, 실내화는 챙겼어?"

"네?"

윤하는 웃지도 않고 말했다.

"비행기 탈 때는 실내화로 갈아 신어야 돼. 없으면 탑승 거부당하 니까."

"정말요?"

미사는 가슴이 철렁했다. 짐은 이미 다 싸놓았지만 실내화를 챙 길 생각은 미처 못 했던 것이다.

"하마터면 큰일 날 뻔했어요. 꼭 챙겨갈게요."

미사가 안도의 한숨을 내쉬며 말하자 민호가 이상한 표정을 했 다. 이를 악다물고 있는 게, 꼭 웃음을 억지로 참는 것 같다. 그러더 니 갑자기 심각하게 말했다.

"면세점 구경에 너무 정신 팔리지 말고 꼭 빨리 가서 줄 서야 돼.

자리 다 차면 서서 가야 되니까."

"비행기도 입석이 있어요?"

미사는 놀라서 물었다.

"당연하지. 자칫하면 일본까지 두 시간 동안 서서 가야 돼."

두 시간씩이나! 미사는 꼭 빨리 가야겠다고 마음먹었다.

하지만 거기서 끝이 아니었다. 이번에는 윤하가 또다시 말했다.

"아, 낙하산도 꼭 챙겨 가. 혹시 모르니까."

"형도 참! 요즘 비행기에서 낙하산 다 빌려줘요, 만 원만 내면."

"그래? 세상 좋아졌네."

긴가민가하면서 계속 듣고 있자니 얘기는 점점 더 수상해져갔
다.

"참, 형 휴대폰도 비행기 모드로 해놓으면 막 날아다녀요? 저 완
전 놀랐잖아요."

"당연하지. 요즘 그런 기능 없는 휴대폰도 있나?"

"미사야, 너도 폰 꺼내서 한번 해봐. 비행기 모드."

그제야 미사는 윤하와 민호가 자신을 가지고 장난을 치고 있었다
는 것을 깨달았다. 이 사람들이, 내가 비행기 처음 타본다고 놀렸
어!

"진짠 줄 알았잖아요!"

소리를 빽 지르자 그제야 두 남자가 동시에 웃음을 터뜨렸다.

"하하하하!"

"푸하하하!"

민호는 물론 윤하까지 배꼽을 잡고 웃고 있었다. 민호는 그렇다

치고, 윤하가 장난을 친 것은 충격이었다. 저 타고난 연기력을 이런 데 낭비하다니!

"사람 놀리니까 재밌어요?"

두 남자를 번갈아 흘겨보자 그제야 윤하가 웃음을 참으며 말했다.

"미안. 네 표정이 너무 재밌어서."

"다행이네요, 재밌는 구경 하셔서."

"많이 화났어? 난 그냥 윤하 형이 시작해서 따라 한 것뿐인데."

"따라 하는 사람이 더 나쁘거든요?"

윤하와 민호가 뒤늦게 사과했지만 미사는 짐짓 화를 내서 둘을 내쫓아버렸다.

"시끄럽고, 빨리 스케줄이나 가세요!"

두 남자가 집에서 나가고 나자 그제야 참고 있던 웃음이 입술 사이로 새어나왔다.

"……풋."

놀림당한 앙갚음을 해주느라 일부러 화난 척했지만 사실 속으로는 무척 기뻤다. 윤하가 나날이 웃음이 많아지고, 눈에 띄게 밝아지는 게 좋았다.

처음 만났을 때의 윤하를 떠올려보았다.

「나는…… 미사, 너의 남편이야.」

그때만 해도 웃는 얼굴은커녕, 농담을 한다는 건 상상조차 하기 힘들었는데.

여행 가 있는 동안은 또 얼마나 즐거운 일들이 많이 생길까. 또

265

경치는 얼마나 아름다울까. 서울은 이제 벚꽃이 다 져버렸지만, 그 별장은 산속에 있어서 벚꽃이 늦게 피기 때문에 지금이 한창 만개할 때라는데.

비록 제일 가까운 일본이지만 미사에게는 태어나서 처음 가보는 해외여행이었다. 그것도 사랑하는 아저씨와 함께 가는 여행. 마음이 끝없이 들뜨지 않을 수 없었다.

'혹시 빠뜨린 거 없나 다시 한 번 체크해봐야지!'

벌써 몇 번이나 확인한 여행 가방을 다시 한 번 확인하러 2층으로 올라가는데 휴대폰으로 전화가 왔다.

"누구지?"

처음 보는 번호에, 미사는 고개를 갸웃거리며 전화를 받았다.

"여보세요?"

— 나야.

남자 목소리가 들려왔다. 어디서 들었던 목소리 같은데……?

— 지금 잠깐 만날 수 있어?

목소리의 주인공이 누군지 기억해낸 순간, 미사는 그만 휴대폰을 떨어뜨리고 말았다.

물론 미사는 절대 만날 수 없다고 버텼다.

다솜의 허락 없이 서현우를 만났다간 윤하와 자신에 대한 스캔들을 언론에 다 뿌려버리겠다는 내용의 각서에 도장을 찍은 지 며칠 되지도 않았으니까.

「무슨 얘긴지 모르겠지만 바쁘니까 전화로 이야기해요, 우리.」

애써 어른 미사를 흉내 내서 말했지만 현우는 전화로는 절대 말할 수 없다고 했다.

「정윤하에 대한 얘기야. 네가 꼭 알아야 할 게 있어.」

그래도 나가기 싫다고 하자 현우는 자칫 윤하가 위험에 빠질 수도 있다고 했다. 그 말에는 미사도 더는 버틸 수 없었다.

「대신 우리 만나는 거, 꼭 비밀로 해줘야 해요. 아무한테도 말하지 말아요.」

「약속하지. 내가 퇴근 후에 그쪽으로 갈 테니까 나와.」

그렇게 말하고 현우는 전화를 끊었다.

미사는 화장을 하고 어른 미사의 옷을 꺼내 입었다. 마침 윤하가 스케줄이 있어서 집을 비운 것이 얼마나 다행인지 몰랐다. 그리고 저녁 무렵, 미사는 집 근처의 카페에서 현우를 만났다.

“오랜만이네요, 선배.”

“그래, 오랜만이야.”

현우가 카페 벽 위쪽에 붙어 있는 메뉴를 가리켰다.

“일단 주문부터 해야지. 마실 건 뭘로 하겠어?”

지난번에 하마터면 실수할 뻔했기 때문에 이번에는 미리 대답을 준비해두었다. 미사는 자연스럽게 대답했다.

“아메리카노로 부탁해요.”

현우는 대답 대신에 조용히 미소를 지었다.

커피를 사서 조용한 카페 2층으로 올라가 테이블에 마주 앉자마자 미사는 말했다.

"용건만 이야기해요. 우리, 별로 만나서 반가울 것 없는 사이잖아요."

"그렇게 하지."

현우는 고개를 끄덕이고는 물었다.

"정윤하와 같이 살고 있다고 들었는데, 설마 결혼까지 할 생각이야?"

다솜이 현우에게 말했나? 미사는 조금 당황했지만 겉으로는 애써 태연하게 말했다.

"아직 계획은 없어요. 하지만 사귀다 보면 그렇게 될 수도 있겠죠."

"글쎄, 그렇게 말처럼 쉽지만은 않을 텐데."

현우가 어깨를 으쓱했다.

"벌써 다른 남자와 수십 번도 더 몸을 섞은 여자를 아내로 맞이하는 게 말이야."

미사는 내심 충격을 받았다.

서현우는 자신의 약혼자였다. 사귄 지도 오래되었으니 아마 그럴 거라고 어렴풋이 짐작은 하고 있었다. 하지만 그 사실을 정면에서 듣자 역시나 충격이었다. 아저씨는 처음인 나를 그토록 배려하고 아껴주고 있는데, 정작 나는…….

하지만 이제 와서 과거를 어쩔 수도 없다. 실망감을 감추며 미사는 침착하게 대답했다.

"윤하 씨는 내 과거에 신경 쓸 사람이 아니에요."

첫 키스가 아닐 거라고 미안해하는 자신에게, 그런 거 신경 쓰지 않는다며 다정하게 키스해주었던 윤하였다.

"그러니까 괜한 걱정은 집어치워요."

순간 현우가 미소를 지었다. 아까 1층에서 미사가 아메리카노를 주문했을 때와 같은 종류의 미소였다.

"정말이었구나."

갑자기 현우가 미사를 향해 상반신을 확 기울여 왔다. 흠칫 놀라 몸을 뒤로 빼는 미사의 얼굴을 가까이서 빤히 들여다보며, 그는 놀랍다는 듯이 말했다.

"너, 진짜로 열여덟 살이었어."

"⋯⋯!"

심장이 멈출 것만 같았다. 하지만 미사는 필사적으로 연기를 계속했다.

"무슨 소리를 하는 건지 모르겠네요, 선배."

"선배?"

현우가 피식 웃더니 되물었다.

"그럼 내 전공이 뭔지는 알아?"

모른다. 미사는 하얗게 질렸다.

"내가 무슨 동아리 출신이지? 우리 학교 학생식당은 어느 건물에 있어? 내가 처음으로 너한테 사귀자고 말했던 게 어디였지?"

단 하나도 대답할 수 없었다. 머릿속이 새하얘지고 만 미사를 향해, 현우가 의기양양한 웃음을 지어 보였다.

"물론 하나도 대답 못 하겠지. 너한테는 열여덟 살 이후의 기억이 하나도 없을 테니까."

들키고 말았어! 미사는 입술을 깨물었다.

"세상에 이런 일이 진짜로 있을 줄이야."

현우는 놀랍다는 듯이 혼잣말을 중얼거리더니 문득 생각났다는 듯이 물었다.

"잠깐, 그럼 지난번에 날 협박한 건 뭐였지? 언론에 밝히겠다고 했던 거."

그러고 보니 그 일이 남아 있었다. 실낱같은 희망을 가지고, 미사는 가까스로 말했다.

"알고 있어요. 아저……."

아저씨라고 말하려다 미사는 말을 멈췄다. 윤하에게 쓰는 소중한 단어를, 저 사람에게 쓰고 싶지 않았다.

"서현우 씨 아버지가 정다솜네 아빠한테 뇌물 받고 청탁을 들어준 거 말이에요."

이 카드가 조금은 통할 수도 있으리라 생각했다. 지난번에는 그랬으니까.

하지만 현우는 전혀 놀라지 않았다.

"아, 그 얘기가 그거였어?"

심지어 허탈한 듯이 허공을 보며 피식피식 웃기까지 했다. 그가 혹시 잘못 알아들었나 싶어서 미사는 다시 한 번 말했다.

"아버지가 대통령 선거 나간다면서요. 이게 알려지면 좋지 않을 거예요."

"대가성 청탁 한번 안 받아본 정치가가 있는 줄 알아?"

현우는 재미있다는 듯이 대꾸했다.

"그리고, 증거는 있고?"

물론 없다. 윤하에게 들은 얘기일 뿐이니까! 윤하도 기억을 잃기 전의 자신에게 지나가듯 얘기를 들었을 뿐이지, 자세한 내용까지는 모른다고 했었다.

"……."

그만 꿀 먹은 벙어리가 되어버린 미사를 향해, 현우가 말했다.

"이러면 안 돼, 꼬맹이. 기억이 돌아오면 굉장히 후회할 거라고."

마치 어린아이를 살살 달래는 듯한 말투였다.

"나와의 일을 하나도 기억 못 하는 거 보니까 사고 나기 이전으로 돌아간 것 같은데, 넌 이미 열여덟 살 때부터 나를 무척 좋아했었어. 나 때문에 한국대학교에 입학했을 정도야. 널 대학교에 보내준 게 바로 나였거든."

지난번에 만났을 때와는 전혀 다른, 대놓고 애 취급하는 말투에 소름이 끼쳤다.

윤하는 한 번도 자신을 이렇게 어린애 취급한 적이 없었다. 일부러 자신과의 거리를 두기 위해 보호자를 자청하던 때 외에는.

"기억을 잃은 동안 정윤하가 널 꼬드겨서 수작을 부린 모양인데, 그렇다고 네 멋대로 파혼까지 하면 안 되지. 나중에 기억을 찾아서 진짜 미사로 돌아오면 그땐 얼마나 후회하겠어?"

윤하는 자신을 가짜 미사 취급한 적도 없었다. 일부러 정을 떼려고 마음에도 없는 모진 말을 내뱉었을 때를 빼놓고는.

"그러니까 파혼은 취소야, 꼬맹이."

마지막으로, 현우는 딱 잘라 말했다.

"넌 예정대로 나와 결혼해야 돼."

'정신 바짝 차려야 해, 윤미사. 이대로 질 순 없어!'

충격에도 불구하고 미사는 정신을 가다듬으려 애를 썼다.

"맞아요, 전 기억을 잃어버렸어요. 하지만 서현우 씨랑 파혼한 건 제멋대로 한 짓이 아니에요."

"무슨 뜻이지?"

"기억을 잃기 전에도 저는 파혼하고 싶어 했다는 뜻이에요."

순간 현우의 표정이 눈에 띄게 흔들렸다. 미사는 그 틈을 놓치지 않고 말했다.

"저는 사고가 나서 기억을 잃어버렸어요. 그런데 그 사고가 나기 전날 밤에 제가 그렇게 말했대요. 이 결혼은 할 수 없다고, 파혼하고 싶다고요."

"누가 그런 소리를 해?"

"아저씨, 아니, 정윤하 씨가 말해줬어요."

현우는 피식 웃고는 비꼬듯 말했다.

"설마 그 자식 말을 믿는 거야?"

"당연하죠. 아저씨는 저한테 거짓말하지 않으니까요."

미사는 당당하게 말했다.

"그럼 한 가지만 묻지."

갑자기 현우가 싸늘하게 표정을 굳혔다.

"그 자식이 너한테, 자기가 사람을 죽였다는 말도 하던가?"

07 / 결혼 축하해, 부디 행복하기를.

"미안, 내가 많이 늦었지?"

평소보다 한 시간 정도 늦게 데리러 온 민호가 예지에게 사과했다.

"괜찮아요, 덕분에 저 한 시간이나 공부 더 했는데요? 막판에 집중 완전 잘됐어요."

"그럼 다행이고. 가방 무겁지? 이리 줘."

민호가 예지의 가방을 향해 손을 내밀었다. 처음에는 괜찮다고 극구 사양했지만 이제는 예지도 순순히 넘겨주고 있었다. 어차피 버텨봤자 결국은 빼앗기고 말걸 아니까.

"와, 가방이 점점 무거워지네. 우리 예지 공부 엄청 열심히 하는구나."

민호의 칭찬에 예지는 기뻐서 빰이 발그레해졌다.

민호 오빠 곁에 있으면 늘 자신이 좋은 아이가 된 것 같은 느낌이 든다. 착한 아이, 공부 열심히 하는 아이, 성실한 아이. 늘 문제아 취급받던 김예지가, 민호 앞에서만은 그랬다.

이제 4월도 거의 다 지나가고 있었다. 얼마 전까지도 밤에는 좀 쌀쌀했는데 이제는 밤바람조차 훈훈한 것이 완전한 봄의 한가운데였다.

"감기 걸리겠다."

하지만 민호는 그 훈훈한 바람조차도 걱정이 되었는지 굳이 제 겉옷을 벗어서 예지의 어깨에 걸쳐주었다. 커다란 민호의 옷에 폭 감싸인 채로 예지는 민호와 나란히 느릿하게 밤길을 걸었다.

"오늘은 왜 늦으신 거예요?"

"아, 윤하 형 녹화가 늦게 끝나서. 집에 모셔다 드리고 달려왔더니 그만 늦어버렸어."

"무슨 녹화요?"

갑자기 민호가 쿡쿡 웃었다.

"이거 극비인데, 너만 알고 있어야 돼. 친구들한테도 말하지 마."

"안 할게요. 뭔데요?"

민호가 예지의 귓가에 입을 가져갔다.

"……무한도전."

"네?"

예지는 깜짝 놀라 눈이 커다래지고 말았다.

"정말요? 윤하 오빠가요?"

"그래. 데뷔 후 첫 예능 출연이야."

민호가 재미있다는 듯이 말했다.

"이 양반이 요즘 아주 인기에 맛을 들여버렸어. 오늘 무한도전 멤버들이 리액션을 잘해줬더니 완전 들떠가지고, 다음번에는 SNL 나가겠대."

"헐. 그렇게 인기가 많은데 아직도 인기 욕심이 있어요?"

"안 그럴 거 같아 보여도 은근히 욕심 많다니까. 보면 톱스타는 다 이유가 있어."

"이렇게 가다간 세계 정복도 하겠어요!"

"그러게, 영어 공부를 해야 되나? 윤하 형 매니저 노릇 계속하려면."

민호가 소리 내어 웃었다.

"근데 오빠는 계속 윤하 오빠 매니저만 할 거예요?"

"하지 그럼. 갑자기 무슨 소리야?"

"전에 실장님이 그러시더라고요. 언젠가는 꼭 도 팀장 데뷔시키고 말겠다고요."

연예인이 되기 위해 민호를 따라가서 만났던 실장은, 회사에서 최종 캐스팅 권한을 가지고 있는 사람이라고 했다. 그때 민호가 잠시 자리를 비운 사이에 나온 말이었다.

"아, 또 그 소리 했어?"

민호는 대수롭지 않게 대꾸했다. 반응을 보아하니 한두 번 들은 소리도 아닌 모양이었다.

"되게 진지해 보이던데요? 자기 은퇴하기 전에 꼭 데뷔시킬 거래요."

"차라리 은퇴가 빠를걸."

결심이 굉장히 굳어 보였다.

"매니저 일이 그렇게 재밌어요?"

"재밌다기보다, 형 곁에는 내가 있어야 되거든."

예지는 그래도 못내 아쉬운 마음이 들었다. 윤하와 친한 건 알겠지만, 민호 본인을 위해서는 아무래도 직접 연예인이 되는 편이 좋지 않을까.

"아쉽지 않아요? 연예인 되면 돈도 훨씬 많이 벌 텐데."

"지금도 돈 걱정은 안 해. 월급도 많이 받고, 형이 내 앞으로 사준 건물도 있거든."

헉, 하고 예지는 놀랐다. 이 오빠, 차만 좋은 게 아니었구나.

"그래도, 연예인이 되면 지금보다 대접도 잘 받을 거 아녜요."

"예지야."

못내 아쉬운 듯이 말하자 민호가 문득 걸음을 뚝 멈췄다.

"난 평생 윤하 형 매니저로 늙어 죽을 거야."

더 생각할 가치도 없다, 그러니까 더 이상 말하지 말라는 듯한 말투였다.

지금까지 민호는 예지에게 한 번도 이렇게 무섭게 말한 적이 없었다. 늘 상냥했던 민호의 딱딱한 표정에 예지는 그만 풀이 죽었다.

"미안해요, 오빠. 전 그냥 아쉬워서……."

예지의 눈에 민호는 윤하보다도 더 멋있어 보였다. 그래서 이렇게 멋있는 민호 오빠가 그냥 매니저로만 남는 게 안타까웠을 뿐이었다. 윤하의 회사 같은 대형 기획사에서 책임지고 밀어주면 스타가 되는 건 문제없을 텐데.

"화내서 미안해. 그냥, 나도 너무 지겹게 듣는 말이라서."

예지가 사과하자 민호도 태도를 누그러뜨렸다.

"사실 나도 아주 생각이 없었던 건 아냐. 형 하는 거 보면 연기하는 것도 재미있을 것 같고."

역시 그랬구나, 하고 예지는 생각했다. 너무 딱 잘라 말하기에 오히려 조금은 미련이 있는 게 아닌가 싶었으니까.

"그런데 왜 절대 안 하겠다고 하시는 거예요?"

"말했잖아, 형한테는 내가 필요하다고."

민호가 한숨을 쉬었다. 그리고 잠시 망설이다, 고백하듯 말했다.

"형은…… 나 대신에 누명까지 쓴 사람이야."

윤하를 처음 만났을 때, 민호는 여덟 살이었다.

민호의 부모는 다섯 살 때 친부의 불륜으로 이혼했다. 서로 네가 키우라고 옥신각신한 끝에 친권과 양육권 모두 아버지에게 주어졌다. 아버지는 이혼하자마자 불륜상대인 술집 여자와 재혼했고, 그때부터 민호의 지옥이 시작되었다.

제게 화냥년이라고 욕설을 퍼부었던 민호의 친모를, 계모는 무척이나 미워했다. 그래서 친모가 낳은 민호도 눈엣가시처럼 여겼다. 툭하면 꼬집고 눈을 흘겼고, 별것 아닌 실수도 아버지에게 일일이 일러바치곤 했다. 심지어 민호가 자기 지갑에서 돈을 훔쳤다고 거짓말도 했다.

그럴 때마다 민호는 훈육이라는 핑계로 호되게 매를 맞았다. 밥을 주지 않아서 굶기도 했다. 처음에는 말리던 아버지도, 나중에는 모른 척했다. 심지어 버릇을 고쳐놔야 한다며 부추길 때도 있었다.

아버지가 방관하자 계모의 학대는 점점 더 심해졌다. 온몸에 멍이 들지 않은 곳이 없을 정도였다. 학대를 견디다 못해 도망쳐서 친모를 찾아가기도 했지만, 친모는 겨우 며칠 데리고 있다가 계모에게 도로 돌려보냈다. 자신은 키울 능력이 없다, 엄마가 미안하다며.

계모에게 혼날까 봐 맞았다고 말하지는 않았지만, 민호의 남루한 옷차림과 비쩍 마른 몸, 온몸에 든 멍을 보고도 친모가 학대 사실을 몰랐을 리 없었다. 하지만 역시나 외면당한 것이다.

집에 돌아온 민호는 계모와 친부에게 죽지 않을 만큼 얻어맞았다. 그리고 이번에는 장장 나흘을 굶었다.

그때부터 민호도 친엄마에 대한 기대를 접었다. 그래서 그다음 번에 도망칠 때는 그냥 무작정 거리로 나갔다. 겉옷도 입지 못하고 그냥 얇은 실내복 차림으로. 그나마 신발이라도 신고 나온 게 다행이었다.

이틀 동안 민호는 추위에 떨며 상가 건물 화장실에서 잤다. 다행히도 그때는 한겨울은 아니었지만 굶어 죽을 지경이었다. 사흘째에 배고픔을 견디다 못해 가게에서 빵을 하나 훔쳤다. 태어나서 처음 해보는 도둑질이었다.

옷자락을 들추고 빵을 옷 속으로 쑤셔 넣는데, 그 순간 누군가와 눈이 마주쳤다. 중학생쯤 되었을까, 저보다는 몇 살 많아 보이는 형이었다.

'아저씨, 얘가 도둑질해요!'

그 형이 금세라도 그렇게 외칠까 봐 민호는 그대로 쏜살같이 가게를 뛰쳐나갔다. 뒤에서 누군가가 따라오면서 부르는 소리가 들렸다.

"자, 잠깐만!"

하지만 민호는 멈추지 않았다. 도둑질이 걸리는 것도 큰일이었지만, 잡혀서 집에 돌아가는 게 훨씬 더 무서웠다. 이번에 집에 들어가면 죽는다. 민호는 본능적으로 알고 있었다.

죽을힘을 다해 뛰었지만 그래 봤자 여덟 살 어린애 걸음이었다. 얼마 가지 못해 따라잡혀 팔을 붙들리고 말았다.

"자, 자, 잠깐만 좀 서 보, 보, 보라니까."

아까 가게에서 눈이 마주쳤던 그 형이, 가쁜 숨을 몰아쉬며 말했다. 그러고는 겁에 질린 민호에게 손에 들고 있던 무언가를 불쑥 내밀었다.

"자, 이, 이거."

우유였다. 이백 밀리리터짜리, 팩에 든 흰 우유.

"마, 마시면서 머, 먹어."

그게 윤하와의 첫 만남이었다.

열다섯 살인 윤하는 이미 집을 나와서 혼자 살고 있다고 했다. 그 집으로, 윤하는 민호를 데려가주었다. 월세 십만 원짜리 좁디좁은 반지하 방이었다.

"형아, 나 뭐든지 할게요. 아빠한테 가라고 하지 마요."

울면서 두 손을 모아 비는 민호에게, 윤하는 굳게 약속했다. 돌려보내지 않겠다고, 데리고 있어주겠다고.

그때는 너무 어려서 미처 몰랐다. 아직 윤하 역시 어리다는 것을.

윤하는 그 어린 나이에 민호까지 책임지느라 무진 고생을 했다. 새벽에는 일어나서 신문 배달을 했고, 낮부터 밤까지는 중국집에서 일했다. 물론 학교도 다니지 못했다.

여태 학대를 당해왔던 민호에게는, 윤하의 곁이 그야말로 천국 같았다. 윤하는 민호를 때리지도 않았고, 라면을 먹더라도 최소한 굶는 일은 없었으니까.

게다가 윤하는 말더듬이가 심하고 말수도 많지 않았지만 마음속으로는 민호를 무척 사랑해주었다. 자기는 못 입어도 민호는 입혔고, 자기는 못 먹어도 민호는 먹이는 윤하였다. 그런 윤하가, 민호에게 있어서는 친엄마와 친아빠를 다 합친 것보다도 더 소중했다.

"형, 나도 나가서 일할래요!"

중국집 사장이 하도 부려먹어서 몸살 때문에 열이 펄펄 나는데도, 또다시 헬멧을 들고 나가는 윤하를 등 뒤에서 껴안고 민호는 하염없이 울었다. 형에게 짐만 되는, 아무것도 해줄 수 없는 자신이 너무나 한심하게 느껴졌다.

"너, 넌 아직 어, 어려서 안 돼."

윤하는 불덩이처럼 뜨거운 손으로 민호의 머리를 쓱쓱 쓰다듬어주고는 일을 나갔다. 그날 민호는 굳게 다짐했다. 어른이 되면, 평생 윤하 형을 위해서 일하겠다고.

그렇게 민호는 윤하와 함께 살았다. 어른들에게 들켜서 집으로 돌려보내질까 봐 학교도 가지 않고, 거의 방에만 꽁꽁 숨어 지냈지만 마음만은 행복했다.

1년쯤 지난 어느 날, 그날은 마침 윤하가 없는 돈을 털어 치킨 한 마리를 사온 날이었다. 닭다리 하나를 먼저 민호에게 먹이고 나서, 남은 하나를 가지고 실랑이를 하는 중이었다.

난 다리 안 좋아해, 너 먹어. 난 벌써 하나 먹었잖아, 형이 먹어.

하지만 그 귀하디귀한 닭다리는 결국 누구의 입으로도 들어가지 못했다. 어떻게 알았는지, 민호의 친부가 집에 들이닥친 것이었다.

"이 새끼, 내가 너 때문에 얼마나 창피를 당했는지나 알아?"

1년 만에 보는 아들의 얼굴에, 보자마자 친부는 미친 듯이 주먹을 날렸다.

"무, 무, 무슨 짓이에요!"

윤하가 달려들어 말렸지만 역부족이었다. 비명을 지르며 웅크리는 민호에게, 친부는 마구 매질을 퍼부었다.

"그, 그만두세요!"

윤하가 계속해서 매달리자 친부는 이번엔 윤하를 마구 두들겨 패기 시작했다. 키가 큰 편이기는 했지만 윤하 역시 겨우 이제 열여섯 살이 되었을 뿐인데 마음먹고 때리는 성인을 당할 수 있을 리 없었다. 두려움에 떨던 민호가 겨우 고개를 들었을 때, 윤하는 방바닥에 쓰러진 채 마구 발길질을 당하고 있었다.

"너도 유괴범으로 감옥에 처넣어버릴 거야, 이 새끼야!"

순간 민호는 두려움도 잊었다. 윤하를 지켜야 한다는 생각만 머릿속에 가득했다.

"으아아아!"

고함을 지르며 민호는 친부에게 달려들어 힘껏 밀쳐버렸다.

윤하를 때리느라 방심한 탓이었을까. 아홉 살 아이에게 밀린 친부는 금세 균형을 잃고 옆으로 쓰러졌다. 그리고 쓰러지면서 벽에 머리를 세게 부딪쳤다. 방이 너무 좁았던 탓이었다.

"……"

억, 하고 쓰러진 친부는 더 이상 움직이지 않았다.

한참 후, 먼저 입을 연 것은 윤하였다.

"벼, 병원에 저, 전화하고 올게."

윤하가 돌아올 때까지, 미동도 하지 않는 친부와 함께 방에 남은 민호는 공포에 떨었다. 아빠가 지금이라도 일어나서 또 막 때리면 어떡하지. 혹시 죽은 거면 어떡하지.

난 이제 감옥에 가는 걸까. 아니, 차라리 감옥에 가는 게 나을지도 모른다. 또 집에 끌려가는 것보다는.

지옥 같은 집, 아니면 감옥. 아홉 살 아이에게는 너무나 가혹한 일이었다. 민호는 방구석에 웅크려 하염없이 울었다.

잠시 후 윤하는 사람들과 함께 돌아왔다. 119 구급대, 그리고 경찰과 함께였다.

눈물범벅이 되어 두려움에 떨고 있는 민호의 얼굴을, 윤하는 물끄러미 쳐다보았다. 그리고 친부의 사망 사실을 확인하는 경찰을 향해 떨리는 목소리로 말했다.

"제, 제, 제가 그, 그랬어요."

"아니라고 말하지 못했어."

정신을 차리고 보니 민호는 어느새 예지와 함께 길가의 정류장 벤치에 앉아 하염없이 울면서 말하고 있었다.

"윤하 형이 아니라고, 내가 그랬다고 사실대로 말했어야 했는데."

기억을 잃기 전의 미사에게는 이야기한 적이 있었다. 그때를 제외하면 누군가에게 이 이야기를 한 것은 예지가 유일했다.

"그랬으면 형도, 나도 괜찮았을 거야. 나는 그때 형사미성년자였거든."

그때 자신은 아직 만으로 7세였지만 윤하는 만 14세하고도 몇 개월이었다.

법적으로 만 14세 미만은 형법에서의 책임 능력이 없는 것으로 간주된다. 즉, 죄를 지어도 벌을 받지 않는다. 그러니 자신이 했다고 솔직하게 말했다면 둘 다 괜찮았을 것이다. 하지만 그때는 그 사실을 윤하도, 민호도 모르고 있었다.

"몇 번이나 사실대로 말하려고 했어. 그런데 새엄마가 너무 무서웠어."

윤하는 사람을 죽였다는 누명만 쓴 것이 아니었다. 유괴범이라는 누명도 같이 썼다. 아동학대 사실이 드러날까 우려한 계모가, 민호가 학대에 못 이겨 집을 나간 사실을 숨기고 윤하를 유괴범으로 몰았던 것이다.

계모는 기자들 앞에서 이제야 내 아들을 겨우 찾았다, 죽은 남편 대신에 애지중지 키우겠다며 민호를 껴안고 울고불고하기까지 했다.

경찰 조사에서조차 민호는 그게 아니라고 말하지 못했다. 보호자라는 명목으로 계모가 계속 곁에 붙어 눈을 시퍼렇게 뜨고 감시하고 있었기 때문이다.

「딱지 사러 혼자 밖에 나갔다가 납치당했대요. 그대로 1년 동안이나 꼼짝없이 방에만 갇혀 있었다지 뭐예요. 그렇지, 민호야?」

경찰서에 가기 전, 계모는 자기 말에 동조하지 않으면 죽여버리겠다고 미리 말했다. 협박당한 민호는 그저 계모가 말하는 대로 무조건 고개를 끄덕일 수밖에 없었다.

물론 윤하는 민호를 유괴하지 않았다고, 보호하고 있었던 거라고 사실대로 말한 모양이었다. 하지만 본인인 민호조차 유괴 당했다고 진술하고 있는 마당에 형사들이 그 말을 믿어줄 리 없었다. 윤하가 일찌감치 학교를 그만두고 배달 일을 하고 있었던 탓도 컸다. 흔한 불량청소년의 비행으로 생각했던 것이다.

"그래서, 윤하 오빠는 감옥에 갔어요?"

예지가 심하게 떨리는 목소리로 물었다. 어느덧 예지도 울고 있었다.

"다행히 판사는 형을 불쌍하게 본 모양이야. 살인이 아니라 과실치사로 기소됐던 것도 있고. 그래서 소년교도소가 아니라 소년원으로 갔고, 거기서 1년 반 정도 있다가 나왔대."

윤하가 받은 것은 10호 처분. 소년보호처분 중에서는 가장 긴 2년짜리 장기 처분이긴 했지만, 말 그대로 보호처분이므로 전과 기록은 남지 않았다. 기사는 많이 나갔지만 다행히 이름은 김 모 군이라고만 나갔고, 얼굴도 가려졌기 때문에 이제는 아는 사람이라고는 없는 사건이었다.

하지만 아무 죄 없는 윤하의 인생에 살인이라는 오점을 남겼다는 죄책감만은 여태 생생하게 남아서 민호를 괴롭히고 있었다.

세상 사람들의 이목 때문인지, 사건 이후 계모는 더 이상 민호를 학대하지는 않았다. 하지만 천벌이라는 게 있기는 있었던지, 얼마 못 가 교통사고로 갑자기 죽었다.

민호는 보육원에 맡겨졌다. 다행히 보육원은 좋은 곳이었다. 원장 아버지도 좋은 사람이고, 선생님들도 모두 상냥한 분들이었다.

하지만 민호의 마음은 한순간도 편하지 않았다. 윤하가 자기 때문에 누명을 쓰고 소년원에 간 데 대한 죄책감에서 단 하루도 자유로울 수가 없었다. 그래서 윤하가 죽도록 보고 싶었지만 차마 찾아갈 생각도 하지 못했다. 아직 어렸던 민호로서는 찾을 방법도 없었지만.

먼저 민호를 찾아온 것은 오히려 윤하 쪽이었다.

「미, 미, 민호야. 자, 잘 지냈어?」

새 책가방을 사가지고 보육원에 찾아온 윤하는, 반갑게 말하며 웃었다. 원망 따위는 한 조각도 남아 있지 않은 듯한 얼굴로.

"다 나 때문이야."

민호는 하염없이 울었다.

"형은 나를 구해줬는데, 나는 형을 지켜주지 못했어. 비겁하게……!"

"아홉 살이었잖아요."

예지가 울먹이며 말했다.

"겨우 아홉 살짜리 어린애가 뭘 알아요. 무서워서 말 못 한 게 당연해요."

"내 잘못이야. 형이 뒤집어쓰면 안 되는 거였어."

"민호 오빠 잘못이 아니에요."

"죽게 한 건 나야."

"죽어도 쌌고, 죽인 것도 아니에요. 그냥 그 인간이 재수가 없었던 것뿐이라고요."

내 탓이야, 내 잘못이라니까. 그렇게 계속 고집을 부리다가 민호는 깨달았다. 결국 자신은 그렇지 않다는 말이 듣고 싶었던 거라는 걸.

그리고 예지는 곁에서 계속 그 말을 해주고 있었다.

"민호 오빠는 좋은 사람이에요. 오빤 잘못한 거 하나도 없다구요. 그게 왜 오빠 잘못이에요?"

결국 민호는 예지를 안고 어린애처럼 소리 내어 엉엉 울음을 터뜨렸다.

"예지야……!"

예지는 민호의 커다란 몸을 두 팔로 꼭 껴안고 같이 울어주었다.

"고마워요. 다 견뎌내고 살아줘서."

한참을 그렇게 서로 껴안고 울고 나자 왠지 마음이 후련해졌다. 다시 일어나서 예지의 집을 향해 걷기 시작했을 때는, 서로 손을 꼭 잡고 있었다. 누가 먼저 잡았는지도 모르게.

"윤하 오빠는 후회하고 있지 않을 거예요."

아직도 조금씩 훌쩍이며, 예지가 중얼거렸다.

"민호 오빠를 지켜냈던 자신을 굉장히 자랑스러워하고 있을 거예요. 그러니까 오빠도 이제 마음 편하게 가져요."

그 일에 대해서는 여태 윤하와 서로 이야기한 적이 없었다. 이야기하지 않는 것이 무언의 약속처럼 되어 있었으니까. 그래서 윤하가 어떻게 생각하는지 몰라서 속으로는 늘 약간의 불안감을 안고 있었다. 혹시 형에게도 조금은 나를 원망하는 마음이 남아 있지 않을까, 하고.

민호는 불안하게 되물었다.

"그럴까?"

"그럼요. 윤하 오빠는 그런 사람이잖아요."

예지는 자신 있게 말했다.

"오빠는 윤하 오빠 오래 봤으면서 그렇게 몰라요? 저는 몇 번 안 보고도 딱 알겠던데."

문득 민호는 자신이 부끄러워졌다. 그래, 나는 만난 지 얼마 안 된 너만큼도 형을 몰랐구나.

"만약에 누가 윤하 오빠한테 살인범이라고 해도 저는 안 믿었을 걸요."

울어서 빨개진 눈으로 밤하늘을 올려다보며, 예지는 조금 웃었다.

"윤하 오빠를 아는 사람이라면, 누구나 그럴 거예요."

"그럼 한 가지만 묻지."

갑자기 현우가 싸늘하게 표정을 굳혔다.

"그 자식이 너한테, 자기가 사람을 죽였다는 말도 하던가?"

미사는 심장이 멎을 만큼 놀랐다.

'사람을…… 죽였다고? 아저씨가?'

"게다가 죽인 사람이 누군지 알아? 자기가 유괴한 아이의 아버지야."

당혹스러운 얼굴을 한 미사의 앞에, 현우는 누런 서류 봉투를 꺼내서 밀어놓았다.

"여기 수사 기록이 있어. 당시 신문기사도."

미사는 떨리는 손으로 내용물을 꺼내보았다. 제일 먼저 김윤하라는 이름이 보였다. 수형복을 입은 앳된 소년의 사진을 본 순간, 눈앞이 캄캄해졌다. 지금과 많이 다르기는 했지만, 틀림없는 윤하였다.

하얗게 질린 미사에게, 현우가 말했다.

"이젠 내 말 믿겠지?"

"……."

"우리 사이에는 아무 문제도 없었어. 녀석은 그냥 우리 결혼을 깨뜨리기 위해 널 속였을 뿐이라고. 사람도 죽이고 입 다물고 있는 놈이, 무슨 거짓말인들 못 하겠어?"

"말씀 함부로 하지 마세요."

미사는 천천히 서류에서 눈을 떼어 현우를 똑바로 노려보았다.

"아저씨는 그런 사람이 아니에요."

현우가 어이없는 얼굴을 했다.

"이봐, 꼬맹이. 네 아저씨는 살인범에 유괴범이라니까?"

"그것도 뭔가 그럴 만한 이유가 있었을 거예요."

"말이 되는 소리를 해. 이런 흉악범죄에 그럴 만한 이유가 어딨어?"

"아저씨가 그랬을 리 없어요. 만약에 누군가를 죽였다면 그 사람이 나쁜 사람일 거예요."

현우는 이제 기가 차다는 듯이 입을 벌린 채 미사를 바라보고 있었다.

"너, 설마 진심으로 그런 소리를 하는 건 아니겠지?"

"아뇨, 진심이에요."

미사는 단호하게 말했다.

"저는 아저씨를 믿으니까요."

제대로 보지도 않은 서류들을 미사는 도로 봉투에 집어넣었다.

"이런 걸로 저하고 아저씨 사이를 이간질하려고 하지 마세요."

서류를 봉투째 현우의 앞으로 다시 밀어놓으며, 미사는 단호하게 말했다.

"이보다 더한 걸 가져와도 제가 아저씨를 의심하는 일은 없을 거니까요."

현우가 놀란 눈으로 미사를 쳐다보았다.

"일방적으로 파혼한 건 죄송하게 생각하지만 취소할 생각은 없어요. 서현우 씨가 어떻게 생각하시든 저도 가짜가 아니에요. 제 인생은 저 스스로 결정할 권리가 있어요."

손도 안 댄 커피를 그대로 남기고, 미사는 일어났다.

"그러니까 두 번 다시 저한테 연락하지 마셨으면 좋겠어요."

그대로 미사는 자리를 떠나려고 했다. 그러나 직전에 서현우의 목소리가 발목을 붙들었다.

"뭔가 착각을 하고 있는 것 같은데."

현우의 입술에 비웃음이 떠올라 있었다.

"난 이간질 따위를 하고 있는 게 아니야, 꼬맹이."

현우가 테이블 위에 놓인 서류봉투를 집어 들어 반대로 뒤집어놓았다. 앞쪽 면에 받는 사람의 주소와 이름이 쓰여 있는 것이 이제야 미사의 눈에 들어왔다.

[**신문 연예부 ***기자 앞]

"이것과 똑같은 봉투가 열 개쯤 있어. 내일 아침에 곧바로 각 언론사로 보내질 거야."

눈이 커다래진 미사를 향해, 현우가 말했다.

"……네가 계속 이렇게 멋대로 군다면 말이지."

그제야 미사는 깨달았다. 이건 이간질이 아니라 협박이었다는 것을.

"저보고 어쩌라는 건데요?"

도로 의자에 앉으며 묻자 현우가 대꾸했다.

"말했잖아. 예정대로 나와 결혼하면 돼."

미사는 기가 막혔다. 자신에게 있어 현우는 오늘 딱 두 번째 본 사람일 뿐이었다.

"전 서현우 씨를 사랑하지 않아요. 아니, 아예 알지도 못한다고요. 제가 사랑하는 사람은 따로 있는 거 알면서 왜 이러시는 거예요?"

"기억이 돌아오면 달라질 거야. 말했잖아, 넌 고등학교 때부터 나를 좋아했었다고."

"제 기억은 언제 돌아올지 기약도 없다고요!"

"괜찮아, 기다릴 수 있어."

미사는 기가 막혔다. 상대가 이렇게 협박까지 동원해서 결혼을 강행하려는 이유를 도저히 이해할 수가 없었다.

"서현우 씨 되게 대단한 집안 아들이라면서요. 저보다 훨씬 예쁘고 멋진 여자들도 얼마든지 많을 거 아녜요. 하다못해 정다솜도 있구요. 근데 대체 왜 꼭 전데요?"

"널 사랑하니까."

현우가 갑자기 진지한 표정을 했다.

"내게는 미사 너뿐이야. 너 아닌 다른 여자는 생각해본 적도 없어. 가진 것도, 배경도 없는 너와 결혼을 결심하는 게, 나라고 쉬웠을 것 같아? 그만큼 널 사랑한단 말이야."

이토록 설레지 않는 고백이 세상에 있을 수가 있나. 코웃음이 절로 새어나왔다.

"거짓말 마세요. 사귀는 동안 서현우 씨가 저를 어떻게 대했었는지 들어서 다 알고 있어요. 누가 사랑하는 여자한테 그런 식으로 대하는데요?"

입으로만 다정한 사람이었다고 했다. 기념일 따위는 툭하면 잊었고, 밖에 나가면 여자친구가 없는 것처럼 행세했다고 했다. 다른 여자와 예사로 잤다고도 했다.

하지만 현우는 눈썹 하나 까딱하지 않았다.

"정윤하가 네게 뭐라고 말했는지 모르지만 다 거짓말이야. 우리 사이엔 아무 문제도 없었어."

"아무 문제도 없었다면 왜 제가 파혼하려고 들었겠어요?"

"그러니까 그것도 정윤하가 꾸며낸 거짓말이라고 하잖아."

이 남자는 윤하를 끝까지 거짓말쟁이로 몰 생각이다. 미사가 노려보자 현우는 오히려 부드럽게 달래듯 말했다.

"너야 아직 어리니까 그런 거짓말에 속아 넘어갈 수도 있어. 하지만 나로서는 내 약혼녀의 인생을 망치려는 걸 그냥 두고 볼 순 없는 거야."

"다른 사람처럼 얘기하지 마세요. 저도 미사예요."

"나의 미사는 너처럼 바보짓을 하지 않아."

나의 미사. 저도 모르게 미사의 온몸에 오소소 소름이 돋았다.

"어쨌든 네 선택에 정윤하의 인생이 달려 있어."

서현우가 어깨를 으쓱하며 턱짓으로 서류 봉투를 가리켰다.

"천하의 정윤하가 알고 보니 청소년 시절에 어린아이를 유괴하고 그 아버지를 죽인 살인범이다. 이게 세상에 알려지면 과연 어떻게 될까?"

"사실이 아니에요. 아저씨가 그랬을 리 없어요."

"증거가 이렇게 눈앞에 있는데 현실도피는 곤란하지. 이미 소년원에도 갔다 온 기록이 이렇게 엄연히 있는데."

"뭔가 이유가 있었을 거라고요!"

"글쎄, 대중이 과연 그걸 알아줄까?"

서현우가 비웃듯이 말했다.

"이 사실이 알려지면 정윤하는 끝장이야. 다시는 연기할 수 없게 될 거라고."

미사는 심장이 내려앉는 것 같은 느낌을 받았다.

윤하는 타고난 배우였다. 스스로도 카메라 앞에 설 때가 가장 행복하다고 말하는 사람이었다.

'아저씨가, 다시는 연기할 수 없게 된다고……?'

문득 며칠 전, 윤하가 인터뷰를 마치고 와서 말하던 것이 떠올랐다.

「이렇게 사람들이 오히려 더 좋아해줄 거라고는 꿈에도 생각을 못 했거든.」

데뷔 후 처음으로 드러낸, 배우 정윤하가 아닌 인간 정윤하의 모습. 그 후 쏟아지는 관심과 사랑에 그는 무척이나 기뻐하고 있었다.

「내가 좀 더 나를 드러내도, 사람들이 날 계속 좋아해줄까?」

윤하는 자신의 있는 모습 그대로 사랑받기를 원하고 있었다. 앞으로 더 대중에게 다가가겠다며, 오늘은 예능 프로그램 녹화까지 하러 갔다. 그런데 이제야 겨우 진짜 사랑을 받기 시작했다고 들떠 있는 그가, 하루아침에 유괴범에 살인자로 알려지게 된다면?

"……."

미사는 피가 나도록 입술을 깨물었다.

"네 손에 달려 있어."

현우가 조용히 말했다.

"정윤하를 살리는 것도, 죽이는 것도 말이야."

미사는 알았다. 이 남자는 결코 자신을 놓을 생각이 없다는 것을. 서현우는 자신을 되찾기 위해서라면 윤하의 인생 따위는 얼마든지 짓밟을 셈이었다.

한참 후, 미사는 떨리는 목소리로 말했다.

"하룻밤만…… 시간을 주세요."

녹화를 마치고 돌아오는 길, 윤하는 무척이나 기분이 좋았다. 난생처음 해보는 예능이 생각 이상으로 즐거웠던 것이다. 매주 꼭 거르지 않고 챙겨 보던 프로그램이어서 자신이 보기에는 무한도전 멤버들이 연예인 같은데, 멤버들은 윤하를 보고는 톱스타가 왔다며 난리법석을 떨었다.

녹화하기 전에 한 가지 결심한 것이 있었다. 오늘은 가면을 쓰지 말자는 것. 있는 모습 그대로 대중에게 다가갈 생각에 예능 출연을 결정한 건데, 거기서도 다른 캐릭터를 연기하고 있으면 출연하는 의미가 없지 않은가.

결심한 것까지는 좋았지만 워낙 타고난 말주변이 없는 윤하였다. 그래서 과연 녹화를 잘할 수 있을까 걱정도 많이 했는데, 결론부터 말하자면 기우였다. 자신이 연기의 프로라면 그들은 웃음을 만드는 데 프로였다. 윤하가 입만 벌려도 멤버들은 빵빵 터졌다. 한마디만 해도 알아서들 재미있게 상황극을 만들고 리액션을 해주었다.

덕분에 어느새 윤하도 자연스럽게 웃으며 함께 즐기듯 녹화할 수 있었다. 녹화가 끝날 때는 벌써 끝인가, 하고 아쉬울 정도였다. 예능이 이렇게 재미있는 건 줄 알았으면 진작 좀 나올걸.

그래서 윤하는 진지하게 결심했다. 다음에는 SNL이다!

민호는 예지를 데려다 주러 가야 한다며 윤하를 집에 데려다 놓자마자 쏜살같이 가버렸다. 윤하는 혼자 쿡쿡 웃으며 집에 들어갔다.

"다녀오셨어요?"

현관에 나와서 맞이하는 미사의 목소리가 평소와 달리 가라앉아 있었다. 놀라서 얼굴을 자세히 보니 눈이 부어 있어서 윤하는 깜짝 놀랐다.

"울었어?"

미사는 부정하지 않았다.

"네. 저녁에 좀 일찍 잠들었는데 나쁜 꿈을 꿔서요."

하필이면 그럴 때 내가 집을 비우고 말았구나. 윤하는 마음이 아파서 미사를 꼭 껴안아주었다.

"무슨 꿈이었는데?"

"그냥, 옛날 꿈이요."

미사는 그 이상 얘기하고 싶지 않은 눈치였다. 위로하듯 가만히 안고 등을 어루만져주고 있자 이윽고 그녀는 이제 괜찮아요, 하고 조금 웃으며 품에서 빠져나왔다.

"오늘 녹화는 어땠어요?"

"아주 재미있었어."

미사의 기분을 풀어줄 생각에, 윤하는 오늘 녹화 때 있었던 일들을 열심히 이야기해주었다.

"멤버들이 나보고 개그맨 시험 보라지 뭐야. 배우로 썩기는 아깝다면서, 하하."

다시 생각해도 우스워서 소리 내어 웃는 윤하에게, 미사가 불쑥 말했다.

"아저씨, 혹시 배우 말고 다른 거 할 생각은 없어요?"

"뭐, 나더러 진짜 개그맨 하라고?"

윤하는 웃어버렸지만 미사는 왠지 진지해 보였다.

"아뇨. 그냥, 사람이라는 게 살다 보면 또 모르는 거잖아요."

"글쎄……."

윤하는 생각해보았다. 연기 말고 다른 걸 한다면, 뭐가 좋을까.

하지만 아무리 생각해도 떠오르는 게 없었다. 학력이 보잘것없으니 사무직은 하기 힘들겠고, 사람 대하는 것이 서투니까 서비스직도 무리다. 그렇다고 데뷔하기 전에 하던 막노동을 하자니 이제는 삼십 대라 그때 같은 체력이 나올지 의문이었다.

아무리 생각해도 연기뿐이었다. 하고 싶은 일도, 할 수 있는 일도.

"아무래도 난 그냥 죽을 때까지 연기만 해야 할 것 같은데?"

윤하는 웃으며 말했다.

"연기를 하지 못하면 나는 아무것도 아니거든. 할 줄 아는 거라고는 그것밖에 없는걸."

"……혹시 언젠가 연기를 못 하게 되면요?"

미사가 조심스럽게 물었다.

연기를 못 하게 될 리가 있나. 그래서 윤하는 그 질문을 이렇게 해석해버렸다. 언제까지나 지금처럼 주인공만 할 수는 없지 않겠느냐, 하는 뜻이라고.

"뭐, 늘 지금처럼 큰 배역만 맡지는 못하겠지. 나이 들면 삼촌 역할도 하고, 더 나이 먹으면 아버지 역할도 할 거고. 그러다 나중에는 할아버지 역할 하면서 나이에 맞게 계속 연기하고 싶어."

스스로도 마음의 준비는 하고 있었다. 지금처럼 로맨스 드라마의 남자주인공을 연기할 수 있는 것은 기껏해야 앞으로 10년도 남지 않았을 테니까. 하지만 주인공이 되지 못해도, 점점 역이 작아지다 심지어 단역을 맡는 한이 있어도 상관없다고 윤하는 생각하고 있었다.

"난 연기할 수만 있으면 그걸로 행복하니까."

"……네."

미사는 생각에 잠긴 얼굴로 고개를 끄덕였다.

"그렇군요."

워낙 귀가가 늦었던 탓도 있지만, 그리 오래 이야기하지 않은 것 같은데 이미 밤 12시가 훌쩍 넘어 있었다. 미사와 함께 있으면 시간은 늘 이런 식으로 갔다. 눈 깜빡할 사이에 한 시간, 두 시간씩 예사로 흘러 있다. 생각 같아서는 새벽까지라도 미사를 곁에 두고 싶었지만, 내일은 드디어 여행을 가기로 한 날이었다. 게다가 미사는 자신보다 먼저 출발하니까 아침에 일찍 일어나야 한다.

"너무 늦었다. 이만 올라가서 자도록 해."

윤하는 아쉬운 마음을 억누르고 미사를 2층에 데려다 주었다.

"짐은 다 챙겨두었지?"

"네."

방문 앞에서, 윤하는 매일 밤 하듯 미사의 이마에 가볍게 입을 맞췄다.

"잘 자."

밤 인사를 남기고 돌아서는데, 뒤에서 미사가 가만히 불렀다.

"……아저씨."

돌아보자 미사는 방문도 열지 않고 우두커니 서서 윤하를 바라보고 있었다.

"있잖아요, 우리 그냥 여행 갔다가 돌아오지 말고 거기서 계속 살면…… 안 되겠죠?"

농담이라도 하듯 가벼운 말투였다.

"거기는 일본이야. 영주권도 없이 눌러있으면 불법 체류자가 된다고."

그래서 윤하도 장난스럽게 대답하고는 되물었다.

"근데 갑자기 그게 무슨 소리야?"

미사는 어깨를 으쓱했다.

"그냥요. 그렇게 산속에서 둘이 꼭꼭 숨어 살아도 재밌겠다 싶어
서요."

역시나 대수롭지 않은 말투였지만, 눈동자는 마치 매달리는 것
처럼 윤하를 바라보고 있었다.

"아저씨, 어차피 밖에 나가거나 사람 만나는 거 별로 안 좋아하잖
아요?"

"그렇긴 한데, 앞으론 그렇게 안 살려고."

그 눈빛을 미처 눈치채지 못하고, 윤하는 웃었다.

"이젠 신비주의 그만한다니까. 앞으로는 남들 사는 것처럼 살아
볼 거야."

입 밖에 내지는 않았지만, 이건 미사를 위한 것이기도 했다.

윤하는 장차 미사와 결혼할 생각이었다. 보통 신비주의를 고수
하는 스타들은 결혼 후에도 배우자와 함께 은둔하듯이 사는 경우
가 많은데, 윤하는 미사를 그렇게 만들고 싶지 않았다. 자신과는
달리 타고난 성격이 활달한 미사니까. 결혼 후에도 자유롭게 나다
니게 해주려면 일단 자신부터가 좀 더 세상으로 나와야 했다.

"아까 말 안 했나? 여행 갔다 오면 오늘 녹화 같이한 멤버들이랑
따로 만나서 술도 한잔하기로 했어."

여태 친한 연예인 하나 없는 윤하였다. 사적으로 술자리를 갖는
것도 물론 처음이었다.

"앞으로 이렇게 친구도 조금씩 만들려고."

미소 짓는 윤하를, 미사는 물끄러미 바라보다 이윽고 고개를 돌

렸다.

"다행이에요, 아저씨한테도 친구가 생겨서."

진심으로 기쁘다는 듯한 말투였다. 그래서 윤하는 전혀 몰랐다. 그녀의 눈가에 서서히 눈물이 고여 가고 있는 것을.

그대로 윤하를 돌아보지 않은 채 방문을 열며, 미사는 말했다.

"안녕히 주무세요, 아저씨."

그날 밤, 설레는 마음에 윤하는 잠을 제대로 이루지 못했다.

소풍 가기 전날의 어린아이 같은 기분이 들었다. 좋아하는 여자와 처음으로 단둘이 여행을 가는데 왜 설레지 않겠는가. 집에서도 늘 단둘이 있다시피 하지만 여행은 또 다른 기분이었다. 게다가 거기는 벚꽃도 많이 피어 있고, 작은 노천 온천도 딸려 있다는데.

사실 윤하가 설레는 것은 그 부분의 탓도 컸다. 혹시 모르지 않는가. 얇은 대나무 벽 하나를 사이에 두고 온천을 하면서 얘기를 하다보면 얼굴이 보고 싶어질 수도 있고. 별장에는 오로지 단둘뿐이고. 물론 미사가 어른이 될 때까지 기다리겠다고는 했지만 윤하도 남자였다. 이런저런 상상을 하게 되는 것까지는 어쩔 수 없었다.

잠은 설쳤지만, 미리 맞춰놓은 알람 덕분에 아침에는 일찍 눈을 떴다. 미사를 깨워서 먼저 공항에 보내야 하기 때문이었다.

윤하는 침실에서 나와 2층 미사의 방으로 올라갔다.

살짝 밖에서 귀를 기울여보니 방 안에서는 아무 소리도 나지 않

300

았다. 지금쯤 씻고 준비하느라 분주할 줄 알았는데.

"아직 자는 거야?"

문을 살짝 두드리며 불러도 대답이 없었다. 윤하는 고개를 갸웃 거리며 살며시 방문을 열었다가 깜짝 놀랐다. 자고 있을 줄 알았던 미사가 일어나서 멀쩡히 침대에 앉아 있었던 것이다.

"일어나 있었어?"

미사가 고개를 들어 윤하를 쳐다보았다. 무척이나 놀라고 당혹 스러워 보이는 눈빛이었다.

"미사……?"

놀라서 부르자 미사가 떨리는 목소리로 말했다.

"윤하 씨?"

심장이 무겁게 내려앉았다. 설마, 설마…….

"대체 내가 왜 여기 있는 거예요?"

기어이 와버렸다. 그토록 두려워하던 순간이. 윤하의 눈앞이 새 까만 암흑으로 서서히 물들어갔다.

윤하가 대답이 없자 미사가 다시 물었다.

"여기 윤하 씨 집이잖아요. 내가 왜 여기 와 있는 거냐니까요?"

아까보다 조금 더 높아진 목소리에서 초조함이 느껴졌다. 장난 이 아니라는 것을 알 수 있었다. 자신이 가장 두려워하는 일이라는 걸 잘 알면서 이런 장난을 칠 미사도 아니었다.

윤하는 동요를 애써 감추고 침착하게 물었다.

"기억나는 게 어디까지야?"

미사는 금세 대답하지 못했다. 당혹스러운 표정으로 관자놀이에 손끝을 갖다 대고 기억을 더듬어보는 듯한 표정을 하더니, 한참 후에야 띄엄띄엄 중얼거리기 시작했다.

"우린…… 오늘 점심 때 만나기로 했잖아요. 그래서 아침에 일어나서 준비를 하고, 약속장소로 나갔는데…… 길 건너편에 윤하 씨가 서 있는 걸 봤어요. 그래서 길을 건넜는데…….

순간적으로 미사의 얼굴에 두려움이 번졌다.

"그 후의 기억이 없어. 대체 어떻게 된 거죠?"

윤하는 눈을 감았다. 기억을 되찾으면서, 동시에 기억을 잃고 있던 동안의 기억이 깨끗하게 사라져버린 것이 틀림없었다.

즉, 정윤하를 사랑했던 윤미사는 이제 세상에서 사라져버렸다.

윤하는 하늘이 무너지는 것 같은 절망감을 느꼈다. 하지만 지금은 그걸 내색할 때가 아니라는 것 역시 알고 있었다.

"내가 다 설명해줄게."

윤하는 독하게 마음을 먹고 눈을 떴다.

"그전에 먼저 물을 게 있어. 그날 밤…… 그러니까 어젯밤에, 왜 나한테 전화했었지?"

"그게…….

미사는 조금 망설이는 눈치였다.

"상의할 게 있다고, 직접 만나서 이야기해주겠다고 했었잖아. 파혼하겠다면서."

윤하는 다그치듯 물었다. 대체 그 일이 뭐였는지부터 알아야 했다.

"싸웠어요, 현우 선배랑."

잠시 후, 미사가 어쩔 수 없다는 듯이 말했다.

"결혼식 축가를 김준서 씨에게 부탁하고 싶다고 했더니 선배가 화를 내지 뭐예요. 어린애도 아니고 아직도 연예인 타령이냐면서. 그래서 나도 감정이 상해서 서로 싸우다가 파혼하자고까지 해버렸어요. 싸우고 나서 어디 털어놓을 데도 없고 해서 윤하 씨한테 전화한 거였는데……."

스스로도 좀 부끄러운지, 목소리가 점점 갈수록 작아졌다.

"사실은 전화 끊고 곧바로 화해했어요. 선배가 먼저 사과하더라고요."

미사가 미안한 표정으로 윤하의 눈치를 슬쩍 보았다.

"괜히 귀찮게 만들어서 미안해요, 윤하 씨."

윤하는 온몸에서 힘이 쭉 빠져나가는 것만 같았다.

단순한 사랑싸움이었던 건가. 나는 그런 줄도 모르고 너를 보호하겠답시고 가짜 남편 행세까지 했던 건가. 너도, 네 약혼자도 속여가면서. 문득 윤하는 자신이 끝없이 한심하게 느껴졌다. 그동안 나는 대체, 무엇을 위해서……!

"그 사람, 사랑해?"

저도 모르게 입이 움직였다. 무슨 영문인지 모르겠다는 듯이 쳐다보는 미사를 향해, 윤하는 다시 한 번 물었다.

"네 약혼자 말이야."

"당연하죠."

미사는 1초도 망설이지 않고 대답했다.

"첫사랑인걸요. 가끔 속상하게는 해도 결국 저한테는 그 사람뿐이에요."

윤하의 마음속에서 무언가가 굉음을 내며 와르르 무너져갔다.

사라졌다. 그토록 보물처럼 여겼던 무언가. 너무나 힘들게 손에 넣었던, 그래서 너무나 소중했던 것이.

"하여튼 싸운 거야 이제 화해했으니까 끝난 일이고요."

윤하의 마음속 사정을 알 리 없는 미사는 잔인하게 재촉을 이어갔다.

"분명히 난 방금 전까지 길 한복판에 있었는데, 대체 왜 갑자기 윤하 씨 집에 와 있냔 말이에요. 대체 무슨 일이 벌어진 거죠?"

도저히 궁금해서 못 살겠다는 듯한 말투였다.

윤하는 심호흡을 했다. 그리고 잠시 머릿속에서 할 말을 정리하고 나서야 천천히 입을 열었다.

"놀라지 말고 잘 들어."

슬퍼해서는 안 된다. 아쉬움을 보여서도 안 된다. 윤하는 필사적으로 가면을 썼다.

"그날, 너는 나를 보고 급히 길을 건너다가 차에 치였어. 그리고 그 후로 지난 두 달 간 기억을 잃은 채로 지냈어."

"뭐라고요?"

"사고가 있던 날로부터 두 달이 지났어. 지금은 벌써 4월 말이야."

"말도 안 돼."

미사는 도저히 믿지 못하겠다는 듯한 표정을 했다. 윤하는 설명 대신에 자신의 휴대폰을 내밀었다.

"세상에······!"

스마트폰의 메인 화면에 표시된 날짜를 보고 미사는 말을 잇지 못했다. 그러더니 갑자기 창가로 달려가 커튼을 확 열어젖히고 창문을 열었다. 열린 창문으로 기다렸다는 듯이 바람이 새어 들어왔다. 아직 겨울 내음이 묻어 있는 싸늘한 바람이 아닌, 봄 내음을 한껏 품은 따스한 바람이.

"맙소사."

푸르게 물들어 있는 정원을 내다본 미사가, 중얼거리며 털썩 주저앉았다.

"······."

망연자실한 표정이었다. 그녀가 진정할 때까지, 윤하는 곁에서 가만히 기다렸다.

역시 어른 미사는 어린 미사와는 달랐다. 무척이나 당혹스러운 상황일 텐데도 그녀는 오래지 않아서 이성을 되찾고 침착하게 물었다.

"아직 내가 왜 여기 있는지는 설명이 되지 않았어요."

미사의 날카로운 시선이 방 안을 한 바퀴 훑었다.

"보아하니 내가 그동안 여기서 계속 지냈던 것 같은데, 아닌가요?"

"맞아."

"내가 기억을 잃었다 치고, 그랬더라도 현우 선배랑 함께 있어야 하잖아요. 대체 왜 내가 여기 있는 거죠?"

이미 데뷔작에서부터 타고난 연기자로 찬사를 한몸에 받아왔다.

어떤 역을 맡아도 크게 어렵다는 생각을 한 적이 없는 윤하였다. 하지만 지금 이 연기는 그가 지금껏 해왔던 그 어떤 연기보다도 어려웠다. 목소리가 떨리지 않게 하는 데만 해도 가진 연기력을 최대치로 끌어내야 했다.

"내가 너를 속였어, 네 남편이라고. 속여서 여태 너를 데리고 있었던 거야."

"뭐라고요?"

미사의 얼굴에 경악의 빛이 떠올랐다. 하지만 역시 그녀답게, 섣불리 흥분하거나 소리치지는 않았다.

"어쩐지, 웬 모르는 반지를 끼고 있더라니 그런 거였군요."

그녀는 자신의 손가락에 낀 반지와, 윤하가 끼고 있는 똑같은 반지를 번갈아 보더니 중얼거렸다.

"결혼을 앞둔 내게 이런 짓을 했을 때는 윤하 씨도 이유가 있었겠죠. 대체 뭐죠?"

침착하게 묻고는 있지만 화를 억누르고 있는 기색이 역력했다.

"날 계속 좋아했다고 했었죠. 설마 그래서였나요? 내 결혼을 방해하려고?"

"그렇지 않아."

윤하는 강하게 부정했다. 그것만은 정말로 아니었으니까.

"그 전날 밤, 전화로 들은 네 목소리가 나한테는 너무나 절박하고 다급하게 들렸어. 그래서 섣불리 서현우 씨 곁으로 돌려보낼 수가 없었던 거야. 싸운 이유를 몰랐으니까."

윤하는 두 달 간의 일을 차근차근 설명해주었다. ……기억을 잃

306

은 동안 그녀가 자신을 사랑했었다는 것만 제외하고.

이야기를 다 듣고 난 미사가 물었다.

"……그래서, 언제까지 날 속이고 데리고 있을 생각이었죠?"

"결혼식 직전까지만."

윤하가 대답했다.

"그때까지도 기억이 돌아오지 않으면 그냥 다 사실대로 이야기해주고 네 약혼자에게 돌려보내려 했어. 아무리 그래도 나는 제삼자인데, 진짜로 결혼 자체를 망쳐버릴 수는 없었으니까."

"그랬던 거군요."

"내 착각으로 그만 너도, 네 약혼자도 속이고 말았어. 다 내 잘못이야."

미사가 고개를 저었다.

"아니에요, 별일도 아닌데 괜히 전화했던 내 잘못이에요."

차분하게 가라앉은 목소리였다.

"윤하 씨도 결국은 내가 걱정돼서 한 일인 거잖아요."

순간 윤하는 울컥했다. 두 달 동안 속여서 데리고 있었다고 말했는데도, 그녀는 자신을 전혀 원망하거나 경멸하지 않고 있었다.

"……그래."

미움받지 않은 것만도 다행이다. 목이 메는 것을 감추며, 윤하는 가까스로 대답했다.

"고마워요."

미사가 중얼거렸다.

"윤하 씨 마음, 알아요."

문득, 그녀는 마음 아픈 듯이 윤하를 바라보았다.

"지금이 4월 말이라면, 난 이제 곧 결혼하게 돼요. 그러니까 윤하 씨도 그만 나에 대해서는 잊어버리고 행복을 찾았으면 좋겠어요."

"그럴 거야."

윤하는 고개를 크게 끄덕였다.

"이젠 그럴 수 있을 것 같아. 사실, 그동안 기억을 잃은 너를 데리고 있느라 무척 고생했거든."

미사가 궁금하다는 듯이 물었다.

"어땠죠? 열여덟 살의 나는."

윤하는 미소를 지었다.

"무척 말괄량이였어. 철부지에다 입만 열면 준서 오빠 타령에, 얼마나 사람을 귀찮게 만들던지."

"어머, 그 정도까지는 아니었을 텐데."

아무리 그래도 제 험담이 별로 마음에 들지 않았는지, 미사는 불만스러운 얼굴을 했다.

"정말이야. 두 달 동안 나는 완전히 지옥이었다고."

지옥이었지. 세상에서 가장 달콤한 지옥. 천국보다도 더 아름다운, 이제는 다시 돌아갈 수 없는 나의 행복한 지옥.

점점 뜨거워져 오는 눈시울을 감추기 위해, 윤하는 활짝 웃었다.

"하여튼 덕분에 살았어. 이제라도 네 기억이 돌아와줬으니."

"대체 내가 열여덟 살 때 쓰던 비밀번호가 뭐지?"

뻔히 알고 있는 비밀번호를 일부러 몇 번이나 잘못 입력한 끝에 미사는 휴대폰을 화장대 위에 탁 하고 올려놓았다.

"그냥 버리고 새로 사야겠네요. 어차피 잠깐 쓰던 거니 별 중요한 것도 없을 테고."

순간 윤하가 몰래 안도의 한숨을 쉬는 게 미사의 눈에 들어왔다.

누가 말했지, 저 사람의 연기가 완벽하다고. 내 눈에는 이렇게나 빈틈이 많이 보이는데.

"약혼자한테는 언제 전화할 거야?"

태연한 척 말을 해도 저렇게 목소리가 떨리고 있는데.

"일단 짐부터 좀 챙기고 나서, 이리로 데리러 와달라고 해야겠어요."

"그래. 자칫하면 내가 한 대 얻어맞겠군."

저렇게 울 것 같은 눈으로 웃고 있는데.

"우선 좀 씻어야겠네요. 잠깐 나가줄래요?"

세수를 핑계로 윤하를 방에서 몰아내고 미사는 문을 잠갔다. 그리고 문에 등을 기대어 소리 없이 울음을 터뜨렸다.

"……!"

방을 나간 윤하가 이제부터 어떻게 할지 눈에 뻔히 보였다. 내려가서 서현우에게 전화를 해서 이렇게 말하겠지.

사실 그동안 미사는 기억을 잃고 있었다. 그래서 철없는 마음에 연예인을 좋아하듯 나를 좋아했다. 이제 그녀는 기억이 돌아왔고, 여전히 서현우 당신만을 사랑하고 있다. 그러니까 부디 파혼은 없었던 일로 해달라.

「모두 내 잘못입니다. 미사는 당신과 파혼한 걸 기억조차 못 하고 있으니, 부디 그녀를 다시 받아들여줬으면 합니다.」

현우에게 그렇게 부탁하는 윤하의 목소리가 생생하게 떠올라서 미사는 입술을 깨물었다. 바보 같은 아저씨.

「언젠가 기억이 다시 돌아와서 네가 약혼자 곁으로 돌아가겠다고, 나더러 보내달라고 하는 날이 와도…….」

사랑을 시작할 때, 분명 그는 그렇게 말했었다.

「웃으면서 순순히 보내줄 자신, 난 없어.」

그런데 정작 진짜로 그런 척을 하자 윤하는 정반대로 나왔다. 화를 내거나 매달리거나 가지 말라고 막기는커녕, 이제는 자신을 잊을 수 있을 것 같다며 웃어 보이기까지 했다. 곧 울음을 터뜨릴 것 같은 눈을 하고서는.

윤하가 왜 자신을 붙잡지도, 매달리지도 않았는지 미사는 잘 알고 있었다.

「그 사람, 사랑해?」

그 말에 자신이 그렇다고 대답했으니까.

「당연하죠.」

그 한마디에 윤하는 자기 혼자 아픔을 감당하는 길을 선택했다.

그런 윤하를 보면서도 모른 척 연기를 이어나가는 것은 쉽지 않은 일이었다. 금방이라도 그 품에 뛰어들며 말하고 싶었다. 아니에요, 거짓말이에요. 전 기억이 돌아오지 않았어요, 만약에 돌아왔더라도 변함없이 아저씨를 사랑하고 있을 거예요.

하지만 도저히 그럴 수는 없었다. 윤하의 곁에 남을 수가 없게 돼 버렸으니까.

「연기를 하지 못하면 나는 아무것도 아니거든. 할 줄 아는 거라고 는 그것밖에 없는걸.」

그렇게 말하는 윤하에게서 차마 연기를 빼앗을 수가 없었다.

「이젠 신비주의 그만한다니까. 앞으로는 남들 사는 것처럼 살아 볼 거야.」

그 즐거운 듯한 표정을 보고도, 차마 살인범에 유괴범으로 온 세 상 사람들에게 손가락질을 받게 할 수는 없었다.

어젯밤, 미사는 밤새 잠도 못 자고 고민했다. 차라리 솔직하게 협 박당하고 있다는 걸 윤하에게 털어놓고 해결방법을 찾을까.

서현우가 한 말은 거짓이 아니었다. 집에 돌아와서 인터넷으로 검색해보자 오래된 신문기사들이 여럿 나왔다. 그것도 꽤나 떠들 썩했던 사건이었는지, 사건 당시는 물론 재판 후까지도 기사가 나 와 있었다.

[김 모 군, 살인이 아닌 과실치사죄 적용…… 결국 소년원 행]
[미성년자 솜방망이 처벌, 이대로 옳은가?]

물론 윤하는 억울하게 누명을 썼을 뿐이라고 미사는 믿었다. 그 사실에는 한 치의 의심도 없었지만, 누명을 벗겨줄 수 있는 힘이 자 신에게는 없었다. 속사정이 어찌되었든 기사만 보면 윤하는 이미 흉악범이었다. 20년 가까이가 된 사건을 이제 와서 누명을 벗을 수

있을지도 의문이었지만, 설령 벗는다 해도 일단 대중에게 알려지는 순간 매장되는 것은 피할 수 없을 터였다

결국 선택지는 둘뿐이었다. 서현우에게 돌아가느냐, 윤하의 곁에 남느냐.

도저히 윤하에게 사실대로 털어놓고 의논할 수도 없었다. 왜냐하면, 말했다간 윤하는 분명히 기꺼이 자신의 인생을 내던지고 미사 쪽을 선택할 테니까.

윤하가 자신을 얼마나 사랑하는지는 잘 알고 있었다. 자신이 떠나고 난 후 그가 얼마나 슬퍼할지도 뻔히 짐작이 갔다. 하지만 설령 오랫동안 잊지 못해 힘들어하는 한이 있더라도, 범죄자로 매도당한 끝에 연기까지 못 하게 되는 것보다는 나을 터였다.

사랑하는 남자의 인생을, 차마 제 손으로 망쳐놓을 수는 없었다.

"흐윽……!"

한참 동안 울고 난 후에야 미사는 억지로 울음을 멈췄다. 대충 이쯤 지났으면 윤하가 서현우와 통화를 마쳤을 터였다.

서현우는 다 알고 있으면서도 모른 척 시치미를 떼고 알았다고 대답했겠지.

「알겠습니다. 미사가 기억을 잃은 동안에 철없이 저지른 일이라니까, 그럼 파혼은 없던 걸로 하지요.」

뻔뻔스러운 목소리를 상상하자 속에서 무언가가 울컥 치밀어 올랐다. 그렇게 파렴치한 남자와 결혼해서 함께 살아야 한다고 생각하자 소름이 끼쳤다.

하지만 그게 윤하를 위한 거라면 미사는 얼마든지 감당할 셈이었

다.

"……."

눈물로 흐려진 시야에 화장대 위에 올려놓은 휴대폰이 비쳤다. 휴대폰 안에는 둘이서 다정하게 찍은 사진과 서로 주고받은 메시지가 가득했다. 그래서 일부러 비밀번호를 기억하지 못하는 척한 거였다. 그렇지 않으면 윤하가 자신을 위해 기껏 거짓말을 한 보람이 없어질 테니까.

가져갈 수 없는 휴대폰을 잠시 손끝으로 가만히 어루만지다, 미사는 손에 낀 반지를 빼서 가만히 그 옆에 올려놓았다.

이윽고 미사는 거울을 보면서 눈물자국을 꼼꼼하게 지워냈다. 그리고 안약을 넣어 충혈된 눈까지 완전히 가라앉히고 난 후, 심호흡을 하고는 방에서 나왔다.

'지금 데리러 와주세요.'

이번에는 자신이 서현우에게 전화할 차례였다.

미사를 보자마자 현우는 저만치서부터 달려와서 두 팔을 벌려 그녀를 꼭 끌어안았다.

"아무 일 없어서 다행이야. 내가 얼마나 걱정했는지……!"

격정에 찬 목소리였다.

"걱정시켜서 미안해요, 선배."

현우의 품에 안긴 미사가 말했다.

"하지만 윤하 씨를 너무 탓하지는 말아줘요. 윤하 씨도 날 걱정해서 그랬던 거니까요."

"알았어."

서로 꽉 껴안고 있는 두 사람을, 윤하는 조금 떨어진 곳에 서서 어딘가 무미건조한 시선으로 바라보고 있었다.

이윽고 현우가 미사를 포옹했던 팔을 풀고는 윤하를 향해 성큼성큼 다가왔다.

"……."

노골적으로 노려보는 시선을, 윤하는 피하지도 않고 정면으로 바라보았다.

서현우는 아까 자신이 전화로 했던 부탁을 들어주기로 했다.

「미사는 서현우 씨와 파혼했던 것조차 기억하지 못합니다. 그러니까 서현우 씨도 아무 일 없었던 것처럼, 그녀를 다시 받아주면 됩니다.」

그러니까 한 대 치거든 그까짓 것, 맞아주고 말자고 윤하는 생각했다. 어차피 당장은 카메라 앞에 설 일도 없으니까.

하지만 현우는 주먹을 날리는 대신에 갑자기 한쪽 입꼬리를 끌어올렸다.

"제 예비신부를 무척 위해주셔서 고맙습니다. 청첩장을 보내드릴 테니까 결혼식에도 오셔서 축하해주시죠."

연적에 대한 노골적인 승리 선언이었다.

청첩장은 됐으니 울리지나 말라고 대꾸해주려다 윤하는 꾹 눌러 참았다. 자칫하면 미사의 입장이 곤란해진다.

"고맙습니다. 참석은 장담하지 못하겠습니다만."

조용히 대답하고, 윤하는 미사를 향해 시선을 돌렸다.

"결혼 축하해."

미소 띤 얼굴로, 윤하는 사랑하는 여자에게 마지막 인사를 보냈다.

"……부디 행복하게 살아."

08 / 원수는 외나무다리에서

미사가 옆자리에 타자 현우가 차를 출발시켰다.

윤하는 대문 앞에 우두커니 서서 차가 떠나는 것을 보고 있었다. 미사는 안전벨트를 매는 것도 잊고 룸미러에 비친 윤하의 모습을 바라보았다. 눈조차 깜빡이지 않고.

이윽고 윤하의 모습이 작아지고 또 작아져서, 기어이 보이지 않게 되었을 때에야 현우가 입을 열었다.

"……잘 생각했어."

달래듯 부드러운 목소리였다.

"옳은 결정을 한 거야. 너와 나를 위해서도, 그리고 저 사람을 위해서도."

"그랬으면 좋겠네요."

미사는 무표정한 얼굴로 말했다.

"이제 서현우 씨 요구는 들어드렸으니까, 제 조건도 들어주세요."

"그렇게 하지."

현우가 고개를 끄덕였다.

미사가 미리 요구한 조건이 있었다. 다솜이 윤하와 자신의 일을 언론에 떠벌이지 못하도록 막아달라는 것이었다.

"확실하게 처리해주셔야 해요. 혹시라도 정다솜이 스캔들을 터뜨려서 아저씨한테 피해가 가게 되면, 저는 죽어도 서현우 씨하고 결혼하지 않을 거예요."

"걱정 마. 절대 못 하게 할 테니까."

확답을 받고 나서 미사는 입을 꽉 다물어버렸다. 더 이상 현우와 아무 말도 하고 싶지 않아서였다. 그런 미사의 기색을 눈치챘는지, 현우는 말없이 차를 몰았다.

차는 한 시간쯤 달려 아파트 단지에 들어섰다. 호화로운 고층 주상복합 따위가 아닌 그냥 평범한 아파트였다.

"그리 좋은 아파트는 아니지만 내부는 싹 리모델링해서 예쁘게 꾸며놓았어."

현우가 변명하듯 말했다.

"알다시피 아버지가 정치를 하시니까, 남의 이목도 신경 써야 하거든."

"네."

미사는 건성으로 대꾸했다. 이 남자와 함께 살아야 하는 집 따위의 내부가 어떻게 돼 있든 전혀 관심 밖이었다.

주차장에 차를 세우고 엘리베이터를 타고 올라가는 동안, 현우가 말했다.

"이미 식장은 모두 취소했어. 하객들에게도 벌써 파혼 사실을 알렸으니까, 다시 식을 올릴 준비를 하려면 빨라도 앞으로 한 달은 더 걸릴 거야."

불행 중 다행이라고 미사는 생각했다. 어차피 할 결혼이라지만, 조금이라도 늦추고 싶은 게 솔직한 심정이었다.

"자, 여기가 우리 신혼집이야."

이윽고 집에 들어섰다. 현우의 말대로 집안은 한눈에 봐도 신혼 분위기가 나도록 아기자기하고 예쁘게 인테리어가 되어 있었다.

"혹시 빈방 있어요?"

신발도 벗기 전에 미사는 다짜고짜 말했다.

"결혼식 올리기 전까지는 각방을 쓰고 싶어요. 그렇게 해주세요."

신혼집이라니까 당연히 부부 침실도 마련되어 있을 터였다. 거기서 같이 자야 한다는 말이 나오기 전에 선수를 친 거였다.

"그렇게 하지."

다행히 현우는 고개를 끄덕여주었다. 일단 자기 목적은 이뤘으니, 이젠 될 수 있는 대로 미사의 기분을 거스르지 않으려고 하는 것 같았다.

"내 서재로 쓰려던 방이 있어. 아직 본가에서 내 짐을 다 가져오지 않아서 그대로 비어 있으니까, 그 방에서 지내면 될 거야."

"고맙습니다."

건성으로 대답하자 현우가 흘깃 시계를 보았다.

"난 회사에서 일하던 중에 잠깐 나온 거라서 이만 도로 들어가봐야 하는데. 혼자 있어도 괜찮겠어?"

제발 좀 혼자 있게 해주세요. 속으로 그렇게 대꾸하며, 미사는 말했다.

"괜찮으니까 걱정 말고 다녀오세요."

"너무 늦지 않게 돌아올게."

이윽고 현우가 집을 나갔다. 그리고 현관문이 닫히고 혼자가 된 순간, 미사는 여태껏 참고 참았던 울음을 터뜨렸다.

"흑……!"

아까 윤하의 집에서부터 꾹꾹 눌러 참고 있었다. 죽어도 서현우의 앞에서는 눈물을 보이고 싶지 않아서.

「결혼 축하해.」

그 말을 할 때의 윤하의 미소 띤 얼굴을 떠올리자 눈물이 멈추지 않았다.

「……부디 행복하게 살아.」

당신 없이 내가 어떻게 행복할 수가 있을까요. 나의 아저씨.

민호는 점심때쯤 윤하의 집에 도착했다. 미사를 먼저 공항에 데려다 주기 위해서였다.

"어?"

윤하가 대문 앞에 우두커니 서 있는 걸 보고 민호는 놀라서 차에서 내렸다.

"형, 왜 밖에 나와 있어요?"

가까이 다가가서 물었지만 윤하는 대답하지 않았다. 그저 저만치 먼 곳을 뚫어져라 바라보고 있을 뿐이었다. 뭔데 그러나 싶어서 민호도 윤하가 바라보는 쪽을 덩달아 쳐다보았지만 그 시선의 끝에는 아무것도 없었다.

"미사 누나는요?"

그제야 윤하가 움찔하며 고개를 돌려 민호를 쳐다보았다. 텅 빈 듯한 눈동자가 왠지 심상치 않았다.

"준비는 다 됐대요? 비행기 시간 맞추려면 빨리 출발해야 되는데."

민호는 불안감을 억누르며 말했다. 윤하는 한참 동안이나 그런 민호를 물끄러미 바라보더니, 이윽고 등을 돌리며 중얼거렸다.

"여행은 취소야."

"예?"

이게 무슨 소린가. 바로 어제까지만 해도 여행 간다고 둘 다 그렇게 들떠 있더니.

윤하는 그대로 대문 안으로 들어가버렸다. 얼른 뒤를 따라 들어가며 민호는 물었다.

"아니, 갑자기 그게 무슨 소리예요? 네? 미사 누나는 어딨냐니까요?"

윤하가 걸음을 멈췄다.

"미사는 없어."

"예? 누나 어디 갔는데요?"

뒤도 돌아보지 않고 윤하는 되풀이해서 말했다.

"미사는 이제 이 세상에 없다니까."

민호는 속이 터졌다. 설마하니 죽었다는 말은 아닐 테고, 대체 이게 갑자기 무슨 일이야!

"글쎄 그게 대체 무슨……!"

울화통을 터뜨리며 윤하의 앞쪽으로 돌아가서 얼굴을 본 순간, 민호는 그만 입을 다물고 말았다.

윤하의 눈에 눈물이 가득했다.

민호는 여덟 살 때부터 윤하를 보아왔다. 윤하가 보육원에 데리러 와준 후부터는, 아예 떨어져 지내본 적이 없다.

하지만 윤하가 우는 것은 여태 한 번도 본 적이 없었다. 연기라면 모를까. 자기 대신에 누명을 쓰고 경찰서에 끌려갈 때조차도 눈물 한 방울 보이지 않았던 윤하였다. 그런 윤하가, 처음으로 자기 앞에서 울고 있었다.

윤하가 흐느낌을 억누르며 말했다.

"미사의 기억이 돌아왔어."

민호는 가슴이 철렁했다.

"대신에 지난 두 달 간의 기억을 모두 잃어버렸어."

"……!"

"그러니까, 나를 사랑했던 미사는 더 이상 세상에 없어."

민호는 가슴이 찢어질 것만 같았다.

제 형이 미사를 얼마나 오래 전부터 사랑했는지는 민호가 제일 잘 알고 있었다. 그 사랑이 이루어져서 얼마나 행복해했는지도. 늘 무뚝뚝하고 무표정했던 윤하가, 요즘은 웃는 날이 많아졌다. 그 웃는 얼굴을 볼 때마다 자신이 다 행복해지는 느낌이었는데.

저도 모르게 분노가 치밀었다. 누구에게 향한 건지도 모를 분노가.

"그래서요? 미사 누나는 지금 어디 있어요?"

민호는 따지듯이 물었다.

"데려갔어, 서현우가."

윤하가 입술을 깨물고 대답했다.

"형은 그걸 가만히 보고만 있었어요? 예?"

민호는 울화통을 터뜨렸다.

"붙잡았어야죠! 그동안 너랑 나랑 이런 사이였다, 그러니까 너
이제 내 거다, 아무 데도 못 간다! 그렇게 말하고 못 가게 꼭 붙들었
어야죠!"

"나도 그러고 싶었어!"

윤하의 목소리도 따라서 격앙되었다.

"그 녀석을 사랑하느냐고 물었을 때, 조금이라도 대답이 늦었더
라면 그렇게 했을 거야."

"……!"

"하지만 미사는 조금도 망설이지 않았어. 첫사랑이라고, 자기한
테는 결국 그 사람밖에 없다고 똑똑히 말했다고."

윤하는 민호에게 오히려 매달리듯 물었다.

"그런데 대체 내가 어떻게 미사한테서 사랑하는 사람을 빼앗을
수 있겠어?"

결국 민호는 아무 대답도 할 수 없었다.

다솜은 무척이나 들떠 있었다. 퇴근하기 한 시간쯤 전에 현우에게서 연락이 온 것이었다.

「퇴근 후에 우리 회사 근처로 좀 와줄래?」

현우 쪽에서 먼저 연락해서 만나자고 한 것은 이번이 처음이었다. 오빠가 이제 드디어 나한테 마음을 여는구나, 싶어서 다솜은 무척이나 기뻤다.

'역시 얘기하기를 잘했어.'

미사가 기억을 잃어버렸다는 사실을 말해주었을 때, 현우는 놀란 표정을 감추지 못했다. 역시나 까맣게 모르고 있었던 모양이었다.

'하긴, 미사는 자기를 기억조차 못 하는데 뭘 더 어쩌겠어?'

이제 현우도 미사를 포기하고 자신에게 올 모양이다. 그렇게 생각한 다솜은 퇴근 후 한껏 들뜬 마음으로 현우의 회사 앞으로 갔다.

그러나 카페에서 기다리고 있는 다솜을 보자마자 현우는 다짜고짜 이렇게 말했다.

"미사한테 받은 각서는 어디 있어?"

"네?"

다솜은 깜짝 놀랐다. 그걸 현우 오빠가 어떻게 알고 있지?

현우는 웃지도 않고 되풀이했다.

"미사를 협박해서 받아낸 각서는 어디 있냐고 묻잖아. 집에 있어?"

이미 다 알고 말하는 게 뻔한데 발뺌을 할 수도 없어서, 다솜은 어쩔 수 없이 사실대로 대답했다.

"제 핸드백 안에 들어 있어요."

"꺼내봐."

차마 거역할 수 없게 만드는 말투였다. 다솜은 머뭇거리며 아직 핸드백에 그대로 들어 있던 각서를 꺼냈다.

"설마 이따위 게 법적 효력이 있을 거라고 생각한 거니?"

각서를 들여다보던 현우가 어이없다는 듯이 말했다.

"미사는 열여덟이라 그렇다 치고, 다솜이 너는 스물여덟이나 먹었잖아. 한심하긴."

다솜의 얼굴이 확 붉어지는 것과 동시에, 현우가 갑자기 각서를 확 찢었다.

"오빠!"

깜짝 놀라 얼른 손을 뻗었지만 이미 각서는 현우의 손에 갈기갈기 찢겨진 후였다.

"대체 저한테 왜 이러시는 거예요? 네?"

당혹감과 배신감에 떨며, 다솜은 물었다.

"잘 들어, 다솜아."

종잇조각 뭉치를 다솜 앞으로 밀어놓으며, 현우가 타이르듯 말했다.

"나는 미사와 화해했어. 한 달 후에 결혼식을 올릴 예정이야."

그럴 수가. 새하얗게 질린 다솜의 얼굴에 대고 현우는 계속해서 말했다.

"미사는 이제 곧 내 아내이자 내 아버지, 서민국 의원의 큰며느리가 돼. 배우 나부랭이하고는 아무 상관도 없고, 또 없어야만 하지."

"……!"

"누군가가 말도 안 되는 모함을 해서 괜한 스캔들이라도 났다가는, 아버지가 가만히 계시지 않을 거야. 아마도 그 사람의 인생을 철저하게 망가뜨려버리고 말겠지. 물론 그 집안까지도 말이야."

마치 이 자리에 없는 제삼자에 대해 이야기하는 것 같은 말투였지만, 다솜은 완벽하게 알아들었다. 자신이 쥐고 있는 정윤하와 미사에 대한 정보를 언론에 흘렸다가는, 집안까지 홀랑 망하게 만들고 말겠다는 협박.

다솜의 이마에 식은땀이 촉촉하게 배어났다.

"부디 신중하게 처신하길 바라. 다솜이 너는 나한테 동생 같은 아이니까 말이야."

현우가 부드럽게 말했다. '동생 같은'에 힘이 실려 있었다.

"그럼 난 이만 일어날게. 미사와 저녁 약속이 있거든."

피가 나도록 입술을 깨물고 있는 다솜을 그대로 내버려두고, 현우는 일어났다.

"참, 결혼식에는 와줄 거지?"

자리를 떠나기 직전, 현우는 뭔가 생각났다는 듯이 뒤돌아보고는 미소를 지었다.

"부케 받을 사람이 마땅치 않을 것 같은데."

현우가 회사로 돌아가고 난 후, 미사는 거실 소파에 쓰러져 한참 동안이나 울었다. 대체 왜 이렇게 돼버린 걸까. 원래 예정대로라면 지금쯤 두근거리는 마음으로 비행기에 타고 여행지로 향하고 있을 시간인데.

　자신과 윤하의 행복을 단번에 산산조각 내버린 남자가 너무나 미웠다. 심지어 앞으로 그 남자와 결혼해서 살아야 된다는 생각을 하자 절망스럽기 그지없었다.

　괴로운 나머지 숨조차 제대로 쉬기 힘들었지만, 미사는 언제까지나 절망에 빠져 울고만 있을 성격은 아니었다. 울 만큼 울고 나자 오히려 머릿속이 맑아졌다. 눈물을 닦고, 미사는 찬찬히 앞으로의 일에 대해 생각하기 시작했다.

　'당장 결혼하는 건 피할 수 없어. 하지만 평생은 안 돼.'

　설령 윤하가 이혼녀가 된 자신을 다시 받아주지 않더라도 평생 서현우의 아내로 살 생각은 손톱만치도 없었다.

　물론 현우에게서 벗어나려면 그냥은 안 될 터였다. 최소한 윤하의 약점을 상쇄할 만한 약점이라도 찾아내지 않는 이상은 이혼도 해주지 않을 테니까.

　미사는 결심했다. 울고만 있어서는 아무것도 해결되지 않는다.

　'정신 똑바로 차리자. 분명히 뭔가 방법이 있을 거야.'

　마음을 독하게 가다듬고 미사는 세수를 했다. 그리고 화장을 하고 나서 어른 미사의 옷으로 갈아입었다.

저녁 무렵에 퇴근해서 돌아온 현우는 그새 달라진 미사의 모습을 보고 놀란 얼굴을 했다.

"설마 기억이 돌아온 건 아니겠지?"

"아니에요."

미사는 짧게 대답했다.

"그냥, 지금 상황을 받아들이기로 했어요."

"잘 생각했어!"

현우가 반색을 했다.

"오늘은 첫날이라 미처 저녁 준비를 못 했어요. 내일부터는 미리 차려놓을게요."

미사는 최대한 부드럽게 말하려 애썼다.

"괜찮아, 오늘 저녁은 본가에 가서 먹을 거니까."

"네?"

깜짝 놀라 되묻는 미사에게, 현우가 설명했다.

"아버지가 널 만나고 싶어 하셔."

아버지라면……. 미사의 심장이 내려앉았다.

"우리 화해했다고, 다시 날짜를 잡아서 결혼식을 올릴 거라고 낮에 전화로 말씀드렸어. 그랬더니 저녁에 널 좀 데려오라고 하셨어."

눈앞이 캄캄했다. 현우의 아버지 입장에서 보면 자신이 얼마나 어이없는 며느릿감일까.

애초에 저런 집안에서 고아인 자신과의 결혼을 허락해준 것부터가 불가사의였다. 기억하지 못하니까 모르긴 몰라도, 아마 반대가 엄청났을 게 틀림없었다. 그런 마당에 심지어 일방적으로 파혼 선언까지 했다가 다시 돌아왔으니, 지금쯤 예비 시아버지의 분노가 얼마나 클지는 짐작할 수 있었다.

'너 따위가 감히 우리 집안을 우습게 보고!'.

잔뜩 역정이 난 목소리가 상상되어 저도 모르게 몸이 떨렸다. 어쩌면 뜨거운 차라도 끼얹어지는 건 아닐까. 도저히 만나고 싶지 않았지만 거절할 수 없는 입장이라는 것 정도는 미사도 알 수 있었다. 어쨌든 시아버지가 될 사람이니까.

"알았어요."

"참, 모를 것 같아서 미리 이야기하는데, 어머니는 돌아가시고 안 계셔."

현우가 말했다.

"아버지한테는 네가 기억을 잃었다는 말씀은 드리지 않았어. 그것까지 아실 필요는 없을 것 같아서. 괜찮지?"

"네."

현우의 차에 타고 본가로 향하는 길이 마치 저승길만 같이 느껴졌다. 하지만 미사는 냉정해지려고 필사적으로 애를 썼다.

'호랑이한테 물려가도 정신만 똑바로 차리면 산다고 했어.'

이 결혼을 끝내기 위해서는 서현우의 약점을 잡아야 한다. 그러려면 우선 그와 식구들에게 믿음을 얻는 것이 먼저일 텐데, 시아버지인 서 의원의 눈 밖에 나서는 안 된다는 생각이 들었다.

이윽고 도착한 현우의 본가는 고풍스러운 한옥 형식으로 지어진 개량주택이었다. 전에도 본 적이 있는 현우의 개인비서가 대문 앞까지 나와서 두 사람을 맞이했다.

"이제 오십니까, 도련님. 미사 아가씨."

긴장하지 말자. 정신 똑바로 차리자. 오는 길에 차 안에서 그토록 다짐을 했는데, 커다란 대문 안으로 들어서면서부터 벌써 숨이 콱 막혀 오는 듯한 기분이었다.

"기다리고 계십니다."

미사와 현우는 비서의 뒤를 따라 대청마루에 올라 안방으로 향했다.

"의원님, 현우 도련님 오셨습니다."

꼭 닫힌 장지문 앞에서 비서가 공손하게 말하자 안에서 대답이 들려왔다.

"들어오라고 해."

딱 그 한마디만 들었는데도 상대의 성격을 알 것 같았다. 느릿하고 중후하면서도 위엄이 절로 느껴지는 목소리. 평생 사람들의 위에서 호령해온 사람의 그것이었다.

미사는 긴장한 나머지 금방이라도 심장이 터질 것만 같았다. 혹시 문을 열자마자 재떨이라도 날아오는 게 아닐까.

'괜찮아. 그까짓 거, 날아오거든 그냥 맞으면 되지.'

이윽고 비서가 문을 열었다. 미사는 고개를 푹 숙인 채로 현우의 뒤를 따라 방 안으로 들어섰다.

"아버지, 저 왔습니다."

"게 앉거라."

미사는 현우와 나란히 방석 위에 무릎을 꿇고 앉았다.

"오랜만이구나, 미사야."

제 이름이 나왔다. 그제야 미사는 겨우 고개를 들어 서 의원을 보고는 깜짝 놀랐다. 일단은 뉴스에서 본 기억이 있는 얼굴이라서 놀랐고, 그 얼굴에 노한 기색 대신에 인자한 미소가 가득해서 한층 더 놀랐다.

"아니, 이제 이름을 부르는 건 좀 곤란한가? 곧 정식으로 내 며느리가 될 테니까 말이야."

더없이 온화하게 웃으며, 서 의원은 말했다.

"네 생각은 어떠냐, 아가?"

미사는 얼떨떨하기만 했다. 보자마자 벌컥 역정을 낼 줄 알았는데, 대체 이 반응은 뭘까.

"……."

미사가 선뜻 대답하지 못하고 있자 서 의원이 한숨을 쉬었다.

"얘기는 내 현우한테서 대충 들었다. 결혼 준비를 하다 보면 서로 싸울 일도 많이 생기는 법이지. 그걸 잘 다독이는 건 남자 쪽이어야 하는데, 다 내가 자식을 잘못 키운 탓이구나."

"죄송합니다, 아버지."

"못난 녀석, 쯧쯧."

서 의원은 아들을 잠시 흘겨보고는 혀를 찼다. 그리고 다시 미사를 향해 부드럽게 말했다.

"결혼이 깨지고 나서 녀석이 무척이나 마음고생을 했단다. 그저다 이 못난 시애비의 불찰이라고 생각하고 한 번만 용서해주려무나."

330

"······네."

미사는 가까스로 대답했다.

"너같이 영민하고 마음씨 고운 아이를 며느리로 삼을 수 없게 되다니, 나도 무척이나 마음이 아팠단다. 그러니까 앞으로는 현우 녀석이 서운하게 하거든 차라리 이 시애비한테 와서 일러바치도록 해라. 내가 해결해줄 테니."

더없이 자상한 말이었지만 미사는 도저히 이해할 수가 없었다.

열여덟 살인 미사에게도 상식이라는 건 있었다. 현우의 아버지는 다음 대통령까지 바라보는 유명한 정치인이라는데, 그런 대단한 사람이 왜 자신 같은 고아를 이렇게까지 마음에 들어 하는 걸까.

"자, 지금쯤 저녁 준비가 다 되었을 게다. 가서 식사들 하자꾸나."

주방으로 가자 서 의원의 말대로 정갈하게 상이 차려져 있었다. 식사를 하는 동안에도 서 의원의 관심은 온통 아들인 현우가 아니라 미사에게 쏠려 있었다.

"이것도 먹어보아라. 순천댁 게장 담그는 솜씨가 아주 그만이란다."

서 의원은 맛있는 반찬을 미사 앞으로 손수 밀어놓아 주기도 하고, 이것저것 권해주기도 했다. 그 바람에 미사는 체하기 일보직전이었다.

문득 미사는 왕 서방을 떠올렸다. 왕 서방 역시 늘 미사를 딸처럼 귀여워해주었지만 그게 불편하거나 부담스럽게 느껴진 적은 한 번도 없었다. 자신에게도 이런 아빠가 있었다면 얼마나 좋을까, 하고 생각할 정도로 포근하고 따뜻하게 느껴졌다.

하지만 서 의원은 그 반대였다. 아무리 자상하게 대해주어도 기쁘기는커녕 그저 불편하게만 느껴졌다. 왕 서방과는 사뭇 다른 느낌이었다.

그건 단순히 서 의원이 예비 시아버지이기 때문만은 아니었다. 이런 종류의 자상함을, 미사는 알고 있었다. 명절이나 선거철이면 한 번씩 기자를 대동하고 보육원에 불쑥 찾아와서 달랑 사진만 찍고 돌아가는 정치인들. 그들이 카메라 앞에서 잠시 보이는 딱 그런 자상함이, 지금의 서 의원에게서도 느껴졌다.

그러니까 이건 진짜가 아니다. 서 의원이 자신을 진심으로 대하지 않고 있다는 것만은 확실히 알 수 있었다. 모르겠는 것은 그 이유였다.

'대체 왜?'

보육원에 찾아와서 사진만 찍고 돌아가던 사람들에게는 명확한 목적이 있었다. 하지만 서 의원이 자신에게 이렇게 가식적으로 친절을 보여서 얻을 게 뭔지 도저히 알 수가 없었다.

'그냥 단순히 내가 너무 꼬여 있는 것뿐일까?'

이런저런 생각이 머릿속에 가득해서 밥도 제대로 넘어가지 않았다.

불편한 식사를 겨우겨우 마치고 나자 가정부 아주머니가 차를 내왔다.

"그런데, 큰아기는 결혼 후엔 뭘 할 생각인지 궁금하구나."

대추차를 한 모금 마시고, 서 의원이 물었다.

"전에 듣자니 임용고시 준비를 한다고 하던데, 계속 도전할 생각이냐?"

미사는 그만 대답이 궁해지고 말았다. 임용고시 준비를 하고 있었던 건 기억을 잃기 전의 미사지, 자신이 아니다. 이제 겨우 고등학교 2학년 수준의 학력밖에 없는 자신이 시험을 볼 수도 없는 노릇이 아닌가.

"저어, 그게⋯⋯."

우물쭈물 거리고 있자 다행히 현우가 대신 나서서 대답해주었다.

"당분간은 느긋하게 신혼을 즐기고 싶습니다, 아버지."

"그래, 그것도 좋은 생각이구나."

서 의원이 고개를 끄덕였다. 하지만 말은 거기서 끝이 아니었다.

"좋은 생각이다마는, 아무래도 요즘은 여자 직업도 무척 따지는 세상이라서 말이다. 나야 괜찮지만, 결혼식에 온 하객들이 신부는 무슨 일을 하느냐고 물었을 때 대답할 게 하나도 없으면 결국 큰아기 본인의 체면 문제 아니겠느냐?"

듣고 보니 딴은 맞는 말이었다. 신랑은 유력한 정치가의 아들에다 대기업 팀장인데, 신부인 자신은 고아에 변변한 직업조차 없다면 사람들이 얼마나 뒤에서 입방아를 찧을까. 물론 끔찍하게 싫은 남자와 억지로 결혼하는 마당에 남들이 뒤에서 뭐라고 떠들든지 미사는 아무 상관없었지만, 서 의원은 그렇지 않은 모양이었다.

"그래서 말인데, 임시로라도 회사에 취업을 하는 건 어떻겠니?"

"네?"

현우가 놀란 듯이 되물었다.

"결혼식장을 다시 잡고, 하객들에게 청첩장도 다시 돌리고 하려면 앞으로 한 달은 걸릴 거라고 하지 않았느냐. 그럼 그동안에라도 회사를 좀 다녀보는 건 어떠냐는 뜻이다."

하지만 현우는 영 내키지 않는 모양이었다.

"하지만 아버지, 하루아침에 갑자기 어떻게 회사에 들어가겠습니까? 요즘 취업하기가 얼마나 어려운데요."

"애비가 명색이 국회의원인데, 며느리 일자리 하나쯤 주선하지 못할까 봐 그러느냐?"

미사는 불안감에 가슴이 마구 두근거렸다. 자신은 정신적으로 겨우 열여덟 살일 뿐인데 어떻게 회사에 입사해서 일을 한단 말인가. 대학도 못 나온 거나 마찬가진데!

서 의원이 미사를 가만히 쳐다보았다.

"어차피 네 체면상 잠시만 다니라는 게다. 그러니 정 일하기 싫거든 결혼식만 올리고 나서 바로 그만두어도 상관없단다."

말투는 단순한 권유처럼 들렸지만 그 속에는 거역하기 힘든 울림이 있었다. 말이 미사의 체면 운운하는 거지, 실상은 며느리가 무직이면 당신의 체면이 상한다는 뜻 같았다.

미사는 서 의원의 뜻을 거스를 수 없다는 것을 알았다. 어쩔 수 없다, 눈 딱 감고 해볼 수밖에.

"네, 아버님. 열심히 해보겠습니다."

미사가 공손히 대답하자 그제야 서 의원은 만족스러운 듯이 껄껄 웃었다.

"잘 생각했다. 내 며칠 안으로 곧 네 일자리를 알아봐서 알려주
마."

더 이상 미사를 만나지 못하게 된 것도 서운하지만, 민호는 무엇
보다 윤하가 걱정이었다.

하루아침에 미사를 잃었으니 폐인이 될 게 틀림없었다. 당분간
은 집안에 틀어박혀 술이나 마셔댈 것 같아서, 여차하면 잡힌 스케
줄도 다 취소할 각오를 하고 있었다.

그런데 민호의 예상은 완전히 빗나가고 말았다.

"예? 스케줄 잡혀 있는 그대로 다 진행하라고요?"

"그래."

러닝머신 위를 달리며, 윤하가 짧게 대꾸했다.

미사가 떠난 다음 날부터 윤하는 난데없이 운동에 매달리기 시작
했다. 지하에 꾸며둔 피트니스에서 거의 하루 종일 시간을 보냈다.

처음에는 아픈 마음을 운동으로 달래려는 거려니, 하고 생각했
는데 그것만이 아니었다. 윤하는 갑자기 피부 관리를 받겠다며 에
스테틱까지 예약해달라고 했다.

민호로서는 어리둥절할 수밖에 없었다. 아니, 티 없이 맑은 피부
를 타고나서 메이크업 전문가도 매번 감탄하곤 하는 꿀피부의
소유자께서 갑자기 무슨 바람이 불었단 말인가.

그뿐인가. 윤하는 술이라고는 입에 대지도 않았다. 심지어 한 끼

도 거르지 않고 꼬박꼬박 밥을 챙겨 먹었다. 그것도 몸에 좋은 걸로만.

평소에도 안 하던 짓을, 심지어 사랑하는 여자를 잃고 난 직후에 하고 있다. 민호는 오히려 걱정이 되어 죽을 지경이었다.

"형, 대체 왜 그러는 거예요?"

"뭐가."

"왜 갑자기 안 하던 짓을 하느냐고요, 사람 불안하게!"

하지만 윤하는 들은 체도 않고 달리는 데 열중했다. 민호는 한숨을 푹 쉬고는 손가락을 뻗어 정지 버튼을 눌러버렸다.

"무슨 짓이야?"

러닝머신이 멈추자 그제야 윤하가 가쁜 숨을 몰아쉬며 민호를 노려보았다.

"벌써 한 시간 넘게 뛰었잖아요. 이제 얘기 좀 해요."

"무슨 얘기?"

"형 속이 새까맣게 썩어 들어가는 거 뻔히 다 아는데 왜 자꾸 이러냐고요, 무섭게."

"배우가 몸 관리하는 게 뭐가 어떻다고 법석이야."

"지금 형이 몸 관리나 하고 있을 때예요?"

민호가 기어이 목소리를 높였다.

"속상하면 차라리 술 퍼먹고 스케줄 펑크 내고 망가지라고요, 받아줄 테니까!"

"내가 망가지면?"

윤하가 조용히 되물었다.

"그럼 미사가 어떻게 마음 편하게 결혼할 수 있겠어?"

민호는 가슴이 철렁했다. 미처 생각도 못했던 부분이었다.

"나는 잘 지낼 거야. 지금도, 그리고 앞으로도."

윤하는 딱 잘라 말했다.

"몸 관리도 철저히 할 거고, 작품도 많이 할 거야. 누가 봐도 잘 지내는 것처럼 보이도록."

"형……."

"그러니까 너도 그렇게 알고 있어."

윤하는 그렇게 말하고 다시 러닝머신의 시작 버튼을 눌렀다.

기계가 다시 움직이기 시작했다. 호흡을 가다듬고 또다시 뛰기 시작하는 윤하의 뒷모습을, 민호는 할 말을 잃은 채 멍하니 바라보았다. ……대체 상대를 얼마나 사랑하면 저렇게까지 할 수 있는 걸까. 자신도 지금 사랑을 하고 있지만, 윤하에 비하면 한없이 보잘것없게 느껴졌다.

문득 민호는 생각했다.

'형은 언제쯤 미사 누나를 잊을 수 있을까.'

어쩌면 평생 그렇게 되지 않을 것 같은 불길한 예감이 들었다.

서 의원과 저녁식사를 하고 난 바로 다음 날, 보좌관이라는 사람에게서 연락이 왔다. 미사의 일자리가 결정되었다는 것이었다.

회사는 바로 대서양화장품. 5대 재벌 안에 들어가는 대기업인 대서양그룹의 계열사 중 하나로서, 미사도 익히 알고 있는 큰 회사였다. 지난번에 윤하와 예지가 광고 촬영을 했던 '더 퀸'이 바로 이 대서양화장품의 제품이기도 했다.

이런 대기업에, 그것도 정직원 자리가 하루아침에 이렇게 쉽게 떨어지다니. 아무리 예비 시아버지가 유력 정치가라지만, 뉴스마다 취업난이라고 아우성인 것을 생각하면 좀 씁쓸하기까지 했다.

출근은 연락을 받은 바로 다음 날부터 하면 된다고 했다.

불안한 마음에 미사는 그날 밤 잠을 제대로 이루지 못했다. 얼마 전까지도 여고생이었던 자신이, 하루아침에 회사원이 되다니. 어른들의 세계에서 과연 자신이 제대로 버텨낼 수 있을지 의문이었다.

"어차피 결혼식 올릴 때까지만 다니면 돼. 그러니까 마음 편하게 가져."

현우가 그렇게 말해주었지만 조금도 위로가 되지 않았다. 차라리 결혼식이 빨리 다가왔으면, 싶을 정도였다.

그다음 날, 미사는 일찍 일어나 출근 준비를 하고 회사로 향했다. 현우가 첫날이니 회사까지 태워다 주겠다고 했지만 거절하고 지하철을 탔다. 아직 이른 시간인데도 지하철은 출근하는 사람들로 가득 차 있었다. 사람들 사이에 꽉 끼어서 가는데, 문득 지하철 안에 설치된 스크린에 윤하가 출연한 광고가 나왔다.

활짝 웃는 윤하의 얼굴에 미사는 슬퍼지고 말았다. 지금쯤 아저씨는 내가 없어서 많이 힘들어하고 있겠지. 어쩌면 술로 나날을 보내고 있을지도 몰라.

'민호 오빠가 곁에서 잘 위로해줘야 할 텐데.'

민호는 물론이고 예지에게조차 아무 말도 하지 못하고 떠나온 게 계속 마음에 걸렸다. 하기야 윤하를 속인 마당에 어차피 그들에게도 사실대로 말하지는 못했겠지만.

윤하가 사준 휴대폰은 그대로 화장대 위에 두고 왔다. 지금쯤 예지가 얼마나 배신감을 느끼고 있을까, 생각하니 마음이 아팠다. 윤하와 민호, 그리고 예지와 왕 서방까지, 사랑하는 사람들을 하나씩 떠올리며 미사는 다시 한 번 다짐했다.

'조금만 기다려주세요. 나 언젠가는 반드시 돌아갈게요.'

이윽고 지하철에서 내려 도착한 대서양화장품의 사옥은 보기만 해도 기가 죽을 정도로 높은 빌딩이었다.

'하기야, 대서양그룹 계열사 중에서도 대서양화장품이 제일 큰 축에 속한다니까.'

하다못해 출근하기 전에 회사 정보라도 좀 알고 가야 할 것 같아서, 어제 하루 종일 미사는 인터넷을 통해 나름대로 이것저것 알아보았었다.

대서양화장품은 대서양그룹에서도 핵심 계열사로서, 화장품 업계 1위 회사였다. 특이한 점은 대표이사가 여성이라는 점이었는데, 그럼에도 불구하고 회사 분위기가 딱딱하고 연공서열이 매우 확실한 것으로도 유명했다. 조직의 유연성을 위해 직함조차 폐기하는 회사가 늘어나는 마당에, 시대를 역행한다는 비판 기사가 나올 정도였다.

'내가 이런 회사에서 버틸 수 있을까?'

자신이 앞으로 일하게 될 곳은 홍보팀. 엘리베이터를 타고 홍보팀 사무실이 있는 10층으로 올라가면서, 미사는 불안하게 뛰는 가슴을 진정시키려 애를 썼다.

미사가 사무실에 들어서자 사람들의 이목이 일제히 집중되었다.

'자, 여기들 봅시다. 오늘부터 함께 일하게 된 윤미사 씹니다.'

이런 식으로 누군가가 나서서 자신을 소개해줄 거라고 상상했는데, 나서는 사람은 아무도 없었다. 그저 모두들 그대로 자기 자리에 앉아 잡상인이라도 보듯 고개를 들어 멀뚱히 이쪽을 쳐다볼 뿐이었다.

당혹감을 애써 감추며 미사는 사람들을 향해 허리를 숙였다.

"안녕하세요, 오늘부터 출근하게 된 윤미사라고 합니다. 앞으로 열심히 할 테니 아무쪼록 잘 부탁드립니다."

미리 준비해 온 인사였다. 최대한 어른스럽게 보이려고 어젯밤에 수십 번도 더 연습했다. 하지만 역시나 대답하는 사람도 없었다. 대답은커녕 도로 고개를 숙여 제 할 일에 열중하거나, 심지어 옆 사람에게 말을 걸기 시작하는 사람도 있었다.

"……."

미사는 무안한 나머지 얼굴이 곧 터져나갈 것 같았다. 어쩔 줄 모르고 그 자리에 한참 우두커니 서 있는데, 그제야 남자 직원 하나가 일어나서 어슬렁어슬렁 다가왔다.

"이쪽으로 와요."

목에 걸린 사원증을 슬쩍 보니 이름과 함께 과장이라는 직함이 쓰여 있었다. 과장은 사무실 맨 구석으로 미사를 데려갔다.

"여기가 윤미사 씨 자리니까, 여기서 일하면 돼요."

다른 직원들의, 파티션이 설치된 사무용 책상과는 달랐다. 작은 테이블 위에다가 달랑 노트북 하나를 갖다놓은 것에 불과했다.

딱 자리만 알려주고 나서 과장은 할 일 끝났다는 듯이 제 자리로 돌아가려고 했다. 미사는 급히 물었다.

"저어, 죄송하지만 저는 무슨 일을 하면 되나요?"

"그걸 나한테 물으면 쓰나, 사수한테 물어야지."

과장은 노골적으로 귀찮은 얼굴을 했다. 하지만 미사는 사수가 누군지도, 아니 애초에 사수가 뭔지도 몰랐다. 그렇다고 대놓고 묻자니 자칫 어린애인 게 들통 날까 봐 차마 그럴 수도 없었다. 미사가 이러지도 저러지도 못하고 있는데,

"아, 저기 사수 오네."

문득 과장이 말했다.

"정 대리! 이리 좀 와봐."

또각또각, 이쪽을 향해 다가오는 구두소리가 들렸다. 미사는 얼른 상대를 향해 허리를 숙였다.

"처음 뵙겠습니다, 오늘부터 출근한 윤미사라고 합니다."

"반가워요."

머리 위에서 대답이 들려왔다. 누군가와 무척이나 닮은 그 목소리에, 미사의 심장이 덜컥 내려앉았다. 설마, 그럴 리가 없어.

불안에 떨며 고개를 든 순간, 미사는 그대로 숨을 멈췄다.

"정다솜 대리예요."

다솜이 눈앞에 서서 자신을 향해 미소를 짓고 있었다.

"앞으로 잘 부탁해요, 윤미사 씨."

미사는 도저히 믿을 수가 없었다. 정다솜이랑 같은 사무실에서 일해야 한다고? 심지어 내 상사라고?

"그럼 정 대리가 알아서 좀 이것저것 가르쳐요."

과장은 귀찮다는 듯이 다솜에게 미사를 떠맡기고 자기 자리로 돌아가버렸다.

"......."

너무 놀라 아무 말도 못 하고 얼어붙어 있는 미사를 향해, 이윽고 다솜이 말했다.

"진짜 너였네, 어제 이름만 듣고 설마 했는데."

다솜이 성큼, 가까이 다가서는 바람에 미사는 흠칫 놀라 한 걸음 물러섰다. 그러나 다솜은 개의치 않고 미사에게 속삭이듯 물었다.

"근데 너 지금, 몇 살이야?"

호기심과 악의에 가득 찬 눈빛에 소름이 끼쳤다.

"열여덟? 아니면 스물여덟?"

미사는 대답하지 못했다. 질린 듯한 눈으로 쳐다보고 있자, 다솜이 어깨를 으쓱했다.

"뭐, 그거야 일 시켜보면 알겠지."

재미있다는 듯이, 다솜은 입꼬리를 끌어올렸다.

"앞으로 잘 부탁해."

사람들이 처음부터 호의적이지 않았던 이유는 금세 알았다. 뒤에서 수군거리는 소리가 미사의 귀에까지 들렸으니까.

"스물여덟 살씩이나 돼서 경력직도 아니고 신입이라니, 대체 누구 낙하산이야?"

"몰라요, 누구 낙하산인 게 중요한가 뭐. 낙하산은 낙하산이지."

"거 입들 조심해. 들리겠어."

질시를 받는 것도 어쩌면 당연한 일이었다. 그들이 죽도록 노력해서 겨우 들어온 이 직장에, 미사는 낙하산을 타고 떨어졌으니까.

하지만 방법적으로는 무척이나 유치한 것도 사실이었다. 아무도, 심지어 부서장까지도 미사와 이야기하지 않으려고 했다. 마치 미사가 투명인간인 것처럼 간식을 먹을 때도 자기들끼리만, 점심 때도 자기들끼리만 삼삼오오 밥을 먹으러 갔다. 구내식당에서 혼자 앉아 밥을 먹을 엄두가 나지 않아서, 미사는 어쩔 수 없이 근처 편의점에서 산 도시락으로 대충 끼니를 때워야 했다.

철저한 따돌림과 무시. 마치 고등학교 때로 돌아간 것 같은 기분이 들었다. 심지어 그 중심에 정다솜이 있다는 것까지도 똑같았다.

「너, 열여덟 살이구나?」

첫날, 자기가 시킨 자료 정리를 하나도 해내지 못한 미사를 보면서 다솜은 의기양양하게 웃었다. 그야 미사가 엑셀을 다룰 줄 알 리가 없었으니까.

물론 다솜도 그 사실을 뻔히 알 터였다. 그러면서도 까맣게 모르는 척을 하고 매일같이 일을 시켰다. 주로 엑셀이나 파워포인트 등, 오피스 프로그램을 사용해야 하는 작업들이었다.

물론 미사도 나름대로 노력했다. 책을 사서 집에 돌아가 밤늦게까지 공부해보기도 했다. 덕분에 어느 정도는 할 수 있게 되었지만, 아무래도 일이 더딜 수밖에 없었다. 그리고 그때마다 다솜은 모두들 들으라는 듯이 말했다.

"어머, 아직도 다 안 됐어요? 어쩔 수 없네, 그냥 내가 남아서 마무리해야지."

그럴 때마다 사람들도 한마디씩 했다.

"그러게 그냥 처음부터 정 대리가 하지 그랬어."

"윤미사 씨는 첫 직장이라는데 뭘 알겠어?"

물론 편을 들어주는 게 아니라 비아냥거림이었다.

부서 전체에서 따돌림을 받으면서도 미사는 꿋꿋하게 견뎠다. 화장실에 숨어서 몰래 우는 한이 있어도, 사람들 앞에서는 웃는 얼굴을 보였다. 무시당해도 상처받은 티를 내지 않았다.

고등학교 2학년 때처럼 울고만 있을 수는 없었다. 일진들에게 괴롭힘을 당하던 때와 지금은 상황이 달랐다. 지금은, 돌아가야 할 곳이 있었으니까.

「결혼식만 올리고 나서 바로 그만두어도 상관없단다.」

「어차피 결혼식 올릴 때까지만 다니면 돼.」

서 의원과 현우는 그렇게 말했지만 미사는 그럴 생각이 없었다. 이왕 이렇게 된 거, 어떻게든 이 회사에 적응해서 어엿한 한 사람의 사회인이 될 생각이었다.

저절로 시간이 흘러서 어른이 될 때까지 느긋하게 기다릴 시간이 없다.

344

'빨리 어른이 되자.'

그런 생각에 이를 악물고 견디고 있던 어느 날이었다.

미사가 출근해서 제 책상에 앉아 일을 하고 있는데 갑자기 커다란 상자를 든 인부 몇 명이 사무실로 들어왔다. 곱게 차려입은 오십대 가량의 부인도 함께.

"오늘이 우리 다솜이 생일이라 떡 좀 해 왔어요. 드시고들 일하세요."

마치 드라마에 나오는 사모님처럼, 한껏 꾸며낸 티가 나는 우아한 말투로 말하는 부인의 목과 귀, 그리고 손가락에서 커다란 보석이 번쩍였다. 왠지 낯이 익었다 생각했는데 알고 보니 다솜의 엄마였다. 고등학교 때도 툭하면 학교에 들락날락해서 본 기억이 있었던 것이다.

"이거 매년 얻어먹게 돼서 죄송해서 어떡합니까, 생일인데 저희가 케이크라도 사줘야 하는데."

떡이며 음료수를 보고 팀장이 공치사를 했다.

"아유, 아닙니다. 저희 딸이 팀장님 덕분에 얼마나 회사생활을 잘하고 있는데요."

이윽고 다솜의 엄마는 떡을 직접 접시에 담아서 음료수와 함께 일일이 돌리기 시작했다. 우리 다솜이 잘 부탁해요, 를 연발하면서.

마지막에는 미사의 자리에까지 왔다.

"이것 좀 들고 해요."

"고맙습니다."

정다솜의 생일 떡 따위 별로 먹고 싶지도 않아서 건성으로 대꾸하는데, 접시를 책상에 올려놓던 다솜의 엄마가 문득 미사의 얼굴을 빤히 들여다보았다.

"어머, 너 혹시 우리 다솜이 고등학교 때 친구 아니니?"

미사는 가슴이 철렁했다.

"그래 맞아, 이름이 뭐였더라…… 보육원에 살던 애잖니, 너. 수학여행도 못 간다고 해서 반에서 돈 걷어서 대신 내주고 그랬는데."

순식간에 모든 사람의 눈길이 이쪽으로 쏠렸다.

"이런 데서 다 만나는구나. 근데 네가 이런 대기업에 취직을 다 했어? 세상에나."

미사는 당황해서 어쩔 줄 몰랐다. 보육원에서 자랐다는 게 비밀은 아니었지만 이런 식으로 남의 입을 통해 알려지는 상황이 되는 건 전혀 반갑지 않았다.

"가만있자, 다솜이한테 듣자니까 네가 현우 군한테 시집을 간다며?"

"아, 네……."

당황한 와중에도 미사는 이상한 것을 느꼈다.

내 이름도 기억을 못 하면서, 결혼한다는 소식은 들었다고?

"너무 잘됐다, 얘. 세상에나 그때만 해도 어디 상상이나 했겠니? 선생님 선물값에나 손대던 애가 그렇게 대단한 집안 며느리가 될 줄이야."

"엄마!"

다솜이 말리듯 제 엄마의 팔을 잡아당겼지만 다솜의 엄마는 아랑곳하지 않았다.

"아니 왜, 어릴 때 일인데 그게 무슨 흉이라고. 설마하니 나이 먹고도 여태 그 손버릇을 못 고쳤겠니?"

애써 잊으려고 노력했던 나쁜 기억이 떠올라, 미사는 입술을 깨물었다.

한창 괴롭힘을 당하던 때의 일이었다. 담임에게 스승의 날 선물을 하자고 반 아이들끼리 돈을 모았는데, 미사의 짝이 걷어서 가지고 있던 그 돈이 감쪽같이 없어져서 한바탕 난리가 난 적이 있었다. 그때 범인으로 지목된 게 바로 미사였다. 체육 시간에 맨 마지막으로 교실에서 나갔다는 게 이유였다.

물론 미사는 그 돈에 손댄 적이 없었다. 체육 시간에 제일 늦게 나갔던 건 누군가가 체육복을 칼로 찢어놓아서, 부랴부랴 옆 반에 가서 빌리느라 그랬을 뿐이었다.

어쨌든 물증이 없었기 때문에 돈을 물어내기까지는 하지 않고 넘어갔지만, 결국 미사가 훔친 것처럼 되고 말았다.

「쟤 MP3 산 거 봐.」

「거지가 무슨 돈으로 그걸 샀겠어? 뻔하지.」

너무 억울해서 혼자 화장실에 숨어 한참을 울었던 기억이 난다.

물론 그 일 역시 다솜이 주동한 게 틀림없었다. 그런데 이제 와서, 다른 사람도 아닌 다솜의 엄마가 그 일을 끄집어내다니. 그것도 직장 동료들이 다 보고 있는 앞에서!

"제가 한 일이 아니에요."

미사는 몸이 부들부들 떨리는 것을 꾹 참고 말했다.

"그건 누구보다 따님이 잘 알고 있을 거예요."

하지만 다솜은 눈을 동그랗게 뜨고 시치미를 뚝 뗐다.

"어머, 난 모르겠는데?"

다솜의 엄마는 한술 더 떴다.

"사람이 어릴 때야 실수할 수 있어. 옳다, 그르다 가르쳐주는 부모도 없었으니 오죽하겠니? 하지만 어른이 됐는데도 여태 반성을 않고 있으면 그건 안 되는 일이지."

측은한 눈길로 미사를 처다보며 타이르듯 말하는 것이었다.

"다 내가 딸 같아서 말하는 거야. 이제 시집도 가는데 나쁜 버릇은 고쳐야지 않겠니?"

그러더니 갑자기 화들짝 놀란 척을 하며 다른 사람들을 향해 말했다.

"아유, 내 정신 좀 봐. 사무실인 걸 깜빡하고 별소릴 다 했네. 얘가 우리 딸이랑 고등학교 동창이라 아는데, 태생이 나쁜 애는 아니에요. 다 철없을 적 일이니까 오해하지들 마시고요."

미사는 그제야 알았다. 다솜의 엄마는 처음부터 자신에게 망신을 주려고 작정하고 왔던 거다. 이유도 뻔했다. 그야 현우 때문이겠지.

"그럼 맛있게들 드시고, 앞으로도 우리 다솜이 잘 부탁해요!"

목적을 달성하자마자 다솜의 엄마는 부리나케 가버렸다.

"시끄럽게 해서 죄송해요. 일하는 데 방해되니까 오지 마시라고 해도 엄마가 생일은 꼭 챙겨야 한다면서 저러시네요."

"아냐, 우리야 매년 맛있는 떡 얻어먹고 완전 감사하지."

"고마워, 정 대리. 잘 먹을게."

모두들 모여서 떡을 먹으며 화기애애하게 이야기를 나누는 가운데, 미사만 쏙 빠져 있었다.

"……."

미사는 제 책상 위에 놓인 떡 접시를 물끄러미 바라보았다.

딸 생일마다 떡을 돌리는 엄마. 제 딸이 일러바친 말에 한달음에 회사까지 쫓아와서 편을 들어주는 엄마. 무식할 정도로, 맹목적으로 사랑해주는 엄마.

나는 한 번도 가져보지 못한…… 엄마.

그런 엄마를 가진 다솜이, 한없이 미우면서도 마음 한편으로는 너무나도 부러웠다.

– 공유금지, 유출금지. 개인소장용임. –

엄중한 경고 메시지 아래, 어이없는 사진이 올라가 있었다. 바로 윤하 자신이 반쯤 입을 벌리고 잠들어 있는 모습이었다.

– 예지♡ : 앙아아아아아아아아아앙아아아아 완전 대박! –

"……이런 사진은 또 언제 찍은 거야?"

미사와 예지 사이에 오갔던 휴대폰 메신저 내용을 들여다보는 윤하의 얼굴에 미소가 번졌다.

「대체 내가 열여덟 살 때 쓰던 비밀번호가 뭐지?」

미사 본인도 끝내 기억해내지 못한 그녀의 휴대폰 비밀번호를, 윤하는 알고 있었다.

「아저씨, 제가요. 원래 늘 쓰던 비밀번호가 준서 오빠 생일이었거든요?」

어느 날, 미사가 눈을 반짝이며 말했었다.

「그런데?」

「이제 다 바꿨어요. 아저씨 생일로요.」

그때는 그저 별생각 없이 들어 넘겼다. 설마 써먹을 날이 오리라고는 생각도 못 했으니까.

미사가 말했던 대로 자신의 생일 네 자리를 입력하자 휴대폰의 잠금은 풀렸다. 그 후, 윤하는 틈만 나면 이렇게 그녀가 두고 간 휴대폰을 들여다보는 게 습관이 되어 있었다.

휴대폰에는 온통 미사의 흔적으로 가득 차 있었다. 자신과 둘이 함께 찍었던 사진. 주고받았던 메시지들. 그녀가 즐겨 하던 게임. 무엇보다 미사가 예지와 나눴던 메신저 대화들이 어찌나 재미있는지, 보고 있으면 시간 가는 줄을 몰랐다.

미사가 알면 펄쩍 뛰고 화를 내겠지.

'왜 남의 휴대폰을 훔쳐보고 그러세요? 그거 사생활 침해거든요?'

씩씩거리며 흘겨보는 표정을 떠올리자 절로 웃음이 나왔다. 하지만 금세 가슴이 철렁했다. 아, 화를 낼 미사는 이제 더 이상 없었지.

서현우는 진짜로 청첩장을 보내왔다. 새로 잡힌 결혼식 날짜는 6

월의 첫날. 즉 이제 곧 미사는 정말로 다른 사람의 아내가 된다.

그녀를 잊겠다거나 마음을 비우려는 노력은 할 생각도 없었다. 어차피 해도 안 될 일이라는 것을 아니까. 그래서 윤하는 그저 묵묵히 아픔을 받아들이고 있었다. 그 아픔이 겉으로 드러나지 않게 속으로 꼭꼭 감싸 안으면서.

"형, 지난번에 이혜연이랑 찍다가 만 CF 말이에요. 재촬영하자고 연락이 왔어요."

민호가 그렇게 말해 왔다.

"예지만 다른 모델로 바뀌고, 이혜연은 그대로 가게 됐다는데 괜찮겠어요?"

"어쩔 수 없지."

윤하는 무뚝뚝하게 대꾸했다. 별로 내키지는 않았지만 죄 없는 광고주와 광고회사에 폐를 끼치고 싶지는 않았다.

"잘 생각했어요. 얘기 들으니까 광고주인 대서양화장품 쪽에서 형을 무척 좋게 본 것 같던데, 우리도 대서양같이 큰 회사랑은 좋게 좋게 가는 게 낫죠."

그렇게 말하고, 민호는 갑자기 떠올랐다는 듯이 말했다.

"참, 형. 그런데 광고주 쪽 담당자가 좀 곤란한 사람이던데요."

"누군데?"

"정다솜이요."

정다솜? 윤하는 놀라서 민호를 쳐다보았다.

"설마 미사랑 사이 안 좋았던 그 여자 말하는 거야?"

"예, 그 여자요. 대서양화장품 홍보팀 대리라고 하던데요? 그날 잠깐 스튜디오 왔었는데, 형이 마침 그때 미사 누나 택시 태워 보낸다고 나가 있어서 못 본 거예요."

그러고 보니 그 여자가 내 팬이라고 했었지. 윤하는 이맛살을 찌푸렸다. 물론 일개 대리 따위가 광고 모델을 선정하는 데 크게 영향을 미쳤을 리는 없지만, 그 여자와 얽혀 있는 일이라니 괜히 입맛이 썼다. 다시 얼굴을 보고 싶지도 않고.

이혜연도 모자라서 정다솜까지 볼 생각을 하자 머리가 다 지끈거렸다. 싫은 일은 빨리 끝내버리는 게 상책이다. 윤하는 딱 잘라 말했다.

"최대한 빠른 날짜로 잡아."

09 / 과거의 실마리

어느덧 결혼식이 일주일 앞으로 다가와 있었다.

보통 신부들 같으면 한창 정신이 없을 때였지만, 미사는 달랐다. 이미 한참 전에 결혼 준비를 다 끝내두었기 때문에 따로 할 것이 없었다.

신혼집이나 가구 준비는 현우 쪽에서 다 끝내두었고, 드레스만 해도 이미 다 골라놓은 것을 결혼식 며칠 전에 가봉만 하면 그만이었다.

홍보팀에서 일하면서도 미사는 부서에서 현재 무슨 일이 진행되고 있는지 거의 몰랐다. 아무도 미사에게 일에 대해 설명해주지도, 또 시키지도 않았기 때문이다.

미사가 하는 거라고는 복사나 정리 따위의 허드렛일이나 심부름, 아니면 다솜이 시키는 자료 정리 정도였다. 그 자료조차도 대부분은 현재 진행되고 있는 일에 대한 것이 아니라 옛날 자료들, 즉 일을 위한 일이었다.

"내일은 광고 촬영이 있어. 우리 둘이서 외근을 나가야 돼."

그래서 미사는 다솜이 이렇게 말했을 때, 그게 무슨 광고인지도 미처 몰랐다. 그저 웬일로 나를 일에 다 끼워주나, 하고 의아하게 생각했을 뿐이었다.

"자, 여기 주소. 아침에 그쪽으로 바로 출근해, 나도 그럴 테니까."

"네."

촬영장소인 스튜디오의 주소를 보고서야 미사는 어디서 본 이름인데, 하고 생각하다 흠칫 놀랐다. 아, 전에 갔던 거기구나. 그러면서도 이게 그때 그 광고의 재촬영이라는 생각까지는 미처 하지 못했다. 그건 그대로 취소된 줄만 알았으니까.

그리고 깨달았을 때는 이미 늦어 있었다.

그날과 똑같은 세트. 똑같은 소품. 똑같은 감독과 스태프들.

"정 대리님. 이거 혹시 '더 퀸' 광고예요?"

미사가 떨리는 목소리로 묻자 다솜이 어이없다는 듯이 대꾸했다.

"당연하지. 무슨 광고인지도 모르고 온 거야?"

심장이 쿵 하고 내려앉는 것과 동시에, 스태프가 외치는 목소리가 들렸다.

"정윤하 씨 도착하셨습니다!"

미처 몸을 피할 새도 없었다.

민호와 함께 스튜디오 안으로 들어오던 윤하가, 미사를 보고는 걸음을 멈추었다.

"......!"

미사는 그대로 굳어졌다.

윤하 역시 놀란 기색이 역력했다. 그는 눈도 깜빡이지 않고 미사를 뚫어져라 쳐다보았다.

'네가 왜 여기에?'

당혹감이 얼굴에 그대로 드러나 있었다.

"……."

숨막히는 순간이 흘렀다. 윤하와 미사는 서로를 바라보면서 아무 말도 못 하고 있었다.

"형, 감독님이랑 인사하셔야죠!"

다른 사람들이 이상한 낌새를 채기 직전에, 다행히도 민호가 재빨리 윤하의 팔을 끌고 가버렸다.

"어머, 왜 보고도 서로 인사도 안 하니?"

곁에서 다솜이 비아냥거렸다. 멍하니 서 있던 미사는 눈을 들어 다솜을 쳐다보았다. 그리고 재미있다는 듯한 미소에 깨달았다. 처음부터 그래서 날 여기 불렀던 거구나.

어쩌면 사람이 이럴 수가 있을까. 달려들어 멱살이라도 잡고 싶은 마음을, 미사는 꾹 눌러 참았다. 다솜은 자신의 상사였다. 최소한 일하는 동안은.

"잠깐만…… 나갔다 오겠습니다."

그렇게 말하고 미사는 도망치듯 그 자리를 빠져나갔다. 사람이 없는 복도로 나와서 혼란스러운 마음을 가라앉히려고 노력했지만 쉽지 않았다. 방금 자신을 바라보던 윤하의 놀란 얼굴이 머릿속을 떠나지 않았다.

미사가 충격을 받은 이유는 갑자기 윤하를 마주쳤기 때문만은 아니었다. 못 본 사이에 더 보기 좋아진 모습에 한층 더 혼란스러워졌다.

윤하의 집에서 나온 이후 미사는 몸무게가 많이 줄었다. 뺨도 홀쭉해져서, 아침에 거울을 볼 때마다 깜짝 놀랄 정도였다. 그야 잠도 잘 자지 못하고 밥도 잘 먹지 못하고 있으니까.

당연히 지금쯤 윤하도 반쯤 폐인이 되어 있을 줄 알았다. 물론 그러기를 바란 것은 아니지만, 자신이 괴로워하는 만큼 그도 괴로워하고 있으리라 생각했다.

하지만 방금 마주친 윤하는 상상했던 것과는 정반대였다. 초췌해 보이기는커녕, 마지막으로 봤을 때보다도 오히려 훨씬 더 혈색이 좋고 건강해 보였다. 물론 광고 촬영을 위해 멋지게 차려입고 메이크업을 한 탓도 있겠지만, 그게 아니더라도 도저히 마음고생을 하고 있는 사람처럼은 보이지 않았다.

솔직히 충격이었다. 아저씨는 별로 힘들지 않았던 걸까. 내가 자기를 사랑했던 사실을 다 잊어버렸는데도, 심지어 곧 다른 남자의 아내가 되는데도.

'잘 지내고 있으면 다행이잖아, 바보.'

흔들리는 마음을 미사는 억지로 가다듬으려고 노력했다. 하지만 마음 한 자락이 자꾸만 절망으로 물드는 것은 어쩔 수가 없었다.

비록 현우와 결혼을 앞두고 있지만, 미사는 윤하를 잊을 생각이 없었다. 어떻게든 현우나 그 아버지의 약점을 잡아서, 그 빌미로 현우와의 결혼을 정리하고 윤하에게 돌아갈 셈이었다. 몇 년쯤 걸리더라도 그 역시 자신을 잊지 않고 있을 거라고, 그때 가서라도 사실대로 사정을 이야기하면 이해해주리라고 믿었다.

그런데, 아저씨는 벌써 다 괜찮아진 걸까. 벌써 나 따위는…….

미사가 입술을 깨물었을 때, 등 뒤에서 부르는 목소리가 들렸다.

"미사 누나."

흠칫 놀라 돌아보자 복잡한 표정을 한 민호가 서 있었다.

"……그, 그래."

심장이 내려앉았다. 미사는 당황한 기색을 감추려 애쓰며 대답했다. 그나마 민호가 미사 누나, 라고 불러줬기 망정이지 그렇지 않았더라면 존댓말을 쓸 뻔했다.

"오랜만이다, 민호야. 잘 지냈어?"

"나야 뭐 늘 그렇죠. 누나 결혼 준비는 잘되어가요?"

"준비랄 것도 없어. 선배가 다 준비하고 나야 몸만 가는걸."

미사는 억지로 생긋 미소 지었다. 결혼을 앞에 둔 행복한 신부답게.

웃는 얼굴이 거슬렸던 걸까. 갑자기 민호가 따지듯이 물었다.

"근데 나 옛날부터 누나한테 꼭 물어보고 싶었어요. 대체 왜 형이 아니라 그 자식이에요?"

맞는 말이야, 나도 그게 의문이거든. 속으로 그렇게 중얼거렸지만 대답이야 그렇게 할 수 없었다.

"무슨 말을 그렇게 하니?"

미사는 한껏 얼굴을 굳히고 말했다.

"현우 선배 좋은 사람이야. 함부로 이야기하지 마."

"좋은 사람 다 얼어 죽었네요. 그렇게 마음고생을 해놓고."

하지만 민호는 지지 않았다.

"대체 형이 서현우보다 못한 게 뭐가 있냐고요. 형이 얼마나 누나를 사랑하는지, 누나도 모르는 거 아니잖아요!"

답답해 죽겠다는 듯한 말투였다.

"알아도 내가 어떻게 해줄 수 있는 문제가 아니야."

미사는 애써 담담하게 말했다.

"윤하 씨도 이젠 마음 정리하겠다고 했어. 아까 보니까 잘 지내고 있는 것 같던데, 괜히 네가 사서 걱정할 필요 없어."

"누나는 그게 잘 지내고 있는 것처럼 보여요?"

순간 민호가 울컥한 얼굴을 했다. 그러더니 뭔가 결심한 듯이 말했다.

"내가 누나를 아무리 좋아해도 윤하 형만큼은 아닌가 봐요. 그래서 누나가 마음 편히 가는 거 못 보겠네요. 갈 때 가더라도, 불편한 마음으로 가요."

"무슨 소리야?"

미사를 원망스러운 듯이 쳐다보며, 민호는 계속해서 말했다.

"아침에 일어나서 저녁까지 운동해요. 넘어가지도 않는 밥을 억지로 꼬박꼬박 챙겨먹고, 피부 관리까지 받아요, 저 양반이. 자기가 잘 지내는 것처럼 보여야 누나가 마음 편히 결혼할 수 있다고요."

미사는 충격을 받았다.

"어떻게 그런 사람을 버리고 저런……!"

민호가 말하다 말고 이를 악물었다. 심한 말이 나올 것 같아서 참는다는 듯이.

"누나는 바보예요."

잠시 후, 민호가 악문 잇새로 내뱉듯이 말했다.

"행복하라고는 못 하겠네요. 결혼식 잘해요, 누나."

미사의 눈도 쳐다보지 않은 채 그렇게 중얼거리고, 민호는 가버렸다.

"……."

혼자 남은 미사는 복잡한 감정에 휩싸였다.

아저씨는 잘 지내고 있었던 게 아니었구나. 사실은 그 반대였구나. 겉모습만 보고 잘 지내고 있는 거라고만 생각해서, 심지어 속상해하기까지 한 자신이 너무나 부끄러웠다.

윤하가 자신을 사랑한다는 것은 알고 있었다. 잘 알고 있다고 생각했는데도, 여태 미처 다 몰랐던 부분이 있었다. 미사로서는 도저히 그 마음의 크기를 헤아릴 수조차 없었다.

이렇게까지 사랑받아도 되는 것일까. 나한테, 그럴 만한 자격이 있을까. 눈시울이 묵직해졌다. 당장이라도 소리 내어 엉엉 울고 싶었지만 미사는 억지로 울음을 삼켰다.

저 안에서 윤하가 지금도 싸우고 있다. 잘 지내는 것처럼 보이기 위해서 감정을 억누르고, 슬픔을 감추면서. 그렇다면 자신 역시 그 마음에 보답해야 한다고 미사는 생각했다. 윤하가 자신이 마음 편하기를 바란다면, 최소한 그런 척은 해주어야 하지 않을까. 그렇지 않으면 저 사람의 노력이 물거품이 되어버리고 마니까.

미사는 억지로 표정을 가다듬었다. 그리고 심호흡을 하고는 도로 스튜디오 안으로 돌아갔다.

예지 대신에 교체된 새 모델과 윤하, 두 사람이 한창 촬영 중이었다. 교체된 모델 역시 실제로 여고생처럼 보였지만 예지와는 연기력의 차원이 아예 달랐다. 지난번과는 달리 촬영이 일사천리로 진행되었다.

"좋아요. 딱 지금처럼 한 번만 더!"

감독 역시 매우 만족스러워 보였다.

연기하는 윤하의 모습을, 미사는 구석에 서서 눈도 깜빡이지 않은 채로 바라보았다.

우아한 선을 그리며 떨어지는 기다란 눈매. 완벽하다는 찬사를 받는 콧날. 몇 번이나 입 맞추었던 입술. 입가에 떠올린 부드러운 미소. 그 반대로 깊게 가라앉아 있는 눈동자. 손끝의 움직임 하나까지도 철저히 계산된, 섬세한 연기.

언제 다시 만날 수 있을지 알 수 없는 윤하의 모든 것을, 머릿속에 새기고 싶었다.

윤하와 여고생 역 모델의 투 샷 촬영은 금세 끝났다.

"어머, 이게 누구야?"

흠칫 놀라 돌아보니 지난번과 같은 의상을 입은 이혜연이 서 있었다. 미사는 조금 당황했지만 애써 감추고 인사 대신에 고개를 숙였다.

"그쪽이 여기 막 들어오면 안 되는 거 아닌가? 그 연기 못하는 여자애, 잘렸잖아."

그러고 보니 이 여자는 지난번에도 자신을 예지의 코디로 착각하고 있었다. 순간 울컥해서 잘린 게 아니라 본인이 그만둔 거라고 말해주고 싶었지만 미사는 꾹 참았다.

"착각하신 것 같은데 저는 코디가 아니에요. 대서양화장품 홍보팀에서 일하고 있습니다."

미사는 명함을 꺼내 건네며 침착하게 말했다. 명함을 들여다본 혜연이 놀란 얼굴을 했다.

"뭐야, 광고주 쪽이었어?"

"네. 오늘 촬영 잘 부탁드립니다."

별로 길게 상대하고 싶지 않아서 미사는 그렇게 말하고 돌아서려 했다.

"잠깐만."

그러나 이혜연이 미사를 불러 세웠다.

"지난번에 나한테 건방지게 굴었던 건 사과해야 하잖아?"

미사는 기가 막혔다. 아무리 생각해도 그런 기억이 없기 때문이었다. 경우 없이 굴었던 걸로 따지자면 오히려 저쪽이었다. 예지에게 누구한테 몸을 팔아서 왔냐는 둥 하고 막말을 했으니까.

"저는 사과할 게 없는데요."

그래서 미사는 차분하게 대꾸했다. 사실 기죽을 것도 없다고 생각했다. 아무리 말단 신입이라지만 어디까지나 자신은 광고주 쪽이니까.

하지만 웬일인지 이혜연은 물러서지 않았다.

"해야 할 텐데? 오늘 촬영 제대로 끝내고 싶으면."

혜연이 턱을 치켜들고 도도하게 말하는 바람에 미사는 순간 당황했다. 대체 이 여자가 뭘 믿고 이러나. 하지만 그 뒤에 이어진 말에 곧바로 이유를 깨달았다.

"직함도 없는 거 보니까 평사원인 모양인데, 너 같은 건 내 전화한 통이면 바로 모가지거든."

말투가 자못 의기양양한 걸 봐서는 아마도 대서양화장품 윗선에 믿는 구석이 생긴 것 같았다. 어쩐지, 지난번에 그렇게 일방적으로 촬영을 팽개치고 나가놓고도 모델 교체를 안 당한 데는 이유가 있었던 것이다. 예지한테 빽 운운하더니, 결국 자기가 그런 인간이었던 건가.

"지난번에는 제가 실례를 저질러 죄송했습니다."

억울했지만 미사는 거의 구십 도 각도로 허리를 숙였다. 차라리 사과를 해서 빨리 얘기를 끝내버리는 게 나을 것 같아서였다.

하지만 혜연은 만족하지 않았다.

"꿇어."

"뭐라고요?"

"무릎 꿇고 제대로 사과하란 말이야. 아니면 나 이 촬영 못 하니까."

믿는 구석도 생겼겠다, 아주 마음 놓고 시비를 걸려고 작정한 게 틀림없었다.

혜연이 왜 이러는지는 알 것 같았다. 처음부터 윤하에게 마음이 있었는데, 그 앞에서 대놓고 키스까지 했으니 하늘같은 여배우의 자존심이 용서하지 않았겠지. 하지만 그건 그녀의 사정이고, 미사의 입장은 달랐다. 마음에도 없는 사과를 한 것도 모자라 무릎까지 꿇고 싶지는 않았다.

362

“못 하겠는데요.”

딱 잘라 말하자 혜연의 눈초리가 매서워졌다.

“뭐라고?”

“어디다 전화를 하시든지 마음대로 하세요. 저는 잘못한 게 없으니까요.”

갑자기 혜연이 소리쳤다.

“매니저!”

큰소리가 나자 그제야 사람들이 이쪽을 보기 시작했다.

“나 오늘 이 촬영 못 하니까 그렇게들 알아요.”

모두들 들으라는 식으로 혜연이 커다랗게 말했다.

“광고주라고 갑질하는 데도 정도가 있지, 막말까지 듣고 어떻게 촬영을 해? 못 해요, 나.”

미사는 기가 막혔다.

“제가 막말을 했다고요?”

“했잖아요, 방금.”

혜연은 눈도 깜빡하지 않고 말했다. 거짓말 말라고 반박하려는 순간, 미사는 달려온 다솜에게 팔을 세게 붙잡혔다.

“빨리 사과드리지 못해?”

다솜이 눈을 부라렸다.

“정신 나갔어? 이게 우리 회사에 얼마나 중요한 광고인데!”

“전 아무 짓도 안 했어요.”

“그럼 이혜연 씨가 없는 말을 지어낸다는 거니? 말도 안 되는 소리 하지 말고 빨리 사과드려.”

그래도 미사가 버티자 다솜이 목소리를 높였다.

"넌 상사 말이 말 같지가 않아?"

다솜까지 제 편을 들자 혜연은 한층 더 기가 산 모양이었다.

"무릎 꿇고 사과해요. 그럼 없었던 일로 해줄 테니까."

달려온 감독도 짜증스럽게 재촉했다.

"거 뭔지 몰라도 빨리 사과할 건 하고 끝냅시다. 촬영 또 엎을 겁니까?"

모두가 사과를 강요하는 분위기에 미사는 기가 막혔다. 그저 촬영이 진행되는 것만 중요할 뿐, 아무도 누가 잘하고 잘못했고 따위에는 관심이 없지 않은가.

"안 할 거예요? 그럼 나 이 광고 못 한다니까."

혜연이 팔짱을 낀 채 의기양양하게 말했다.

어쩔 수 없다는 것을 미사는 느꼈다. 무엇보다 또 촬영을 지연시켜서 윤하에게 폐를 끼치고 싶지 않았다. 혹시나 다음에 다시 촬영하게 되면 그때 또 윤하를 봐야 할까 봐 그것도 겁이 났다.

미사는 결심했다.

'잠깐만 참자.'

입술을 깨물고 바닥에 무릎을 꿇으려는 순간, 팔을 세게 잡혀 확 끌어올려졌다.

"……뭐 하는 짓이야."

윤하였다. 그는 미사의 팔을 잡아 일으킨 후 무서운 표정으로 혜연을 향해 성큼 다가섰다.

"어머, 선배."

하지만 혜연은 주눅들지 않았다. 오히려 윤하를 똑바로 쳐다보며 비웃듯이 말하는 것이었다.

"왜 갑자기 끼어들어서 저 여자 편을 드시는 거예요? 설마 무슨 관계라도 있으세요?"

하지만 윤하는 눈썹 하나 까딱하지 않았다.

"상대가 누구라 해도 이런 꼴은 가만히 보고 있을 수 없어. 사과를 받으려거든 곱게 받지, 사람들 다 보는 앞에서 무릎까지 꿇리는 건 무슨 경우지?"

"저한테 먼저 잘못한 건 저쪽이거든요?"

"모두가 네 기분에 맞춰서 행동해야 하는 게 아니야."

우아한 입술에서 거침없이 독설이 흘러나왔다.

"스타 병은 먼저 스타가 된 후에 걸리도록 해."

기어이 혜연의 얼굴이 새빨개졌다. 그녀는 매섭게 윤하를 노려보며 협박하듯 말했다.

"저도 참는 데 한계가 있어요, 선배."

미사는 가슴이 철렁했다. 혜연이 무슨 얘기를 하는 건지 눈치챘기 때문이었다. 지난번에 윤하와 자신이 키스했던 일. 그 얘기를 꺼내려는 거겠지, 이 많은 사람들 앞에서!

하지만 윤하는 코웃음을 쳤다.

"어디 마음대로 해봐."

대체 이 사람은 어디까지 나를 위해 희생할 셈인 거야. 미사는 더 이상 두고 볼 수가 없었다.

"죄송하지만 정윤하 씨가 오해하신 것 같아요."

미사의 말에 그제야 윤하의 표정이 눈에 띄게 흔들렸다.

"……뭐?"

"제가 이혜연 씨한테 실수해서 사과드리는 거예요. 그러니 괜히 끼어들지 말아주세요."

이 자리에서 윤하의 스캔들이 터지느니 차라리 자신이 무릎 꿇고 끝내는 게 낫다. 그러니까 제발 더는 말하지 말아줬으면, 하고 미사는 속으로 빌었다.

하지만 윤하는 안타까운 얼굴로 말했다.

"잘못한 것도 없이 무릎 꿇을 필요 없어."

"글쎄 제가 잘못했다니까요."

"아닌 거 알아."

사람들 다 보는 앞에서 반말까지 하고. 미사는 그만 울고 싶어졌다. 왜 이렇게 내 마음을 몰라주는 거야!

"아저씨가 대체 뭘 안다고 그러세요?"

"……?"

순간 윤하가 눈을 크게 뜨고 미사를 쳐다보았다. 믿을 수 없다는 듯한 시선에 미사는 그제야 뒤늦게 말을 실수한 것을 깨닫고 소스라쳤다.

'아저씨라고 말해버렸어!'

그 순간이었다.

"부회장님?"

갑자기 다솜이 놀란 소리를 냈다. 돌아보니 조금 떨어진 곳에 단정한 투피스 차림을 한 오십 대 정도의 여인이 검은 양복 차림의 남자들을 여럿 대동한 채 이쪽을 바라보고 서 있었다.

사보에서 얼굴을 본 기억이 났다. 홍혜경. 대서양그룹의 부회장이자, 바로 미사가 일하는 대서양화장품의 대표이사였다.

"부회장님 오셨습니까."

"안녕하십니까."

사람들이 저마다 허리를 숙여 인사하는 가운데, 혜경이 미소를 띠고 다가왔다.

"뭔가 진행이 잘 안 되는 모양이지요. 담당자가 누군가요?"

나긋한 목소리였지만 다솜은 잔뜩 긴장한 얼굴로 대답했다.

"홍보팀 정다솜 대리입니다, 부회장님. 별일은 아니고, 저희 신입이 실수하는 바람에 약간 차질이 있었습니다만 이제 곧……."

하지만 혜경은 다솜의 말을 끝까지 듣지 않고 이혜연을 향해 시선을 돌렸다.

"방금 듣자니까 우리 직원한테 무릎 꿇고 사과하지 않으면 광고 촬영을 못 하겠다고 하던데."

혜경은 미소를 띤 채 혜연을 향해 부드럽게, 하지만 단호하게 말했다.

"그럼 집에 가도록 하세요."

주위가 찬물을 끼얹은 것처럼 삽시간에 조용해졌다.

겉으로 보기에는 그냥 수수한 오십 대의 귀부인일 뿐이었다. 160 정도 되어 보이는 중키에 온화하고 고운 인상, 단정하게 틀어 올린 검은 머리. 옷차림도 엷은 베이지색 투피스를 입고 나지막한 굽의 검정구두에, 역시 밋밋한 디자인의 검은 핸드백을 들었을 뿐 눈에 띄는 액세서리 하나 착용하고 있지 않았다.

그러면서도 압도적으로 존재감이 느껴지는 이유는 바로 그녀의 자세와 눈빛에 있었다.

별로 크지 않은 키였지만 허리가 곧고 어깨도 똑바로 펴고 있어서 무척이나 당당해 보였다. 표정은 무척 온화했으나 눈빛만은 날카롭게 빛나고 있었다. 마치 내 앞에서는 어떤 거짓도 용납하지 않겠다는 듯이.

이 여자가 바로 대서양화장품을 업계 1위까지 끌어올려놓은 공로로 그룹 부회장까지 오른 철의 여인, 홍혜경이었다.

이혜연이 한 대 얻어맞은 사람처럼 멍한 표정으로 혜경을 바라보았다.

"부회장님? 지금 뭐라고……."

"집에 가라고 했습니다."

혜경은 미소조차 지우지 않은 채 대답했다.

"하기 싫은 것을 억지로 할 필요가 없어요. 그런 마음으로 광고에 출연해봤자 좋은 결과를 기대하기 힘들 테니까."

이혜연의 얼굴이 새하얗게 질렸다. 그도 그럴 것이, 방금은 지난번에 자존심이 상했던 것 때문에 미사에게 망신을 주고 싶었을 뿐이지 촬영을 안 할 생각은 손톱만치도 없었으니까.

그렇지 않아도 지난번에 멋대로 촬영장을 이탈한 것 때문에 하마터면 광고 모델에서 하차당할 뻔했다. 하지만 혜연으로서는 절대 포기할 수 없는 광고였고, 그래서 대서양화장품의 임원이라는 사람을 만나서 식사 대접까지 한 끝에 그대로 가기로 했던 것이다. 그 사람이 앞으로도 가끔씩 몰래 만나주면 든든하게 백이 되어주겠다고 했던 것은 의외의 수확이었다.

덕분에 혜연은 한껏 의기양양해져 있었다. 선배인 정윤하조차도 안중에 없었다. 자신이 아무리 막무가내로 굴어도 이 회사 광고에서 잘릴 일은 없을 테니까.

그런데 이런 일이 벌어질 줄은 꿈에도 몰랐다. 설마하니 대표이사가 사전에 말도 없이 직접 촬영현장에 나타날 줄이야!

"부, 부회장님. 제가 잘못했습니다."

핏기가 가신 얼굴로, 혜연은 더듬거리며 사죄했다. 하늘같은 자존심도 지금 이 순간만큼은 문제가 되지 않았다. 이 광고를 기점으로 톱 여배우로 자리매김하기 위해서, 소속사에서도 벌써부터 홍보기사를 쏟아내려고 잔뜩 벼르고 있는 마당인데.

혜연의 매니저도 끼어들었다.

"부회장님, 그냥 화가 나서 한 말일 뿐입니다. 하기 싫은 걸 억지로 하다니요? 저희 이혜연은 평소부터 '더 퀸'을 즐겨 사용하고 있을 정도로 제품에 애정이……."

"앞으로는 다른 회사 제품을 사용해주었으면 좋겠네요."

그러나 매니저의 말조차 중간에 가로막혔다.

"우리 회사 제품은 마음이 아름다운 여성을 더욱더 아름다워 보이도록 하기 위해 있는 것이지, 마음의 추함을 화장으로 가리기 위해 있는 것이 아닙니다."

어디까지나 부드러운 말투였지만 그 속에 품고 있는 뜻은 칼날처럼 매섭기 그지없었다.

"부회장님, 제발 용서해주세요!"

혜연이 달려들어 매달리려 했지만 곁에 있던 비서가 곧바로 팔을 붙잡아 제지했다. 혜경이 볼썽사납다는 듯이 고운 주름이 진 눈매를 살짝 찌푸렸다.

"우리 직원들은 모두들 내게 자식 같은 사람들이에요. 내 자식에게 행패를 부린 사람을 누가 일에 쓰고 싶겠습니까? 그리 알고 집에 가도록 해요."

그렇게 말하고 나서 혜경은 할 말 다 끝났다는 듯이 혜연에게서 고개를 돌렸다. 조용한 시선이 이윽고 자신에게로 향하는 순간, 미사는 가슴이 철렁해서 얼른 눈을 내리깔았다.

"이름이 뭐지요?"

"윤미사라고 합니다. 홍보팀에서 일하고 있습니다."

미사는 불안하게 뛰는 가슴을 억누르며 가까스로 대답했다.

"앞으로는 누가 뭐라고 하든 절대 무릎은 꿇지 말도록 해요. 설령 내 앞에서라도 그래서는 안 돼. 잘못을 했거든 그저 사과하면 되는 거예요."

혜경은 타이르듯 말했다.

"윤미사 씨에게도 낳아주신 부모님이 있잖아요. 귀한 따님이 죄인처럼 남에게 무릎을 꿇는 모습을 보면 부모님께서 얼마나 마음이 아프실까?"

엄격하면서도 한편으로는 자애로운 말투에 미사는 왠지 눈시울이 뜨거워지는 것을 느꼈다. 자신에게는 어차피 마음 아파해줄 부모님이 없지만, 처음 보는데도 자신을 감싸며 대신 화를 내준 부회장님이 마치 엄마처럼 느껴졌다.

"죄송합니다, 부회장님."

"나한테 죄송할 것 없어요. 앞으로 그러지 않으면 돼."

혜경이 미사의 어깨에 다정하게 손을 얹었다.

"대서양화장품 직원이라는 자부심을 가지고, 어딜 가든 어깨 쫙 펴고 당당하게 일하도록 해요. 뒤에 언제나 내가 있으니까."

미사의 어깨를 격려하듯 툭툭 두들겨주고, 혜경은 다시 고개를 돌렸다.

"담당자, 정 대리라고 했나?"

"네, 부회장님."

다솜이 굳은 표정으로 대답했다.

"오늘 촬영은 여기서 접고, 모델 교체해서 다시 진행하도록 해요. 새 모델은 팀장이 나한테 직접 결재 받도록 하고."

"이혜연 씨만 말씀이십니까, 부회장님?"

"당연하지요. 광고 콘셉트를 완전히 갈아엎더라도 정윤하 씨는 그대로 갑니다."

혜경이 대답했다. 그러고는 윤하를 바라보고 따스한 미소를 보냈다.

"대스타 정윤하 씨가 우리 회사 광고에 출연해주신다고 해서 격려차 잠시 들렀던 건데, 이제 보니 외모보다도 성품이 더 멋진 분이셨네요. 첫눈에 팬이 되었어요."

"과찬이십니다."

윤하가 고개를 조금 숙였다.

"우리 직원을 편들어주셔서 고마워요. 혹시나 진행하면서 불편한 점이 있으면 언제든지 비서실로 연락을 주세요. 즉시 시정하도록 하지요."

혜경도 공손하게 마주 고개를 숙였다.

"아무쪼록 광고 잘 부탁합니다."

아무리 톱스타라 해도 결국은 그저 연예인에 불과했다. 대기업인 광고주, 그것도 대표이사가 이 정도로 예우하는 경우는 드물었다. 홍혜경이 얼마나 정윤하를 마음에 들어 하고 있는지, 그 자리에 있던 모든 사람이 뼈저리게 느꼈다.

"모두들 수고 많았습니다. 그럼 오늘은 이만 철수하도록 해요."

부회장은 처음부터 끝까지 조용조용히 이야기했지만, 그 말 한마디 한마디에서는 거역할 수 없는 위엄이 느껴졌다.

이윽고 혜경이 촬영장을 떠나자 촬영 스태프들도 자연스럽게 철수하는 분위기가 되었다.

"어떻게 나한테 이럴 수가 있어?"

혜연이 그 자리에 털썩 주저앉아 어린애처럼 울기 시작했지만 매니저를 제외하고는 그 누구도 다가가 위로하기는커녕 본 체조차 하지 않았다. 방금 전까지도 하나같이 그렇게 미사를 둘러싸고 빨리 사과하라고 눈치를 주더니, 사실은 그들도 이혜연이 좋아서 그랬던 건 아닌 모양이었다.

어쨌든 촬영이 취소되었으니 배우들도 더는 여기 있을 필요가 없었다. 이혜연이 매니저의 손에 이끌려 제일 먼저 스튜디오를 떠났고, 정윤하 역시 그 뒤를 이어 조용히 철수했다.

윤하가 현장을 떠났어도 미사는 속으로 안절부절못했다. 아까 아저씨라고 말실수를 해버린 게 계속 마음에 걸렸던 것이다.

'들켰을까? 어쩌지?'

다솜이 감독과 잠시 앞으로의 일 처리에 대해 이야기하는 동안 미사가 전전긍긍하고 있는데, 누군가가 귓가에 속삭였다.

"이리 좀 와봐요."

흠칫 놀라 쳐다보니 표정이 잔뜩 굳어진 민호가 서 있었다.

"왜, 왜 그래?"

"잔말 말고 따라와요."

버티려고 했지만 이미 팔을 꽉 붙들려 있었다. 어쩔 수 없이 미사는 민호가 이끄는 대로 따라갈 수밖에 없었다.

"연기는 내가 아니라 누나가 해야겠네."

지하 주차장으로 내려가는 엘리베이터 안에서, 민호는 딱 그 한마디만 했다. 이미 변명의 여지도 없다는 것을 알 수 있었다.

'들켰구나.'

주차장 한구석에 윤하의 밴이 서 있었다. 민호는 문을 열고 그 안으로 미사를 밀어넣었다.

물론 차 안에는 윤하가 있었다.

"……."

차마 얼굴을 똑바로 볼 수가 없어서, 미사는 고개를 푹 숙이고 말았다.

"날…… 잊어버린 게 아니지?"

이윽고 윤하가 조심스럽게 물었다.

"나하고 함께 있었던 동안의 기억을 잃어버린 게 아니잖아. 왜 그런 척했던 거야?"

그의 말투는 조금도 질책하는 것처럼 들리지 않고, 오히려 매달리는 것처럼 느껴졌다. 차라리 왜 나를 속인 거냐고 화를 내면 좋으련만.

미사는 제 발끝만 쳐다본 채로 중얼거리듯 말했다.

"그 편이 서로 마음 편할 것 같아서 그랬어요."

"어째서?"

"어차피 기억해봤자 아무 짝에도 쓸모가 없으니까요."

그나마 다행인 것은 그가 전혀 깨닫지 못하고 있다는 것이었다. 자신이 아예 기억을 되찾은 적도 없다는 것까지는.

"어차피 나는 현우 선배하고 결혼할 거예요. 그런데 내가 윤하 씨랑 같이 있었던 걸 기억한다 해서 무슨 소용이 있겠어요?"

이 정도면 알아들었으려니 했다. 그런데 어이없게도 또 똑같은 질문이 날아왔다.

"그러니까 어쨌든 날 좋아했던 걸, 잊어버린 건 아니지?"

속에서 무언가가 울컥 치미는 것을 미사는 느꼈다. 대체 이 남자는 왜 쓸데없는 것에 집착하는지 모르겠다. 이제는 아무 짝에도 쓸모없어져버린 마음에, 대체 어째서.

미사는 입술을 깨물고 고개를 들었다.

"그래요, 기억을 잃은 동안 윤하 씨를 좋아했던 건 사실이에요. 하지만 기억을 찾고 나니까 그 감정은 별거 아니라는 걸 깨달았단 말이에요. 역시 내가 정말로 사랑하는 사람은 현우 선배였고, 그러니까 돌아간 거예요.”

안타까운 듯한 눈동자를 똑바로 쏘아보며, 미사는 따지듯이 물었다.

“그런데 대체 내가 기억을 하고 못 하고가 뭐가 그렇게 중요한가요?”

“나한테는 중요해.”

윤하는 조용히 대답했다.

“돌아와달라는 게 아니야. 날 선택해달라는 것도 아냐. 네가 그 사람을 사랑한다면, 결국 그 사람 곁에 있어야만 행복하다면 나는 그걸로 됐어.”

단지, 하고 윤하는 시선을 조금 내리깔았다.

“너한테 사랑받았던 짧은 기간이 내 인생에서는 제일 행복한 시간들이었어. 그래서 그 기억 자체를 완전히 잃어버렸다는 게 무척 슬펐어. 나를 사랑했던 너는 더 이상 세상에 없다고 생각했으니까.”

미사는 그만 숨조차 쉴 수가 없어져버렸다.

“하지만 이젠 됐어. 잊어버린 게 아니라는 걸 알았으니까.”

미사를 향해 다시 눈을 들었을 때, 그는 웃음 짓고 있었다.

“윤하 씨…….”

“어쨌든 날 좋아했던 너는 여기 네 안에 여전히 살아 있는 거잖아. 비록 선택받지는 못했지만.”

윤하가 살짝 손가락으로 미사의 가슴께를 가리켰다.

“나는 그거면 됐어.”

그는 엷게 미소 지었다.

지난번처럼 괜찮은 척 연기하고 있는 게 아니라는 것을 미사는 알았다.

윤하는 더 이상 슬퍼하고 있지 않았다. 진짜로, 진심으로 그렇게 생각하고 있었다. 그거면 됐다고. 기억해주는 것만으로도, 충분하다고.

그가 울지 않으니 이쪽이 울게 된다. 북받치는 울음에 맞서 미사는 필사적으로 싸웠다.

"할 얘기는 그게 전부인가요?"

"그래."

윤하가 고개를 끄덕였다.

"결혼 축하해. ……아마 갈 수는 없겠지만."

도저히 대답까지는 할 수 없었다. 미사는 차에서 뛰어내려 도망치듯 주차장을 나왔다. 그나마 윤하 앞에서는 끝내 눈물을 보이지 않은 게 최선이었다.

다솜은 아직 처리할 일이 남았다면서 미사에게 먼저 회사에 들어가라고 했다.

단순히 제 차에 미사를 태우기 싫어서였겠지만 미사는 고분고분 지시에 따랐다. 어차피 같이 움직이기 싫은 건 이쪽도 마찬가지였으니까.

회사로 돌아가는 택시 안에서 미사는 한참 멍하니 넋을 잃고 있었다.

'대체 어떻게 하면 이 결혼을 안 할 수가 있을까.'

머릿속에는 온통 그 생각뿐이었다.

오늘 윤하를 만나고 나서 미사는 다시 한 번 뼈저리게 깨달았다. 도저히 그와 헤어질 수 없다는 것을.

「나는 그거면 됐어.」

윤하는 그렇게 말했지만 미사는 조금도 그렇지 않았다. 그거면 됐다니, 누구 맘대로.

몇 년 동안만 참고 견디면서 현우의 신뢰를 얻고 이혼의 빌미를 잡자고 결심했는데, 이젠 그조차도 할 수 없을 것 같았다. 도저히 윤하를 두고 다른 남자와 결혼할 수가 없다.

하지만 현실적으로 방법이 없는 것도 사실이었다. 결혼식은 당장 일주일 앞으로 다가와 있고, 자신은 아무 힘도 없는 열여덟 살 어린애에 불과했다.

'대체 어떻게 해야 하지?'

미사가 피가 나도록 입술을 깨물었을 때였다.

— ……전국 25개 로스쿨이 일제히 등록금을 동결하고 있습니다.

택시기사가 켜놓은 라디오에서 흘러나오는 뉴스 중 한 단어가 문득 귀에 들어왔다.

'로스쿨?'

언젠가 예지 어머니가, 자신이 로스쿨 준비를 하고 있었다고 말했던 게 기억났다. 미사는 자연스럽게 뉴스에 귀를 기울였다.

— 사법시험 존치 논란이 가라앉자 기존에 했던 등록금 인하 약속을 깨고 있는 것으로, 한 로스쿨 관계자는…….

그런데 들을수록 뉴스의 내용이 이상했다.

미사도 사법시험이 뭔지 정도야 알고 있었다. 법조인이 되기 위한 시험 아닌가. 그리고 자신이 보려던 로스쿨 시험은 분명 선생님이 되려는 임용고시를 얘기하는 걸 테고. 즉 전혀 관계가 없는 시험인데, 뉴스에서는 꼭 굉장히 밀접한 관계가 있는 것처럼 얘기하고 있는 게 아닌가.

'설마.'

미사는 택시기사에게 물었다.

"아저씨, 죄송한데 로스쿨이 뭔지 아세요?"

"아니, 내가 그걸 모를까 봐?"

기사는 약간 기분이 상한 듯이 대꾸했다. 멀쩡하게 생긴 아가씨가 설마 그걸 진짜로 몰라서 물었으리라고는 생각하지 못한 모양이었다.

"거 사람 너무 무시하지 말아요, 우리 같은 사람들이 운전하고 다니면서 뉴스란 뉴스는 다 들어서 그런 데는 더 빠삭하다니까."

기사가 지식을 자랑하듯 청산유수로 설명하기 시작했다.

"그게 우리말로 법학전문대학원이라고, 전전 대통령이 도입을 한 건데 시작은 2009년부터 했다구. 전에는 사법고시를 봐야 법조인이 됐지만, 이제는 로스쿨을 졸업을 해야지 변호사도 되고 판, 검사도 되는 거야. 사법고시는 2017년엔가 완전히 폐지를 한다더니 또 4년 늘었다 그러고, 그래서 존치를 시키네 마네 저 난리들이지."

미사는 제 귀를 의심했다.

"저기, 로스쿨이 변호사 되는 학교라고요? 선생님이 아니고요?"

기사가 사이드미러로 미사의 얼굴을 쳐다보더니 어이없다는 듯이 말했다.

"이 아가씨가 무슨 소리야, 선생님 되는 학교야 교대지! 로스쿨은 이름부터가 로스쿨인데, 영어로 로(law)가 법 아냐, 법!"

가슴이 철렁했다. 그러고 보니 익히 아는 단어였다. 그 로스쿨의 '로'가 law라는 것을 미처 생각하지 못했을 뿐.

'그럼 내가 선생님이 되려는 게 아니었단 말이야?'

윤하는 분명 미사가 기억을 잃기 전에 임용고시 준비를 하고 있었다고 했다. 자신이 대학에서 교원 자격증을 취득한 것도 사실이고, 무엇보다 윤하가 그것까지 거짓말할 이유는 분명 없을 터였다.

그렇다면 자신은 윤하도 모르게, 몰래 로스쿨에 가려고 했다는 뜻인데.

짚이는 게 있었다. 그리고 그걸 확인해줄 만한 사람은 지금 시점에서 한 사람밖에 없었다.

미사는 마구 두방망이질 치는 가슴을 억누르며 휴대폰으로 전화를 걸었다.

─ 여보세요, 미사 씨?

예지 엄마는 놀란 목소리로 전화를 받았다.

─ 어떻게 된 거예요, 우리 예지가 미사 씨랑 연락 안 된다고 얼마나 속상해하는데. 기억을 찾았다더니 정말이에요?

예지 엄마도 미사의 기억상실에 대해서는 알고 있었다. 나중에 생일파티 때 들었기 때문에.

어쨌든 지금은 그게 문제가 아니었다.

"어머님, 죄송한데 제가 지금 좀 급해서요. 뭐 하나만 빨리 여쭤볼게요."

미사는 심호흡을 하고 물었다.

"제가 로스쿨 준비 하고 있었다고 하셨잖아요."

— 나한테 그렇게 말했었죠, 변호사 될 거라면서. 그런데 그게 왜?

역시나. 미사의 심장이 더욱더 빠르게 뛰기 시작했다.

"혹시 왜 변호사가 되려고 했는지도 제가 말했었나요?"

— 글쎄, 자세히는 말 안 했는데. 뭐라고 했더라……?

예지 엄마는 잠시 기억을 더듬는 듯하더니 이윽고 아, 하는 소리를 냈다.

— 맞아! 뭐 억울한 누명을 쓴 사람이 있다면서, 그걸 벗겨주고 싶다고 했었어요.

미사는 숨을 멈췄다.

"……!"

어떻게 통화를 마쳤는지도 모르겠다. 전화를 끊고, 미사는 침착하게 생각을 정리하려 노력했다.

'기억을 잃기 전에도 나는 윤하 씨의 그 일에 대해 알고 있었던 거야.'

그럼 그 얘기를 누가 해주었을까. 윤하가 직접 말해주지는 않았을 거라고 미사는 생각했다.

「다 지난 일이야. 너까지 같이 힘들게 하고 싶지 않아.」

얼마 전에도 그렇게 말했던 윤하인데, 자신이 들으면 속상해할 만한 얘기를 그가 했을 리 없었다. 그렇다면 이 얘기를 해준 사람은 결국 서현우라는 게 되는데. 그럼 그 말을 왜 했을까?

'협박당하고 있었던 거겠지!'

서현우는 말했다. 자신이 기억을 잃기 전에 둘 사이에는 아무 문제도 없었다고, 무척 사랑하는 사이였다고. 하지만 모두 새빨간 거짓말이었던 것이다.

이제야 머릿속이 환해지는 것 같은 기분이 들었다.

기억을 잃기 전의 자신을 떠올리면 미사는 늘 마음이 답답했었다. 대체 자신은 왜 윤하 같은 사람을 사랑하지 않았는지, 왜 늘 힘들게만 했다는 서현우와 굳이 결혼하려 했는지 도저히 납득할 수가 없었으니까.

그러나 그때도 이미 서현우에게 협박당하고 있었다고 생각하면 모든 것이 이해가 갔다.

분명 자신은 기억을 잃기 전에도 윤하를 사랑했을 것이다. 그러니까 협박을 당했겠지. 하지만 자신은 거기에 굴복하려 하지 않았다. 윤하도 모르게 로스쿨 준비를 하고 있었던 게 그 증거였다. 당장은 어쩔 수 없이 억지로 결혼하더라도, 나중에 변호사가 되어서 윤하의 누명을 벗기고 서현우의 손아귀에서 벗어나려고 했던 게 틀림없다.

'그동안 오해해서 미안해.'

미사는 차의 유리창에 비친 자신의 얼굴을 물끄러미 바라보았다.

'너도 많이 괴로웠을 텐데.'

그러다 퍼뜩 떠오른 사실이 있었다.

'잠깐, 협박당하고 있었다면 왜 갑자기 파혼할 용기가 났던 거지?'

윤하의 말에 의하면 기억을 잃기 전날, 자신이 전화해서 떨리는 목소리로 말했다고 했다. 이 결혼 안 하겠다고, 파혼하겠다고.

미사는 전혀 기억나지 않는 그날의 일에 대해서 필사적으로 추리해 내려고 노력했다.

대체 그날, 나한테는 무슨 일이 있었던 걸까.

자신은 윤하를 지키기 위해 하기 싫은 결혼까지도 감수하려 하고 있었다. 그러니 단순히 변덕이 일어나서 갑자기 파혼하겠다고 한 건 아닐 터였다. 그렇다면……?

'뭔가 상황을 뒤집을 수 있을 만한 건을 찾아냈던 거야!'

그런 거라면 윤하와 만나서 뭔가를 상의하려 했던 것도 아귀가 맞아든다. 자신은 서현우의 약점을 발견했던 것이다. 서현우가 쥐고 있는 윤하의 약점보다도 훨씬 큰 무언가를.

미사는 흥분한 나머지 가슴이 마구 쿵쿵 뛰었다.

'대체 그게 뭐지?'

하지만 추리도 여기까지, 정작 그 약점이 뭔지는 도저히 짐작조차 가지 않았다.

결혼식까지 앞으로 일주일.

'그 안에 찾아내야 해!'

미사는 주먹을 꽉 쥐었다.

"설마 촬영장에서 그런 일이 있을 것까지 미리 예상하셨던 겁니까?"

통화하는 현우의 얼굴에 흡족한 미소가 번졌다.

― 그럴 리가 있나, 내가 점쟁이도 아니고. 그저 일단 서로 눈도장 정도만 찍어도 좋겠다 싶었던 거지. 그런데 그 철없는 여배우 덕분에 뜻밖의 수확이군, 허허.

상대 역시 매우 만족스러운 모양이었다.

"그러면 광고에서 하차시키면 안 되는 거 아닙니까? 상은 못 줄망정."

― 부회장님 직접 지시인데 낸들 별수 있겠나?

가벼운 농담 몇 마디가 오간 끝에 현우는 진지한 목소리로 돌아갔다.

"하여튼 이번 일이야말로 진짜 중요하니 실수 없이 부탁드립니다."

― 이쪽은 철저하게 세팅해두었으니 걱정 말게. 그쪽이야말로 문제없겠지?

"물론입니다."

통화를 끝내고 나서 현우는 녹음이 잘되었는지부터 확인했다.

이 사람과 통화할 때는 만약을 위해 보험처럼 늘 녹음해두는 버릇이 있었다. 확인이 끝난 후에는 휴대폰을 자동차의 글러브박스 안 깊은 곳에 도로 숨겨두었다. 오로지 방금 통화한 상대와 연락하기 위한 용도로만 사용하는 휴대폰이었으니까.

이제 일주일 후면 미사는 정식으로 자신의 아내가 된다. 그렇다는 것은 10년 동안 꿈꾸어왔던 계획의 성공이 바로 눈앞에 있다는 뜻이기도 했다. 게다가 뜻밖에 좋은 소식까지 들려왔다. 오늘 촬영장에서 홍혜경 부회장이 직접 미사의 편을 들어주었다지 않은가.

'일이 잘될 조짐인가 보군.'

차에서 내리는 현우의 얼굴에 모처럼 미소가 가득했다.

현관문을 열고 집안으로 들어서던 현우는 깜짝 놀라 눈을 크게 떴다.

"다녀오셨어요?"

한 손에 국자를 든 미사가 앞치마 차림으로 활짝 웃으며 자신을 맞이하는 것이 아닌가. 주방에서는 맛있는 냄새까지 흘러나오고 있었다.

"제가 불고기 해놨으니까 빨리 와서 드세요. 옷 이리 주시구요."

미사가 손을 내밀었지만 현우는 선뜻 옷을 벗어 건네지 못했다. 대체 왜 이러나, 하고 의구심이 먼저 들었기 때문이다.

"무슨 일 있었어?"

"일은요, 제가 일찍 퇴근하니까 저녁 준비 정도는 할 수 있잖아요."

하지만 그 말을 곧이곧대로 믿을 현우가 아니었다.

미사는 억지로 결혼에 동의하기는 했지만 그 외에는 자신을 거들떠보지도 않았다. 한집에 살고 있지만 자신을 향해 웃어준 적은 커녕 똑바로 쳐다본 적도 없었다. 그거야 어쩔 수 없다고 현우는 어느 정도 체념하고 있었다. 결혼 후에 조금씩 마음을 돌리면 될 거라고.

그런데 하루아침에 무슨 바람이 불었단 말인가. 오늘 아침에 출근할 때도 인사조차 없었는데.

"솔직히 말해봐. 갑자기 왜 이러는 거야?"

현우가 경계심 가득한 눈으로 쳐다보자 미사가 이윽고 한숨을 쉬었다.

"사실은 오늘, 저희 회사 CF 촬영장에 외근을 나갔다가 아저씨를 마주쳤어요."

현우는 놀라지 않았다. 그야 이미 알고 있는 사실이니까.

"그래서?"

"저는 아저씨가 저랑 헤어져서 반쯤 폐인이 돼 있을 줄 알았거든요. 그런데 보니까 전보다 훨씬 더 혈색도 좋고, 완전 잘 지내고 있는 티가 팍팍 나지 뭐예요?"

미사는 무척이나 분한 얼굴을 했다.

"그런 줄도 모르고 저 혼자 힘들어하고 있었던 거 생각하니까 어찌나 분하고 어이가 없던지."

"그래서, 잊기라도 하려고?"

"그쪽이 절 깨끗이 잊었는데 저라고 못 그럴 거 없잖아요?"

미사가 주먹을 꽉 쥐어 보였다.

"어차피 저도 이제 결혼하는 거, 보란 듯이 서현우 씨랑 행복하게 살려고요."

이걸 어디까지 믿어야 할까, 하고 현우는 속으로 생각했다. 결심이 제법 굳어 보이기는 하는데…….

"저어, 그러니까 우리 조금씩 친해져요. 앞으로 저도 많이 노력할게요."

미사가 살짝 현우의 눈치를 보며 말했다.

뭐, 무슨 꿍꿍이속이 있는지 몰라도 친해져서 나쁠 건 없겠지. 그러다가 정말 나한테 넘어오면 대환영이고. 현우는 일단 그렇게 결론을 내렸다.

"그래, 잘 생각했어."

미소를 지으며 팔을 벌리자 미사가 수줍은 듯이 다가와 품에 안겼다.

"우리 앞으로 행복하게 잘 살자."

미사를 품에 안고, 현우는 다정하게 말했다.

10 / 납치

'더 퀸'의 광고는 콘셉트부터 전면 수정이 불가피해졌다. 원래 콘셉트가 '위험한 신입사원' 드라마였는데, 이혜연이 빠지게 되었으니까. 덕분에 처음부터 모든 걸 다시 해야 해서, 광고회사와 직접 일을 진행하는 실무자인 다솜은 머리끝까지 짜증이 치솟아 있었다.

다솜이 짜증나 있는 이유는 비단 그것뿐만이 아니었다. 어제 촬영이 그렇게 파투나고 난 후, 다솜은 몰래 윤하에게 갔었다. 사실은 그러기 위해서 미사를 먼저 회사로 돌려보낸 거였다.

「나한테 무슨 볼일이지?」

차에서 내려 굳은 표정으로 묻는 정윤하에게, 다솜은 되물었다.

「이 결혼, 그냥 두고 볼 거예요?」

미사가 혜연에게 무릎을 꿇을 뻔한 순간, 정윤하는 나서서 미사를 적극적으로 감쌌다. 동거까지 하던 자기를 헌신짝처럼 버리고 집안 좋은 남자한테 가버린 여자인데도, 바보같이.

어쨌든 정윤하 쪽은 아직 미사에게 미련이 있다는 거였다. 자신은 현우에게 미련이 있으니까, 그렇다면 서로 통하는 점이 있는 셈이다.

「아직 늦지 않았어요. 우리 둘이 손잡으면 이 결혼, 취소시킬 수 있어요.」

「어떻게?」

정윤하는 흥미를 보였다. 그래서 다솜은 자신 있게 말했다.

「정윤하 씨가 미사랑 한집에 살 때 몰래 찍어놓은 사진들이 있어요. 나는 사정이 있어서 직접 움직일 수가 없으니까, 정윤하 씨 쪽에서 그걸 터뜨려주세요.」

「나보고 내 손으로 내 스캔들을 내라?'

「미사 얼굴만 나오면 돼요. 모자이크를 잘하면 상대가 정윤하 씨라는 건 가릴 수 있을 거예요. 일단 스캔들이 터지면 그 집안에서도 체면상 그 애를 며느리로 맞이할 수 없게 될 테니까…… 악!」

말하다 말고 다솜은 비명을 질렀다. 갑자기 얼굴에 차가운 액체가 확 끼얹어졌기 때문이었다.

「잘 들어.」

빈 캔 커피를 손에 쥔 윤하가 차갑게 말했다.

「어떤 식으로든 미사의 결혼을 방해하려 들었다간 넌 끝장이야.」

팬으로서 여태 수많은 작품을 보아왔지만 이토록 무서운 표정은 처음이었다. 윤하의 눈빛이 어찌나 살벌한지, 다솜은 커피 세례를 맞고도 화낼 엄두조차 내지 못했다.

「잊지 마. 미사를 건드리면 수단방법 가리지 않고 네 인생도 끝내 버리고 말 테니까.」

결국 다솜은 그 이상 입도 뻥긋하지 못하고 커피만 뒤집어쓴 채 돌아설 수밖에 없었다. 그리고 그 울분은 고스란히 미사에게 돌아갔다.

'이게 다 그 계집애 때문이야!'

다솜은 미사를 탓했다. 이것도 저것도 모두 그 계집애 때문이다. 왜 하필 서현우고, 또 왜 하필 정윤하인가. 낙하산으로 떨어져도 왜 하필 우리 회사, 우리 부서고!

할 수 있는 거라고는 미사를 괴롭혀주는 것뿐이었다. 그것도 서현우가 직접 끼어들지 못하도록, 교묘한 방법으로.

그리고 마침 딱 좋은 기회가 왔다.

"곧 있으면 블루밍 백화점 관계자가 미국에서 올 텐데. 부회장님이 영어가 서투르셔서 미팅 때 통역이 필요할 것 같은데, 혹시 해볼 사람?"

팀장이 팀원들을 모아놓고 말했지만 모두들 눈치만 보고 선뜻 나서지 않았다. 물론 모두들 비즈니스 영어 정도는 가능했지만, 부회장 통역이라면 웬만한 수준으로는 곤란할 테니까.

아무도 나서지 않자 팀장은 다솜을 지목했다.

"그럼 정 대리가 해볼까? 우리 팀에서는 제일 영어 잘하잖아."

다솜은 고등학교를 졸업한 후 캐나다에 있는 대학을 졸업했다. 어차피 한국에서 대학을 가봤자 별로 좋은 곳에 갈 만한 성적이 안 돼서 택한 도피성 유학이었지만, 그래도 덕분에 영어실력은 개중 뛰어난 편이었다.

"어때, 정 대리?"

부회장님을 가까이서 모실 수 있는 흔치 않은 기회다. 그렇지 않아도 아까부터 제가 하겠다고 말하고 싶어서 몸이 근질거렸던 다솜은, 냉큼 승낙하려다가 퍼뜩 무언가를 떠올렸다. 잠깐. 이거 잘하면 일석이조가 되겠는데?

"팀장님, 그러지 말고 윤미사 씨한테 한번 맡겨보는 건 어떨까요?"

다솜은 얼른 손을 번쩍 들고 말했다.

"한국대학교 영어과 출신에다 이력서 보니까 토익 스피킹도 만점이던데요. 실력이야 이미 검증된 거 아니겠어요?"

"그런 중요한 자리에 윤미사 씨를?"

팀장은 영 탐탁지 않은 표정을 했다. 그야 평소에 미사가 업무수행을 제대로 못 하고 어리바리한 것을 잘 알고 있었으니까.

"그러지 말고 그냥 정 대리가 하지, 좋은 기횐데."

"윤미사 씨도 입사한 지 한 달이 다 되어가는데 아직 제대로 된 일을 맡아본 적이 한 번도 없잖아요. 미사 씨한테도 한 번쯤 기회 주고 싶어요."

슬쩍 곁눈질로 쳐다보니 아니나 다를까, 미사의 얼굴은 잔뜩 굳어져 있었다. 그야 한국대학교 영어과 졸업이고 토익 스피킹 만점이고 간에 지금 실력은 딱 고2 수준일 테니까.

"날짜도 안 맞을 텐데. 윤미사 씨 다음 주면 신혼여행 때문에 휴가 가잖아."

"걱정 마세요, 미사 씨 신혼여행 갔다 와서 첫 출근하는 날이 마침 딱 미팅 날짜니까요. 그렇지, 미사 씨?"

미사가 새하얗게 질린 얼굴로 겨우 고개를 끄덕였다.

"미사 씨도 우리 팀원이잖아요. 네? 팀장님."

다솜이 친구를 위하는 척 열심히 말하자 결국 팀장도 고개를 끄덕였다.

"좋아요. 뭐, 그럼 이번에는 윤미사 씨를 믿고 한번 맡겨보지."

다솜의 입가에 득의양양한 미소가 떠올랐다.

물론 다솜이 자신을 골탕 먹이기 위해서 한 짓이라는 건 미사도 뻔히 알고 있었다. 하지만 알면서도 고스란히 당할 수밖에 없었다. 영어를 못한다고 곧이곧대로 말했다가는 자신이 열여덟 살 여자애라는 걸 들키고 말 테니까.

결국 결혼식을 앞두고 미사는 걱정거리가 한 가지 더 늘어버리고 말았다. 굉장히 중요한 미팅이라는데, 어떡하지. 생각만 해도 눈앞이 캄캄해졌다.

물론 더 큰 문제는 서현우의 약점을 찾는 것이었다. 그것만 찾아내도 결혼은 취소할 수 있고, 그러면 서현우의 아버지가 꽂아준 회사 따위는 더 이상 다니지 않아도 될 테니까.

하지만 그것도 쉬운 일은 아니었다. 현우가 집을 비운 동안에 그의 방을 싹 뒤져보았지만 이렇다 할 단서는 나오지 않았다. 그가 샤워를 하는 동안 주머니에서 휴대폰을 몰래 꺼내서 살펴보았지만 역시나 의심할 만한 거라고는 아무것도 없었다. 애초에 현우의 휴대폰에는 비밀번호나 패턴조차 설정되어 있지 않았다. 뭔가 감추고 싶은 게 있는 사람이라면 꼭꼭 잠가뒀을 텐데.

아무 진전도 없는 사이에 결혼식은 하루하루 다가왔다. 그리고 미사가 갑자기 비서를 통해 홍혜경 부회장에게 불려간 것은 결혼식을 딱 사흘 앞둔 날이었다.

"네? 부회장님이 저한테 직접 메이크업을 해주신다고요?"

미사가 놀라서 되묻자 혜경이 짐짓 서운한 얼굴을 했다.

"왜, 나한테는 받기 싫은가요?"

"아, 아닙니다. 그게 아니라, 그저 너무 뜻밖이어서……."

그제야 혜경이 미소를 지었다.

"비서실에서는 듀엣으로 노래를 부르는 영상을 찍는 게 어떻겠냐고 했는데, 내가 메이크업으로 바꾸자고 했어요. 아무래도 우린 화장품 회사니까."

곧 대서양화장품 창립기념일이었다. 창립기념일을 맞이하여 회사에서 가장 말단인 신입사원과, 가장 높은 자리에 있는 대표이사가 함께 다정한 모습으로 영상을 제작해보자는 아이디어가 비서실에서 나왔다고 했다. 그리고 온 회사를 통틀어 제일 신입이 바로 미사였던 것이다.

촬영장소는 서울 근교의 스튜디오라고 했다. 미사는 얼떨결에 부회장의 차를 함께 타고 가게 되었다.

"내가 대서양화장품 대표이사가 된 이후로 제일 골치였던 게 사내 문화예요. 어찌나 군대식으로들 해왔는지, 아무리 개선을 하려고 노력해도 잘 되지가 않아."

이동하는 동안, 혜경은 옆자리에 앉은 미사에게 직접 자상하게 설명해주었다.

"그래서 이런 영상도 찍고 하는 거니까 편하게 생각하고 촬영해요. 너무 긴장하지 말고."

"네, 부회장님."

상대가 상대인 만큼 아주 긴장하지 않을 수는 없었다. 하지만 혜경과 이렇게 다시 만나서 이야기할 수 있는 것이, 미사는 무척 기뻤다. 부회장의 눈에 들어서 출세하겠다든가 하는 이유가 아니라 그냥 어디까지나 순수하게 상대를 좋아하는 마음이었다. 부회장님은 처음 본 순간부터 제 편을 들어준 사람이었으니까.

"그런데 부회장님 화장 할 줄 아세요?"

"글쎄, 내 화장은 보통 직접 하지만 남은 해줘 본 적이 없네요."

"유튜브에도 올리실 거면 진짜 예쁘게 해주셔야 돼요. 우리 회사 제품으로 화장했는데 안 예쁘게 나와서 매출 떨어지면 큰일이잖아요?"

당돌한 말에 동석한 수행비서가 당황한 얼굴을 했다. 하지만 혜경은 오히려 미사의 그런 태도가 마음에 드는지, 즐거운 얼굴로 대답했다.

"어머나, 미처 내가 그 생각을 못 했네. 그럼 거기 전문가들한테 잘 좀 배우고 시작해야겠어요."

그러더니 부회장은 갑자기 생각났다는 듯이 물었다.

"참, 그나저나 윤미사 씨가 서민국 의원님의 큰며느님 될 분이라고요?"

"처음부터 알고 계셨던 거예요?"

미사는 조금 실망했다. 그렇다면 지난번에 혜경이 촬영장에서 자신의 편을 들어줬던 것도 그래서였던 걸까.

하지만 혜경은 고개를 저었다.

"아니, 몰랐어요. 서 의원님께 직접 전화로 취업 부탁을 받긴 했
는데, 예비며느님이라는 말은 들었어도 이름까진 얘기를 안 해주
셨거든. 오늘 미사 씨 데려오기 전에 비서실에서 귀띔해줘서 그때
겨우 알았어요. 아, 그게 윤미사 씨였구나."

다행이라고 미사는 속으로 생각했다. 부회장님의 그 친절이, 유
력 정치가의 며느리가 아니라 순수하게 자기 자신을 향한 거였다
는 게 기뻤다.

어느덧 날은 저물었고, 차는 서울을 벗어나 한적한 도로를 달리
고 있었다.

"그래, 결혼식이 이번 주 일요일인 거지요?"

"네. 이제 사흘 남았어요."

"그렇군요. 결혼식에는 아마 나도 참석……."

혜경이 거기까지 말했을 때였다.

쾅! 소리와 함께 갑자기 커다란 충격이 덮쳐 왔다. 미사의 몸이
튕겨나가듯 앞쪽으로 크게 쏠리려다 안전벨트 덕분에 제자리에 고
정되었다.

잠시 충격에 빠져 있던 미사는 정신을 차리고 겨우 고개를 들었
다. 혜경 역시 얼떨떨한 얼굴을 하고 있었다. 앞차와 충돌 사고가
난 것이었다.

"죄송합니다, 부회장님. 앞차가 갑자기 급정거를 하는 바람에!"

운전기사가 당황한 듯이 말했다.

모두가 정신을 차리지 못하고 있는 사이에 앞차에서 두 명의 사내들이 내렸다. 상대가 밖에서 유리창을 톡톡 두들기자 운전기사가 유리창을 내리고 울화통을 터뜨렸다.

"아니, 이것 봐요! 운전을 똑바로 해야지……!"

갑자기 운전기사의 말이 뚝 멈췄다. 왜 그러나, 하고 앞을 넘겨다보았다가 미사는 심장이 멈출 것 같은 기분을 느꼈다.

열린 유리창을 통해 손이 쑥 들어와 있었다. 권총을 든 손이.

그리고 총구는 정확히 혜경을 겨누고 있었다.

"순순히 내리시죠."

얼굴이 보이지 않는 상대가, 음산하게 말했다.

납치범들은 수행비서와 운전기사, 그리고 혜경과 미사까지 모조리 수건으로 입에 재갈을 물린 채 차에 태웠다. 한참 동안이나 달려서 도착한 곳은 인적이 없는 곳에 있는 허름한 창고였다. 납치범들은 수행비서와 운전기사를 먼저 어딘가에 가두고 와서, 혜경과 미사를 함께 창고에 가뒀다.

창고 여기저기에는 재활용품으로 보이는 온갖 잡동사니가 아무렇게나 쌓여 있었다. 그들은 혜경과 미사를 서로 등을 맞대도록 해서 앉혀놓고 둘을 한꺼번에 밧줄로 꽁꽁 묶어버리고 나서야 겨우 재갈을 풀어주었다.

"대체 당신들은 누구죠?"

입이 자유로워지자마자 혜경이 날카롭게 물었다.

"내가 누군지 알고 벌인 짓이라면, 경찰이 지금쯤 총동원돼서 찾고 있을 거라는 것도 잘 알 텐데요."

하지만 사내들은 오히려 느물거리며 웃었다.

"에이, 비서실에서 당장은 경찰에 신고 못 할 거 뻔히 아시면서 왜 이러십니까."

"주가 떨어지는 거 한순간인데."

혜경의 안색이 변했다.

"돈 때문에 이러는 거라면 이럴 필요까지 없어요. 원하는 금액을 말하면 내가 해결해줄 테니까, 이것부터 풀고 이야기해요."

혜경이 회유하듯 말했지만 역시나 사내들은 들은 체도 하지 않았다.

"해칠 생각은 없으니까 여기서 며칠 편히 쉬시다 가시면 됩니다, 부회장님."

그들은 심지어 혜경으로 하여금 휴대폰으로 비서실장에게 전화까지 하게 했다. 별장에 내려가서 며칠 쉴 테니 걱정 말고, 그동안 일체 연락하지 말라고.

물론 통화하는 내내 혜경의 머리에는 총구가 겨누어져 있었다.

"그럼 이 아가씨만이라도 보내줘요."

전화를 끊은 혜경이 침착하게 말했다.

"사흘 후에 결혼할 신부예요. 그냥 우리 회사 직원일 뿐인데 붙잡아둘 필요는 없잖아요?"

"뭐요? 딸이 아니라고?"

납치범들은 놀란 듯한 소리를 냈다.

"아니, 어찌나 닮았는지 꼭 친딸인 줄 알았네."

"그러게, 완전 붕어빵인데. 정말 따님 아니시라고?"

납치범들은 미사와 혜경을 번갈아 보면서 계속 닮았다는 말을 반복했다.

미사는 그 와중에도 이상하다는 생각을 했다. 자신과 혜경이 닮을 리도 없지만, 이 정도의 거물을 납치하는데 가족관계조차도 사전에 조사를 안 했단 말인가.

"어쨌든 이왕 모셔온 거니까 돌려보내드릴 수는 없고, 둘이서 오붓하게 좀 지내시죠."

"딸처럼, 엄마처럼."

사내들은 나가면서 창고 문을 잠가버렸다.

"경찰은 전혀 모르고 있겠죠?"

– 물론이지. 나는 부회장님께 직접 찾지 말라고 연락을 받았으니까 지시에 충실히 따르고 있는 것뿐이야. 비서실장답게 말이지, 허허.

통화 상대인 홍혜경 부회장의 비서실장이 너털웃음을 터뜨렸다.

"그럼 수행비서하고 운전기사는 어떻게 하셨습니까?"

– 그야 물론 다른 데 가둬뒀지. 여자들끼리 오붓하게 보내라고 말이야.

"잘하셨습니다."

현우가 미소 지었다.

여자들이란 물론 미사와 혜경을 말하는 것이었다. 서로가 친엄마이고 친딸이라는 것조차 모르고 있는, 가련한 두 여자. 이 둘로 하여금 자신들의 관계를 자연스럽게 깨닫게 해주기 위해서 이런 일까지 벌인 것이었다.

혜경이 격려차 광고 촬영현장을 찾게 된 것도, 미사와 함께 영상을 촬영하게 된 것도 모두 다 치밀한 사전 계획에 따른 것이었다.

물론, 애초에 미사가 대서양화장품에 다니게 된 것 역시.

이제 결혼식이 며칠 남지 않았다. 처음부터 결혼식 때까지만 다니면 된다고 구슬렸으니, 결혼식이 끝나면 미사는 당장 회사를 그만두겠다고 할지 모른다. 그렇게 되면 더 이상 홍혜경과의 접점을 만들기 힘들어질 테니, 그전에 어떻게든 두 사람으로 하여금 서로에 대해 깨닫게 하는 게 최선이었다.

즉 돈 따위가 목적이 아니라, 함께 있게 만드는 게 목적이었다. 그것도 오랜 시간, 단둘이.

"그럼 잘 부탁드립니다."

통화를 끝내고, 현우는 녹음이 잘되었는지 확인하고 나서 평소처럼 휴대폰을 도로 글러브박스 안에 숨겨놓았다. 그리고 운전석 시트에 깊숙이 등을 묻고 눈을 감았다.

아스라한 어둠 저편에서, 이 거대한 계획의 시작점이 되었던 날의 일이 서서히 떠올랐다.

그것은 현우가 중학생 때, 즉 어머니가 아직 살아 계실 적의 일이
었다.

　어느 날 밤, 늦게까지 시험공부를 하다가 목이 말랐다. 그래서 물
을 마시러 가다가 우연히 부모님 방에서 흘러나오는 이야기가 귀
에 들어왔다.

　"……나도 일부러 사고를 낸 건 아니라고. 그냥 술을 좀 마셨을
뿐이야."

　아버지, 서 의원의 혀가 조금 꼬여 있었다. 현우는 저도 모르게
멈춰 서서 아버지의 고백에 귀를 기울이기 시작했다.

　얘기는 이랬다. 10년 전, 아버지가 야간에 인적이 드문 지방 도로
에서 음주운전을 하다가 사고를 낸 것이었다. 피해자는 임신 중인
부인과 그 남편.

　남편 쪽은 현장에서 즉사하고, 아내 쪽은 그 자리에서 애를 낳았
다고 아버지는 말했다. 애가 무척 작은 걸 봐서는 아직 낳을 때가
아니었는데, 사고를 당한 충격 때문에 조산을 했던 모양이라고.

　부인은 힘겹게 아이를 낳자마자 기절해버렸다. 여자가 죽었다고
착각한 아버지는 탯줄을 끊고 갓 태어난 아이를 데리고 차를 몰고
도망쳤다. 그리고 마침 가다가 눈에 띈 성당 앞에, 무릎담요에다
둘둘 싼 아이를 놔둔 채 그 자리를 떠났다는 것이었다.

　"세상에, 당신은 어쩌면 그렇게 끔찍한 짓을……!"

　"나로서는 그게 최선이었어. 어쨌든 내가 그 애 목숨이라도 살

린 거라구. 그대로 놔뒀으면 산모는 몰라도 애는 분명히 죽었을 거야."

어머니는 아버지를 책망하는 눈치였지만 현우는 아버지에게 동감했다. 이미 죽은 사람이야 어쩌겠는가, 산 사람은 살아야지. 일부러 사고를 낸 것도 아니고, 애를 살렸으면 아버지는 할 만큼 했다는 생각이 들었다.

"하지만 그냥 버려두고 오셨으면 그 애가 살았는지 어쨌는지 모르잖아요?"

"살았을 거야. 계집애인 데다 무척 작았는데도 우렁차게 울었거든. 누가 데려가도 데려갔겠지."

여기까지만 해도 충분히 충격적인 이야기였다. 하지만 거기서 끝이 아니었다.

"그러니까 그 사람들이 대서양그룹 회장 큰아들이랑 며느리였단 말이죠?"

"그래, 나도 다음 날 신문기사를 보고 나서야 알았어. 며느리 쪽이 죽지 않고 살았더군."

현우는 깜짝 놀랐다. 대서양그룹? 그 재벌?

아버지는 계속해서 말했다. 대서양에서 그 손녀 되는 아이를 무척 찾았는데 결국 찾지 못했다고. 왠지 몰라도 아이를 아들로 알고 있던데, 아마 그래서였는지도 모른다는 것이었다.

이야기를 다 들은 현우의 어머니는 남편을 설득하려고 애를 썼다.

"여보, 그러지 말고 지금이라도 자수를……!"

"이런 바보 같은 사람. 내가 이 얘기를 왜 지금 와서야 하는지 모

400

르겠어?"

하지만 아버지는 오히려 비웃듯이 말했다.

"오늘로 드디어 공소시효가 끝났단 말이야!"

몰래 듣고 있던 현우는 가슴을 쓸어내렸다. 그렇지 않아도 듣는 내내 이 얘기를 어머니에게 해도 괜찮은 걸까, 하고 은근히 걱정하고 있었던 것이다. 물론 어머니가 아버지를 경찰에 신고할 리는 없다고 생각하지만, 그래도 이런 일은 굳이 아는 사람을 늘려서 좋을 게 없지 않은가. 낮말은 새가 듣고 밤말은 쥐가 듣는다는데. 실제로 자신도 이렇게 알아버리지 않았는가?

그런데 역시나 아버지는 용의주도했다. 공소시효가 끝날 때까지 어머니에게조차 비밀로 해왔다니, 역시 신중한 아버지답다고 현우는 감탄했다. 현우는 이제 갓 초선의원이 된 유망한 정치가인 아버지가 10년 전의 실수 때문에 창창한 앞날을 망치기를 원하지 않았다. 물론, 자신의 앞날도.

"무서운 양반. 당신은 그러고서도 여태 발 뻗고 잠이 오셨어요?"

어머니는 치를 떨었다.

"잠이 안 올 건 또 뭐 있나? 나라고 일부러 한 짓은 아닌데."

그렇게 대꾸하고 나서, 아버지는 혼잣말처럼 중얼거렸다.

"그래도 가끔씩 떠오르기는 해. 그 애 어깨에 있던 붉은 나비가 말이야……."

붉은 나비. 그게 무슨 뜻인지, 현우는 몰랐다. 그래서 그때는 그저 들어 넘겼다.

그 후로도 가끔씩 그 일이 떠올랐다. TV에서 대서양그룹에 관한 뉴스를 볼 때마다, 마음 한구석이 묵직해지곤 했다. 하필 저런 대재벌과 연관된 일이니 언제든 진실이 밝혀질 수도 있다는 생각을 하면 불안했다. 하지만 아버지, 나아가서는 자신의 파멸이 두려웠을 뿐이지 죄책감 따위를 품은 적은 한 번도 없었다. 아버지 서 의원은 늘 사람이 큰일을 하려면 작은 일에 연연해서는 못쓰는 법이라고 말했고, 현우는 존경하는 아버지의 말이라면 뭐든 따랐으니까.

다행히 아무 일 없이 세월은 흘렀고, 아버지는 계속해서 승승장구했다. 언제든 그 일이 들킬 수 있다는 불안감도 시간이 갈수록 점점 옅어졌다.

그리고 아버지가 했던 이야기를 새삼 다시 떠올리게 된 것은 그로부터 무려 8년 후, 우연히 강릉에서 체육복 차림의 한 여고생을 차로 치고 난 후였다.

'미치겠네!'

그때 현우는 대학생이었고, 군대를 갓 전역한 후였다. 차를 새로 뽑은 김에 바닷가에 놀러 가다가 그만 사고를 낸 것이었다. 이쪽이 초보운전인 탓도 있었지만 차도 한가운데 사람이 서서 하늘을 올려다보고 있을 줄이야 누가 알았을까.

여고생은 정신을 잃었지만 다행히 숨은 쉬고 있었다. 어쨌든 병원으로 옮기고 보자는 생각에 현우는 여고생을 번쩍 안아 들었다.

'어?'

바로 그때였다. 죽은 듯이 늘어져 있는 여고생의 체육복 목깃 안쪽으로, 특이한 모양과 색깔의 반점이 들여다보였던 것이다. ……붉은 나비였다.

그때는 설마, 하고 생각했다. 그냥 우연이겠지.

다행히 여고생은 큰 부상이 아니어서 금세 정신을 되찾았다. 그리고 합의 과정에서 현우는 한 가지 사실을 더 알게 되었다. 그 여고생, 윤미사가 고아라는 것. 게다가 나이도 열여덟으로, 역시 아버지가 했던 이야기의 시기와 일치했다.

이쯤 되자 확인해보지 않을 수 없었다. 결국 현우는 미사의 머리카락을 가져다가, 흥신소를 통해 구한 대서양그룹의 큰며느리, 홍혜경의 머리카락과 함께 몰래 DNA 검사를 의뢰했다.

결과는 99.9퍼센트 확률로 친생자 친모 관계. 검사 결과를 알리는 서류를 손에 들고, 현우는 가슴이 미친 듯이 뛰기 시작하는 것을 느꼈다.

'하늘이 주신 기회야.'

자신은 장남인데도 불구하고 동생인 현수에게 밀려나게 될 처지다. 하지만 이 소녀를 잘 이용만 한다면, 인생을 역전시킬 기회가 될 수도 있었다.

그때부터 현우의 원대한 계획이 시작되었다. 우선은 고아인 미사를 후원하고 다정하게 대해주어서 그녀의 마음을 사고, 자신과 같은 대학교에 입학시켜서 캠퍼스 커플이 되는 것까지 성공했다.

미사가 대서양그룹 손녀라는 것을 알면서도 현우는 절대 서두르지 않았다. 먼저 처리할 일들이 있었기 때문이다.

현우는 장차 미사와 결혼해서 대서양그룹을 통째로 장악할 생각이었다. 하지만 문제는 아직 대서양그룹에 후계자가 남아 있다는 것이었다. 바로 창업주인 회장의 둘째아들, 즉 죽은 미사 아버지의 동생이자 미사의 작은아버지 되는 사람이었다.

현우는 오랜 세월을 두고 치밀한 계획 끝에 미사의 작은아버지를 사고로 위장해 살해하는 데 성공했다. 그 과정에서 현우와 공모를 한 사람은 죽은 사람의 비서이자 현재 홍혜경의 비서실장이었다.

미사의 작은아버지는 자녀를 남기지 못한 채로 죽었다. 회장의 두 아들이 다 자녀 없이 사망했으니 즉 대서양그룹으로서는 대가 끊긴 셈이었다.

물론 그 대는 나중에 혜성같이 나타난 상속녀인 미사가 이을 예정이었다. 단, 현우와 결혼부터 한 후에.

대서양화장품의 대표이사였던 미사의 작은아버지가 죽자 그 자리는 큰며느리인 홍혜경이 이어받았다. 그리고 놀라운 리더십과 경영능력을 발휘하며, 대서양화장품을 업계 1위 회사로 만들고 대서양그룹의 부회장 자리에까지 올랐다. 현우로서는 무척 반가운 일이었다. 친엄마가 그룹에서 영향력이 커질수록 나중에 미사에게는 큰 힘이 될 테니까.

중간에 생각지도 못하게 미사가 다른 남자를 사랑한다며 파혼을 선언해버리는 바람에 약간 골치 아파질 뻔도 했지만, 현우는 그것도 잘 해결했다. 그 남자, 정윤하의 뒤를 철저히 털어서 치명적인 약점을 잡은 것이었다.

자신이 정윤하의 약점을 쥐고 있는 한 미사는 절대 꼼짝도 못 할 것이다. 그러면 장차 대서양그룹을 실제로 좌지우지하는 것은 남편인 자신이 된다.

물론 아버지 서 의원도 이 계획을 알고 있었다.

"네가 드디어 미친 모양이구나. 고아 계집애 따위하고 사귀는 것도 모자라서, 이젠 내 집안에 그런 천한 것을 들이기까지 하겠다고?"

미사와 결혼하겠다는 말에 노발대발하는 아버지에게, 비로소 현우는 자신이 오랫동안 실행해온 계획에 대해 털어놓았다.

아들이 사람까지 죽였다는 걸 듣고서도 서 의원은 눈 하나 깜짝하지 않았다. 그리고 이야기를 다 듣고 나서 이렇게 말했다.

"역시 내 아들이다. 배포가 커서 좋구나."

현우는 가슴이 뜨거워졌다. 난생처음으로 아버지에게 인정받은 순간이었다.

"나는 대통령이 될 생각이다."

그 자리에서, 아버지는 자신의 야망도 털어놓았다.

"권력을 위해서는 재력이 필요해. 네가 대서양그룹 사위가 된다면 더 바랄 나위가 없지."

그 후부터 서 의원은 아들의 계획에 적극 동참했다. 미사를 대서양화장품에서 일하게 만들자는 것도 서 의원의 아이디어였다.

"회사 내에서 자연스럽게 부딪치다 보면 피가 당기지 않겠느냐? 마주칠 기회야 비서실장이 만들어주기 나름이겠고."

즉 모두가 공범이었다. 현우, 서 의원, 그리고 홍혜경의 비서실장까지.

하지만 장장 10년에 걸친 이 거대한 계획을 짜내고, 실행에 옮긴 장본인은 바로 서현우 자신이었다. 그런 자신이 현우는 무척 자랑스러웠다.

장차 자신은 거대 재벌인 대서양그룹의 실질적인 후계자가 된다. 스스로의 힘으로!

생각만 해도 가슴이 벅차올랐다.

"면목이 없네요."

등 뒤에서 혜경이 불쑥 말했다.

"나 때문에 아무 상관없는 윤미사 씨까지 이렇게 잡혀오게 만들다니."

"아니에요, 부회장님."

미사는 고개를 힘껏 저었다. 어차피 등을 마주 대고 있어서 보이지도 않겠지만.

"부회장님 탓이 아니잖아요. 저한테 미안해하지 마세요."

그렇게 말하고, 미사는 말을 돌렸다.

"그런데 어떻게든 여길 빠져나갈 방법이 없을까요? 저는 결혼식 전까지는 죽어도 돌아가야 하거든요."

서현우가 자신이 결혼하기 싫어서 도망간 거라고 오해할까 봐 두려웠다. 오해하는 것 자체야 하든 말든 상관없지만, 그러다 자칫 보복으로 윤하의 일을 언론에 찔러버리면 큰일이다. 그러기 전에 얼른 제자리로 돌아가야 했다.

"하긴 결혼식을 앞두고 신부가 없어졌으니 새신랑이 얼마나 걱정을 할까. 미사 씨 부모님도 마찬가지고."

혜경이 안타까운 듯이 말했다. 네, 하고 그냥 대충 얼버무려 넘겨 버릴 수도 있었지만 왠지 혜경에게는 사실대로 말하고 싶었다.

"부회장님, 사실 저 부모님이 안 계세요."

"응?"

"전 고아예요. 고등학교 졸업할 때까지 보육원에서 자랐어요."

혜경에게서는 대꾸가 없었다. 한참 후에야 등 뒤에서 목소리가 들려왔다.

"미안해요, 나는 그런 줄도 모르고."

"아니에요, 괜찮아요."

잠시 침묵이 흘렀다. 그리고 이번에는 혜경이 고백하듯 불쑥 말했다.

"나는 자식이 없어요. ……아주 어릴 때, 아이를 잃어버렸거든."

"네?"

미사는 놀랐다.

"유괴라도 당한 건가요?"

"비슷한 거예요. 살아 있으면 지금쯤 미사 씨랑 같은 또래의 훤칠한 청년이 돼 있겠네요."

혜경의 목소리가 그리움에 젖었다.

"30년 가까이 됐지만 매일매일 생각이 나요. 우리 아기가 지금쯤 어떻게 컸을까, 누구를 닮았을까, 결혼은 했을까? 아니면 예쁜 여자친구가 있으려나?"

미사는 괜히 목이 메었다. 성당 앞에다 갓 태어난 나를 버린 우리 엄마는, 단 한 번이라도 내 생각을 해보기는 했을까. 비록 부모를 잃은 건 마찬가지지만, 부회장의 아들과 자신의 신세는 하늘과 땅 차이라는 생각이 들었다. 얼굴도 모를 그 아이가 너무나 부러워서 눈물이 핑 돌았다.

"아드님을 찾을 방법은 없는 건가요?"

"온갖 방법을 다 동원해봤지만 끝내 찾지 못했어요."

그렇게 대답하는 혜경의 목소리는 조금도 풀죽어 있지 않았다.

"그렇지만 난 절대 포기하지 않았어요. 내 아들은 어딘가에 꼭 살아 있고, 언젠가는 꼭 만날 수 있을 거예요. 나는 지금도 그날만을 바라보고 살아요."

혜경이 꿈꾸듯 말했다.

"다시 만나면 자랑스럽게 말할 거예요. 엄마가 널 주려고 이렇게 열심히 일했어, 아가. 이젠 이게 다 네 거란다, 하고."

혜경이 일중독자라는 소문은 미사도 들었었다. 남편도, 자식도 없는 여자라 주말도 없이 일에만 매달린다고. 그 때문에 회사를 이렇게까지 성장시켜놓았으면서도, 뒤에서 독한 여자라는 소리를 듣는 부회장이었다.

그런 혜경의 원동력이 바로 잃어버린 자식에 대한 사랑이었던 것이다.

"꼭, 꼭 만나실 수 있을 거예요."

미사는 목이 메는 것을 꾹 참고 말했다.

"제가 열심히 기도할게요. 부회장님이 아드님을 만나실 수 있게 말이에요."

혜경이 아들을 만나면 얼마나 행복해할까. 비록 자신의 일은 아니지만, 미사는 진심으로 그 모습을 보고 싶었다.

"고마워요."

어느덧 혜경의 목소리도 떨리고 있었다.

미사가 어디선가 매캐한 냄새가 나는 것을 깨달은 것은 그때였다. 그러고 보니 아까부터 계속 희미하게 냄새가 나는 것 같기는 했는데 혜경의 이야기를 듣느라 미처 의식하지 못하고 있었다.

코가 잘못됐나, 하고 생각했지만 냄새는 점점 더 강해지고 있었다.

"부회장님, 혹시……."

혜경이 말을 가로챘다.

"어디서 타는 냄새가 나지 않나요?"

둘은 꽁꽁 묶여 있는 채로 억지로 고개를 돌려 주위를 살펴보았다.

냄새의 근원은 곧 발견할 수 있었다. 저만치 창고 구석에 놓인 낡은 매트리스가 활활 불타고 있고, 그 주변으로 불이 번져가고 있었다.

"불이 났어요!"

미사는 소스라치게 놀랐다.

"설마 그 사람들이 일부러 불을 지른 걸까요?"

"아니, 그럴 리가. 날 죽여버리면 얻을 게 없을 텐데."

애써 침착하게 대답하는 부회장의 목소리에서도 감출 수 없는 초조함이 느껴졌다.

"여기요! 누구 없어요?"

"불이야!"

둘이서 묶인 채 고래고래 소리를 쳐보았지만 아무도 오지 않았다.

그러는 동안에도 불은 계속 번져갔다. 하필이면 창고 안에 쌓여 있는 잡동사니는 대부분 종이, 의류 따위의 불에 타기 딱 좋은 것들이었다. 매캐한 연기 때문에 서서히 숨쉬기조차 힘들어졌다.

"어떻게든 빠져나가야 해요!"

미사는 묶인 손목을 풀려고 애를 썼다. 물론 처음에는 꿈쩍도 하지 않았지만, 아픔을 무릅쓰고 계속 손목을 비틀면서 힘을 쓰자 조금씩 밧줄의 매듭이 헐거워지는 것이 느껴졌다. 하지만 혜경 쪽은 미사보다 힘이 부족한 건지, 아니면 더 꽉 묶였던 건지 아무리 몸부림을 쳐도 잘 되지 않는 모양이었다.

그렇게 한참을 더 애를 쓴 끝에 미사가 먼저 겨우 밧줄에서 손을 빼낼 수 있었다.

"됐어요!"

손목이 온통 밧줄에 쓸려서 피까지 배어나고 있었지만 목숨이 걸린 마당에 그게 문제가 아니었다. 미사는 제 몸과 다리를 묶고 있는 밧줄을 마저 풀어내고, 아픔을 느낄 새도 없이 다시 혜경을 묶은 밧줄에 달려들었다.

"잠깐만 기다리세요, 부회장님. 제가 금세 풀어드릴게요!"

하지만 그때는 이미 창고 안에 연기가 꽉 차 있어서 밧줄의 매듭조차 눈에 잘 보이지 않았다. 설상가상으로 어찌나 꽉 묶여 있는지, 웬만한 힘으로는 꿈쩍도 하지 않았다.

"먼저 나가도록 해요."

콜록거리면서도 밧줄을 풀려고 안간힘을 쓰는 미사를 향해, 혜경이 말했다.

"문은 잠겼지만 창문으로는 어떻게든 나갈 수 있을 테니까."

이상하리만큼 침착한 목소리에 미사는 가슴이 철렁했다.

"어떻게 저 혼자 나가요?"

"한 사람이라도 살아야지. 둘 다 죽을 순 없잖아요?"

혜경은 타이르듯 말했다.

"내 걱정은 말고 어서 나가도록 해. 더 늦으면 미사 씨도 위험해요."

"싫어요."

미사는 들은 체도 않고 혜경의 밧줄을 푸는 데만 집중했다. 손톱 밑이 다 까져 피가 나는데도 아랑곳하지 않았다.

"그러지 말고 내 말 들어. 나는 벌써 오십이 넘었지만 미사 씨는 아직 서른도 채 안 됐잖아요."

"싫다고요!"

"사흘만 있으면 예쁜 새신부가 될 사람이 여기서 죽으려는 거예요?"

눈물이 줄줄 흘렀다. 연기 때문인지, 아니면 슬픔 때문인지 모를 눈물이.

"어차피 저는 그 결혼 하고 싶지도 않아요. 차라리 여기서 죽어버리는 게 낫겠다는 생각이 들 정도로 끔찍하게 싫다고요."

저도 모르게 진심이 흘러나왔다. 돌아가지 않으면 현우가 윤하에게 해코지를 할 것이다. 그것만 아니라면 미사는 차라리 여기서 그냥 죽고 싶었다. 그러면 최소한 싫은 남자와 결혼생활을 하는 지옥에는 들어가지 않아도 될 테니까.

"하지만 부회장님은 아들을 찾으셔야 하잖아요. 그러니까 살아야 되잖아요."

언젠가부터 대답이 돌아오지 않았다.

"여태 아드님을 위해서 그렇게 이 악물고 살아오셨다면서요. 여기서 이렇게 포기하시면 안 되잖아요."

죽은 듯이 축 늘어져버린 혜경을 향해 미사는 펑펑 울면서 말을 계속 이었다.

"저는 꼭 부회장님이 아드님 찾는 거 보고 싶어요. 꼭 보고 말 거예요."

"……."

"그러니까 제발 정신 차리세요!"

숨쉬기가 힘들다. 더는 눈을 뜰 수조차 없었다. 이대로 여기서 둘 다 죽는 걸까, 하고 더럭 겁이 나기 시작했을 때쯤 겨우 혜경을 묶고 있던 밧줄이 풀렸다.

미사는 혜경의 팔을 질질 끌고 창가로 갔다. 다행히 창이 별로 높지 않기는 했지만, 기절한 사람의 무거운 몸을 밖으로 밀어내는 데는 그야말로 젖 먹던 힘까지 다 쥐어짜내야 했다.

쿵. 잠시 후 혜경의 몸이 창밖으로 떨어지는 둔탁한 소리와 함께 미사는 기어이 의식이 가물가물해지는 것을 느꼈다.

'안 되는데. 나도 나가야 하는데.'

필사적으로 그렇게 생각했지만, 이미 몸에는 한 점의 힘조차 남아 있지 않았다.

'내가 결혼식에 나타나지 않으면, 아저씨가……'

그 생각을 마지막으로, 미사는 까무룩 정신을 놓고 말았다.

11 / 기억이 돌아왔다

눈을 떴을 때는 병원이었다.

"괜찮아? 이제 정신이 들었어?"

얼굴을 들여다보며 반갑게 소리치는 현우의 얼굴을 본 순간, 미사는 살았다는 기쁨보다도 실망을 먼저 느꼈다. 아, 내가 살았구나. 차라리 그냥 거기서 죽었으면 좋았을걸.

"부회장님은요……?"

미사는 잘 나오지 않는 목소리를 쥐어짜내 가까스로 물었다.

"무사하셔. 같은 병원에 입원해 계시는 중이야."

그제야 미사는 안도의 한숨을 내쉬었다.

"네가 무사해서 정말 다행이야. 계속 정신을 잃고 있어서 얼마나 걱정했는지 몰라."

현우가 눈물을 글썽였다.

"다행히 화상도 입지 않았고, 폐 손상도 없어서 정신만 돌아오면 퇴원해도 큰 문제는 없을 거라고 했어. 그러니까 결혼식은 예정대로 할 수 있을 거야."

이 사람은 이 와중에도 결혼식 타령이구나. 미사의 입술 사이로 허탈한 웃음이 새어나왔다. 어떻게든 피할 수가 없겠구나, 이 결혼은.

그나마 위로가 되는 것은 혜경 역시 무사하다는 것이었다.

"그런데 누가 저를 구했던 거예요?"

"납치범들이야."

현우가 설명했다.

"죽이려던 건 아닌데 그냥 우연히 누전으로 화재가 났던 모양이야. 겁이 났는지 비서실에 전화해서 알린 후에 너하고 부회장님을 내팽개치고 그대로 도망쳐버렸어."

도망을 치려면 그냥 치지, 일부러 전화까지 해주다니 퍽이나 친절한 납치범들이라고 미사는 생각했다.

"그래서요? 경찰이 수사하고 있어요?"

"아니, 결과적으로 별일도 없었고 해서 그대로 묻기로 했다는 것 같아. 아무래도 그룹 차원에서도 외부에 알려져서 좋을 게 없는 일이니까."

현우가 미사의 손을 꽉 잡았다. 밧줄을 풀어내느라 온통 상처투성이인 손을. 하마터면 아파서 비명이 나올 뻔했지만, 미사는 이를 악물고 꾹 참았다.

"이젠 살았으니까 그런 거 신경 쓰지 말고, 우리 결혼만 생각하자."

미사가 아파하는 것 따위는 전혀 눈치채지도 못한 듯, 현우는 더없이 다정하게 말했다.

"드디어 내일이 우리 결혼식이야."

현우는 밤새 미사의 병실을 지키고 싶어 했지만 미사는 결혼식 전날이니 푹 쉬고 싶다는 핑계로 내몰아버렸다.

"그럼 푹 자. 내일 아침에 데리러 올 테니까."

현우가 가고 난 후에도 미사는 좀처럼 잠을 이루지 못했다. 기절해있는 동안 많이 잔 탓도 있었지만, 당장 내일 저 끔찍한 남자와 결혼식을 올릴 생각을 하니 잠이 올 리 없었다.

'제발 내일이 오지 말았으면.'

그렇게 빌어봤지만 야속한 시간은 계속해서 내일을 향해 달렸다. 그리고 혜경이 불쑥 미사의 병실을 찾아온 것은, 꽤나 늦은 시간의 일이었다.

"부회장님!"

깜짝 놀라 침대에서 몸을 일으키는 미사를, 똑같은 환자복 차림의 혜경이 만류했다.

"괜찮으니까 일어나지 말고 누워 있어."

혜경은 비서조차 대동하지 않은 채였다.

"부회장님, 무사하셔서 다행이에요!"

안도하는 미사를, 혜경은 왠지 어이없다는 눈으로 바라보다가는 길게 한숨을 내쉬며 의자에 앉았다.

"대체 왜 그랬나?"

"네?"

갑작스러운 질문에 당황하는 미사에게, 혜경은 다그치듯 다시

415

물었다.

"왜 그 상황에서 나부터 먼저 내보냈느냐 말이야. 자네 살 생각을 먼저 했어야지!"

"아…….."

"창밖에 떨어지는 충격에 정신은 차렸는데, 몸이 움직여줘야 말이지. 보니까 자네는 못 빠져나오고 아직 안에 있는 것 같은데, 몸은 꼼짝도 못 하겠고. 그때 내 심정이 어땠는지나 알아?"

침착했던 혜경의 목소리가 점점 격앙되었다.

"결국 쓰러진 채로 사람 살리라고 소리를 질렀더니 누가 달려 나오더군. 다행히 내가 그때 정신이 돌아와서 소리라도 질렀기 망정이지, 그렇지 않았더라면 윤미사 씨 자네는 아마 지금쯤……!"

끔찍하다는 듯이 몸을 부르르 떠는 혜경에게, 미사는 애써 웃어 보였다.

"그럼 결국 부회장님이 구해주신 거네요. 고맙습니다."

"그걸 지금 말이라고 하나?"

기어이 혜경이 목소리를 높였다.

"하마터면 나는 살고 자네는 죽을 뻔했단 말이야. 내 자식뻘밖에 안 되는 젊은 아가씰 죽이고 내가 살다니, 대체 그 죄를 나더러 어떻게 다 감당하라고 그런 바보 같은 짓을……!"

왜일까. 상대는 하늘같은 부회장님인데, 호통을 들어도 하나도 무섭지가 않았다. 지난번보다 훨씬 편해진 말투도 왠지 정답게 느껴졌다. 그래서 미사는 조금 웃으며 대답했다.

"부회장님은 살아서 꼭 하셔야 할 일이 있잖아요. 아드님 찾으셔야죠.”

“……!”

혜경이 놀란 듯이 미사를 바라보았다. 분명 그때도 했던 말 같은데, 정신을 잃고 있어서 채 듣지 못했던 모양이다.

“어디선가 아드님도 부회장님을 그리워하고 있을지 모르는데, 여기서 돌아가시게 만들면 안 되겠다는 생각이 들었어요. 그래서 그랬던 거예요.”

한참 동안 미사를 물끄러미 바라보던 혜경이 이윽고 안타까운 듯이 말했다.

“마음이야 고맙지만, 자네 목숨도 귀하기는 마찬가지. 이제 서른도 채 안 됐는데, 앞으로 할일이 얼마나 많이 남았나?”

할일이라고는 이제 세상에서 제일 싫어하는 남자와 결혼하는 일뿐인걸요. 미사는 그렇게 말하는 대신에 그냥 씁쓸하게 웃기만 했다.

하지만 혜경은 무슨 생각을 했는지, 조심스럽게 물었다.

“결혼하기 싫다더니, 혹시 그래서 죽으려 했던 건 아니고……?”

미사는 놀라서 혜경의 얼굴을 쳐다보았다.

“정신 잃기 전에 마지막으로 들었던 말이 기억이 나. 결혼하기 싫다고, 차라리 여기서 죽어버리는 게 나을 정도로 끔찍하게 싫다고 하지 않았나.”

“…….”

미사가 대답이 없자 혜경이 한숨을 내쉬었다.

“서 의원님 아드님, 서현우 군이라면 나도 몇 번 만나본 적이 있네만. 집안도 좋고, 능력도 뛰어나고, 또 미남에다 매너도 좋고 해서 무척 호감이었지. 그만하면 더할 나위 없는 신랑감인 것 같은데, 대체 왜 그렇게 결혼하기가 싫은 건가?"

"……."

"또 그렇게 죽도록 싫다면 왜 결혼까지 하는 거고?"

미사는 뭐라고 대답해야 좋을지 몰랐다. 왜 서현우가 자신에게 그토록 집착하는지, 스스로도 도저히 이해가 안 가는데 과연 혜경이 이해해줄까.

한참 후에야 미사는 조그맣게 대답했다.

"그럴 만한…… 사정이 있어서 그래요. 자세히 말씀드릴 수 없어 죄송해요."

"혹시 내가 도와줄 수는 없는 건가? 만약에 빚이 있어서 어쩔 수 없이 결혼한다든가, 그런 거라면 내가 해결해줄 수 있는데."

그렇게 말하는 혜경의 눈빛은 무척이나 진지했다. 진심으로 미사를 안타까워하고, 어떻게든 도와주고 싶어하는 기색이 역력했다.

마음은 무척 고마웠지만 돈으로 해결할 수 있는 문제가 아니다.

"그때는 그냥 저도 정신이 없어서 무슨 말을 하는지도 모른 채로 막 지껄였나 봐요. 사실 현우 선배랑은 별문제 없어요. 걱정 끼쳐드려 죄송합니다, 부회장님."

결국 미사는 그렇게 얼버무리고 말았다.

미사가 솔직하게 얘기하지 않을 거라는 사실을 깨달았기 때문일까. 혜경은 별로 믿는 것 같은 눈치는 아니었지만, 고맙게도 그 이상 더 캐묻지는 않았다.

"그래."

솔직하게 말하라고 다그치는 대신, 혜경은 미사의 어깨에 가만
히 손을 얹었다.

"더 말하지 않아도 돼. 내 잘 알겠으니까."

왜일까. 손끝이 어깨에 닿는 순간, 미사는 그만 혜경에게 안겨 왈
칵 울음을 터뜨리고 싶어졌다. 잠시나마 생사를 함께한 사이여서
일까. 분명 상대는 무려 그룹 부회장님인데도, 꼭 아주 가까운 사
람 같은 느낌이 들었다. 아주 먼 옛날부터 친근했던 사이처럼.

그것은 상대도 마찬가지였던 것일까. 혜경은 조금 어색하게 말
했다.

"아무래도 나는 자네가 남처럼 느껴지지가 않아. 꼭 내 목숨을 구
해주어서가 아니라, 그전부터 왠지……."

그 말에 기어이 미사의 눈물샘이 넘쳐버리고 말았다. 흑, 하고 울
음을 터뜨리는 미사의 어깨를, 혜경은 가만히 위로하듯 토닥여주
었다. 그리고 미사가 한참을 울고 나서 눈물이 거의 잦아들 때쯤 다
시 입을 열었다.

"속사정이야 모르겠지만, 이왕 결정한 일이라면 그 결정에 최선
을 다해야겠지."

목소리는 아까와는 달리 조금 엄하게 들렸다.

"눈물은 지금 여기서 다 흘리고, 내일은 세상에서 제일 행복한 신
부가 되게."

무슨 말인지 알 것 같다. 미사는 고개를 끄덕이며 조금 남아있는

눈물을 닦아냈다.

"고맙습니다, 부회장님."

"그래. 그럼 이만 푹 쉬고, 내일 보세. 결혼식에는 나도 참석할 예정이니까."

잘 자라는 인사를 남기고 일어났던 혜경이, 병실 문을 열려다가 문득 손을 멈췄다.

"만약에 결심이 서거든, 그땐 내게 말하도록 해."

미사를 돌아보고, 혜경은 힘주어 말했다.

"……내가 할 수 있는 일이라면 뭐든지 도울 테니까."

연기를 너무 많이 마신 후유증일까. 몸은 분명 아무렇지도 않은데, 정신은 꼭 꿈속에 있는 것같이 계속해서 멍하기만 했다.

아침 일찍 데리러 온 현우의 손에 이끌려 퇴원을 하고, 뷰티 숍에 가서 메이크업을 받고, 지난주에 미리 가봉해둔 웨딩드레스를 입는 일련의 과정에서 미사는 전혀 현실감을 느낄 수 없었다. 그저 다른 사람들이 메이크업을 해주는 대로, 드레스를 입혀주는 대로 인형처럼 가만히 있을 뿐이었다.

지금 일어나고 있는 이 모든 일들이 자신이 아니라 꼭 남의 일처럼 느껴졌다. 어쩌면 도망가지 못하는 몸 대신에 정신이 현실도피 중인 건지도 몰랐다.

"어머, 신부님 정말 예쁘세요!"

"이렇게 예쁜 신부는 정말 오랜만에 보네요!"

메이크업과 헤어를 마치고 드레스까지 입자 사람들이 여기저기서 감탄사를 연발했지만 물론 조금도 기쁘지 않았다.

"정말 아름다워!"

단장을 마친 미사의 모습을 보고, 역시 턱시도를 차려입은 현우가 감격스럽게 바라보았지만 이제는 가식적으로 미소 지어줄 기운조차 남아 있지 않았다.

결국 자신은 아무것도 하지 못했다. 기억을 잃기 전의 자신이 발견했을 게 틀림없는, 서현우의 약점조차 찾아내는 데 실패했다. 그저 무력감과 절망감만이 미사를 무겁게 내리누르고 있었다. 쉽게 좌절하지 않는 성격의 미사인 만큼, 일단 절망하자 그 무게는 어마어마한 것이었다.

여의도 국회의사당 옆에 있는 의원동산에서 야외 결혼식이 치러질 예정이었다. 뷰티 숍에서 결혼식 장소까지는 신랑인 현우가 직접 운전해서 가기로 했다.

주차장에서 출발하기 직전, 현우는 뭔가 생각났다는 듯이 말했다.

"아, 잠깐만 기다려. 깜빡하고 부케를 위에 두고 왔네, 아까 받았는데."

현우가 차에서 내려 도로 뷰티 숍으로 올라간 사이, 풍성한 드레스 자락 때문에 뒷좌석에 앉은 미사는 미동조차 하지 않고 우두커니 앉아 있었다.

"……."

눈물조차 나오지 않았다. 그저 기나긴 악몽을 꾸고 있는 것 같은 기분이었다.

멍하니 앉아 있던 미사의 정신을 문득 깨운 것은 어디선가 희미하게 들려온 삐삑, 하는 소리였다. 딱 한 번 들려왔을 뿐이지만 자신이 현재 사용하는 휴대폰과 같은 소리여서 뭔지 금세 알 수 있었다. 휴대폰의 배터리가 거의 다 되어간다는 경고음이다.

문제는 현우의 휴대폰은 자신의 것과 기종이 다르다는 것이었다. 그러니 현우의 휴대폰에서 난 소리는 아닐 텐데. 혹시나 싶어 손가방에 넣어둔 제 휴대폰을 꺼내 확인해보았지만 배터리는 거의 완충 상태였다.

'그럼 대체 어디서 소리가 난 거지?'

대수롭지 않게 생각하고 그냥 넘어갈 수도 있는 일인데 이상하게 마음에 걸렸다.

차 안 여기저기를 살펴보았지만 휴대폰은 보이지 않았다. 혹시나 싶어 마지막으로 몸을 한껏 앞으로 기울여 앞좌석에 있는 글러브박스를 열어보자, 아니나 다를까. 안쪽 깊숙한 곳에서 배터리가 거의 다 되어가는 휴대폰이 나왔다.

처음 보는 휴대폰이었다. 전원이 켜져 있는 걸 보면 분명 사용하고 있는 휴대폰인데, 왜 이런 곳에 넣어두었을까. 아니, 애초에 왜 휴대폰을 두 개나 가지고 있는 것일까.

열어보려고 했지만 휴대폰에는 비밀번호가 설정되어 있었다.

"……."

서현우는 자기가 평소 사용하는 휴대폰에조차 비밀번호를 걸지 않는 사람이다. 그런데 대체 왜 여기에는 걸어둔 거지?

가슴이 불안하게 뛰었다. 이건 심상치 않다고 직감이 말하고 있었다. 그게 뭔지는 모르겠지만, 분명 뭔가가 있다고. 더 생각할 겨를도 없이 미사는 얼른 휴대폰을 제 손가방 안에 숨겼다.

현우는 잠시 후에 부케가 든 상자를 가지고 돌아왔다.

"미안해, 기다리게 해서."

"괜찮아요."

미사는 애써 태연한 얼굴로 대꾸했다.

이윽고 차가 주차장을 빠져나와 결혼식장을 향해 달리기 시작했다.

이 휴대폰 안에 뭐가 있든 간에 결혼을 취소하기는 이미 늦었다. 이제 두 시간 후면 결혼식이 시작된다.

'아저씨.'

지금쯤 슬픔에 잠겨 있을 윤하를 생각하자 마음이 찢어지게 아팠다. 눈물을 흘리지 않으려고, 미사는 차창 밖의 풍경을 바라보았다. 차라리 비라도 내리면 좋으련만, 남의 속도 모르고 구름 한 점 없이 새파랗게 맑기만 한 하늘이 미웠다.

"날씨가 좋아서 다행이야. 야외 결혼식이라 비라도 왔으면 큰일이었을 텐데."

운전석의 현우는 턱없이 즐거워 보였다.

"그러네요."

영혼 없이 대꾸하고 미사는 방금 빼돌린 휴대폰이 든 손가방을 가슴에 꼭 끌어안았다. 결혼식은 피할 수 없게 됐지만, 어쨌든 이것만이 마지막 희망이었다.

이윽고 도착한 결혼식장은 이미 하객으로 온 각계 인사들로 가득 차 있었다. 그야 차기 대권주자로 거론되는 거물 정치인의 장남 결혼식이니까. 여기저기서 보내온 수십 개의 화환 중에는 국회의원들은 물론이고 경찰청장, 심지어 전, 현직 대통령의 이름이 적힌 화환까지 있었다.

야외 결혼식장의 테이블 여기저기에는 햇살을 막기 위한 흰 차양막이 설치되어 있고, 파스텔톤의 생화들을 아낌없이 사용해서 서양식 가든파티처럼 우아하고도 화려하게 꾸며져 있었다. 긴 버진로드의 끝에는 흰 레이스와 꽃으로 장식된 단상이 있고, 한쪽에는 진짜 오케스트라가 자리 잡고 음악을 연주하고 있었다.

여자라면 누구나 꿈꿀 법한, 영화 속에서 나오는 것 같은 아름다운 결혼식장 풍경이 오히려 미사의 마음을 한층 더 무겁게 했다. 고아인 자신과 이토록 어울리지 않는 결혼식이 또 있을까.

결혼식장 한쪽에 흰 레이스 천으로 꾸며진 신부대기실에 동그마니 자리를 잡고 앉자 하객들이 하나씩 와서 축하인사를 건네 왔다.

"결혼 축하합니다."

"신부가 아주 예쁘네요."

모두들 한자리 하는 사람들임에 분명했지만, 미사로서는 하나같이 전혀 모르는 사람들이었기 때문에 대답을 하기도 애매했다. 그냥 기계적으로 미소를 띠고 인사할 수밖에 없었다.

"와주셔서 고맙습니다."

한참을 앵무새처럼 똑같은 말을 반복하고 있자니 점점 지쳐갔

424

다.

"결혼 축하해, 윤미사 씨."

같은 홍보팀 동료들도 와서 축하해줬지만 조금도 반갑지 않았다. 평소에 늘 투명인간 취급하던 사람들이 오늘이라고 반가울 리 있을까. 하물며 그 안에 다솜도 끼어 있는 걸 보니 더더욱 싫어졌다.

차라리 빨리 예식이 시작돼주었으면, 하고 바라기 시작할 무렵, 처음으로 반가운 얼굴이 나타났다. 바로 홍혜경 부회장이 비서들을 대동하고 나타난 것이었다.

"부회장님!"

미사는 부케를 든 채 앉아 있던 의자에서 일어났다. 어제의 환자복 차림과는 달리 검정색 투피스를 우아하게 차려입은 혜경이, 미사의 안색을 살피며 조심스럽게 물었다.

"……기분은 좀 어떤가?"

축하 인사가 아닌, 걱정스러운 말이었다.

미사는 그만 눈물이 날 것 같았다. 오늘 아침부터 만난 수많은 사람들 중에서 제 기분을 살펴주는 사람은 오로지 혜경 하나뿐이었다.

하지만 미사는 울음을 꾹 참고 웃음을 지어 보였다. 어제 혜경이 말했었다. 이왕 결정했다면, 결정한 일에는 최선을 다해야 한다고. 그러니까 오늘은 세상에서 제일 행복한 신부가 되어야 한다고.

"좋습니다, 부회장님."

미사가 애써 활짝 웃어 보이자 혜경이 말없이 미사의 손을 힘주어 꼭 쥐어 왔다. 잘하고 있다는 듯이. 네 마음, 내가 다 안다는 듯이.

"결혼 축하드립니다."

문득 혜경의 곁에 서 있던 다른 사람이 말을 걸었다.

"와주셔서 감사합⋯⋯."

반사적으로 웃으며 대답하다가 미사는 말을 멈췄다. 상대의 얼굴을 보는 순간 심장이 쿵, 하고 굉음을 냈기 때문에.

상대는 사십 대 중반 정도의 처음 보는 남자였다. 분명, 기억에 없는 얼굴이다. 그런데도 얼굴을 보는 순간 자동으로 심장이 내려앉았다. 두근, 두근, 두근, 두근. 미칠 것만 같은 불안감과 함께 미사의 심장이 미친 듯이 팔딱댔다. 그 불안감의 이유조차 알 수 없다는 것이 한층 더 불안했다.

미사가 상대의 얼굴을 빤히 쳐다보자 옆에서 혜경이 웃으며 말했다.

"아, 윤미사 씨는 처음 보는 거겠지? 우리 비서실장인데."

"아뇨, 부회장님. 전에 서 의원님 댁에 잠시 들렀을 때 인사 나눈 적이 있습니다."

비서실장이라는 사람이 웃으며 미사에게 동의를 구했다.

"그렇죠, 미사 씨?"

미사는 네, 하고 대답하는 것조차 잊어버렸다. 불안감, 혐오감, 긴장감, 두려움. 온갖 부정적인 감정들이 혼탁하게 뒤섞인 가운데, 확실한 것은 단 하나뿐이었다.

이 모든 감정을 불러일으킨 장본인이 바로 저 남자라는 것.

'저 사람이 싫어!'

이성이 아니라 본능이 그렇게 외치고 있었다. 얼굴조차 기억나지 않는 인물을 향해, 온몸의 세포 하나하나가 격렬하게 거부반응을 일으키고 있었다.

"부회장님!"

그때 현우가 나타나서 무척 반가워하며 혜경에게 말을 걸었다.

"이렇게 직접 와주시다니 정말 영광입니다. 곧 아버님을 모셔오겠습니다."

"아니, 그럴 것까지 없어요. 그렇지 않아도 하객이 많아 정신없으실 텐데."

현우가 혜경과 이야기를 나누는 동안에도 미사의 몸은 사시나무처럼 부들부들 떨리고 있었다. 당장이라도 비서실장이라는 남자를 향해 제발 안 보이는 곳으로 좀 가달라고 비명을 지르고 싶은 것을, 미사는 입술을 깨물고 억지로 견뎠다.

"결혼 축하합니다, 서현우 씨."

"비서실장님도 와주셨군요. 바쁘신 와중에 고맙습니다."

현우가 인사를 하자 비서실장이 너털웃음을 터뜨렸다.

"허허허, 바빠도 당연히 와봐야지. 누구 결혼식이라고."

약간 특이한, 목구멍을 긁는 듯한 웃음소리가 미사의 신경을 날카롭게 자극했다.

분명 들은 적이 있는 웃음소리인데. 대체 언제지? 어디서였지? 머릿속이 혼란스러웠다. 뭔가가 잡힐 듯, 잡힐 듯, 잡히지 않는 안타까움에 가슴이 너무 답답해서 곧 폭발할 것만 같았다.

그때, 비서실장이 현우에게 악수를 청하고는 말했다.

"앞으로도 잘 부탁하네."

이번에는 방금까지와는 달리 조금 낮은 목소리였다. 마치 남들에게 들리는 것을 꺼리듯.

이것도 언젠가 들었던 말인 것 같은데…….

「앞으로도 잘 부탁하네.」

그 순간, 퍼뜩 현우의 목소리가 미사의 귓가에 되살아났다.

「제가 잘 부탁해야지요. 어차피 비서실장님하고 저하고는 한 배를 탄 사이 아닙니까.」

뒤에 또 비서실장의 목소리가 이어졌다.

「그렇지, 살아도 같이 살고, 죽어도 같이 죽어야지.」

「이제 얼마 남지 않았습니다.」

「그래, 끝까지 긴장 놓지 말고.」

뒤이어 불현듯 떠오르는 장면이 있었다.

서 의원의 집 사랑방. 방 안에는 현우와 비서실장이 있고, 자신은 문밖에 서서 문틈 사이로 새어나오는 그들의 대화를 듣고 있었다. 석상처럼 굳어진 채로.

미사는 눈을 꽉 감고 머리를 감싸 쥔 채 필사적으로 기억의 실마리가 끊어지지 않게 계속 그 뒤를 쫓아갔다.

그때 나는 왜 거기 있었지?

현우 선배 아버님한테 처음 인사드린다고 갔었지. 인사는 왜 드리러 간 거였지?

결혼을 앞두고 있었으니까.

그런데 난 왜 현우 선배하고 결혼하려고 했던 거지?

협박당하고 있었으니까!

온갖 기억들이 꼬리에 꼬리를 물고 계속 떠올랐다.

처음에는 뒤죽박죽이 된 퍼즐 조각처럼 머릿속에서 제각기 마구 어지럽게 소용돌이치던 기억들이, 시간이 지나자 조금씩 질서정연하게 제자리를 찾아가기 시작했다.

'협박당하고 있었는데 왜 갑자기 파혼하려고 했던 거지?'

드디어 퍼즐의 마지막 조각이 맞춰지는 순간.

'그때, 서현우의 약점을 들었으니까!'

……기억이, 완전히 돌아왔다!

잠시 후, 미사는 다시 눈을 뜨고 주위를 둘러보았다.

"……."

자신을 둘러싼 모든 것들이 방금과는 완전히 다른 색으로 보였다. 시야를 온통 가리고 있던 뿌연 안개가 한순간에 싹 걷힌 것 같은 느낌이었다. 아직은 마음도, 머릿속도 혼란스러웠지만 가장 급한 것이 뭔지는 뚜렷하게 알 수 있었다.

이 결혼식을 하면 안 된다는 것!

"지금 몇 시인가요?"

미사는 곁에 있던 도우미에게 물었다.

"11시 30분이에요, 신부님."

그럼 식이 시작할 때까지 앞으로 30분이 남았다는 뜻이다.

더 생각할 것도 없다. 지금 당장 도망쳐야 한다. 미사는 즉시 얼굴을 한껏 찡그리고 아랫배를 부여잡으며 연기를 시작했다.

미사의 표정이 이상한 것을 금세 알아채고, 손님들을 맞이하던 현우가 다가와서 물었다.

"왜 그래, 어디 안 좋아?"

자못 걱정스러운 듯한 목소리에 온몸에 소름이 끼쳤다.

기억을 잃은 동안 가끔씩 그게 궁금했었다. 기억을 잃더라도 대체 왜 하필 그때 그 시간으로 돌아갔던 건지. 왜 수학여행을 갔다가 교통사고가 났던 그 순간이었는지.

이제는 이유를 알겠다. 자신은 이 남자, 서현우가 끔찍하게 싫어서 아예 인생에서 지워버리고 싶었던 것이다. 서현우라는 존재 자체를 기억에서 없애버리고 싶었던 거다. 그때, 그 사고로 인해 이 남자와의 지긋지긋한 인연이 시작되었으니까.

"너무 긴장해서 그런가 봐요. 갑자기 배가 아프네요."

치밀어 오르는 증오와 혐오감을 가까스로 숨기며 미사는 대답했다.

"아무래도 화장실에 다녀와야 할 것 같아요."

"드레스 입고?"

현우가 난감해하자 도우미가 나섰다.

"아이고, 이런! 시작하기 전에 얼른 다녀옵시다."

미사가 손가방을 들고 일어나자 도우미가 드레스 자락을 들고 곁을 따랐다.

다행히 인파에도 불구하고 화장실 쪽에는 사람이 드물었다.

"일단 저랑 같이 들어가세요, 신부님. 드레스 정리해드릴 테니."

도우미의 말에 미사는 딴소리를 했다.

"이모님, 죄송한데 제가 휴대폰을 대기실에 놓고 왔나 봐요. 좀 가져다주시겠어요?"

"네? 지금 휴대폰이 왜 필요하신데요?"

"제가 휴대폰 없이는 화장실에 못 가는 습관이 있거든요. 혹시 그 근처에 떨어뜨렸을지도 모르니까 시간이 걸리더라도 꼭 찾아다 주셔야 해요, 부탁드려요."

도우미는 별난 신부를 다 본다는 표정을 하면서도 순순히 화장실을 나갔다. 물론 제 휴대폰은 멀쩡히 손가방 안에 들어 있었다. 아까 현우의 차에서 빼돌린 수상한 휴대폰과 함께.

도우미가 저만치 멀어지는 것을 확인한 후 미사는 드레스 자락을 한껏 감아쥐고 화장실을 뛰쳐나왔다. 그리고 뒤도 안 돌아보고 그대로 뛰기 시작했다.

"응? 신부 아냐?"

"어딜 가는 거지?"

양손으로 드레스 자락을 걷어 올리고 뛰는 신부를 발견한 몇몇 하객들이 놀란 눈으로 쳐다보았지만 미사는 아랑곳하지 않고 무조건 뛰어서 결혼식장을 빠져나갔다.

뛰는 도중에 웨딩슈즈 한 짝이 벗겨져나갔다. 하지만 미사는 굽 높아서 뛰기 힘든데 차라리 잘됐다고 생각하며 나머지 한 짝마저 벗어 던지고 맨발로 뛰었다. 구두에 이어 티아라도 어디론가 날아갔지만 그것도 역시 개의치 않았다.

"택시!"

도로에 뛰어들다시피 해서 외치자 마침 지나가던 택시가 끼익, 하고 급정거했다.

다짜고짜 문을 열고 뒷좌석에 올라타는 신부를 보고, 택시 기사가 기절할 것 같은 얼굴을 했다.

"이봐요! 죽고 싶어 환장했어?"

"급해요, 기사님. 일단 빨리 가주세요!"

애원하듯 말하자 기사는 황당해하면서도 일단 차를 출발시켰다.

"어디로 갈까요?"

갈 곳은 물론 하나뿐이었다. 기사에게 윤하의 집 주소를 말해주고 미사는 가쁜 숨을 몰아쉬었다. 뒤를 쳐다보자 다행히 아직은 누가 쫓아오는 것 같지는 않았다. 물론 금세 들키겠지만.

"제발 좀 빨리 가주세요, 기사님."

다시 한 번 부탁하고 미사는 손가방에서 휴대폰을 꺼내 윤하에게 전화를 걸었다. 하지만 몇 번이나 전화를 걸어도 윤하는 받지 않았다.

'아냐, 분명히 집에 있을 거야.'

기도하는 마음으로 미사는 휴대폰의 전원을 껐다. 곧 현우에게서 전화가 올 테니까.

'잘했어.'

차창에 비친 자신의 얼굴을 들여다보며 미사는 속으로 중얼거렸다. 열여덟 살의 미사에게 보내는 칭찬이었다.

열여덟 살의 미사는 여전히 자신의 안에 살아 있었다. 윤하와 함께 있었던 기억들은 조금도 사라지지 않고 그대로였다. 기억이 돌아오면 자신의 존재는 물거품같이 사라져버릴지도 모른다고 두려워했던 것과는 다르게.

「진짜라든지 가짜라든지, 그렇게 생각해본 적 한 번도 없어.」

윤하의 그 말이 옳았다.

「너는 전에도 미사였고, 지금도 기억을 잃었을 뿐이지 내게는 똑같이 미사야.」

어느 쪽 미사도 결국은 자신이었다. 기억을 되찾은 지금, 자신은 스물여덟 살의 미사이자 또한 열여덟 살의 미사이기도 했다.

제 안에 있는 열여덟 살 소녀에게, 미사는 다시 한 번 마음속으로 속삭였다.

'정말 수고 많았어.'

그 어린 나이에, 기억까지 잃은 상태로 여태 이만큼 버텨낸 자신이 너무나 기특하고 자랑스러워서 눈물이 핑 돌았다.

가장 대단한 것은 열여덟 살의 자신이 제한된 정보들만을 가지고 기억을 잃기 전에 벌어졌던 일들을 추리해냈다는 것이다. 서현우에게 협박당해 결혼을 강요당하고 있었다는 것과, 그의 약점을 찾아내서 파혼을 결심했다는 것까지. 그 결과 서현우의 약점을 찾다가 기어이 휴대폰을 빼돌리는 데까지 성공한 것은 정말이지 스스로 생각해도 놀라웠다.

뛰느라 웨딩슈즈도, 티아라도 잃어버렸지만 손가방만은 무사히 가지고 있었다. 현우의 휴대폰이 들어 있는 손가방을, 미사는 가슴에 꽉 끌어안았다. 이것이야말로 자신에게 자유를 가져다줄 물건이라는 확신이 들었다.

열여덟 살의 자신이 이만큼이나 잘해주었다. 그러니 이제는 자신의 차례였다.

'이제 돌려줄 차례야.'

미사는 결심했다. 드디어 오랜 속박의 쇠사슬을 끊을 때가 왔다.

쇠사슬을 끊고, 자신은 이제 자유롭게 훨훨 날아갈 터였다. 사랑하는 남자의 품으로.

"아니 근데, 신부가 결혼식장에 안 있고 어딜 가는 건데요?"

택시 기사가 룸미러를 통해 이쪽을 쳐다보며 호기심 가득한 눈으로 물었다. 미사는 생긋 웃고는 딱 잘라 대답했다.

"그야 신랑한테 가죠!"

「청첩장을 보내드릴 테니까 결혼식에도 오셔서 축하해주시죠.」

미사를 데려갈 때 했던 말대로 서현우는 진짜 청첩장을 보내왔다.

서현우와 윤미사가 백년가약을 맺게 되었다고 쓰인 문구를 읽으며 윤하는 쓸쓸한 미소를 감추지 못했다. 앞으로 백년을 더 기다려도 너는 내게 오지 않겠구나.

장소를 보니 야외 예식장인 모양이었다. 그래서 미사의 결혼식 전날 밤, 윤하는 잠자리에 들면서 속으로 기도했다. 부디 내일 비가 오지 않기를. 그래서 나의 그녀가 세상에서 가장 행복하고 예쁜 신부가 될 수 있기를.

기도한 보람이 있었던 걸까. 다음 날 아침에 일어나자 날씨는 더이상 좋기 힘들 정도로 맑았다. 창문 밖으로 끝없이 이어진 새파란 하늘을 올려다보며 다행이라고 생각한 것은 진심이었지만, 물론 기분까지 하늘처럼 맑지는 못했다.

– 형, 저 놀러 가도 돼요? 점심때 같이 파스타나 만들어 먹죠. 예지도 부를까요?

아침부터 민호가 전화해서 그렇게 말했지만 윤하는 딱 잘라 거절했다.

"됐어, 귀찮아."

민호가 그러는 이유를 알고 있었으니까.

오늘이 무슨 날인지 민호도 알고 있었다. 그러니 자신을 집에 혼자 두는 게 걱정되는 거겠지.

하지만 사실 윤하로서는 미사의 결혼식 날이라고 특별히 더 우울할 것도 없었다. 어차피 미사가 이 집을 떠난 이후 매일매일이 그에게는 먹구름 낀 잿빛 하늘 같았으니까. 앞으로의 인생도 분명 계속 그럴 텐데, 새삼 호들갑을 떨 필요가 없다.

그래서 윤하는 오늘도 여느 때처럼 아침 운동을 마치고 정원으로 나갔다. 꽃에 물을 줄 생각이었다.

원래 정원 일 같은 데는 별로 관심이 없었다. 그렇다고 사람을 써서 관리하게 시킬 성격도 아니었다. 남을 집에 들이는 게 싫어서 도우미조차 쓰지 않는 마당에. 그래서 모처럼 정원이 넓은 집에 살면서도 관리는 거의 되어 있지 않아서 황량하기 그지없었다.

그런 쓸쓸한 정원이 1년 중에 유일하게 아름다워질 때가 딱 이맘때였다. 아무리 신경을 쓰지 않아도, 이사 오기 전부터 심어져 있던 장미만은 매년 5월부터 서서히 피기 시작해서 6월이면 활짝 피어 집 전체에 꽃향기가 가득했다.

아무리 꽃에 관심이 없다 해도 갖가지 색깔로 활짝 핀 장미를 보면 마음이 흔들리지 않을 수 없었다. 하물며 그 아름다운 꽃잎 끄트머리가 말라가는 꼴은 차마 볼 수 없었다. 그래서 가끔 비가 안 온다 싶거나 햇살이 너무 강하다 싶으면 물 정도는 주고 있었다. 바로 오늘처럼.

호스로 물을 주면 일이 빠르겠지만 자칫 센 물줄기에 여린 꽃잎들이 다칠까 봐 걱정이 됐다. 윤하는 물뿌리개로 하나하나 조심스럽게 물을 주었다.

모든 색깔의 장미가 다 아름다웠지만 오늘따라 백장미에 자꾸만 눈이 가는 것은 어쩔 수가 없었다. 하얀색 꽃잎이 몇십 장이고 겹쳐진 장미송이가 마치 신부의 화려한 웨딩드레스처럼 보였다. 꽃잎마다 방울방울 물을 머금은 흰 장미를 물끄러미 들여다보며 윤하는 미사를 떠올렸다.

오늘, 너도 이렇게 아름다울까.

일부러 시계를 보지는 않았지만 지금쯤이면 아마도 결혼식이 진행되고 있는 중일 터였다. 현우의 손을 잡고 버진 로드를 사뿐사뿐 걷는 미사의 모습을 떠올리자 윤하의 마음 한 자락이 또다시 날카로운 소리를 내며 찢어져 나갔다. 이 이상 더 찢어질 것도 없다고 생각했던 마음이.

어차피 평생을 껴안고 살아야 할 아픔이라 생각하고 애써 담담해지려 노력했다. 슬픔과 외로움을 친구 삼아 살아가겠다고 다짐했다. 하지만 이 이상 더 나빠질 수 없을 거라 생각해도, 그래도 이렇게 또다시 마음이 찢어지는 순간들이 불쑥불쑥 찾아오곤 했다.

이런 아픔에까지 익숙해지는 것은 언제쯤일까. 눈시울이 뜨거워지는 순간, 문득 철컹 하고 대문이 열리는 소리가 났다.

윤하는 흠칫 놀라 얼른 등을 돌려 소맷자락으로 눈물을 닦았다. 아무렇지도 않은 척해놓고 혼자 눈물을 흘리고 있었던 걸 민호에게 들키고 싶지 않았다.

"오지 말라고 했잖아."

뒤도 돌아보지 않고, 윤하는 애써 목소리를 가다듬고 퉁명스럽게 말했다.

"너 자꾸 그렇게 말 안 들으면 회사에 말해서 매니저 바꿔달라고……."

"윤하 씨."

민호가 아닌 다른 사람의 목소리에 말을 가로막히고, 윤하는 입을 다물었다.

아, 너무 많이 생각해서 이제는 헛것이 들리는 건가. 스스로를 한심하게 생각했지만 들릴 리 없는 목소리는 또다시 들려왔다.

"이제 내 얼굴 보기도 싫은 거예요?"

말도 안 돼. 양철 나무꾼처럼 뻣뻣한 동작으로 겨우 뒤돌아본 윤하의 눈에, 활짝 핀 백장미 같은 모습을 한 여자가 비쳤다.

순백의 웨딩드레스에 베일을 쓴, 아름다운 신부. 윤하의 손에서 물뿌리개가 힘없이 떨어졌다.

"네가 어떻게…… 여기……?"

윤하는 차마 눈조차 깜빡이지 못하고 물었다. 눈을 깜빡이면 혹시나 그녀가 사라져버릴까 봐서.

"사랑해요."

한 걸음 다가서며 미사는 말했다.

"이 말부터 하고 싶었어요. 기억을 잃기 훨씬 전부터 사랑했다고."

천천히 한 걸음씩 다가와, 미사는 결국 윤하의 눈앞에 섰다.

"……!"

피할 새도 없이 입술을 빼앗겼다. 붉은 장미꽃잎 같은 입술로 가만히 윤하의 입술에 입 맞추고 난 후, 미사는 살며시 눈을 뜨고 윤하의 눈동자를 가까이에서 들여다보며 속삭였다.

"이제는 두 번 다시 잃지 않을 거예요."

그녀의 목소리는 단호한 결심에 가득 차 있었다.

윤하는 조심스럽게 손을 뻗었다. 보드라운 뺨이 떨리는 손끝에 닿았다. 미사는 흠칫 놀라며 몸을 빼는 대신에 가만히 윤하의 손을 잡아주었다.

"정말 너구나."

"네."

윤하가 중얼거리자 미사가 고개를 끄덕였다.

"정말 너야."

"그래요, 나예요."

그제야 윤하는 겨우 눈을 깜빡거렸다. 그런데도 미사는 사라지지 않고 그대로 눈앞에 있었다.

진짜 미사라는 것을 겨우 깨달은 순간, 숨쉬기조차 힘들 정도의 격렬한 환희가 윤하의 심장을 직격했다.

"……!"

윤하는 미사를 꽉 끌어안았다. 베일을 쓴 머리칼 위에 정신없이 뺨을 비비자 미사가 응답하듯 품에 파고들어 왔다.

온몸으로 전해져 오는 따스한 체온. 가녀리면서도 탄력 있는 몸. 온 정원을 가득 채우고 있는 장미 향기에조차 지지 않을 정도로 아찔한 향기. 그녀를 이루고 있는 것들 하나하나가 윤하에게 벅찬 실감을 안겨주었다.

미사가 돌아왔다. 내 곁으로.

"그동안 힘들게 만들어서 미안해요."

미사의 목소리도 떨리고 있었다.

"하지만 나한테도 사정이 있었어요. 다 설명할게요. 사실은……."

"아니, 아니야."

뭐라고 말하려는 미사를, 윤하가 저지했다. 정말로 아무 설명도 필요하지 않았다. 마지막 순간에 미사가 결국 자신을 선택했다는 것. 지금 이렇게 내 품 안에 있다는 것. 그에게는 오로지 그것만이 중요했다.

"아무 말도 하지 않아도 돼."

한층 더 세차게 미사를 끌어안으며 윤하는 말했다.

"이렇게 돌아와줬으니까, 나는 그걸로 됐어."

가슴 벅찬 환희의 순간이 흘렀다. 차라리 이렇게 끌어안은 채 돌이 되어버리면 좋겠다고 마음 깊이 생각했지만, 미사는 얼마 지나지 않아 윤하의 가슴을 살짝 밀치고 품에서 빠져나갔다.

"이러고 있을 때가 아니에요. 금세 날 잡으러 올 거예요."

다급한 목소리였다.

"우리, 같이 도망가요!"

사실 매우 무모한 제안이었다. 방금 결혼식을 박차고 나온 신부를 데리고 도망치다니, 톱스타로서 할 수 있는 일이 아니었다. 자칫하면 연예인으로서의 생명이 끝날 수도 있다.

하지만 윤하는 전혀 개의치 않았다. 뒷일 따위는 전혀 중요하지 않았다. 아예 신경 쓰이지도 않았다. 그냥 미사가 함께 도망가자고 했으니까, 도망가면 그뿐이다.

이왕 도망치는 거, 아주 머나먼 곳으로 가고 싶었다. 아무도 찾을 수 없도록.

"가자, 어디든 함께."

윤하는 미사의 손을 잡고 그대로 장미가 활짝 핀 정원을 뛰쳐나왔다.

- 3권에서 계속.